Johanna Struck
Frostbrand

W0201205

Johanna Struck wurde 1999 in der Nähe von Köln geboren und verbrachte 2018 ein halbes Jahr in Nordamerika, bevor es sie für ihr Psychologie-Studium nach Bonn zog. Wenn sie nicht schreibt oder liest, betreibt sie Kampfsport, genießt lange Spaziergänge und lauert auf den nächsten Moment am Meer.

Johanna Struck

Frostbrand

Romantasy

PIPER

Mehr über unsere Autoren und Bücher:
www.piper.de

Wenn Ihnen dieser Roman gefallen hat, schreiben Sie uns unter Nennung des Titels »Frostbrand« an empfehlungen@piper.de, und wir empfehlen Ihnen gerne vergleichbare Bücher.

Wir produzieren nachhaltig
www.piper.de

ISBN 978-3-492-50443-0
© Piper Verlag GmbH, München 2021
Redaktion: Susanne Döllner
Satz auf Grundlage eines CSS-Layouts
von digital publishing competence (München)
mit abavo vlow (Buchloe)
Covergestaltung: Giessel Design
Covermotiv: Bilder unter Lizenzierung von
Shutterstock.com genutzt
Printed in Germany

Für Oma Christa,
ich hab dich lieb

1

Noah runzelte die Stirn und starrte an die Decke. Seine Kopfhörer flüsterten ihm Musik ins Ohr, für die es einfach keine gute Einstellung gab: Entweder war sie zu laut, um sich zu konzentrieren, oder zu leise, um sie zu genießen.

Okay, damit bleibt nur noch Homogenität. Ich könnte es beweisen, indem … indem ich … Fluchend zerrte er sich die Kopfhörer von den Ohren. Die Matratze ächzte, während er sich aufsetzte und frustriert die Tür anstarrte. Ein *Star-Wars*-Poster blinzelte in ausgeblichenen Blau- und Rottönen zurück.

Seit Stunden notierte er Ideen für mathematische Beweise auf dem wöchentlichen Übungszettel, nur um sie gleich wieder zu verwerfen. Langsam wusste er nicht mehr, wie er weitermachen sollte.

Sein Blick glitt von der Tür über die Hängepflanzen und den Kleiderschrank mit dem Spiegel hin zu seinem Schreibtisch. *Ich könnte jemandem schreiben und nach Tipps fragen. Oder anrufen. Reden.* Allein bei dem Gedanken wurde ihm flau im Magen.

Dabei würden seine Freunde es verstehen. Oder? Er schluckte. Seit Tagen hatte er nicht mit ihnen gesprochen – seit etwa einer Woche. Seit letztem Samstag, seitdem …

Er schwang die Füße aus dem Bett. Das Parkett grummelte unter seinem ersten Schritt, schrie geradezu auf, als er den nächsten tat, doch die letzten beiden waren so leise, dass man es kaum hörte. *Atmen. Ganz ruhig.*

Einen ratlosen Moment lang sah er auf seinen Schreibtisch hinab. Ein weißer Stuhl vor weißem Holz, die penible Ordnung darauf, bis auf die Stifte, die es nie lange in ihrer Box hielt. Vor ihm an der Wand: eine Magnettafel mit Bildern und Karten, mit so vielen vertrauten Gesichtern, denen er gerade nicht mehr in die Augen sehen konnte.

Etwas keimte seit Tagen in ihm und obwohl er es objektiv »Scham« oder »Frust« nennen würde, fühlten sich beide Wörter zu harmlos an. Sie waren so ... schlicht, so einfach im Vergleich zu dem, was in ihm an die Oberfläche drängte. Er fühlte sich, als würde er seine Familie verraten, wenn er weiter schwieg – aber auch, wenn er es ihr erzählte.

Sein Blick verfing sich an einem Foto von ihm mit seiner großen Schwester. Es war vor Jahren entstanden, vor ihren Dreadlocks und dem Blumentattoo am Unterarm. Vanessa hatte ihn damals noch überragt, im Hintergrund war die Achterbahn zu sehen, die ihre Haare im Moment der Aufnahme verwirbelte.

Unwillkürlich musste Noah schmunzeln – der Noah auf dem Bild lachte.

Wie von Schnüren gezogen fanden seine Finger den Weg zum Bild, hin zu diesem Augenblick. Diesem ...

Ertappt hielt er mitten in der Bewegung inne, zögerte kurz und trat dann vom Schreibtisch zurück. Das Parkett knarzte wieder, leiser diesmal, als wollte es ihn mit seinem Murmeln trösten. Er hielt die Hände vor sich, hinein in das Sonnenlicht, das vom Fenster hereinfiel.

Die Feuchtigkeit an seinen Fingern war zu Eis erstarrt. Kristalle funkelten im Licht, das durch das Fenster hereinfiel, und obwohl die sommerliche Hitze sie längst hätte schmelzen müssen, blieben sie unbeeindruckt bestehen.

Seit zehn Tagen. *Zehn Tagen.* Seit dem Abend, als er auf dem Heimweg gewesen war und –

»Ach, Mist.« Mit dem Handrücken fuhr er sich über die Stirn, spürte die Kälte, die daran haftete.

Wie sollte er das erklären? Was sollte er sagen? Womit anfangen? *Hallo, Mama. Weißt du noch, letzte Woche Samstag, als ich so spät nach Hause gekommen bin? Genau, der Abend, nach dem ich morgens nicht aus meinem Zimmer gekommen bin und du dachtest, ich hätte mich betrunken und einfach einen Kater. Na ja, weißt du – manchmal ist doch so ein Spinner im Fernsehen, der behauptet, er könne zaubern. Ja, ich weiß, niemand nimmt ihn ernst, aber ... nun, was wäre, wenn ich dir sage, dass ich ...*

»... Fähigkeiten habe?«

Er hätte gleichzeitig lachen und weinen können, während er blind seine Hände fixierte. Schon, es für sich selbst auszusprechen, fühlte sich falsch an.

Seufzend trat er ans Fenster. Am liebsten würde er es aufstoßen und den Wind durch seine Locken wirbeln lassen. Wenn er nicht aus bitterer Erfahrung wüsste, dass seine Finger einfach am Griff festfrieren würden. Seine Lippen pressten sich zusammen. Den Gedanken ›Wenn das Eis nicht wäre‹ hatte er in den letzten Tagen viel zu oft gehabt.

Noah ließ die Hände sinken und starrte nach draußen. Auf die Welt vor dem Fenster. Drei schmale Vorgärten erstreckten sich vor dem langgezogenen Haus und ließen den großen Gemeinschaftsgarten, der hinter dem Gebäude lag, nicht mal erahnen. Drei schmale Wege, einer aus rissigem Asphalt, einer aus mit Moos überwuchertem Kies und einer aus unregelmäßigen Trittsteinen, führten zu je einer passenden Eingangstür. Drei Briefkästen, drei getrennte Eingänge, und doch wohnten sie alle im gleichen Gebäude. Zwei einzelne Häuser, die in der Mitte mit deinem dritten verwachsen waren.

Sie gehörten alle zusammen.

Noah musste daran denken, was für ein Gefühl es gewesen war, aus seiner kleinen WG zurück in diesen Trubel zu ziehen. Da waren die Zwillinge von nebenan, die kürzlich verkündet hatten, ihr letzter Milchzahn sei ausgefallen – wie immer natürlich zeitgleich. Seine Tante, die ihren Sohn immer wieder bat, nicht auszuziehen, trotz seines längst abgeschlossenen BWL-Studiums. Seine Mutter, die den Kochlöffel in einer riesigen Portion Bolognese-Soße schwenkte.

Normalerweise hätte ihn der Gedanke zum Schmunzeln gebracht. Aber in letzter Zeit war ihm nicht mehr danach.

Tagelang nur im Bett zu liegen, alleine mit seinen Gedanken, tat ihm nicht gut, so viel war klar. Und auch wenn seine Mutter ihn immer wieder gebeten hatte, gedroht, ihn angebettelt, doch wenigstens mit ihnen zu essen, zur Uni zu gehen ... er konnte nicht.

Er versuchte gerade, seine Konzentration zurück auf die Lösung seines Beweises zu lenken, da zog eine Bewegung draußen seine Aufmerksamkeit auf sich. Eine junge Frau stiefelte über den Gehweg. Dunkle Haare, schwarze Lederjacke und ein Smartphone in der Hand, auf das sie immer wieder schaute, als folge sie einer Route von Google Maps. *Gleich links geht's zum Bahnhof.*

Noah wartete darauf, dass sie vorbeizog. Wie die alte Frau, die regelmäßig mit ihrer Sackkarre dahinschlurfte, oder der Mann im Anzug, der allabendlich durch die Straße hetzte.

Aber sie blieb stehen, richtete ihr Handy aus, fingerte daran herum und ... wandte sich dem Haus seiner Familie zu. Ihre Haare hatte sie in einem Zopf nach hinten geflochten, die Füße steckten in schweren Stiefeln. Irgendetwas an ihrer Ausstrahlung jagte ihm eine Gänsehaut über den Rücken.

Bestimmt eine Freundin von Max. Doch sie wandte sich nicht zur Haustür seiner Tante – sondern zu ihrer. Mit zielsicheren Bewegungen öffnete sie das mittlere Gartentor und lief über den gekiesten Weg, bis sie aus seinem Blickfeld verschwand. Eis kroch ihm in Windeseile bis zu den Handgelenken den Arm hinauf und er spürt seinen Puls von innen dagegenhämmern. *Vielleicht eine Bekannte von Vanessa?*

Es klingelte. Noah zuckte zusammen.

»Ich gehe!«, tönte es von unten. Seine Mutter. Und da wurde ihm schlagartig klar, dass Vanessa sich seit dem Beginn ihrer Doktorarbeit eigentlich kaum noch zu Hause blicken ließ. Er hatte sie seit Tagen nicht gesehen.

Die Haustür wurde geöffnet, Worte flatterten zu ihm hinauf, dann wurde sie wieder geschlossen. Seine Füße trugen ihn wie von selbst zur Zimmertür, wo er vorsichtig das Ohr an das Holz legte. Wenn seine Finger nicht vereist wären, hätte er die Tür öffnen können, um zu lauschen. So blieben die Stimmen unten im Flur leises Gemurmel. Unverständliches, undefinierbares ...

»Noah!«

Seine Schulter stieß vor Schreck gegen die Tür, seine Hüfte gegen die Klinke. Ein instinktives Fluchen presste sich zwischen seinen Lippen hervor, obwohl er den Schmerz gar nicht richtig wahrnahm.

Mit klopfendem Herzen wurde ihm klar, dass er ... runtergehen sollte.

Mit seinen eingefrorenen Fingern sollte er dort stehen und Hände schütteln. Er sollte sich fremden Menschen aussetzen. Dabei sehnte er sich nach nichts mehr, als zu vergessen, dass das alles je passiert war.

Sein Atem wurde unruhig. Eine glitzernde Eisschicht wuchs leise knisternd über seinen Rücken, seinen Nacken, seine Arme ... und ließ ihn erstarren. Wortwörtlich.

»Noah, hier ist Besuch für dich!«

Die Worte hallten in ihm nach, während sein Blick wieder auf seine Hände fiel. Etwas in seinem Nacken knirschte bei der Bewegung, und ein kaltes Rinnsal floss ihm über den Rücken. *Für mich. Jetzt.*

Noah ballte vorsichtig die Finger, bis es knackte. Unwillkürlich hielt er inne, doch als er sie wieder öffnete, sah er nur Eisstückchen, die zu Boden rieselten. Er fühlte sich wie in einer dieser Schneekugeln, in denen das ganze Jahr über Winter herrschte. Selbst jetzt, im Juni, konnte es darin schneien, weil es dafür keine Kälte brauchte. Nur ein Schütteln des Glases.

Er rieb die Finger so gut es ging gegeneinander, um die Kälte zu vertreiben, doch seine Handflächen begannen sofort wieder zu frieren. Gemeinsam mit dem Angstschweiß an seinen Armen, unter den Achseln. Und an seinen Fußsohlen.

»Noah!«

Er griff nach der Klinke, drückte sie herunter und trat in den Flur, bevor er es sich anders überlegen konnte. »Ich komme!« Seine Stimme hörte sich fremd an, viel zu hoch und schwach. Mit einem Ruck löste er die Handfläche von der Klinke, und bevor sie jemandem auffallen konnten, versteckte er die Hände hinter dem Rücken, durchquerte den kleinen Flur und hastete die Treppe hinunter. Seine Füße waren steif und einen Moment lang fühlte er sich, als würde er fallen, aber er wagte es nicht, langsamer zu werden.

Und dann stand er auf einmal vor ihr.

Es kam so plötzlich, dass er beinahe in sie hineingerannt wäre. Die seltsame Fremde, die er vom Fenster aus beobachtet hatte, stand in ihrem weiß gestrichenen Flur, zwischen den Jacken und Schuhen. Ein merkwürdiges Bild.

Sie trug ein rotes Oberteil und eine zerrissene Jeans mit einer Netzstrumpfhose darunter. Obwohl sie einen halben Kopf kleiner war als er, taxierte sie ihn von oben herab, als hätte er etwas falsch gemacht. Sein Herz setzte einen Schlag aus.

Er spürte einen Kloß im Hals und versuchte angestrengt, ihn zu schlucken. Er hörte ein leises Knirschen, und alles in ihm verkrampfte sich. *Nichts anmerken lassen.*

Seine Mutter nahm er erst Momente später wahr. Erwartungsvoll sah sie zwischen ihnen hin und her. »Kennt ihr euch aus der Uni?«

Noah brauchte einen Moment, um die Worte zu verstehen, während er die Fremde musterte. Die schlichten Ringe am linken Ohr und die großen Augen, die ihn genauso interessiert musterten wie er sie.

»Nein, tun wir nicht«, antwortete sie schließlich, und ein Lächeln blühte auf ihren Lippen. Warum erinnerte es ihn an ein Raubtier? Zu viele Zähne? Sie wandte sich von ihm ab und hielt seiner Mutter die Hand hin. »Um genau zu sein, kennen wir uns gar nicht, aber Kollegen von der örtlichen Polizei müssten mich angekündigt haben. Luca Wittek, Bundesbehörde für Sondervorkommnisse, Abteilung Sozialberatung.«

Seine Mutter sah aus wie vor den Kopf gestoßen. Nur der perfekte Gastgeber in ihr sorgte dafür, dass sie die Hand der Fremden ergriff. Noah dagegen ignorierte die Hand geflissentlich, die die Fremde ihm daraufhin anbot. Mit Eisfingern schüttelte man keine Hände.

Sie soll von der Polizei sein? Kommen die nicht normalerweise zu zweit? Das ist doch ein Scherz. Noah konnte sich an keinen Anruf erinnern. Im Gegensatz zu seiner Mutter, wie es schien, der die Erkenntnis geradezu von den Augen tropfte. Und da fiel ihm ein, dass sie vor ein paar Tagen mal irgendetwas von »Polizei« und »Anruf« gesagt hatte – er hatte nicht wirklich zugehört, war zu sehr damit beschäftigt gewesen, sie davon abzuhalten, ins Zimmer zu kommen, damit sie nicht sah, dass er gerade am Stuhl festgefroren war.

Noah blinzelte überrascht. *Die Polizei* hat *angerufen.* Aber in diesem Aufzug? Keine Uniform? Zerrissene Jeans …? Und doch lag da etwas im Blick der Fremden, das er nicht verstand. Als wüsste sie etwas, das er nur erahnen konnte. Dann straffte sie die Schultern. *Wie eine Soldatin.*

»Sie sind die Mitarbeiterin, die man geschickt hat?«, fragte seine Mutter, reichlich verspätet, während Noah noch nach seiner Stimme suchte.

Die junge Frau nickte und deutete auf das Ende des Flurs. »Ich kann Ihnen gerne alles ausführlich erklären, aber ich glaube, dazu sollten wir uns setzen.«

Bundesbehörde für Sondervorkommnisse. Erst da dämmerte ihm, was hier passierte. Dass, ganz gegen ihre unprofessionelle Erscheinung, diese Frau von ihm und seinem ... Zustand wissen musste. Woher auch immer, was auch immer ihn verraten hatte – sie war seinetwegen hier.

Plötzlich fühlte er sich, als würde er fallen. Als hätte er die ganze Zeit taumelnd an der Kante einer Klippe gestanden, und mit einem Mal war er über den Rand gestürzt – oder geschubst worden. Sein Blick fiel panisch nach unten.

Doch alles, was er sah, waren seine gestreiften Socken.

Aus den Augenwinkeln bemerkte er, wie seine Mutter die Arme verschränkte. »Bevor wir irgendetwas tun, sagen Sie mir bitte erst mal, was Sie von uns wollen.«

Noahs schaute aus dem Augenwinkel zu seiner Mutter auf. Ärger funkelte in ihrem Gesicht, ein Muskel an ihrer Wange zuckte nervös. *Sie glaubt der Frau nicht. Sie hat keine Ahnung, was mit mir passiert ist.* Ein Teil von ihm war erleichtert, dass sein Geheimnis vorerst sicher war.

Ein anderer wünschte sich einfach, die gefrorenen Hände hochzuheben und ihnen die Wahrheit zu zeigen.

»Geben Sie mir eine Chance, Ihnen die Sachlage in Ruhe zu erklären«, bat die Frau. Sie hatte das Kinn vorgestreckt. Noah blinzelte. Ihre Worte waren klar und eindeutig, aber irgendetwas an ihrer Mimik zerbrach die gespielte Autorität in tausend Scherben. »Fünf Minuten, mehr brauche ich nicht.«

Mit wummerndem Herzen pendelte sein Blick zwischen den beiden hin und her. Zwei Frauen, die sich ihrer Sache offensichtlich sehr sicher waren. Er dagegen? Er wollte nur gehen.

»Wenn sie darauf bestehen ...«

»Tue ich.«

Ein roter Schimmer zog über den Hals seiner Mutter. Sie atmete tief durch. *Das kann nur schiefgehen.* »Da bin ich ja mal gespannt.«

Die Fremde nickte und ihre Haltung entspannte sich. Nach einem letzten Zögern drehte sich seine Mutter um und ging voraus. Obwohl die Fremde aussah, als wolle sie ihm den Vortritt lassen, blieb er beharrlich stehen, bis sie seufzend an ihm vorbeizog. So konnte er seine Hände wenigstens hinter dem Rücken behalten.

Beim Betreten des Wohnzimmers zog die Fremde ihre Lederjacke aus und hängte sie über den Stuhl am Kopfende des Esstischs. Mit großen Augen strich Noahs Aufmerksamkeit über ihr blutrotes, am Rücken tief ausgeschnittenes Top und die feinen, schwarzen Tattoos, die daraus hervorbrachen wie Flügel. Etwas in ihm flatterte. *Flügel. Warum Flügel?*

»Wenn du aufhörst zu starren, können wir anfangen«, feixte sie.

Erst da bemerkte er, dass er stehengeblieben war, und setzte sich so ruckartig in Bewegung, dass er beinahe über seine eigenen Füße gestolpert wäre ... und doch ging das Bild dieser filigranen Linien ihm nicht mehr aus dem Kopf.

Bevor er es sich anders überlegen konnte, ließ er sich auf den Stuhl gegenüber seiner Mutter fallen.

Obwohl er die Augen stur auf die Tischdecke gerichtet hielt, spürte er den Blick der seltsamen Frau auf sich.

»Also?«, fragte seine Mutter herausfordernd, die Brauen zusammengezogen. »Was haben Sie so Dringendes zu erzählen?«

Die Angesprochene stieß ein Schnauben aus, gefolgt von einem leisen Seufzen des Kunstlederpolsters, als sie sich in ihrem Stuhl zurücklehnte. »Verstehen Sie mich nicht falsch. Ich weiß, dass Sie sich in einer außergewöhnlichen Situation befinden. Aber wenn Sie so direkt fragen, will ich uns nicht unnötig die Zeit stehlen, nicht wahr?«

»Außergewöhnliche Situation?« Seine Mutter schüttelte den Kopf. »Und die wäre bitte?«

Die Mundwinkel der Fremden zuckten milde, ein Versuch falscher Höflichkeit, dann schüttelte sie den Kopf. »Noah weiß, wovon ich spreche.« Sie nickte mit dem Kopf zu ihm hinüber.

Seine Mutter folgte der Geste und sah ihren Sohn erstaunt an. »Noah?«

Das kann gerade nicht passieren. Das kann *nicht passieren.* »Ich ...« Er räusperte sich, öffnete den Mund, um etwas zu sagen, doch nur Luft entwich. *Sie weiß alles über mich. Alles.*

Er wollte etwas sagen, die Stille füllen mit so vielen Worten gleichzeitig, dass sie seinen Mund blockierten. Seine Lippen zuckten, er fühlte ein Ziehen in der Kehle, aber ... Nichts. Er brachte kein Wort heraus.

Lasst mich gehen, lasst mich bitte einfach gehen. Bitte. Er biss sich auf die Zunge und ballte die Fäuste, doch nichts tat sich. *Ich will nicht darüber reden. Ich will nicht. Behalt es für dich. Geh einfach. Geh!*

Die Frau räusperte sich. Er warf ihr einen flehenden Blick zu. *Nein. Bitte.* »Nun, es ist nicht ungewöhnlich, dass Noah Ihnen nichts davon erzählt hat. Ich ...«

»Muss das sein?« Die Worte kratzten in seiner Kehle. Es fühlte sich an, als würde das Eis seinen Hals hinunterkriechen, seine Knochen knirschen lassen. Sein Herz trommelte gegen seinen Brustkorb, seine Lungen schienen zu schrumpfen – als würde er von innen einfrieren, bis er sich nicht mehr bewegen konnte. Als wäre er an diesen Stuhl gefesselt.

»Ich verstehe, dass das schwierig sein muss, aber denkst du nicht, dass deine Mutter es wissen sollte?«

Er wartete, dass sie weitersprach, aber sie hielt inne. Sie *wartete* auf seine Zustimmung zu einer Frage, bei der es nur eine Antwort geben konnte: *Soll das ein Scherz sein?*

»Noah ...?«, hauchte seine Mutter in die Stille.

Draußen sang ein Vogel.

Seufzend ließ er den Kopf sinken. Am liebsten wäre er weggerannt. Hätte nicht die quälenden Worte gehört, die jetzt auf ihn zukamen, sondern einfach das Resultat akzeptiert, wie auch immer es aussah.

Er hörte, wie die Fremde Luft holte. »Ich weiß nicht, wie viel Sie von den Ereignissen vor gut einer Woche mitbekommen haben: Ihr Sohn ist durch eine unbekannte Ursache magisch kontaminiert worden. Die exakten Auswirkungen kennen wir noch nicht, aber nach allem, was wir wissen, ist er jetzt wohl ein Magier. Ein Eismagier, um genau zu sein.«

Stille.

Absolute, brennende Stille. Sie presste ihn in den Stuhl, nahm ihm den Atem und trieb die Kälte weiter seinen Rücken hinab. Ließ seine Hände taub werden. *Was wird sie dazu sagen? Wird sie ihr glauben?*

Zögernd hob er den Blick. Seine Mutter fixierte die Fremde mit versteinerter Miene und schwieg.

Noahs Brille hing ihm tief auf der Nase, aber er behielt die Hände unter dem Tisch, aus der irrsinnigen Angst heraus, seiner Mutter die glitzernden Frostspuren darauf zu zeigen.

Als die Stille unerträglich wurde, öffnete er den Mund und holte tief Luft … da hörte er ein Lachen. Erst leise, dann immer lauter, fast hilflos. Etwas in Noah knackte und eine Gänsehaut rann ihm über die Arme. *Sie lacht über mich. Über das, was mit mir passiert ist.*

»Nichts für ungut, aber finden Sie das witzig?« Seine Mutter musterte die junge Frau, die Arme vor der Brust verschränkt. Noahs Herzschlag klang hohl in seinen Ohren und er spürte, wie seine Hände sich erneut zusammenballen wollten – aber sie waren an seinen Oberschenkeln festgefroren. Die Eisschicht, die seinen Körper immer mehr vereinnahmte, wuchs und wuchs und wurde dicker, bis er das Gefühl hatte, darunter zu ersticken. »Ich weiß durchaus, dass es meinem Sohn die letzten Tage nicht gut ging, aber sich so einen Scherz zu erlauben?« Ihr Blick schoss zu ihm. Unwillkürlich straffte er den Rücken. »Und du, junger Mann – wenn ich herausfinde, dass du einen Anruf von der Polizei gestellt hast, dann …«

»Es ist kein Scherz«, flüsterte er und blinzelte angestrengt. Wo kamen auf einmal diese verdammten Tränen her? Er würde jetzt nicht weinen. Nein. *Nein.*

Wieder sah er durch die schiefe Brille auf seine Hände unter dem Tisch hinab. Trotz der Sommerhitze stieg feiner Nebel von ihnen auf.

»Schatz, was soll das? Das ist doch jetzt albern, ich meine – verdammt, Noah!« Erschrocken sprang sie auf, als sie seine Hände sah. Die blau angelaufenen, knackenden Hände. Die er nicht mehr bewegen konnte. Deren Eis ihn seit Tagen immer wieder ans Bett fesselte. An den Stuhl. An die Türklinke. Die Hände, die er gerade zitternd über die Tischplatte gehoben hatte.

Und von denen diese seltsame Frau wusste. Weil sie von der *Bundesbehörde für Sondervorkommnisse* kam.

Doch anders als erwartet wich seine Mutter nicht vor ihm zurück, sondern hastete stattdessen um den Tisch herum und fiel vor Noah auf die Knie. Ihre Hände schlossen sich um seine – und zuckten zurück. »Die sind ja eiskalt!«

Sie sind aus Eis. Er musste schmunzeln, obwohl der Kloß in seinem Hals bei ihren Worten größer wurde.

»Tut das nicht weh? Sollen wir sie aufwärmen?« Ihre großen Augen zuckten zwischen ihm und der Fremden hin und her.

Einer seiner ersten Gedanken nach dem Unfall: *Frieren mir jetzt die Finger ab? Kriege ich Frostbrand?* Mühsame Online-Recherchen hatten die Angst nur weiter angeheizt, hatten ihn Sonntagnachmittag im Bett festfrieren lassen, bis er schreien wollte. Tränen waren ihm auf den Wangen gefroren, bis tief in die Nacht, bis er endlich in wirre Träume gefunden hatte.

In denen er zu Eis erstarrte. Zu einer Statue, die seine Mutter am nächsten Morgen fand und prompt in den Garten stellte.

»Es kann ihm nichts anhaben«, erklärte die Fremde gelassen. Noahs Schultern sackten vor Erleichterung nach unten. »Die Magie kommt von ihm – sie wird ihn nicht verletzen.«

Er seufzte tief und bemerkte erst jetzt, dass er die Luft angehalten hatte. Schnell blinzelte er die Tränen weg. *Ich werde nicht erfrieren.* Langsam schaute er auf, bis er der Frau ins Gesicht sah – und stellte fest, dass ihr Blick raus in den Garten gerichtet war. Anspannung durchdrang ihre Arme, ihre Schultern, hoch bis zu ihrem Kiefer, den sie fest zusammenpresste. *Ist da irgendwas?* Aber als er ihrem Blick folgte, sah er nur die große leere Rasenfläche, ein paar Bäume und Hecken.

»Das heißt ... können wir irgendetwas tun?« Seine Mutter blinzelte zu ihm auf, fuhr ihm durch die Haare und rückte seine Brille zurecht. Auf einmal fühlte er sich sehr klein. *Bemuttert.* Er unterdrückte ein Schnauben und sah weg.

»Ja und nein. Für den Moment kann ich helfen, aber langfristig kann das nur Noah.«

Überrascht hoben sich seine Brauen. Als er jetzt zu der Fremden sah, schlug ihm aus ihren Augen eine solche Schwermut entgegen, dass er unwillkürlich nach Luft schnappte. Da war etwas Dunkles. Wie ein enger Raum mit verschlossener Tür, wenn man sich nach dem Himmel sehnte.

»Ist es so schlimm?«, hauchte er.

Einer ihrer Mundwinkel zuckte, aber das Lächeln wirkte falsch.

»Nein, ist es nicht. Es ...«

»Was ist das für eine Organisation, von der Sie kommen?« Seine Mutter erhob sich entschlossen und schaute auf die Besucherin herab. »Verstehen Sie mich nicht falsch, ich ... kann den Tatsachen hier nicht widersprechen. Aber warum schicken die ausgerechnet Sie?«

Die Fremde lachte trocken und die Dunkelheit in ihren Augen schien sich zurückzuziehen. Aber nicht, als wäre sie vertrieben worden, sondern, als hätte sie sie weggepackt. Tief, tief in sich vergraben, wo niemand sie sehen konnte. Auf einmal bekamen die zerfledderten Jeans und die Lederjacke eine ganz andere Note, von der Noah selbst nicht wusste, wie er sie deuten sollte.

»Sehr direkt, aber von mir aus.« Die Frau griff in ihre Jackentasche und zog ein schwarzes Ledermäppchen heraus, das sie Noahs Mutter mit einer lockeren Handbewegung zuwarf.

Überrascht fing diese es, klappte es auf und warf einen Blick auf den Inhalt. »Eine Marke?«

Die Frau nickte und schlug ein Bein über das andere. »Ich bin sozusagen ein erweiterter Teil der örtlichen Polizei. Und des Sozialamts. Es gibt auch eine zweite Behörde, die das Militär berät und in internationalen Fragen unterstützt – grob gesagt, diese beiden Behörden hängen irgendwo zwischen der Polizei und den anderen Staatsorganen, die Sie so kennen. Meine Behörde besteht aus einigen ausgewählten Mitarbeitern mit entsprechenden Fähigkeiten. Wir schalten uns ein, wenn der Verdacht magischer Vorkommnisse aufkommt.«

Seine Mutter musterte weiter die Marke und schüttelte kaum merklich den Kopf, bevor sie sie auf den Tisch legte. Wären Noahs Hände nicht gerade vereist, würde er ihr auch nicht glauben. »Und was qualifiziert einen dafür?« *Warum siehst du dann nicht aus wie eine Beamtin?*

Die junge Frau schmunzelte – und in diesem Moment war es wohl das Gruseligste, was sie tun konnte. Wortlos streckte sie Noah ihre Hände entgegen und wedelte auffordernd mit den Fingern. Seine Mutter sah sie an, als hätte sie den Verstand verloren.

»Gib mir deine Hände«, verlangte die Fremde.

Ein Kribbeln breitete sich in Noah aus, das bis in seine Fingerspitzen jagte, und er wich kaum merklich zurück. »Ich ...«

»Gib schon her.« Bevor er es verhindern konnte, war sie vorgeschnellt und hatte ihre Hände um seine gelegt. Schwielen zogen sich über ihre schmalen, langen Finger, und auf einmal kam die surreale Angst in ihm auf, dass das Eis einfach darüberwachsen würde. Er hörte es knacken. Spürte es arbeiten. Ihm wurde schwindlig. Er wollte hier weg.

»Wirklich, ich glaube nicht, dass das ...«, flehte er, während sein Herz ihm förmlich durch den Brustkorb sprang. Was passierte, wenn er sie verletzte? Seine Mutter hatte ihn anfassen können, aber nur kurz. Er zog an seinen Händen, aber er schaffte es nicht, sich aus ihrem Griff zu lösen. *Nein, nein, nein!*

»Halt still. Gleich haben wir's.«

Gleich hat es dich. *Was soll ich machen?!* Panisch irrte sein Blick durch den Raum, bis er sich an seiner Mutter verfing. *Hilf mir, bitte!* Doch sie blieb bleich und bewegungslos, starrte nur auf die ineinander verschränkten Hände.

Bis die Fremde sich zurückzog. Zögernd hielt er seine Finger ins Sonnenlicht. Kein Eis. Lediglich ein dünner Schweißfilm und die sommerliche Wärme auf seiner Haut. Nie war ihm so warm gewesen.

Seine Lippen lösten sich zu Worten, doch sie blieben tonlos. »Was ...?«, brachte er schließlich heraus.

»Frau Mertens, ich würde Sie bitten, sich wieder zu setzen, damit wir reden können.« Die junge Frau deutete auf den Stuhl seiner Mutter. »Dann kann ich alles genauer erklären.«

Ein Ruck lief durch seine Mutter und sie taumelte zurück zu ihrem Sitz. Innerhalb von Minuten schienen sich ihre grauen Strähnen vervielfacht zu haben.

»Vorschlag: Ich erkläre erst mal, wer ich bin, warum ich überhaupt hier bin und wie die nächste Zeit ablaufen wird. Im Anschluss können Sie Fragen stellen, wenn Sie welche haben. Okay?«

Noah nickte kaum merklich und begegnete dem Blick seiner Mutter. *Passiert das gerade wirklich?*

Die schluckte sichtlich, und das war Antwort genug.

Die Fremde bemerkte ihren stummen Austausch, behielt jeglichen Kommentar jedoch für sich. »Ich habe meine Ausbildung bei der Bundesbehörde für Sondervorkommnisse abgeschlossen und arbeite seitdem im Außendienst. Das heißt, ich reise zu Orten, an denen wir Meldung zu magischen Ereignissen erhalten haben, und arbeite dann gegebenenfalls mit den Betroffenen.« Sie verschränkte die Arme vor der Brust und ließ sich in ihrem Stuhl zurückfallen. »Ich bin selbst Eismagierin, im Gegensatz zu Noah habe ich die Kraft aber von meinem Vater geerbt. Ich bin hier, um dich auszubilden, bis du deine Fähigkeiten genug im Griff hast, um in den Alltag zurückzukehren. Du bist also ab heute mein Lehrling, Noah.« Sie sah aus, als würde sie ihm zuzwinkern wollen, doch seine Mutter holte bedeutsam Luft.

Die Fremde war schneller. »Ich verstehe, dass das unglaubwürdig klingt, aber so ist es nun mal.« In einer fließenden Bewegung glitt ihre Hand durch die Luft, fast, als striche sie über reifen Weizen. Wo ihre Finger gewesen waren, formten sich Wassertropfen, die binnen eines Herzschlags zu Eis erstarrten und unter ihren Fingern tanzten.

Noah klappte die Kinnlade herunter. *Magie.* Und etwas in ihm sang dazu. Ein fremdes, eigenartiges Lied, das ihn so sehr gefangen nahm, dass seine Hand sich in dem Impuls hob, es ebenfalls zu versuchen. Unter seinen eigenen Fingern das gleiche Eis zu formen, das sich gerade um ihre Fingerkuppen legte.

Sie lachte leise. »Du wirst Zeit brauchen, bis du das hinbekommst. Aber das ist die Idee.« Mit einer Bewegung der freien Hand zog sie den dünnen Eisfilm über ihren Handrücken bis zum Handgelenk hinauf – und sprach weiter, als sei nichts geschehen. Als würde dort nicht eine Schicht aus Kälte der Hitze des Tages trotzen, direkt auf ihrer Haut. »Ich bin vor allem hier, um dir die Grundlagen beizubringen. Du sollst ja niemanden verletzen.«

Verletzen. Das Wort hallte in ihm nach – und bestätigte all die Albträume, die er gehabt hatte.

»Ich werde so lange bleiben, bis ich sicher bin, dass du gut genug bist, um alleine klarzukommen.« Sie zog eine Visitenkarte aus ihrer Jackentasche und schob sie ihm zu. »Das ist meine Nummer. Bei Notfällen kannst du mich jederzeit anrufen, die Uhrzeit ist völlig egal. Ich werde sowieso jeden Tag vorbeikommen. Wie lange, kommt auf deine Konzentration und meine Motivation an.« Nun zwinkerte sie tatsächlich und lachte leise, als er verstört zurückschaute.

»Ich werde hier sein, um deine Magie in die richtigen Bahnen zu lenken und dazwischenzugehen, wenn irgendetwas passiert. Ich bin quasi dein Mädchen für alles.«

»›Mädchen für alles‹ ...?«, wiederholte er und griff nach der Visitenkarte. Sie war komplett weiß, nur ein Name und eine Handynummer standen darauf. *Luca Wittek.*

Sie winkte ab. »Nicht das, was du jetzt denkst.«

Er fuhr zusammen und seine Wangen fingen Feuer. »Das ist nicht ...«

»Schon klar.« Sie schmunzelte. »Ich bin einfach für die Magie zuständig. Das war's von meiner Seite. Gibt es noch Fragen?«

Alarmiert schaute er auf. *So schnell? Mehr gibt es nicht zu sagen? Woher du kommst, wer du bist, was deine Behörde für eine Organisation ist? Warum ich plötzlich diese Fähigkeiten habe? Was am Samstag eigentlich passiert ist?* Doch wieder wollte ihm nichts davon über die Lippen kommen. *Verdammt, verdammt, verdammt!*

»Gut, wenn das alles ist, werde ich mich für heute verabschieden.« Luca Wittek drückte sich in die Höhe, sammelte die Marke vom Tisch und warf sich ihre Lederjacke über. »Ich werde morgen um Punkt acht Uhr hier sein, dann können wir mit dem Training beginnen. Es wäre hilfreich, wenn du bis dahin gefrühstückt hast und heute Abend am besten keinen Alkohol trinkst. Das sollte man erst mit mehr Erfahrung.« Sie hob einen Mundwinkel, verabschiedete sich mit einem Wink über die Schulter und ging. Einfach so. Kurz darauf fiel die Tür ins Schloss.

»Wir haben sie nicht zur Tür begleitet«, stellte seine Mutter trocken fest und schaute von ihren verschränkten Händen auf.

Noah räusperte sich. »Nein, haben wir nicht.«

Lucas Turnschuhe klopften beim Laufen einen harten Takt auf den Asphalt, rhythmisch mit ihrem Herzschlag. Um sie herum zwitscherten Vögel, während Bäume, andere Jogger und Spaziergänger den Weg einrahmten. Sie kam an einer Familie vorbei – der kleine Racker im Kinderwagen, geschoben von der laufenden Mutter. Der Vater rannte hinterher, den Kläffer an der Leine, der Luca im Vorbeiziehen einen bösen Blick zuwarf.

Luca hob eine Braue, doch da war sie schon vorbei und ihr blieb nichts als die Frage, was sie diesem Hund getan haben könnte, dass er sie so anstarrte.

Sie richtete den Blick geradeaus und hob den Kopf. Ihre Muskeln summten angenehm durch die Bewegung, Luft floss in gleichmäßigen Atemzügen über ihre Lippen. Das war Entspannung. So und nicht anders verbrachte man den Tag nach sechs Stunden Fahrt für ein kurzes Gespräch mit einer fassungslosen Familie.

Noah Mertens. Sie wälzte den Namen auf der Zunge ein paarmal hin und her, sprach ihn sogar laut aus, die Wiesen um sie herum die einzigen Zeugen. Obwohl sie sich im Herzen einer Stadt befand, trotzten diese wenigen grünen Plätze hartnäckig dem Häuserdschungel und boten den Anwohnern mehr Natur, als sie in anderen Städten bekämen.

Je näher sie den Bahngleisen kam, desto ruhiger wurde es. Bäume sicherten ihr Schatten auf der schmalen, asphaltierten Strecke, die sie sich vorhin online herausgesucht hatte.

Was er wohl davon hält, dass er jetzt Magier ist? Sie dachte an seine Hände. An das Eis, das sie in seinen Schuhen und auf seinem Rücken gespürt hatte. Gerne hätte sie es ihm komplett genommen, aber um alles zu tauen, hätte sie deutlich mehr Zeit gebraucht. Er würde es selbst lernen müssen. *Besonders, wenn er so viel Magie hat.*

Noch nie hatte Luca einen so mächtigen Eismagier gesehen – oder gespürt. Als wäre ihm eine unsichtbare Präsenz auf Schritt und Tritt gefolgt. Hätte sich mit ihm an den Tisch gesetzt, seine Hände festgehalten und sie eingefroren.

Als sie sein Geheimnis offengelegt hatte, war sein Blick voller Schuld und Scham zu seiner Mutter gezuckt. Und doch hatte sie das Gefühl gehabt, dass in diesem Moment bei ihm etwas an die richtige Stelle gerückt war. Wie ein einzelnes Puzzleteil, dank dessen das Gesamtbild endlich klar wird.

Aber was zeigte das Gesamtbild? Es war, als fischte sie mit verbundenen Augen in einer Schachtel mit Puzzleteilen herum und zog willkürlich welche heraus, ohne zu wissen, was sie damit anfangen sollte.

Ein Junge, der spät von der Uni kam, Hausaufgaben im Gepäck, sich an dem Abend vermutlich nach dem Lernen mit seinen Freunden noch die Kante gegeben hatte. So hatte seine Mutter es am Telefon geschildert. Den ganzen nächsten Tag hatte er sein Zimmer nicht verlassen wollen, sogar die Tür verbarrikadiert. Vorher: keinen Funken Magie. Jetzt?

»Ein ganzes Fass voll«, murmelte sie, und eine Gänsehaut lief ihr über die Arme, doch sie joggte stur weiter.

Noahs Magie war stark, viel stärker als ihre, und sie war nicht sicher, ob sie diese Information mit ihm teilen sollte. Das am Tisch, ihre kleine »Vorstellung«, das war nicht mehr als ein Taschenspielertrick gewesen. Dennoch hatte sie sich anstrengen, sich konzentrieren müssen, um die Eisschicht auf ihrer Hand aufrecht zu halten – er dagegen fror alles ein, ohne es überhaupt zu wollen. Und auch wenn Noah auf den ersten Blick nicht wie jemand mit bösen Absichten erschien – vielleicht würde das Wissen seine Angst schüren. Magie zu kontrollieren hatte mit Selbstsicherheit zu tun, mit innerer Stärke – schlotternde Knie würden ihn nur behindern.

Seine Finger sind bereits wieder eingefroren, als ich das Haus verlassen habe. Nur Momente, nachdem ich sie davon befreit hatte. Seine Fähigkeit war roh, gewaltig, unberührt und stumpf. Und die sollte sie schärfen?

Luca hatte erst vor gut einem Jahr ihre Ausbildung abgeschlossen und noch nie als Lehrerin gearbeitet. Sie hatte kleinere Ermittlungen übernommen, Akten zugestellt, manchmal auch Personen verfolgt oder interessierten Kreisen aus der Wirtschaft und der Politik das Konzept von Magie nähergebracht.

Aber das? Eine Mentorin?

Unwillkürlich sah sie an sich hinab. Nachdem sie bei Noah und seiner Familie gewesen war, hatte sie einen Abstecher zu ihrem Hotel gemacht und sich umgezogen. Statt ihrer Jeans und dem T-Shirt trug sie jetzt enganliegende, schwarze Funktionskleidung und teure Laufschuhe. Sie wusste nicht einmal, von welcher Marke das alles stammte – und es war ihr auch egal. Früher einmal hatte sie Wert darauf gelegt, aber mittlerweile erschienen ihr solche Details bedeutungslos. Kleidung sollte praktisch sein und damit basta.

Und so jemanden setzten sie an auf den potenziell mächtigsten Magier seit Jahrzehnten.

Ein leises Stöhnen entfuhr ihr und kurz geriet sie aus dem Takt. Asphalt küsste ihre Schuhe, und sie bog scharf rechts ab, um wieder auf den Bürgersteig zu kommen. Zurück in die Stadt, an den Mehrfamilienhäusern vorbei, die sie wieder zu ihrem Hotel führten.

Vielleicht sollte ich meinen Vater um Rat bitten. Er war besser qualifiziert als sie und in Frankfurt stationiert – nicht *zu* weit entfernt, um ihn für ein kurzes Wochenende einzuladen. Und ihn zu bitten zu bleiben, damit sie ihren Auftrag gegen einen passenderen tauschen konnte.

Nein. Ein tiefer Atemzug, während sie eine weitere Straße überquerte. Das war ihre erste große Aufgabe. Selbst wenn ihr Vater seine Hilfe anbieten würde, was nicht auszuschließen war, würde sie eine wahnsinnige Chance verlieren, wenn sie sie annahm. *Es wird eine neue Erfahrung.* Oder so ähnlich.

Es kostete sie einige Schritte, um aus ihren Gedanken wieder aufzutauchen und sich auf ihre Umgebung zu konzentrieren. Vor ihr kam der Bahnübergang in Sicht, den sie gedanklich mit einem X versehen hatte. Dahinter würde sie rechts abbiegen und geradeaus laufen, bis sie das Hotel …

Das Warnblinklicht sprang an, obwohl sie keinen Zug kommen hörte. Schranken senkten sich auf beiden Seiten, Fußgänger blieben davor stehen, daneben hielten Autos und warteten brav auf den vorbeirauschenden Zug. Luca hatte noch gute fünfzig Meter bis dorthin, vielleicht sogar mehr. *Da-dum, da-dum, da-dum.* Ihre Schritte wurden schneller. *Da-dum.*

Sie wusste nicht, was sie befiel. Was ihre Beine zum Sprinten veranlasste, was sie zu den Schienen trieb, immer schneller. Was sie die Menschen vergessen ließ, die dort warteten. Ein Blick zur Seite, das Rattern der Gleise, sie sah den Zug kommen.

Ihr Herz schlug ihr bis zum Hals. Ein dumpfes, lautes Dröhnen in ihren Ohren – Musik. Das war Musik. *Ihre* Musik. Das war, wofür sie aufstand, für dieses Adrenalin, das sie fliegen ließ, wo sie normalerweise fiel.

Also rannte sie. Rannte, so schnell sie konnte, damit die Flügel sie trugen. Der Zug rauschte heran, ein Hupen, ein Dröhnen. Schreie hinter ihr, eine Hand, die nach ihr greifen wollte, aber schon war sie auf den Gleisen. Schritte, die ihr unendlich langsam vorkamen und doch so schnell, dass ihr Herz kaum Zeit hatte, sie zu zählen. Schräg über die Schienen, zur anderen Seite, dann …

Sie spürte den heftigen Windzug im Rücken. Er riss an ihren Haaren, biss in ihre schweißnasse Kleidung und schien sie davontragen zu wollen. Ihre Füße verloren die Bodenhaftung, doch sie rannte einfach weiter. Das Adrenalin war wie eine Droge, hetzte sie, trieb sie, und …

»Mein Gott, wieso haben Sie nicht angehalten?!«

Und schon war sie wieder gelandet. Kaum wurde sie sich ihres breiten Grinsens bewusst – da bröckelte es von ihren Lippen wie alte Farbe.

Sie brauchte noch zwei weitere Schritte, um anzuhalten. Zwei Atemzüge, um sich umzudrehen.

Vor ihr stand eine Frau, blondierte Haare, einen kleinen Schützling an der Hand. Er sah sie mit großen Augen an, als hätte auch er ihre Flügel gesehen.

»Wie bitte?« Ihre Stimme kam ihr fremd vor und Luca brauchte einen Moment, um zurück in ihren Körper zu finden.

»Wissen Sie eigentlich, wie *verantwortungslos* das war?!«, schrillte die Frau. »Sie wären beinahe überfahren worden! Denken Sie denn gar nicht an den armen Zugführer? An die Kinder«, sie deutete energisch auf ihren Sohn, »die Sie damit traumatisiert hätten?«

Aber mir ist nichts passiert. Die Worte lagen ihr auf der Zunge … aber dann sah sie in die Augen des Jungen. Groß, voller Staunen und, ja, vielleicht sogar Begeisterung.

Scheiße. Sie presste die Lippen zusammen, ihre Schultern verkrampften sich. All die Leichtigkeit war verflogen, zurück blieb der bittere Geschmack der Realität.

»Sie sollten sich schämen, wirklich. Sie sollten …«

Luca warf ihr einen bösen Blick zu. »Ich weiß«, seufzte sie, dann trat sie zu dem Jungen heran. Seine Mutter zog erschrocken an seinem Arm.

»Hey, Kleiner. Kann ich dir kurz etwas sagen?«

Sie spürte die Aufmerksamkeit der anderen Passanten. Die gerunzelte Stirn des älteren Herrn, den missbilligenden Blick des Radfahrers, der immer noch den Kopf schüttelte. *Ich sollte einfach weiterlaufen*, dachte sie, während die Schranke sich bereits wieder hob.

Doch stattdessen sah sie den Jungen an. Dieses kleine, blonde Wesen mit den riesigen Augen. Zögerlich trat er einen Schritt um das Bein seiner Mutter herum, die ihm beschützend eine Hand auf den Kopf legte. Die Blicke der anderen waren Luca egal, die Welt war ihr egal – aber das tat weh.

»Es war nicht in Ordnung, was ich gerade gemacht habe. Ich dachte, ich ... wäre in Eile, aber siehst du, ich hätte nur ein bisschen warten brauchen, dann wären die Schranken wieder oben gewesen.« Eine Lüge. Eine glatte, glaubhafte Lüge. Mit Mühe schaffte sie es, die Mundwinkel zu heben. »Nur für den Fall, dass du mal spät dran sein solltest, irgendwann in deinem Leben: Lauf nicht, sondern bleib stehen. Dein Leben kann kurz auf dich warten.« Sie wollte die Hand ausstrecken und ihm durch die Haare wuscheln, aber stattdessen zwang sie sich wieder in den Stand und drehte sich um.

Ihr war egal, dass die Umstehenden sie anstarrten. Wortlos wandte sie sich ab und lief weiter, bog rechts ab, folgte der Straße zu ihrem Hotel und zwang sich, wieder an Noah zu denken. An seine gefrorenen Hände und daran, wie sie ihm helfen konnte, damit er nicht wie sie, irgendwann, einen vorbeirauschenden Zug brauchte, um sich lebendig zu fühlen.

Damit er nicht von innen gefror.

2

Das Messer klirrte – schrie geradezu –, als Noah damit versehentlich gegen seinen Teller schlug. Seine Schultern rutschten nach vorne und er warf einen schnellen Blick über den Tisch. Keiner hatte zu ihm hingesehen. Er entließ den unwillkürlich angehaltenen Atem und setzte sich gerader hin.

So ruhig es seine vereisten Finger zuließen, klaubte er das Brötchen vom Teller und stopfte sich so viel wie möglich davon in den Mund, bevor die Marmelade darauf gefror. Noch gestern hatte ihm das hochgezogene Augenbrauen eingebracht, aber jetzt? Jetzt schwiegen sie. Schon den ganzen Morgen.

Sein Vater hatte vor wenigen Minuten seiner Mutter einen Abschiedskuss gegeben, war ins Auto gestiegen und zur Arbeit gefahren. So wie jeden Morgen. Und wie an jedem Werktag – und an nicht wenigen Wochenenden – würde er erst spät abends wieder heimkommen und dann seine Ruhe haben wollen.

Der Rest der Familie blieb dagegen heute zu Hause. Selbst Vanessa war gestern Abend noch vorbeigekommen.

Noah räusperte sich und versuchte zu ignorieren, dass sein Rücken immer kälter wurde. Die Stille war unerträglich. Sie kribbelte unter der Haut, zog in seine Lunge und setzte sich dort fest, voll von Worten, die nach draußen drängten. Jeder Atemzug wurde zu einem Schwall an Sätzen, der von innen gegen seine Zähne schlug und ungehört verstummte.

Ein heftiges Klirren von Besteck ließ ihn zusammenfahren. Vanessa hatte den Versuch aufgegeben, sich zurückzuhalten, und funkelte nun böse abwechselnd ihn und seine Mutter an. »Das kann doch nicht wahr sein. Es *ist* etwas passiert, das können wir nicht einfach totschweigen!« Sie schnaubte, wodurch ihre Nase merklich breiter wurde, dann deutete sie mit ihrem Löffel auf ihn.

Sofort fiel die Raumtemperatur um mehrere Grad.

»Rede«, verlangte sie. Noah räusperte sich mühsam.

»Was willst du denn wissen?« Seine Stimme konnte nicht einmal zur Hälfte das fassen, was in ihm brannte. Was an die Oberfläche drängte. Vielleicht war die Eisschicht zu dick geworden?

Vanessas Mundwinkel zuckten verräterisch. Dafür, dass sie gerade an ihrer Promotion arbeitete, kam sie ihm viel zu oft wie die große Schwester vor, die nie älter wurde als sechzehn. Doch als sie den Mund aufmachte, war sie ungewöhnlich ernst: »Ich hab dich lieb – ich bin gestern aus allen Wolken gefallen, als Mama mich angerufen hat. Ich will einfach verstehen, was hier passiert.«

Wer nicht. Statt zu antworten, schaute Noah auf seinen Teller. Die Marmelade auf dem Brötchen war endgültig gefroren, die Klinge seines Brotmessers eingefasst in Eiskristalle, die einmal Butter gewesen sein mussten. Er zuckte hilflos mit den Schultern.

Vanessa seufzte. Aus den Augenwinkeln sah er, wie sie den Kopf unbestimmt wandte, als wüsste sie nicht, wohin sie schauen sollte. Ihr Profil mit der hohen Stirn und den zu einem dicken Zopf zusammengefassten Dreadlocks war vom Sonnenlicht scharf umrissen.

Seine Mutter dagegen reagierte gar nicht.

Schließlich hielt er es nicht mehr aus, schaute auf – und begegnete ihrem direkten Blick, der ihn so unvorbereitet traf, dass er beinahe sofort wieder wegschaute.

Innerhalb der letzten Nacht schien sie um mehrere Jahre gealtert zu sein. Waren ihre Haare gestern auch schon so grau gewesen? Und seit wann sah ihre Bluse so verblichen aus? Als hätte er vorher ein Foto betrachtet, das er jetzt beiseite nahm, um es mit der Realität zu vergleichen.

»Ich weiß auch nicht«, gab sie schließlich zu. »Ich weiß nicht, was ich sagen soll. Wir haben dir erzählt, was gestern passiert ist, Vanessa. Keiner von uns weiß mehr.«

Gestern, direkt nach dem Gespräch, hatte sie ihn gezwungen, mehr über den verhängnisvollen Abend zu erzählen. An dem er unterwegs gewesen war, um mit seinen Freunden über den neuesten Übungsblättern zu brüten. Danach wie immer die Abkürzung hinter den Unigebäuden genommen hatte ... und dann plötzlich nichts mehr. Leere. Blackout. Er erinnerte sich vage an irgendetwas, das ihm über den Arm gestrichen war. An Schritte auf der sommertrockenen Erde.

Und daran, wie er in seinem Bett aufgewacht war. Er wusste nicht einmal, wie er nach Hause gekommen war. Er wusste nur, dass ihn plötzlich eine dicke Eisschicht ans Bett fesselte.

»Ich ...« Vanessa ließ den Löffel in ihr Müsli fallen, dann kippte sie kopfschüttelnd in ihrem Stuhl zurück. »Du sollst ein Zauberer sein? Wie Gandalf?«

Noahs Mundwinkel zuckten. »Ich glaube nicht«, meinte er und setzte an, seine Brille zurückzuschieben – hielt aber gerade rechtzeitig inne, als er das Eis an seinen Fingerspitzen funkeln sah. Schnell ließ er die Hände wieder sinken. »Ich habe nicht vor, gegen Dämonen zu kämpfen und Ringe in Vulkane zu werfen, wenn du das meinst.«

Vanessa schnaubte. »Du bist kein bisschen lustig.«

Die Worte fegten die Leichtigkeit fort. Betreten schaute Noah zurück auf sein Essen. Er setzte an, sein Messer aufzulesen, zog dabei aber gleich den ganzen daran festgefrorenen Teller in die Höhe. Erschrocken ließ er los.

Ein weiteres Klirren in der Stille.

Vanessa und seine Mutter musterten ihn. Er hatte das Bedürfnis, sich zu entschuldigen, dabei wusste er gar nicht genau, wofür.

»Was ist die Bundesbehörde für Sondervorkommnisse?«, fragte Vanessa schließlich – und legte den Finger damit zielsicher in die Wunde. Ähnlich wie gestern. Als sie plötzlich auf der Türschwelle gestanden hatte, die Haare noch nass vom Regen. *Wer soll diese Luca Sowieso sein?*

»Die Zuständige kommt bald. Sie kann es dir besser erklären, wenn du es wirklich wissen willst.« Seitdem die seltsame junge Frau gestern gegangen war, vermied seine Mutter es, ihren Namen in den Mund zu nehmen.

Vanessa stellte unbeeindruckt weiter die gleichen Fragen, die sie gestern schon gestellt hatte. Worte, die ihm inzwischen so bekannt vorkamen, entweder aus seinem eigenen Kopf oder aus den Mündern von anderen. Er war gar nicht mehr sicher, wie er das unterscheiden sollte.

Alle redeten immerzu *über* ihn. Als wäre *er* das Problem, das geklärt werden müsse, obwohl er es eigentlich nur *hatte. Er* war derjenige, der nicht richtig essen konnte. Der nur duschen konnte, wenn die Einstellung auf höchster Hitzestufe stand und er sich beeilte, bevor die Rohre einfroren.

Er griff nach seinem Wasserglas, mehr aus Routine als aus tatsächlicher Absicht zu trinken, und hob es an die Lippen.

Ein Eisblock schlug ihm gegen die Zähne.

Das Geräusch fuhr ihm durch die Knochen, der Schmerz schoss ihm unerwartet hoch in die Stirn. Beide Frauen am Tisch schielten zu ihm herüber, Fragen auf den Lippen – doch stattdessen unterbrach ein Klingeln die erneut aufkeimende Stille.

Sie ist da.

Schnell versuchte er, das Glas abzustellen, doch es war bereits an seinen Fingern festgefroren. Er fluchte innerlich, seufzte schließlich und nahm es einfach mit. Schritte folgten ihm, gemurmelte Stimmen, die er ausblendete, so gut es ging. Er war davon ausgegangen, dass er sich irgendwie befreit fühlen müsste, wenn seine Familie über die Magie Bescheid wusste. Doch tatsächlich fühlte er sich jetzt schwer wie nie zuvor. Als legten sie es darauf an, ihn mit ihren Fragen und ihren Blicken noch mehr auf der Stelle festzufrieren, als es seine eiskalten Füße eh schon taten.

Er ersparte sich den Blick durch den Türspion und drückte ohne zu zögern die Klinke herunter. Ihre Tür war die älteste der drei Eingänge im Haus und schabte leise über den Boden.

Noah hatte gewusst, dass Luca Wittek auf der anderen Seite der Tür auf ihn warten würde. Er hatte auf ihre blauen Augen gelauert, ihre dunklen Haare und ihre verbissene Miene. Deshalb konnte er sich nicht erklären, warum er plötzlich völlig perplex vor ihr stand und ihre Sportkleidung anstarrte.

»Genug gesehen?«, witzelte sie nach einem Moment und drückte sich an ihm vorbei. Im Vorbeigehen sammelte sie das Glas aus seinen Fingern, als wäre es nie dort festgefroren gewesen, und nahm einen tiefen Schluck daraus. Sie trug einen Rucksack, der ihren gesamten Rücken ausfüllte und irgendwie nicht wirklich zu ihr passte.

Statt seine Mutter und Vanessa zu begrüßen, nickte sie ihnen lediglich wortlos zu, durchquerte schnurstracks das Wohnzimmer und hielt erst vor der Terrassentür inne. Noah beeilte sich, sie einzuholen.

»Wollen wir?«, fragte sie über die Schulter, während sie sich selbst in den Garten ließ.

Als er sich der Terrassentür näherte, wurde Noah mit jedem Schritt langsamer. Doch Luca achtete gar nicht darauf, ob er ihr folgte, sondern lief einfach weiter, bis sie die Mitte des Gartens erreicht hatte. Gras spannte sich zu ihren Füßen wie ein See in alle Richtungen. Ganz außen am Gebäude begrenzte ein Zaun das Grundstück an den Seiten und zur Straße hin. Ein Haus, ein Garten, drei Familien. Noah konnte beinahe spüren, wie seine Verwandten an die Fenster traten, um das aufkommende Spektakel zu beobachten.

Er dagegen musterte Luca, als wäre sie ein wildes Tier. Eines, das er nicht verschrecken wollte, während sie dort stand und ihre Umgebung musterte.

Ihren Garten musterte. Warum ärgerte ihn das nicht? Warum schockierte es ihn nicht, dass sie einfach durch ihr Haus lief, als ob es ihr gehöre, und seine Familie nicht einmal anständig grüßte?

Dass er darauf keine Antwort wusste, ließ ihn erneut seufzen. Bevor er jedoch über die Schwelle treten konnte, um sich dieser seltsamen Frau zu stellen, griff jemand nach seinem Arm. Langsam drehte er sich um.

»Stört es dich, wenn wir zusehen?«, fragte Vanessa ungewöhnlich schüchtern, während seine Mutter zeitgleich »Pass auf dich auf, ja?« sagte.

Noah nickte unbestimmt und trat auf die Terrasse hinaus. Luca kniete sich gerade hin, öffnete den Rucksack und machte sich daran, Schoner anzulegen. Ähnliche wie die, die er getragen hatte, als er Inlineskaten lernte. Seltsamerweise sah sie damit nicht halb so lächerlich aus wie er damals.

An der Rasenkante hielt er inne. Seine nackten Zehen zogen sich unwillkürlich zurück und seine Hände krochen wie von selbst hinter seinen Rücken. Sein Herz schlug so hohl, dass er es gar nicht mehr hörte, als würde der Boden unter ihm nachgeben, wenn er sich zu schnell bewegte.

Er spürte die Blicke seiner Mutter und seiner Schwester hinter ihm. Worauf warteten sie? Auf ihn? Warum denn? Er atmete tief ein – und stieß Eisnebel wieder aus.

»Noah?«

Er zuckte zusammen und sah von seinen nackten Füßen auf. Luca kam auf ihn zu.

Erst jetzt bemerkte er, dass er die Zähne zusammenbiss.

Etwa einen Meter vor ihm hielt sie an und machte sich daran, ihre Haare hinter dem Rücken wieder zu einem festen

Zopf zu flechten. »Kommst du?«, fragte sie. Gerne hätte er gesehen, was ihre Hände dort taten. Wie diese zarten Finger, die Eis befahlen, als ob es das Selbstverständlichste der Welt wäre, solche filigranen Gesten ausführen konnten.

Seine Füße dagegen froren ihn auf der Stelle fest.

»Ich …«, begann er, doch es fühlte sich an, als knackten selbst seine Stimmbänder. Als würde die Kälte seine Kehle hinabrinnen. *Was, wenn ich nichts erreiche heute? Erwartet sie irgendetwas von mir? Ich kann doch gar nichts. Ich bin doch einfach nur ich.*

Statt verständnisvoll zu lächeln, als sie seine Unsicherheit bemerkte, musterte sie ihn nur. Endlich ließ sie die Hände sinken – nur um prompt die Arme vor der Brust zu verschränken. »Was ist das Problem?«

Seine Mutter trat neben ihn, eine Hand landete auf seiner Schulter. Sie kam ihm so weit weg vor. »Sehen Sie das nicht? Er braucht …«

Luca wedelte mit der Hand. »Sie wissen nicht, was er braucht. Ich rede mit Ihrem Sohn.«

Seine Mutter blinzelte überrascht und öffnete den Mund. Hinter ihr hörte er ein leises Lachen von Vanessa – ob aus Entrüstung oder Begeisterung, konnte er nicht sagen.

Wieder wartete er auf das Bedürfnis, sie zu verteidigen. Seine Mutter und ihr Haus und ihre Hand. Doch alles, was in ihm echote, war die Frage, die Luca gestellt hatte.

Was ist das Problem? »Letztes Mal, als ich in den Garten gegangen bin, habe ich das Gras eingefroren«, gab er zu. Vage deutete er mit dem Fuß auf die Stelle vor sich, an der die Pflänzchen sich noch immer nicht erholt hatten. Selbst jetzt krümmten sich noch einige Halme, als wollten sie vor ihm zurückweichen.

»Ich glaube, euer Rasen kann das ab.« Sie bedeutete ihm mit dem Kinn, ihr zu folgen, drehte sich um und ging wieder zu ihrem Rucksack.

Unbarmherzig. Er presste die Lippen aufeinander und setzte an loszugehen, doch wieder – *wieder* – war da diese Hand auf seiner Schulter.

Noah wandte sich zu seiner Mutter um und wartete darauf, dass sie etwas sagte. Ihre Augen waren groß, voller Sorge. »Ich glaube, wir gehen besser rein«, sagte sie plötzlich. Sie drückte ihm einen Kuss auf die Wange und wandte sich ab. »Pass auf dich auf.«

Noah nickte langsam und beobachtete, wie seine Familie ins Haus schlüpfte. Vanessa mit ein paar Worten des Protests, aber schließlich warf sie ihm nur noch einen letzten neugierigen Blick zu und verschwand.

Wieder sah er zu Luca und zwang sich zu einem schmalen Lächeln.

Ihre Mundwinkel zuckten nicht einmal. Dafür zog sie sich einen Helm auf, einen großen, der aussah wie der eines Eishockey-Spielers.

Was zur Hölle haben wir denn heute vor?

Er atmete tief durch und trat auf den Rasen. Das Gras schrie unter seinen Füßen und der Boden wurde hart, als die Feuchtigkeit darin erstarrte. Er schob seine Brille zurecht und zwang sich aufzusehen. Luca nickte stumm. Also nahm er allen Mut zusammen und ging weiter. Zwei Meter von ihr entfernt bedeutete sie ihm stehen zu bleiben.

Sofort hielt er an und stopfte die Hände in die Hosentaschen. »Ich …«

»Das versuchen wir gleich noch mal. Stell dich gerade hin. Das ist ja nicht mitanzusehen.«

Irritiert runzelte er die Stirn. »Was?«

Jetzt, ausgerechnet *jetzt*, schmunzelte sie. »Stell dich gerade hin. Nimm die Hände aus den Taschen und heb sie hoch. Auf Brusthöhe etwa.«

Seine Arme zuckten, aber er behielt sie unten. »Warum? Was soll das?«

»Wir werden trainieren.« Sie klopfte mit dem Plastik-Handschützer gegen ihren Helm und nahm eine Kampfstellung ein, breit stehend, die Arme erhoben. Doch ihr Grinsen erreichte ihre Augen nicht.

Noah verschränkte die Arme und hoffte, dass sie mehr sagen würde, wenn er sie nur lange genug anstarrte. Blaue Augen gegen braune. Etwas funkelte in ihren, etwas, das ihr auf der ...

Langsam runzelte sie die Stirn. Die Furchen wurden immer tiefer, und schließlich legte sie den Kopf schief. »Wenn du eine Frage hast, dann stell sie. Ich kann keine Gedanken lesen.«

Noah spürte, wie seine Wangen warm wurden, und ergeben hob er die Hände. »Schon gut.«

Jetzt schien sie endgültig verwirrt. Seufzend erhob sie sich aus ihrer Kampfhaltung und schüttelte den Kopf. »Wenn was ist, dann sag es einfach.«

Er spürte, wie sich sein Mund öffnete und wieder schloss. Schließlich hob er abwehrend die Hände, die Finger gespreizt, das Eis knackend in der Sommerhitze.

»Du irritierst mich«, meinte Luca und nahm wieder ihre Grundstellung ein. Diesmal ging sie etwas in die Knie und stellte sich leicht schräg, sodass ihre linke Schulter zu ihm zeigte.

Er musterte sie, dann versuchte er, ihre Haltung nachzuahmen. Zunächst reagierte sie gar nicht, ließ ihn ausprobieren. Schließlich nickte sie zufrieden.

»Gut. Und jetzt greif mich an.«

Sofort schnappte er in den geraden Stand zurück. »Ich soll was?!«

Sie stöhnte und zog sich den Helm vom Kopf. »Was glaubst du, warum ich so angezogen bin? Ich will wissen, was du kannst.«

»Mit Kampfsport?«

Luca ließ den Helm an der linken Hand baumeln, verschränkte die Arme und musterte ihn finster. »Hör zu: Ich bin keine gute Lehrerin. Ich hab das noch nie gemacht. Aber ich bin Schülerin gewesen. Mein Vater hat mir meine Eismagie so gezeigt.«

»Indem ihr euch gegenseitig die Schädel eingeschlagen habt?« Er bereute die Frage in dem Moment, in dem er sie aussprach. Eigentlich hatte sie nur ein Gedanke sein sollen.

Luca trat mit erhobenem Zeigefinger auf ihn zu und deutete auf seine Brust. Genauer gesagt stieß sie dagegen, genau auf die Stelle, wo sein Herz lag. »Kampfsport hat eine lange Tradition. Man respektiert seinen Partner. Was willst du sonst machen – Fußball spielen?«

Vielleicht weiter Gläser einfrieren? Oder Gras? Er biss sich auf die Lippen. Gut, wenn sie es so wollte ... schließlich hatte sie ihre Magie so gemeistert. Was hatte er für eine Wahl, als ihr zu vertrauen?

Er brauchte ein paar Anläufe, um in die Grundposition zurückzukommen. Nicht, dass er je stark gewesen wäre, aber es fühlte sich an, als hätten die Tage der Bewegungslosigkeit seine Muskeln noch zusätzlich verkümmern lassen.

»Die Hände etwas höher ... okay. Jetzt kannst du versuchen, mich anzugreifen.«

Noah schluckte schwer. Aber seltsamerweise wurde ihm mit jedem Atemzug ... leichter. Luca, so verbissen und merkwürdig sie war, hatte es geschafft, ihn für den Moment seine Angst vergessen zu lassen. Die Situation wurde schlicht von Minute zu Minute absurder. Sie erschien einfach zu lächerlich, um sie ernst zu nehmen.

Bis jetzt.

»Was ist?« Die Frage hätte besorgt klingen können, doch Lucas Tonfall war sachlich. Eine Fehleranalyse.

»Soll ich dich ... mit Eis angreifen?« *Ich weiß nicht, wie.* Noah suchte nach Kontrolle, wo es keine gab. Suchte nach einem Fluchtweg zurück in sein altes Leben. Das vor zwei

Wochen. In dem der einzige Stress, den er hatte, die Hausaufgaben für das Studium waren, die sie wöchentlich einreichen mussten.

Und jetzt stand er hier. Mit dieser seltsamen Fremden in seinem Garten.

»Das ist bescheuert«, knurrte er und setzte an, die verkrampfte Haltung wieder zu verlassen. Seine Oberschenkel zogen, seine Augen brannten. *Ich brauche einfach nur Ruhe. Irgendwann wird das schon wieder weggehen.*

Doch Lucas Hand war schneller. Einen Moment lang dachte er, dass sie sie ihm wie seine Mutter auf die Schulter legen würde, um ihn zu beruhigen. Ihm Halt zu geben, obwohl er sich dabei stets fühlte, als drücke das Gewicht ihn nur zusätzlich herunter.

Doch stattdessen packte sie sein T-Shirt, zerrte ihn nach vorne und bevor er auch nur blinzeln konnte, war er über ihr Bein gestolpert und hing hilflos über dem Boden, halb von ihrem Arm in der Luft gehalten.

Das ist doch ein schlechter Scherz.

Doch niemand lachte. Luca grinste nicht einmal. »Ich werde dir keinen *Harry-Potter*-Moment anbieten. Keine große Erklärung. Niemand weiß, woher deine Magie kommt, und wir werden es nie herausfinden, wenn du sie nicht in den Griff kriegst. Hör auf, dich kleinzumachen. Damit können wir nicht arbeiten.«

Noah setzte an, ihr zu widersprechen – aber plötzlich fehlte ihm die Kraft. Sein Inneres war leer. Da war nur sein Herz, das ihm in den Ohren pochte, und das Eis, das aufgehört hatte zu wachsen, aber immer noch wie eine zweite Haut um ihn lag. »Dann erklär mir wie. Ich weiß nicht, wie ich das mache! Es … kommt einfach.«

Sie nickte, als hätte sie mit seiner Antwort gerechnet. In einer fließenden Bewegung, als würde er überhaupt nichts wiegen, zog sie ihn wieder hoch und stellte ihn auf die Füße.

Verwirrt zupfte er an seinem zerknitterten, ausgeleierten T-Shirt.

»Gut, dann machen wir es anders.«

Beinahe hätte er dankbar geseufzt. Beinahe – denn plötzlich spürte er, wie sich die Luft um Luca veränderte. Wie etwas, das zuvor zu ihm gesungen hatte, auf einmal mit ihrer Stimme flüsterte.

Instinktiv ließ er sich in die Hocke fallen und kippte beinahe hintenüber. Keine Sekunde später schoss ein Eisschwall über ihn hinweg. Kein Nebel, sondern ein gezielter Strahl, genau dorthin, wo er eben noch gestanden hatte.

Ihm wurde schlecht.

»Was soll denn das?«, fauchte er und erhob sich. Von der Terrassentür und – natürlich – vom Haus seiner Tante hörte er aufgebrachtes Gemurmel. Seine Familie sah also zu. Die *ganze* Familie. Super.

Luca dagegen hob nur die Schultern. »Irgendwie müssen wir es triggern.«

»Und deshalb beschließt du, mich anzugreifen?«

Statt zu antworten glitt ihr Fuß über das Gras. Eis folgte der Bewegung – und wuchs dann darüber hinaus. Wie als Antwort auf einen unsichtbaren Startschuss wucherte es über den Rasen, breitete sich in alle Richtungen aus, kroch unter seine nackten Füße. Instinktiv spannte er sich an und streckte die Arme aus – doch zum ersten Mal hielten seine gefrorenen Füße ihn aufrecht.

Triumphierend lächelte er zu ihr herüber. Gerade noch rechtzeitig, um zu sehen, wie sie auf ihn zustürzte. *Sie ist wahnsinnig!* Er warf sich zur Seite, aber viel zu langsam. Sie packte ihn an der Schulter und schob ihn rutschend über das Eis. Er wartete darauf, dass er Gras unter den bloßen Füßen spüren, dass er gegen den Zaun prallen würde, dass irgendetwas sie aufhielt, aber nichts!

Seine Füße traten ins Leere, und er stolperte haltlos nach hinten ...

... nur um mit einem Ruck sicher zu stehen. Es kam so plötzlich, dass selbst Luca beinahe stürzte. Erst ein Fuß, dann der zweite war einfach am Boden festgefroren.

Eine Welle der Erleichterung überflutete ihn. Er war drauf und dran, Luca zu erklären, was gerade passiert war – doch die hatte es längst begriffen. Zufrieden trat sie einen Schritt zurück. »Das hat aber lange gedauert.« Zufrieden wischte sie sich über die Schultern, obwohl dort kein Dreck zu sehen war.

Dann ließ sie ihn erklären, wie es sich angefühlt hatte. Wie ein Schreien aus der Tiefe? Ein Greifen mit der Hand? Nein ... mehr ein Rufen in die Stille. Ein Hoffen auf ein Echo.

»Dann runter.«

Er hob die Augenbrauen. »Wie bitte?«

»Liegestütze. Los geht's.«

Luca fiel neben ihm auf die Knie und setzte gleichzeitig an. Gemeinsam zählten sie bis sieben. Als er zu sehr zitterte, um weiterzumachen, zog sie durch bis zwanzig. Dann Sit-ups. Hampelmänner.

Er spürte, wie sein Kopf rot und ihm heiß wurde unter der Schicht aus Eis, die seinen Körper nach wie vor einschloss. Manchmal schien es an einer Stelle zu schmelzen, aber die Tropfen froren sofort wieder fest.

Noch eine Runde.

Und dann fing Luca wieder an, ihn zu stoßen, bis er hinfiel.

Er lauschte auf das seltsame, zeitlose Echo, wartete darauf, dass es ihn fing, aber nur der Boden fror unter ihm ein, und er landete hart auf dem Eis. Dann schob Luca ihn wieder darüber, zog an ihm, fing ihn, kurz bevor er wieder stürzte.

»Die Eismagie ist ein Teil von dir. Von deiner Psyche *und* deinem Körper«, erklärte sie. Sie musterte ihn von oben bis unten. »Du wirst in Zukunft deutlich mehr Sport machen müssen.«

Er spürte, wie seine Wangen wieder warm wurden, doch er zwang sich, sie weiter anzusehen. Jedes Mal, wenn er weggesehen hatte, war sie mit einem Überraschungsangriff auf ihn zugestürmt.

Er hatte das Gefühl, Stunden im Garten zu verbringen. Schweiß kam und gefror immer wieder auf seiner Stirn, das Gras litt unter jedem seiner Schritte – und Luca machte sich nicht einmal die Mühe, es zu tauen. »Mach es doch selbst«, forderte sie ihn heraus und wartete tatsächlich einen Moment, als hätte Noah auch nur die geringste Ahnung, wie das ging.

»Du hältst dich bisher ganz wacker«, erklärte sie schließlich. Es war kaum Mittag, und die Sonne brannte unbarmherzig auf sie herab.

Noah verbiss sich ein Stöhnen und starrte sie wütend an. »Wenn du dich über mich lustig machen willst, dann lass es. Niemand kann das besser als ich.«

Sie hob die Augenbrauen. »Ich meine es ernst.«

»Ach ja?« Er hob die Hand und deutete auf die schmelzende Eisschicht, die langsam von ihrer Hecke auf den Boden tropfte. Vorher noch staubig und grün – jetzt schimmernd und blau. Als hätte jemand Requisiten im Garten aufgestellt, die möglichst gut zur Szene passen sollten. »Das hier fühlt sich nicht an, als wäre ich sonderlich gut mit Magie.«

Luca schnaubte. »Ich habe nicht gesagt, dass du gut bist. Ich meinte, du hältst dich wacker.«

»Oh, danke. Das ist … besser, nehme ich an.« Noah steckte die Hände in die Achselhöhlen und wappnete sich gegen den Kälteschock – doch der blieb aus. Als hätte sich die Magie für den Moment genügend ausgetobt.

»Ich habe bei meiner ersten Trainingsstunde nicht so lange durchgehalten.«

Das ließ ihn aufhorchen. Luca stand gelassen vor ihm, als hätte sie gerade einen Kommentar zum Wetter abgegeben. Sie warf ihm einen unergründlichen Blick zu. »Überrascht dich das?«

»Schon ein wenig. Wie lange ... ist das bei dir her?«

Sie überlegte kurz. »Da war ich sechs.«

Ihm entschlüpfte ein Lachen. »Es wäre auch echt peinlich, wenn ich das mit zweiundzwanzig nicht toppen könnte.«

Unbeeindruckt zuckte sie mit den Schultern. »Wenn du dich selbst kleinreden möchtest, werde ich dich nicht davon abhalten.«

Wieder einer dieser Sätze, die ihn verblüfften. So trocken, so emotionslos, und doch ...

Plötzlich stieß sie sich vom Boden ab. Rannte los, überbrückte die Distanz zwischen ihnen mit wenigen Schritten. Sein Herz überschlug sich. Er hörte ihre Schritte auf dem Rasen, dann auf dem Eis. Es knackte und knarzte, und etwas in ihm tat es der Kälte gleich.

Wie in Trance hob er den Arm. Verdrehte ihn. Spürte, wie das Eis am Boden seiner Bewegung folgte, sich bewegte, verformte, mit einem Ruck emporschoss.

Die Welt drehte sich langsamer. Stockte, hielt an. Und mit einem Mal verstand er. Dass das in seinem Inneren nun zu ihm gehörte, ein Teil von ihm war. Er brauchte nur danach zu greifen. Keine Angst davor zu haben.

Er sah, wie Lucas Augen groß wurden, und glaubte, ein Lächeln auf ihren Lippen zu sehen. Himmel, er hatte es hinbekommen! *Wahnsinn!*

Doch dann verrutschte ihr Gesichtsausdruck. Das Eis schoss auf sie zu, keine zwei Meter mehr von ihr entfernt. Ihre Augen weiteten sich, sie riss den Mund auf ...

Der Zusammenprall war furchtbar.

Luca versuchte noch, sich unter dem Eisstrom wegzuducken, doch er war zu schnell. Eine Unendlichkeit in einem Blinzeln.

Im einen Moment rannte sie auf ihn zu, im nächsten wirbelte sie durch die Luft. Die Wucht war so groß, dass sie sich noch in der Luft mehrfach überschlug. Einen Moment lang hörte er nichts als den pochenden Puls in seinen Ohren. Spürte das Beben in seinen Händen.

Dann krachte sie auf den Boden.

Zuerst dachte Luca, die Welt drehe sich zu schnell um sie.

Bis sie erkannte, dass sie selbst es war, die sich drehte.

Ihr Schädel pochte. Ihre Hüfte, ihre Schulter, alles pulsierte. Sie fluchte undefinierbar und versuchte festzustellen, was passiert war. Ob sie sich noch immer drehte oder ob sie endlich angehalten hatte.

Blinzelnd schlug sie die Augen auf. Schmerz schoss ihr den Nacken entlang bis in den Kopf. Nur langsam setzte sich die Szenerie vor ihr zusammen. Noah, der bleich und panisch vor ihr stand. Die Terrassentür, die sich ruckhaft öffnete. Wirre Stimmen, die ihr in den Ohren klingelten.

»Keinen Krankenwagen«, brachte sie hervor. Jemand hatte danach gefragt, da war sie sich ziemlich sicher.

Darauf hab ich jetzt gar keine Lust. Mühsam drückte sie sich in eine sitzende Position und stellte abwesend fest, wie sehr ihre Arme dabei zitterten. Sie hatten doch nur drei Stunden geübt ...

Sie wollte gerade einen Blick auf die Uhr werfen, da packte sie jemand unter den Armen und zog sie hoch.

Für einen Moment glaubte sie, sie müsse kotzen.

»Hey, ganz ruhig. Kannst du sehen, wie viele Finger ich zeige?« Viel zu nah vor ihren Augen wedelte eine Hand herum.

Instinktiv schob sie sie weg und richtete sich mühsam auf. »Einige«, knurrte sie und versuchte, das Taumeln in den Griff zu kriegen. Vor ihr stand Noahs Schwester. Die Haremshose flatterte ihr um die Beine, während sie Luca eindringlich musterte.

Und die Brauen hochzog. »Das sah echt fies aus«, meinte sie. Bevor Lucas Verstand eine Erwiderung hervorkramen konnte, fuhr sie fort. »Du solltest dich durchchecken lassen.«

Luca überlegte kurz, zu widersprechen, dann winkte sie ab. »Später.« Vorsichtig zog sie sich den Helm vom Kopf und ließ ihn neben sich zu Boden fallen. Wenn sie sich jetzt danach bücken wollte, würde sie vermutlich einfach vornüberkippen.

Behutsam betastete sie ihren Kopf, ihre pochende Wange und zuckte zusammen, als sie ihre Lippe erreichte. Sie musste sich selbst gebissen haben, so, wie das blutete.

»Es ... tut mir so leid«, wisperte Noah. »Ich wollte das nicht!« Eis breitete sich zu seinen Füßen aus, langsam, aber beständig. Als würde die Magie aus ihm herausfließen, immer weiter, bis sie sie erreichte.

Seine Schwester wich hastig davor zurück, die Hausschuhe seiner Mutter waren bereits festgefroren.

Luca seufzte. »Es war nicht deine Schuld.« Mit einer kurzen Geste verhinderte sie, dass das Eis sie berührte. Als würde sie eine Flut teilen, floss es links und rechts von ihr weiter. Ein Winkel ihres Verstandes registrierte, wie Noahs Schwester hinter sie trat und fasziniert der Eisspur hinterhersah.

Müde humpelte Luca auf Noah zu. Seine Augen waren riesig, seine Hände zitterten unkontrolliert. Sie spürte, wie seine Magie immer mehr Fläche für sich einnahm, selbst jetzt, wo Luca sich ihr bewusst entgegenstellte. Das Eis verschwinden ließ mit jedem Schritt, den sie auf ihn zutrat.

Und sie war müde. So unglaublich müde. Wie eine Schlaflose, die sich nach Ruhe sehnte und sich doch zu sehr vor den Albträumen fürchtete.

Langsam streckte sie die Hände aus und nahm Noahs in ihre. Er zuckte zurück, sah aus, als wolle er sich losreißen, doch sie ließ es nicht zu. »Es ist in Ordnung. Ich bin hier, damit du üben kannst. Es war falsch von mir, dich so zu provozieren.«

Es war falsch von mir, dich zu unterschätzen. Denn darum ging es hier eigentlich. Nicht um Noahs Ausbruch oder ihre Verletzungen. *Er ist so viel stärker, als ich erwartet habe.*

Es hatte sie damals Monate gekostet, nicht nur auf Eis zu reagieren, sondern es auch zu rufen. Selbst jetzt noch musste sie sich darauf konzentrieren, es hervorzulocken, und ihm eine Form zu geben und sie aufrechtzuerhalten kostete sie Kraft. Und er tat es einfach so. Die ganze Zeit, ohne Pause.

Sie hatte nur testen wollen, ob er es fokussieren konnte. Ob er das Unterschwellige ins Bewusstsein heben konnte. Doch als sie ihm in die Augen sah, war da nur Angst. Vor dem Eis, vor sich selbst, vielleicht sogar vor ihr.

Sie musste schlucken und zwang sich, die Finger zu öffnen, um seine Hände freizulassen. Noah hatte es die Sprache verschlagen. Er brachte keinen Ton heraus.

Es glich einem Wunder, aber sie schaffte es, die Handschoner auszuziehen, zu ihrem Rucksack zu humpeln, sie hineinzustopfen und sich mühsam damit aufzurichten. Sie kramte ihr Smartphone aus der Seitentasche und schob es unter den Saum ihrer Sporthose, weil die keine Taschen hatte.

»Ich werde das mit meinem Vorgesetzten klären.« Sie sah, wie Noah zusammenzuckte, und hob schnell die Hände. »Nicht das, was du denkst. Du hast alles richtig gemacht. Ich muss mir nur einen Rat einholen.«

Die Worte fühlten sich fremd an. Sie hörte sich selbst beim Sprechen zu, fühlte sich weit weg, beobachtete ihre eigenen Bewegungen wie die einer Puppe. Es war, als würde sie durch ihre Augen sehen, aber nicht Teil ihres Körpers sein.

Wie so oft in letzter Zeit.

»Aber es war meine Schuld!«, entfuhr es Noah, als sie sich langsam Richtung Terrassentür in Bewegung setzte. Seine

Stimme klang erstickt, doch sein Gesicht war hart und bleich. »Es *ist* meine Schuld.«

Luca hob die Brauen, für mehr hatte sie keine Kraft. »Wirklich? Ist es deine Schuld, dass du die Magie bekommen hast? Dass ich dich gereizt habe, bis du mich angreifst? Bestrafst du einen Patienten für seine Krankheit?« Sie wollte ein Lächeln hinterherschicken, aber sie schaffte es nicht, die Mundwinkel zu heben. Stattdessen wartete sie. Darauf, dass er etwas sagte, dass er irgendwie reagierte.

Er schien nachzudenken. In seinen eigenen Gedanken gefangen.

Schließlich wandte sie sich ab. Vanessa sagte irgendetwas zu ihr über den Heimweg, während Noahs Mutter zu ihm trat und ihn in den Arm nahm – doch sein Blick lag unablässig auf ihr. *Warum sieht er mich so an?*

Kopfschüttelnd trat sie ins Haus und schließlich auf die Straße. Sie spürte die Blicke der anderen immer noch im Rücken. Hinter mehr als einem Fenster hatte sie die Vorhänge verdächtig zucken sehen, während sie trainiert hatten, und auch jetzt verfolgten sie jeden ihrer Schritte, bis sie außer Sichtweite war. *Ruhe. Ich brauche einfach Ruhe.* Beim Gehen beobachtete sie ihre Füße. Die Knieschoner, die sich in ihr Fleisch drückten. Den Helm, der vergessen an ihren Fingern baumelte. Den Rucksack, der ihr viel zu schwer erschien dafür, dass eigentlich kaum etwas darin war.

Ihr Hinken wurde immer stärker. Die körperliche Taubheit klang ab, zurück blieb ein Pochen und Ziehen in ihren Muskeln. *Davon werde ich ein paar Tage lang etwas haben.* Sie rieb sich über die Stirn, humpelte, bis sie nicht mehr konnte, und hielt schließlich an einer niedrigen Mauer an. Mühsam ließ sie sich darauf nieder und sah sich um.

Sie hatte kaum den Schrottplatz neben dem Haus der Familie hinter sich gelassen. Neben ihr standen zwei Container für Kleider und Altglas, ein paar hundert Meter weiter wartete der Bahnhof.

Und ich habe um die Ecke geparkt. Aber ihre Füße waren zu schwer. Die Bewegungen zu mühsam. *Nur kurz Luft holen.* Mit einem Seufzen ließ sie sich wieder auf die Mauer fallen.

Sie wusste nicht, wie lange sie dort saß und ihrem Atem lauschte. Klang er anders als sonst? Unruhiger?

Mit der Zeit wurde er etwas langsamer. Und doch hatte sie das Gefühl, die Luft anzuhalten. Tief, tief in sich drin. Etwas hatte sich in ihr zusammengeballt und weigerte sich, diesen letzten Atemzug herzugeben. Selbst, als sie schließlich tief seufzte – er blieb dort, in ihrem Inneren gefangen.

Umständlich griff sie nach ihrem Handy, das einen roten Abdruck auf ihrer Haut hinterlassen hatte. Sie strich über das Display und scrollte durch ihre Kontakte.

Papa – Mobil

Einen Eintrag »Zuhause« gab es in ihrem Telefonbuch nicht.

Lucas Finger schwebte über dem grünen Hörer. Sie warf einen Blick auf die Straße. Wartete beinahe darauf, dass einer der Mertens' vor ihr erschien. Sie drängte, zum Arzt zu gehen.

Doch die Straße blieb leer.

Mit geschlossenen Augen tippte sie auf das Display. Kurz tauchte sie in das Gefühl ein, das in ihr aufblühte: eine Mischung aus Anspannung, Nervosität und etwas Hellerem, Brennendem. Zeitgleich mit dem Tuten am anderen Ende wurde es in ihr wieder still. Einmal. Zweimal, dreimal. Beinahe erwartete sie, dass sie mit dem Anrufbeantworter würde sprechen müssen – als er plötzlich abnahm.

»Michael Wittek?«

»Als ob du meine Nummer nicht eingespeichert hättest.« Sie wollte es leicht klingen lassen, wie einen Scherz, aber die Worte kamen zu gepresst und schnell aus ihrem Mund.

»Natürlich, entschuldige. Gewohnheit. Wie geht es dir?«

Die übliche Frage. Statt ihm die übliche Antwort zu gönnen, schwieg sie. Was sollte sie sagen? *Mir geht es prima. Wie immer.* Dazu fehlte ihr die Kraft.

Sie hörte Gemurmel am anderen Ende, dann ein Zischen, das sie einer sich öffnenden Tür zuordnete. »Ist etwas passiert?«

Luca schüttelte den Kopf, bis ihr einfiel, dass er das gar nicht sehen konnte. Und dass es gelogen war. »Ich brauche deine Hilfe. Bei diesem Fall. Das ist alles.«

Erstauntes Schweigen. Dann: »Wie kann ich helfen?«

Ihre Augen verengten sich misstrauisch. »Bist du überrascht, dass ich dich frage?«

»Nun, ich meine, normalerweise bin ich der Letzte auf deiner Liste.«

»Vorher hatte ich einen Ausbilder zur Verfügung.«

»Du arbeitest jetzt seit einem Jahr alleine.«

»Er ist vor einem Monat in Rente gegangen.«

»Ah.«

Eine glatte Lüge. Wieder einmal. Eine, die ihr Vater mit einem einfachen Anruf leicht aufdecken konnte. Luca seufzte. »Ich weiß nicht, warum ich das gesagt habe. Klaus ist natürlich nicht in Rente.«

Ihr Vater gab einen verständnisvollen Laut von sich, obwohl sie selbst nicht ansatzweise verstand.

Sie räusperte sich. »Du bist der einzige Eismagier, den ich kenne.«

Wieder war im Hintergrund eine Tür zu hören, dann das Rascheln von Papier und das Klackern einer Tastatur. »Gib mir einen Moment, ich öffne seine Datei … Alles klar, ich habe sie vor mir. Oh, nicht schlecht. Meinst du wirklich, dass er so stark ist?«

Sie rieb sich über die schmerzende Schulter und verzog den Mund. »Ohne Frage.«

»Das ist beeindruckend, wirklich.«

»Und ich weiß nicht, wie ich ihm helfen soll. Hast du Ratschläge?« Der letzte Satz kam ihr leicht über die Lippen, aber er brannte noch auf ihnen, als er sie längst verlassen hatte. Als hätte man ein Pflaster zu schnell abgerissen.

»Du erinnerst dich sicher noch, wie ich es dir beigebracht habe. Weißt du denn, was es bei ihm triggert?«

Sie leckte sich über die Lippen. »Nein, bisher nicht. Er beschwört das Eis die ganze Zeit. Einfach so.«

»Wie bitte?«

»Ich habe es auch in die Akte geschrieben«, erwiderte sie trocken. *Sei nicht so streng, er will ja helfen.* Sie seufzte. »Er ist wirklich, *wirklich* stark. Das Eis hat erst aufgehört, aus ihm herauszufließen, als wir einige Zeit trainiert hatten. Er ist das personifizierte Gegenteil davon, wie Eismagie eigentlich funktioniert.«

Kurz schwieg er, als müsse er sich das ganze Ausmaß erst vor Augen führen. »Was für Übungen hast du gemacht?«

»Reaktionstraining. Eingefrorener Untergrund. Reflexe, wenn er nicht aufpasst.«

Ihr Vater grummelte zustimmend und klickte auf seiner Maus herum. Er schien irgendetwas zu suchen. »Es ist fast absurd, wie viel Eismagie er in sich tragen muss.«

Statt zu antworten, glitt Lucas Hand durch die Luft und sammelte die verbleibende Feuchtigkeit des Tages, bis sich genügend Eiskristalle an ihren Fingern gebildet hatten. Dann legte sie sie an ihre pochende Hüfte. Beinahe hätte sie wohlig aufgestöhnt.

»Ich denke, ich würde ihn beobachten. Schauen, was es auslöst.«

Luca schnaubte – was ihre Rippen mit einem scharfen Schmerz quittierten. Sie biss die Zähne zusammen und holte ein paarmal tief Luft. »Ich soll ihn wie ein Versuchskaninchen behandeln? Mir Tests einfallen lassen?«

»Das, oder ...«

»Oder was?«

Er tippte wieder auf der Tastatur herum, doch Luca war klar, dass er nur Zeit schindete, um nicht antworten zu müssen. »Oder du könntest ihn im Alltag begleiten ...?«

Warum lässt er das wie eine Frage klingen? Wieder fiel ihr Blick auf die Straße. Den aufgerissenen Asphalt. Die Industriegebäude, die kaum Platz für ein paar knorrige Bäume ließen. Dann verfolgte sie mit den Augen ihren Weg zurück zum Grundstück der Mertens'. Wartete darauf, dass ihr jemand nachlief.

Aber warum sollte jemand das tun?

Luca räusperte sich. Fühlte in ihrem Körper nach, wartete auf Emotionen, Skrupel oder Sorge, aber da war nur das schmerzhafte Pochen. »Klingt nach einem Plan.«

3

Zum dritten Mal versuchte Noah nach den Schnürsenkeln zu greifen, doch wie die Male zuvor überzogen sie sich sofort mit einer dicken Eisschicht. Diesmal versuchte er gar nicht mehr, sie freizubrechen, sondern stopfte sie einfach geschlagen seitlich in die Schuhe. Es war eine Herausforderung gewesen, die gefrorenen Füße überhaupt da reinzubekommen.

Er fühlte sich furchtbar. *»Bestrafst du einen Patienten für seine Krankheit?«* Viel zu schnell hatte ihm die Frage sein Schuldgefühl genommen. Lucas blutende Lippe, ihr Humpeln ... der Aufprall. Er hatte das alles verursacht. Er hatte in sich hineingelauscht, gedacht, das Eis endlich zu verstehen, und dann? Gewalt und Schmerz. Durch ihn.

Und dann hatte er Luca nur stumm hinterhergesehen. Zu perplex, um irgendetwas zu sagen. Sich zu entschuldigen. Hatte sie einfach gehen lassen. Wie würde es sein, sie gleich vor sich zu haben? Gestern hatte er sich nicht rühren können, ganz zu schweigen davon, ihr zu folgen, es ging nicht. Er hatte im Garten gestanden und darauf gewartet, dass seine Welt sich beruhigte. Den Atem angehalten wie ein kleines Kind.

Aber es hatte sich nichts verändert.

Er spürte, wie das Eis aus ihm herausfloss und begann, über die Garderobe nach oben zu klettern. Warum hatte Luca ihm gezeigt, wie es funktionierte? Warum fror er nicht mehr nur sich selbst ein, sondern inzwischen alles, was ihm in den Weg kam?

Und so soll ich in die Uni? Das hatte sie ihm angekündigt, gestern Abend, per SMS. »Trainingsstunde unter Leuten« oder so ähnlich, dann nach der Uhrzeit seiner ersten Vorlesung gefragt. »Ich bin dann um halb acht da« war ihre einzige Antwort, auf seine Rückfragen hatte sie nicht mehr reagiert. Langsam bereute er es, sie überhaupt angeschrieben zu haben.

Er biss die Zähne zusammen, bis es schmerzte, und beobachtete, wie der Sekundenzeiger der Uhr sich weiter nach oben kämpfte. *Fünf, vier, drei, zwei …* Luca klingelte auf die Sekunde genau. Obwohl er es erwartet hatte, fuhr er zusammen. Das Eis an der Wand knackte.

Als er die Tür öffnete, verfing sich sein Blick an ihrer Schulter. Dem riesigen Bluterguss darauf. Ihrem Gesicht. Der geschwollenen Lippe und der Beule an der Stirn. Übelkeit schnürte ihm den Magen zu, bis er das Gefühl hatte, er müsse sich übergeben.

»Ich …«, brachte er hervor, doch er fand keine Worte. Sie hatte gesagt, er solle sich nicht entschuldigen. Dass es nicht seine Schuld sei. Und im Grund stimmte das. Schließlich tat er nichts davon mit Absicht. Hatte sie sicherlich nicht vorsätzlich so zugerichtet. Woher kam dann das Bedürfnis, sie wieder und wieder um Verzeihung zu bitten? *»Bestrafst du einen Patienten für seine Krankheit?«*

»Können wir?«, fragte Luca in seine Gedanken hinein. Sie wirkte unnatürlich ruhig heute, und in ihren Augen lauerte eine Tiefe, die er nicht verstand.

Statt etwas zu sagen, nickte er nur. Was blieb ihm anderes übrig, als die Zähne zusammenzubeißen und die Schultern zu straffen? Er würde sich nicht unterkriegen lassen, auch nicht, wenn das Eis in ihm biss und schrie.

»Dann los.« In ihrer Hand klimperte ein Autoschlüssel, während sie, humpelnd, die drei Stufen wieder nach unten nahm. Sie hatte den gepflasterten Weg bereits halb hinter sich gelassen, als Noah es schaffte, seinen Rucksack vom Boden aufzusammeln und sich in Bewegung zu setzen.

Zum ersten Mal draußen seit zwölf Tagen. Er biss sich auf die Lippe. Links und rechts von ihm wirkte das Gras des Gartens so, wie er es kannte, aber die Hecken hatten neuerdings einige bräunliche Stellen. Das kleine Windrad, ein ausgeblichener Flamingo, knirschte leise und er lauschte darauf, während er mit steifen Füßen zum Tor stolperte.

Luca hatte es bereits passiert und für ihn offen stehen lassen. *Das Humpeln lässt sie alt wirken.* Der Knoten in seinem Inneren ballte sich fester zusammen und einen Moment lang fühlte er sich, als würde er taumeln. *Ich habe das getan.*

»Kommst du?«, rief Luca über die Schulter. Er gab sich einen Ruck und ließ das Gartentor hinter sich. Ein letzter Blick zurück – zu dem Gras, das sich an den Seiten des Gehwegs frostüberzogen krümmte, zu der Spur aus schmelzendem Eis, die er hinter sich herzog.

Dann drehte er sich zu Luca um, die bei ihrem Auto angekommen war. Er zwang sich zu einem Lächeln, doch es fühlte sich kalt an. »Ein Smart?«

Luca hob unbeeindruckt die Brauen und öffnete die Fahrertür. »Ein Problem damit?«

Schnell schüttelte er den Kopf und watschelte zur Beifahrertür – nur um dort erneut stehen zu bleiben. Seine Hände zuckten im Impuls, doch er traute sich kaum, die gefrorenen Finger aus den Henkeln des Rucksacks zu lösen.

Luca stieß ihm von innen die Tür auf. »Weißt du, für mich ist es kein Problem, wenn wir zu spät zu deinen Vorlesungen kommen.«

Noah seufzte dankbar und ließ sich auf den Sitz fallen. Das Auto roch nach abgestandenem Zigarettenrauch, die Bezüge waren alt und heruntergekommen, aber ansonsten wirkte es unerwartet aufgeräumt.

»Alles zu deiner Zufriedenheit?« Warum klang sie so sarkastisch?

»Also …«, begann er, doch dann bemerkte er, wie sie bedeutsam auf ihren Gurt tippte. Umständlich angelte er nach seinem und schaffte es erst mit ihrer Hilfe, ihn ins Schloss zu schieben. Der Motor sprang an, ratterte wie eine alte Nähmaschine und als Luca schwungvoll rückwärts ausparkte, hätte er vor Schreck beinahe die Scheibe eingefroren. *Ganz ruhig.*

»Ich weiß nicht, ob wir zur Uni fahren sollten«, gestand er. Die Uhr behauptete, sie seien erst seit zwei Minuten unterwegs, aber Noah konnte das kaum glauben. Sein Herz hatte in dem kurzen Zeitraum viel zu viele Schläge gemacht.

»Ich aber. Schließlich sind wir schon unterwegs.«

Noah schnaubte, schaute dann aber stumm aus dem Fenster und beobachtete die vorbeiziehenden Häuser. Der Bäcker, dahinter der Markt für Kleintierbedarf. Ein Schild verwies in Richtung des Autokinos, das sie innerhalb von zehn Minuten erreichen konnten.

Und überall liefen Menschen. Mit Kopfhörern, mit Kindern, mit Partnern an der Hand.

Es sah alles so unglaublich normal aus.

Noah wusste nicht, was er erwartet hatte, aber nicht das. Kein Dahinplätschern wie zuvor. Wie konnte es sein, dass seine Welt kopfstand und niemand etwas davon mitbekam? Wie konnte sich alles so grundlegend verändern und trotzdem alles gleich bleiben?

Seufzend lehnte er den Kopf gegen die Scheibe. Sie war kühl an seiner Stirn und beschlug langsam durch seine Körperwärme. Noah runzelte die Stirn. Die Scheibe beschlug? In dem Moment begannen Eisblumen darüberzuwuchern.

Er seufzte. Innerlich wartete er darauf, dass Luca etwas sagte. Zu gestern, zu ihren Verletzungen – dass er sich schämen sollte. Irgendwas. Dass sie wenigstens nach dem Weg fragte! Stattdessen manövrierte sie zielsicher durch die Straßen, den morgendlichen Stau, die hupenden Autos und parkte schon nach kurzer Zeit kaum hundert Meter von der Uni entfernt.

Als sie ausstieg, blieb er im Auto zurück. Ein letztes Mal durchatmen an einem sicheren Ort, bevor er vor seine Freunde treten musste. *Meine Freunde.*

Er schluckte und sank in sich zusammen. Was sollte er ihnen sagen? Fast zwei Wochen nicht da, keine Nachrichten beantwortet, gar nichts, obwohl sie sich sonst nahezu täglich sahen.

Klopf klopf.

Noah fuhr zusammen und fror prompt seinen Sitz ein.

Ernst sah Luca ihn durch die Scheibe an, was die Beule auf ihrer Stirn nur deutlicher machte. »Kommst du?«

Er atmete noch einmal tief durch, dann nickte er so entschlossen wie möglich. Früher oder später musste er sich ihren Fragen stellen. Gestern hatte er sich wie ein Wahnsinniger Behauptungen zurechtgelegt, um seinen Freunden gegenüber sein Verhalten zu rechtfertigen – genau genommen seit dem Moment, in dem er die erste Nachricht nach seinem Befinden gelesen, aber unbeantwortet gelassen hatte.

Ihm wollte schlicht keine Erklärung einfallen.

Er murmelte Luca ein »Danke« zu, als sie ihm die Tür öffnete, und duckte sich auf den Campus. Der Asphalt knirschte unter seinen Sneakern. Die Universität war über die gesamte Stadt verteilt, aber die neueren Bauten waren hier versammelt. Die frisch sanierte Mensa vor ihnen, dahinter das Gebäude mit Hörsälen und Seminarräumen, in dem sie sich gewöhnlich trafen, um die wöchentlichen Übungsaufgaben zu lösen.

»Du musst dich beruhigen«, stellte Luca neben ihm klar, wartete aber gar nicht auf eine Antwort, sondern lief einfach los. Schnell hastete er hinter ihr her.

Ein Strom müder Studierender zog gemächlich zu den Hörsälen. Die Fassaden mit den großen Fenstern schauten auf sie herab, spiegelten die Gesichter und den bewölkten

Himmel über ihnen. Die meisten bemerkten Noah nicht einmal an, höchstens Luca mit ihrer geschwollenen Lippe, aber für viele war es schlicht noch zu früh am Morgen.

Keinem schien er aufzufallen.

War ihnen überhaupt bewusst, dass er weggewesen war?

Mit einem langen Ausatmen sackten seine Schultern nach unten. Einerseits vor Erleichterung, andererseits vor Enttäuschung. Widersinnig, oder? Wie konnte man hoffen, bloß nicht angesprochen zu werden, und dann traurig sein, wenn genau das der Fall war?

Der Weg zu Noahs Hörsaal führte sie an der Längsseite des Gebäudes entlang. Es quetschte sich zwischen das Physikgebäude und eine der Bibliotheken.

Luca neben ihm schwieg immer noch, als sie an den Fahrradstellplätzen vorbeikamen. Er setzte an, etwas zu sagen, doch da wurden sie bereits vom Glaseingang verschluckt. Die Bürsten des Fußabtreters im Vorraum klapperten unter ihren Schritten und brachten ihn kurz zum Straucheln.

Dann war er auf einmal drin. Die Luft hier war kühler als draußen, die hohen Decken vermittelten ein Gefühl von Weite. Wenn man den Kopf hob, konnte man an einigen Stellen durch die gläsernen Fußböden der nächsten zwei Etagen schauen. Bereits jetzt saßen die Ersten an den Arbeitsplätzen und hatten die Köpfe über ihre Bücher gebeugt.

Es war alles so merkwürdig vertraut, aber …

»Noah …?«

Es war Mia, die ihn zuerst entdeckte. Die Augen hinter ihrer Brille hatte sie zusammengekniffen, doch als sie ihn sah, leuchtete ihr gesamtes Gesicht auf. Ohne die Jungs, bei denen sie stand, auch nur eines weiteren Blickes zu würdigen, kam sie auf ihn zu gerannt. »Du hast dich nicht ein Mal gemeldet!« Stürmisch fiel sie ihm in die Arme.

Sein Herz flatterte und ein nervöses Lachen teilte seine Lippen, bevor er sich schnell von ihr löste. Das Eis an seinem Rücken wurde dicker, breitete sich aus, kroch über seine Beine. Dann bemerkte er, dass er beim Atmen eine Eiswolke ausstieß. *Scheiße!* Er hielt die Luft an. Zählte bis zehn, bevor er sie so unauffällig wie möglich entließ.

Mia musterte ihn kritisch und setzte an, etwas zu sagen, doch die Ausrufe hinter ihr unterbrachen sie.

»Noah, da bist du ja!« Franco folgte als Nächster. In einer schwungvollen Bewegung klopfte er ihm auf die Schulter, sodass das Eis in seinen Achseln knackte. Noah hustete spontan, um es zu übertönen, während die feinen Kristalle in seinem T-Shirt nach unten rieselten. *Oh, bitte lass niemanden die Feuchtigkeit sehen.*

»Wo warst du so lange?«

Mehr und mehr Umarmungen folgten. Felix, Isabell, Paul, Simon. Einer nach dem anderen, bis Noah das Gefühl hatte, nicht mehr Luftholen zu können. *Das war eine furchtbare Idee.*

Panisch suchte er mit den Augen nach Luca. Sie stand ganz ruhig an seiner Seite, nicht viel mehr als ein Beobachter, der dem Geschehen gänzlich fernblieb. Machte keine Anstalten, sich vorzustellen. Keine Anstalten, sich in den Kreis zu drängen, der Noah automatisch umschlossen hatte.

»Wo warst du so lange?«, fragte Isabell und lehnte sich an Simon. Ihre dunklen Augen musterten Noah eindringlich, während sie ihrem Freund einen Arm um die Hüfte legte. »Wir haben uns Sorgen gemacht.«

Franco stieß ihn von der Seite an. »Ich habe versucht, unsere Teamaufgaben alleine zu machen, aber dann meinte der Tutor, dass du etwas eingereicht hättest.« Er presste die Lippen zusammen. »Das ist schön und gut, aber ich hätte das gerne gewusst.«

»Ja, Mann. Wo warst du so lange?«, warf Felix ein.

Dann wurde es still. Das Stimmengewirr um sie herum nahm zu, mehr und mehr Studierende drängten zum Hörsaal, eine Uhr neben dem Fahrstuhl verriet, dass die Vorlesung in zwei Minuten anfangen würde. Um ihn herum dagegen: gespanntes Schweigen.

Noah lachte nervös. »Ich bin ... krank geworden.« *Standardantwort.*

»Oh, Mist. Das tut mir leid«, murmelte Mia.

»Aber warum hast du nichts gesagt?« Franco musterte ihn streng.

»Der Arzt ... also ...« Noah schluckte trocken. Eis rann seinen Rachen hinab.

Weil ich es nicht konnte. Weil ich den Mut dazu nicht hatte. Er setzte an, seine Brille geradezurücken, bis ihm auffiel, dass seine Finger mit Eis verwoben waren. Wie Sekundenkleber. Schnell schob er sie in die Hosentaschen, auch wenn die Kälte ihm eine Gänsehaut bescherte.

»Ich glaube, das ist Noahs Sache, oder?«, erklang eine Stimme hinter ihm.

Als Luca vortrat, hing tatsächlich so etwas wie ein Lächeln auf ihren Lippen.

Es sah beinahe beängstigend aus.

Die anderen dagegen sahen sie nur verwirrt an.

»Wie bitte?« Simon strich sich die blonden Haare aus der Stirn.

»Es ist doch Noahs Entscheidung, ob er euch das sagt oder nicht.« Sie warf einen bedeutsamen Blick auf ihre Armbanduhr. »Außerdem beginnt gleich die Vorlesung. Wir sollten reingehen, wenn wir nicht zu spät kommen wollen.« Damit zog sie an ihnen vorbei – Noah realisierte erst viel zu spät, dass er ihr folgen sollte. Schnell hastete er Luca hinterher, die Hände umständlich in den Taschen vergraben.

Niemals hätte er sich getraut, einfach nichts zu sagen. Oder ausgerechnet diese Antwort zu geben. So treffend sie war, zu ihm passte sie überhaupt nicht.

Dennoch konnte er seine Erleichterung nicht leugnen. Er hätte ihr widersprechen können. Sie zurechtweisen. Aber das hatte er nicht getan. Zu perplex? Zu schüchtern? Er biss sich auf die Lippen, sah sich im Hörsaal um und versuchte, das vertraute Kribbeln in seinen Händen wiederzufinden. Das Gefühl, dass er hier sein wollte, genau hier, nirgendwo sonst.

Tatsächlich spürte er nach einem Moment, wie seine Mundwinkel sich vorsichtig hoben. Er brauchte nur die unzähligen Stühle voller Studenten zu sehen, das Whiteboard vorne und die weiße Wand darüber, von der er wusste, dass der Beamer sie bald anstrahlen würde, damit auch die letzten Reihen den Inhalt der Vorlesung verfolgen konnten – und schon fühlte er sich zu Hause.

Hier gehöre ich hin. Nach wie vor.

Noah warf vorsichtig einen Blick über die Schulter zu seinen Freunden, die ihm verwirrt nachgelaufen kamen. Mia hatte sich eilig ihre Jacke über die Schulter geworfen und versuchte gerade, die enorme Tasche zu schultern, die an ihrer Statur viel zu groß wirkte.

Normalerweise wäre er hingelaufen und hätte sie ihr abgenommen.

Doch seine gefrorenen Hände ließen das nicht zu.

»Wo sitzt du sonst?«, fragte Luca, während er mit der Angst rang. Was, wenn er es nie in den Griff bekam?

»Noah?«

»Ganz egal.« Er räusperte sich und schaute ihr ins Gesicht. Sie hatte die Brauen gehoben und die Arme verschränkt, als wollte sie sagen: »Jetzt reiß dich mal zusammen.«

»Irgendwo in der Mitte.«

Es regnete, während sie zurückfuhren. Luca hatte es in der Luft gespürt, in der Art, wie ihre Knochen zogen, als sehnten sie sich nach der Nässe.

Noah neben ihr schwieg. In der ersten Vorlesung hatte er sich die ganze Zeit kaum bewegt, und wenn, dann nur, um verstohlen auf seine Finger zu sehen, die sich immer wieder mit einer neuen Eisschicht überzogen. Luca war fast pausenlos damit beschäftigt gewesen, seine Magie in Schach zu halten. Immer wieder fror sein Stuhl ein, sein Rucksack, seine Füße – zu seinen Händen war sie nur in den seltensten Fällen gekommen.

Dabei hatte sie die Vorlesung eigentlich ganz interessant gefunden. So weit das eben möglich war.

Natürlich hatte sie kein Wort von den kryptischen Ausführungen verstanden, die ihren Weg auf die Tafel fanden. Aber ihr hatte der begeisterte Professor gefallen, der jedes Mal zu einem halben Freudensprung ansetzte, wenn er zur Tafel lief. Und die Studierenden, die in einer Mischung aus Verzweiflung und Ekstase die Formeln in ihre Hefter kopierten.

Formeln und Beweise waren für sie ein Buch mit sieben Siegeln, aber es faszinierte sie doch, was für eine umfassende Welt die angehenden Mathematikerinnen und Mathematiker sich dort gebaut hatten. Wie *wenig* man von einer Vorlesung verstehen konnte, während sie so viel Inspiration daraus zogen.

Aber vielleicht war es schlicht Nostalgie, die sie zu diesen Gedanken anstiftete.

Noah hatte während der gesamten Vorlesung keine Notizen gemacht, keine einzige. Seine ganze Aufmerksamkeit schien auf den Professor konzentriert zu sein. Als würde er vergessen, dass er gerade eigentlich ganz andere Sorgen hatte.

Und zeitgleich zog sich das Eis unbemerkt zurück.

Es war wirklich ein Auf und Ab mit ihm. Ähnlich lief es in den folgenden zwei Vorlesungen und bei der Bearbeitung der Übungszettel mit seinen Freunden in einem der Seminarräume: Sobald er in der Welt der Mathematik versank, vergaß er alles um sich herum. Die größte Herausforderung an diesem Tag war das Mittagessen gewesen. Als die Magie begann, selbst die Getränke der anderen einzufrieren, oder

der Moment, als Noah sich nicht mehr bewegen konnte, ohne zu knacken.

Luca setzte den Blinker und hielt an, um den Gegenverkehr passieren zu lassen. Sie warf einen Blick zu Noah, der zusammengesunken in seinem Sitz kauerte.

»Danke für heute«, sagte er unvermittelt und sie sah etwas wie ein kleines Lächeln auf seinen Lippen.

Verblüfft blinzelte sie ihn an. »Dich zur Uni zu begleiten? Das gehört zum Job.«

Er zuckte mit den Schultern und schaute wieder nach draußen. »Als du beim Essen in der Mensa auf der Toilette warst, hab ich ihnen erzählt, dass ich mit dem Stress im Studium nicht so gut klargekommen sei.«

Luca nickte. »Klingt vernünftig. Was hast du gesagt, wer ich bin?«

Aus den Augenwinkeln sah sie, wie er das Gesicht verzog. »Meine Mentorin.«

»Du weißt, dass ich keine Ahnung von Mathe habe?«

»Das ist mir erst klargeworden, als ich es ausgesprochen hatte.« Wieder begannen die Polster zuzufrieren. »Ich werde sie nicht für immer anlügen können.«

»Musst du ja auch nicht.«

Überrascht setzte er sich auf. Das Eis knackte hörbar, und sie versuchte, sich ihre Sorge um die Sitze nicht anmerken zu lassen.

»Wie meinst du das?«, fragte er verwirrt.

»Ich meine, warum solltest du sie anlügen?«

»Ist Magie nicht irgendetwas total Geheimes?«

Zum ersten Mal seit Langem hatte Luca das Bedürfnis zu lachen. Oder wenigstens zu schmunzeln. Dann entdeckte sie eine Lücke im Verkehr, legte den Gang ein und schlängelte sich hindurch. »Warum sollte sie das sein? Wir sind eine offizielle Abteilung einer offiziellen Behörde, wir haben unsere eigenen Forschungsprojekte – ich glaube, ein oder zwei deiner Professoren waren sogar involviert, aber so gut kenne ich mich da nicht aus. Ach, und wir haben eine Webseite.«

»Auf der dann steht, *Magie ist echt, wir nehmen Bewerbungen an*?«

»Warum Bewerbungen?«

Noah seufzte schwer und winkte ab. »Vergiss es.«

Luca spürte, dass er etwas sagen wollte. Dass da mehr war als nur das Bedürfnis, seinen Freunden die Wahrheit zu erzählen. Luca fuhr sich mit der Zunge von innen über die Zähne. »In deiner Region ist Magie kaum mehr als ein Aberglaube, ein Gerücht vielleicht. Aber wenn du dich umschaust, wirst du sie an ziemlich vielen Ecken der Welt entdecken.«

Noah schnaubte. »Metaphorisch, meinst du?«

Luca verstand kein bisschen, was er meinte, aber sie beließ es dabei. »Es gibt einen sehr bekannten Feuermagier im Central Park in New York. Er tritt regelmäßig dort auf, hat tausende Follower auf diversen Social-Media-Kanälen. Einen Wassermagier, der im Schwimmbad arbeitet, in ... Stuttgart, glaube ich. Seine Kurse sind immer überlaufen – wer will keinen Trainer, der auf dem Wasser laufen kann?«

Noah blinzelte sie skeptisch von der Seite an. »Du machst Witze.«

»Manchmal begreife ich dich nicht. Warum sollte ich Witze machen?«

Da begann Noah zu lachen. Es klang ein wenig schrill, aber trotzdem löste es etwas in ihr. Als hätte er einen Witz verstanden, den sie gar nicht gemacht hatte.

»Du bist genial manchmal.«

Das unerwartete Kompliment ließ sie stocken, und ihr Herz flatterte. Warum? Schnell biss sie die Zähne zusammen. Ein plötzlicher Impuls ließ sie auf eine vorbeiziehende Parklücke zusteuern. In zwei Zügen hatte sie geparkt, zog die Handbremse an und drehte sich bedeutungsschwer zu Noah um. »Wir saßen jetzt den ganzen Tag zusammen in deinen Vorlesungen, beim Essen und bei den Bearbeitungen dieser merkwürdigen ›Übungsaufgaben‹. Warum hast du mich nicht einfach gefragt, was es mit Magie auf sich hat, wenn du es nicht weißt?«

Noah setzte an, etwas zu sagen. Zuerst liefen seine Wangen rot an, dann seine Nase und schließlich seine Stirn. Als würde er zu lange die Luft anhalten – und schließlich atmete er heftig aus. »Ich dachte, Magie sei geheim.«

»Magier leben privat, zurückgezogen. Haben sie seit jeher. Du hängst ja auch nicht an die große Glocke, was dein Lieblingsessen ist oder wo du zur Schule gegangen bist. Klar, manche machen das, weil sie stolz darauf sind. Andere eben nicht.«

Noah blinzelte. »Aber ist es nicht ... gefährlich? Über Magie zu reden?«

Sie runzelte die Stirn und versuchte, sich an irgendein Szenario zu erinnern, das in der letzten Zeit in den Nachrichten gewesen war und ihn auf den Gedanken gebracht haben könnte. Ihr wollte nichts einfallen. »Warum denn?«

Noah ließ sich in den Sitz fallen und schüttelte den Kopf. »Massenpanik? Dass die Menschen die Magier ausnutzen? Anders herum? Irgendwie so etwas?«

»Das gibt es natürlich auch, aber weißt du – Magie ist normalerweise nichts Starkes. Nichts Bedrohliches. Fürchtest du dich vor deinem Toaster? Der kann, wenn er will, auch ziemlich heiß werden.« Sie musste kurz über den Vergleich nachdenken. »Vermutlich würde er dich sogar leichter umbringen können. In der Badewanne oder so.«

»Aber meine Magie ist so stark!« Der Ausruf kam plötzlicher, als sie erwartet hatte. Luca hatte gar nicht gemerkt, dass sie sich in dieses Thema hineinmanövriert hatte – von dem sie sich eigentlich hatte fernhalten wollen. Schnell wandte sie den Blick nach vorne und ließ kurzentschlossen den Motor an.

Du bist viel stärker als alles, was wir kennen. Wortlos setzte sie wieder aus der Parklücke heraus und fuhr schwungvoll, ohne zu schauen, zurück auf die Straße.

»Luca?«

Sie verbat sich, zu ihm zu sehen. Trotzdem erkannte sie die Neugier in seiner Stimme – und die Unruhe.

»Was ist?«, bohrte er weiter.

»Ich glaube, ich habe eine Idee, wie wir deine Fähigkeiten herauskitzeln können.« Ihr Herz schlug ihr bis zum Hals. Sie räusperte sich. »Ich habe vorhin in der Uni, während ihr an den Aufgaben gewerkelt habt, ein bisschen recherchiert. Ich hole dich morgen um fünf Uhr ab, dann machen wir einen Ausflug.«

»Um fünf Uhr *morgens*?« Noah lehnte sich nach vorne und stützte die Ellbogen auf die Oberschenkel. Er schien nicht sicher, was er davon halten sollte.

»Kein Frühaufsteher?«, antwortete sie automatisch. Während sie in die nächste Straße abbog, war sie gezwungen, zu Noah hinüberzuschauen. Seine Brille spiegelte so sehr, dass sie darin nur sich selbst erkannte. Sie sah aus, als wäre sie ... nervös?

Luca lauschte in sich hinein. Tatsächlich: Etwas brodelte in ihr. Erstaunt heftete sie den Blick wieder auf die Straße.

»Nein, bin ich nicht. Außerdem hab ich morgen Uni«, meinte er mürrisch und ließ sich zurückfallen. Er warf ihr einen Blick zu. »Warum hast du ...«

Sie wischte seine Bemerkung mit der Hand fort. »Du hattest die letzten Tage kein Problem damit, die Uni zu schwänzen. Warum jetzt auf einmal?«

»Als ich zu Hause war, habe ich auch gelernt. Es ist nicht mehr lange bis zu den Prüfungen.«

Sie schnaubte. »Du lernst *zaubern* und machst dir Sorgen um die Uni?«

Kopfschüttelnd wandte er sich ab. Ihr Puls beruhigte sich etwas. »Du hast bestimmt nie BAföG bekommen«, murmelte er.

»Nein, hab ich nie.«

Stumm sah er weiter aus dem Fenster, auch, als sein Haus vor ihnen auftauchte und sie parkte. Statt auszusteigen, blieb er sitzen. *Das scheint ein Ding von ihm zu sein,* dachte sie ironisch. Schließlich seufzte sie. »Ich werde dir morgen alles erklären. Überleg dir schon mal deine Fragen.«

Mit großen Augen sah er sie an. Sie standen im Schatten eines krüppeligen Bäumchens, sodass seine Brille nicht mehr spiegelte – dabei hätte sie gerne gewusst, was sie jetzt für einen Gesichtsausdruck trug.

Stumm sahen sie sich an. Irgendetwas hing zwischen ihnen in der Luft, aber sie war nicht fähig, es zu fassen. Gedanklich saß sie wieder auf der Mauer, die Hand an die pochende Seite gepresst und doch sich selbst zu fern, um die Zeichen ihres eigenen Körpers zu verstehen. Ihr trommelndes Herz, der pendelnde Blick.

»Willst du mit reinkommen?«

Die Frage kam so unvermittelt, dass ihr Blick kurz zum Haus zuckte, dann zu ihm zurück. »Wie meinst du das?«

»Zum Abendessen.«

Nicht alleine essen. Der Gedanke an die Suppenterrine im Schrank ihres Hotelzimmers lockte nicht gerade, aber ... »Nein, ich muss los.«

Noah setzte an, das Angebot nachdrücklicher zu wiederholen, aber dann schüttelte er den Kopf. »Alles klar. Dann bis morgen.«

Er verpasste den Moment, an dem es nicht merkwürdig gewesen wäre, auszusteigen. Stattdessen sah er sie weiter an, zahlreiche Fragen auf den Lippen, doch keine davon sprach er aus.

»Willst du nicht gehen?«

Noah lief puterrot an, öffnete die Tür und trat ins Freie. Dann hielt er kurz inne und wandte sich noch einmal zu ihr um. »Danke.«

»Hast du schon gesagt.«

Er schmunzelte. Was fand er daran lustig? »Trotzdem. Danke.«

Damit schlug er die Tür zu und lief zum Haus. Ohne eine Spur von Eis. Ohne den schweren Gang, den er den ganzen Tag mit sich herumgeschleppt hatte.

Und zum ersten Mal seit wirklich, wirklich langer Zeit wünschte Luca sich, sie würde sich und ihn und alles wirklich verstehen.

Da fiel ihr etwas ein. Schnell kurbelte sie das Fenster herunter. »Ach, Noah?«

Er hielt vor dem Gartentor inne. »Ja?«

»Bring eine Badehose mit!«

4

»Kommst du?«

Noah fuhr zusammen und zwang sich, den Blick vom See zu lösen. Das blaugrüne Wasser lag ruhig da, nur ab und zu strich der Wind sanft darüber oder ein Insekt brachte die Oberfläche zum Schwingen. Bäume wiegten sich in der morgendlichen Brise. Ein Ring aus großen Steinen schloss sich um den See.

Und genau auf diesen Steinen musste er gerade entlangbalancieren. Diese wackeligen Biester.

»Klar!«, rief er reichlich spät zurück und stakste Luca hinterher. Sein Blick pendelte dabei immer wieder zwischen dem kleinen Paradies neben sich und den Steinen unter seinen Füßen hin und her, um nicht aus Versehen in die Vertiefungen dazwischen zu treten. Sich noch *vor* dem Training so vor Luca zu blamieren, wollte er tunlichst vermeiden.

Die Müdigkeit der schlaflosen Nacht hatte er nach der dreistündigen Autofahrt beinahe überwunden. Nicht, dass er unterwegs geschlafen hätte. Oder überhaupt entspannt, mit Luca nebendran. Immer wenn er das Gefühl gehabt hatte, seine Lider wollten sich von selbst schließen, fiel ihm wieder ein, dass er neben einer völlig Fremden im Auto saß, die im Begriff war, ihm Magie beizubringen. *Stundenlange Autofahrt Richtung Süden. Hierher. Mit einer Badehose.*

Letztlich konnte ein übermüdeter Verstand aber nicht ewig im Kreis laufen, und so hatte er es irgendwann aufgegeben, sich auszumalen, was sie heute mit ihm vorhaben könnte, hatte sich zurückgelehnt und sich damit abgefunden, dass ihm nichts als warten blieb, bis sie an ihrem Zielort ankamen. Luca jedenfalls schwieg beharrlich.

Ewig hatte er letzte Nacht wach gelegen und sich Fragen überlegt, nur um nach einem Stift zu greifen, in dem die Tinte gefror. Er würde sich wohl oder übel erinnern müssen – und bereits jetzt hatte er das Gefühl, die meisten Überlegungen schon wieder vergessen zu haben.

Abrupt hielt er inne. Unter seinem rechten Schuh schmatzte es verdächtig. Langsam schaute er nach unten – und stellte fest, dass er in eine Schlammpfütze getreten war. Die prompt gefror. Ein Fluch lag ihm auf den Lippen, während er aufsah, um sicherzugehen, dass Luca nichts mitbekommen hatte.

Sofort erstarb der Gedanke.

Luca *schmunzelte.*

Sie hatte beide Mundwinkel gehoben, die Augen leicht zusammengekniffen, sodass die Beule an ihrer Stirn sich verzog. So sehr das schlechte Gewissen bei diesem Anblick nach ihm griff, so leicht und unbeschwert stand sie dort und lächelte auf den See hinaus.

Der Anblick hatte etwas Magisches, gar Unnatürliches an sich. Als wäre ihr Gesicht nicht dafür geschaffen, so nostalgisch zu lächeln. Es musste an diesem Ort liegen. Irgendwie. Irritiert hob er die Brauen.

Hatte er Luca schon mal ehrlich lächeln sehen?

»Du warst nie wandern, oder?«, fragte sie plötzlich und deutete mit dem Kopf auf den See. Sie sah ihn dabei nicht an, nur hinaus auf dieses stille Gewässer, das offensichtlich Ziel ihrer Reise war.

Noah schluckte. Die drohende Tageshitze legte sich schwer um seine Schultern und doch wuchs Eis über seine Finger. »Nein, nicht wirklich«, antwortete er schnell. »Gut, mit dem Kindergarten vielleicht, aber da kommt man nicht wirklich weit.«

Sie nickte, als würde die Antwort sie zufriedenstellen. Er wartete darauf, dass sie mehr sagte, aber als sie nur weiter geradeaus schaute, nutzte er die Chance, zu ihr aufzuschließen.

»Und du? Gehst du oft wandern?«, fragte er.

Erst als er hier neben ihr stand, bemerkte er, dass ihr Blick immer wieder von einer Seite des Sees zur anderen pendelte, als wollte sie einer unsichtbaren Bewegung unter der Oberfläche des stillen Wassers mit den Augen folgen. Dann blinzelte sie und brach den Zauber mit nur einem Lidschlag. »Nicht mehr.« Plötzlich hüpfte sie weiter, viel zu trittsicher auf den Steinen, als dass er sie einholen konnte.

Er atmete hörbar aus, bevor er ihr folgte. Hatte er etwas Falsches gesagt? Umständlich trat er auf die wackelnden, rutschigen Steine, während er versuchte, das Eis nicht über seine Arme wachsen zu lassen. Ein sinnloses Unterfangen.

Immer wieder hob er den Blick, um zu sehen, wie Luca über die Steine tanzte. Jeder Schritt saß, als wäre sie ihn bereits hunderte Male gegangen. Er hätte gerne gewusst, wohin es sie zog. Der See spannte sich zu ihrer Linken. Die Oberfläche war so ruhig, dass die Bäume sich darin spiegelten und die kleinen Fischchen wie aus einer anderen Welt zu ihm aufsahen.

Und dann noch die Badehose. Er hatte sie sicherheitshalber bereits angezogen, in seinem Rucksack waren Wechselsachen und ein Handtuch. Die Sorge darüber, was Luca mit ihm vorhatte, wurde dadurch aber nicht wirklich kleiner. *Will sie etwa, dass ich schwimmen gehe?*

Werde ich mich dann nicht selbst einfrieren? Bei dem Gedanken blieb ihm kurz die Luft weg, als würde er bereits ertrinken.

»Du brauchst ziemlich lange«, stellte Luca fest. Sie hatte es sich im Gras am Ufer bequem gemacht. Ihr Rucksack lag neben ihren ausgezogenen Schuhen, die Füße hatte sie ins Wasser getaucht.

»Ich weiß«, murmelte er in der Erwartung, sie würde es ohnehin nicht hören. Als sie mit »Schön« antwortete, rutschte er beinahe auf einem Stein aus. Normalerweise waren seine Worte für andere nur ein leicht überhörbares Nebengeräusch.

»Gut, du kannst eigentlich auch dort bleiben«, unterbrach sie ihn nach ein paar Schritten, doch statt auf sie zu hören, nahm er die letzten Steine, um bei ihr anzukommen. *So kurz vor Schluss werde ich nicht aufhören.*

»Dickköpfig, ja?«, begrüßte sie ihn, woraufhin er sich wünschte, doch stehen geblieben zu sein.

»Wann kann ich dir eigentlich die Fragen stellen? Über Magie?«, hielt er dagegen – oder versuchte es zumindest. Seine Stimme war jedoch kaum mehr als ein Murmeln.

»Warum hast du sie nicht im Auto gestellt?«, konterte sie, wartete seine Antwort jedoch nicht ab, sondern hob die Hände und ließ sie über die Szenerie schweifen. Den See vor ihr, die Steine zu ihren Füßen und die einige Kilometer umspannende Natur um sie herum. »Du fragst dich bestimmt, warum wir hier sind. Die Übung heute ist an eine angelehnt, die ich von meiner eigenen Ausbildung kenne. Mein Vater hat sie mir hier gezeigt.«

Das erklärt einiges. Ihre Verbundenheit zu diesem Ort, das schmale Lächeln – eine Erinnerung? Auf einmal begriff er. *Ich lerne etwas über* sie. *Nicht nur über Magie.*

Unwillkürlich musste er dümmlich grinsen. Vergessen waren die Fragen, die ihm bis eben in den Fingern gejuckt hatten. Für den Moment zumindest.

Luca hob die Brauen. »Was ist?«, schien sie zu fragen.

Schnell sah er auf den See, damit sie seine Aufregung nicht bemerkte. *Das hier ist* ihr *See. Ihr Ort.*

Aus den Augenwinkeln erkannte er, wie sie mit den Schultern zuckte, dann deutete sie vor sich. »Die Idee ist eigentlich ganz einfach.« Sie hob ihren Fuß aus dem Wasser, und statt ihn zurück ins flüssige Nass zu setzen ... gefror es unter ihrer Fußsohle. Ihr linkes Bein stand weiterhin im Wasser. Dann stieß sie sich ab, drückte sich hoch und …

Stand auf dem Wasser.

Noah konnte nicht anders, als fasziniert auf ihre Füße zu starren. Feine Kristalle zogen sich über die Wasseroberfläche. Als wäre gar nichts dabei, tat sie den ersten Schritt.

Und das Eis? Es folgte ihr. Bildete zu ihren Füßen einen Steg, wuchs passend zu jeder ihrer Bewegungen, als ahmte es sie nach. Die spiegelglatte Oberfläche gefror unter ihren Sohlen und begleitete sie wie ein treues Tier.

»Wow …«, murmelte Noah, und mit einem Ruck hielt sie inne. Vier Schritte, den fünften noch in der Luft. Langsam setzte sie den Fuß ab. Stramm wie eine Soldatin stand sie dort, den Blick von ihm abgewandt. Ob sie wieder lächelte?

Doch als sie sich umdrehte, war ihr Gesicht eine Maske. Er könnte genauso gut ein Gemälde anschauen, stellte er fest. *Mädchen auf dem See.*

»Das ist so beeindruckend«, hauchte er – und hatte plötzlich das Gefühl, als bräche er die Stille mit den falschen Worten. Irgendwo sang ein Vogel, und als Noah sich nach vorne beugte, konnte er die Fische beobachten, die unter der Eisschicht schwammen.

Ohne auf seine Worte zu reagieren, hob sie die Arme. »Das ist die Aufgabe für heute.« Mit diesen Worten ging sie seelenruhig zu ihm zurück. Das Eis hielt ihrem Gewicht problemlos stand, doch hinter ihr knackte es, als hätte die Sonne nur auf ihre Erlaubnis gewartet, es zum Schmelzen zu bringen.

Noah blinzelte. »Ich soll … übers Wasser laufen?« Er versuchte, es wie einen Scherz klingen zu lassen, doch dafür klopfte sein Herz viel zu schnell. »Einfach so?«

»So biblisch nicht, nein. Und auf Anhieb wirst du es nicht hinbekommen.« Der Steg zerbrach mit einem lauten Krachen, und die kleinen Eisschollen trieben wie eine vage Erinnerung an das, was Luca gerade getan hatte, auseinander.

Noah schluckte und nickte, als würde er nicht nur das *Was* verstehen, sondern auch das *Wie.*

»Keine Sorge, du hast ja die Badehose.«

»Was?«

Sie deutete auf seinen Rucksack. »Deine Kleidung kannst du bei mir lassen. Du kannst üben, so viel du willst, wir haben den ganzen Tag Zeit.«

Warum hört sich das bei ihr so bedrohlich an? Während sie es sich wieder neben ihrem eigenen Rucksack bequem machte, setzte Noah seinen langsam ab. *Den ganzen Tag.* Seine Finger waren umschlossen von Eis, ebenso seine Füße. Sobald er sich auszog, würde sie sehen, dass es seinen ganzen Körper einfasste. Der Beweis dafür, wie aufgewühlt er eigentlich war.

Linkisch trat er sich die Schuhe von den Füßen – oder versuchte es zumindest. Nachdem er dabei zweimal beinahe hingefallen wäre, setzte er sich mit einem Seufzen und zog sie von seinen gefrorenen Zehen. Jacke und Hose blieben auf den Steinen zurück, doch das T-Shirt behielt er an.

Er fühlte sich so schon vollkommen nackt vor Luca.

Peinlich berührt sah er zu ihr hinüber. Die ganze Zeit über hatte er ihren bohrenden Blick auf sich gespürt und sich nicht getraut, ihn zu erwidern. Was dachte sie wohl ...

Sie dachte gar nichts.

Luca las.

Ihre Augen glitten über die Zeilen des Buchs in ihrem Schoß, und ihre rechte Hand schwebte neben den Seiten, als wartete sie nur darauf umzublättern.

Warum ist das noch viel peinlicher, als wenn sie mich wirklich beobachtet hätte? Irritiert schwankte sein Blick zwischen ihr und dem See hin und her.

»Worauf wartest du?« Ihr Tonfall war ruhig, beinahe abwesend, als wäre sie gänzlich in die Handlung vertieft. Ohne aufzusehen, blätterte sie um.

Noah schluckte. *In Ordnung. Ich kann das.* Er nickte, wie um den Gedanken zu bekräftigen, dann wandte er sich dem See zu. Der Wind fuhr ihm durch T-Shirt und Haar, als wolle er ihn locken näherzukommen. *Ganz entspannt.* Er reckte das Kinn, dann schob er sich einen, zwei, drei kleine Schritte auf dem Stein vor, der dem Wasser am nächsten lag, hob den Fuß über die Wasseroberfläche und beobachtete, wie sie unter seinen Füßen zu Eis erstarrte.

Langsam, ganz langsam, setzte er seine Zehen darauf. Es hielt. Er belastete es vorsichtig mehr, dann noch etwas mehr, bis er einbeinig darauf stand.

Er stieß den angehaltenen Atem aus und grinste. *Vielleicht wird es doch gar nicht so schwer.* Wie selbstverständlich floss etwas aus seinem Inneren heraus in den See und verwandelte ihn zu seinen Füßen in Eis. Und so rutschig es sich im ersten Moment anfühlte, so leicht gelang es ihm, sich darauf zu halten.

Wie am Ende ihrer ersten Trainingsstunde.

Der Triumph schoss durch ihn hindurch, und der nächste Schritt fühlte sich schon viel leichter an.

»Siehst du das?«, rief er. Er hatte gar nicht beabsichtigt, so laut zu sein.

Aus den Augenwinkeln sah er, wie Luca aufschaute. »Nicht schlecht«, gab sie zu. »Es soll allerdings nur die Oberfläche einfrieren. Denk an die Fische.«

Das Eis unter seinen Füßen knackte. »Was?«

»Du sollst an die Fische denken. Nur die Oberfläche.«

Das hab ich schon verstanden. »Und wie soll ich das machen?«

Lucas Antwort ließ kurz auf sich warten. »Mit Gefühl?«

»Das klingt nicht überzeugend.«

»Es ist wirklich einfach eine Bauchgefühlsache.«

Denk an die Fische. Er spürte, wie das Eis um seine Füße herum wucherte und drohte, sich nach allen Richtungen über den See auszubreiten.

»Hast du wirklich gar keinen Tipp?«

»Versuch's einfach. Schalt deinen Kopf aus. Geh so weit, wie du kommst.«

Er hörte, wie sie eine weitere Seite umblätterte. *Sie sieht nicht mal her.*

So stolz wie möglich hob er den Blick, dann tat er wieder einen Schritt. *Ich kann das.* Noch einen. Alle so klein, dass er kaum zehn Zentimeter vorankam. Dennoch – der Rand des Sees kam ihm bereits viel zu weit weg vor. *So viel Wasser.*

Er atmete tief durch, straffte die Schultern und tat noch einen Schritt, dieses Mal einen größeren. Dann noch einen. Er traute sich nicht zurückzuschauen, oder auf das Eis unter seinen Füßen. Das Wasser darunter. Oder die Fische. Die gefrorene Fläche, auf der er stand, fühlte sich so spröde an, als würde sie beim kleinsten Gedanken zerspringen.

Doch dann wurde das Wasser tiefer. Und tiefer. Er spürte mit jedem Schritt, wie die Magie versuchte, sich nach unten zu strecken ... So viele Liter, so viel Volumen, wie sollte er das alles durchdringen? Es war unmöglich.

Sein Blick glitt nach rechts, wo ein Fisch fröhlich unter seiner Eisbrücke hindurchgetaucht war. *Ich denke an die Fische.*

Seine Muskeln zitterten, doch er überredete sie, einen weiteren Schritt zu tun. Dabei bemerkte er, dass das Eis, das er schuf, nicht mehr planlos wucherte – es wuchs kontrolliert. Die schier unendliche Masse des Sees riss mit sanften Wellen alle kleinen Ästchen aus Eis ab, die nicht zum eigentlichen Steg gehörten.

Es ... klappt. Er spürte, wie der Kloß in seinem Hals sich löste. Er machte einen weiteren Schritt. Noch einen. Das Eis unter ihm ächzte leise, aber es hielt.

Nie hatte sich eine persönliche Grenze so befreiend angefühlt: Er konnte gar nicht den ganzen See einfrieren. *Ich kann das gar nicht.*

Noch ein Schritt. Kein Problem. Ein Siegesschrei zupfte an seinen Lippen, doch stattdessen kräuselten sie sich nur zu einem Lächeln. *Es klappt. Es klappt!*

»Ach, Noah?«

Seine Gedanken rissen abrupt ab – und mit ihnen das Eis. Es knackte nicht einmal warnend, sondern gab von einem Moment auf den anderen unter ihm nach, und der See umfing ihn. Die Kälte war ein echter Schock, Eisbrocken tanzten vor seinen Augen. Seine wild rudernden Arme und Beine zogen ihn nach oben, und er brach hustend durch die Wasseroberfläche.

Er musste einige Male blinzeln, Tropfen vernebelten ihm die Sicht. Dann sah er zu Luca. Sie grinste. *Diabolisch.* »Du solltest die Brille abnehmen, bevor sie kaputtgeht.«

Seine Finger fühlten sich so sanft auf ihren Wangen an. Ein Streicheln über Samt, warmer Atem gegen den Stoff ihrer Haut.

»Liebst du mich?«, hauchte sie. Ihre Stimme brach beinahe, als sie in diese blauen, diese unendlichen, ertränkenden Augen sah. »Liebst du mich wirklich?«

»Ha! Dieses Mal …«

Platsch.

Luca schaute von ihrem Buch auf. Die Jacke hatte sie sich in den Rücken geschoben, ihre Füße steckten im kühlen See, neben dem sie es sich im Halbschatten bequem gemacht hatte.

Für einen Moment war Noah nicht zu sehen, nur ein paar Haare, die merkwürdig steif aus dem Wasser ragten. Dann drückte er sich schnaufend nach oben. Mit ein paar ungeschickten Zügen schwamm er zum Ufer – und bemerkte dabei nicht einmal, was für eine Glanzleistung das war. Kein Eis folgte ihm, nichts gefror um ihn herum.

Ihre Mundwinkel zuckten, während sie beobachtete, wie er sich wankend über die rutschigen Steine aus dem Wasser kämpfte. Das T-Shirt trug er noch immer, ein rotes, dessen Aufdruck sie durch die Nässe nicht mehr lesen konnte. Wie eine zweite Haut klebte es an ihm und versteckte gar nichts.

Nun, was Luca sehen konnte, war, dass etwas mehr Sport ihm nicht schaden würde.

Strahlend schaute er zu ihr herüber. Die sonst braunen Locken erschienen dank des Wassers schwarz und legten sich um seinen Kopf wie ein unförmiger Helm. »Hast du das gesehen? Ich bin richtig weit gekommen.«

Sie hob das Buch aus ihrem Schoß. »Ich hab nicht hingeschaut.«

Er runzelte die Stirn. Offenbar versuchte er zu erkennen, welches Buch es war, doch ohne die Brille sah er dabei aus wie ein Maulwurf.

Es war ein seltsames Bild, Noah dort stehen zu sehen. Wie eine Fotocollage – der linkische Junge, den sie erst seit wenigen Tagen kannte, in dem See ihrer Kindheit. Ein Schmunzeln legte sich um ihre Lippen ob dieser Mischung aus Alt und Neu. *Schon das fünfte Mal heute.* Mit dem Gedanken blätterte das Lächeln aus ihrem Gesicht und sie warf einen letzten Blick in ihr Buch, bevor sie es entschlossen zuklappte. Der Tag war weitergezogen und das Mittagessen längst gegessen. Bald würden sie sich auf den Heimweg machen müssen. »Gut, dann zeig mal, was du kannst.«

Überrascht sah Noah zu ihr auf. »Was?«

Sie erhob sich in einer fließenden Bewegung, klopfte sich den Dreck von der Hose und trat zu ihm. »Ich will sehen, wie weit du kommst.« Ohne groß auf ihn zu warten, tat sie die ersten Schritte auf das Wasser. Es knackte angenehm unter ihren Füßen und beschwor geisterhafte Erinnerungen, die zu Nostalgie zerschmolzen.

Noah stieß sich hastig von ihr weg, als er sah, wie das Eis auf ihn zugeschossen kam. Zweifelnd sah er sie an. »Ein Wettkampf?«

»Angst vor der Herausforderung?«

Er lachte. Tief und innig. Dabei verstand sie kein bisschen, warum. Sollte sie auch lachen? Sie spürte ihren Mundwinkeln nach. Nein, sie wollte nicht.

Mit dem Kinn deutete sie auf die Mitte des Sees. »Dann los. Mal sehen, wer weiter kommt.«

Noah grinste und irgendwie erwartete sie, dass sie es ihm gleichtun würde. Heute hatte sie es oft getan. Wann immer sein siegessicherer Gesichtsausdruck sich plötzlich in einen erschrockenen verwandelte und sie förmlich das »Oh sch...!« hören konnte, das ihm durch den Kopf schoss, bevor er mit einem Aufschrei und einem lauten Klatschen im See verschwand. Umso tiefer war ihr eigener Fall, als ihr nur die innere Leere antwortete und sie stumm und ausdruckslos beobachtete, wie er sich auf seine eigene kleine Eisfläche hochdrückte. *Warum sollte es auch plötzlich anders sein?* In ihr war es seit Jahren still – wo sollten jetzt plötzlich Töne herkommen? »Bereit?«, fragte sie schlicht.

Noah positionierte sich auf gleicher Höhe wie sie. Das Eis breitete sich zu seinen Füßen aus, bis es ihres erreichte. Wie zwei Flüsse, die aufeinandertrafen – der eine brachialer, dicker, grober, der andere ruhiger, beinahe glatt. Luca rann ein Schauer über den Rücken. Sie spürte selbst durch dieses kurze Aufeinandertreffen, wie mächtig Noah war.

»Nicht wirklich, aber was zählt das schon?«, murmelte er.

Wenn es nichts zählt, warum sagst du es dann? Luca setzte an, etwas zu sagen, doch da lief Noah bereits los. Die ersten Schritte waren selbstsicher, doch dann wurde er langsamer. Das seichte Wasser lag hinter ihm, und seine Brücke aus Eis wurde unsicherer.

Luca spürte das Echo eines Lächelns. Jetzt kam ihre jahrelange Übung ins Spiel.

Entspannt ging sie los. Zuerst war ihr Noah einige Schritte voraus, doch für sie war es kein Problem, ihn einzuholen. Es war wie tanzen – wenn die Choreografie einmal saß, brauchte sie nicht mehr darüber nachzudenken. Ihre Magie flüsterte zu ihren Füßen und streckte und dehnte sich, wie sie es gewohnt war.

Luca war lange nicht mehr hier gewesen. Hatte lange nicht mehr ausprobiert, wie gut ihre Füße sie auf dem Wasser trugen. Es fühlte sich an, als würde sie einen lange Zeit verkrampften Muskel endlich strecken, sich selbst damit mehr Raum geben.

Letztendlich lief sie so lange weiter, wie ihre geistige Kraft es zuließ. Es knackte gefährlich unter ihren Füßen, doch noch hielt ihre Magie es aufrecht. Weil es aber inzwischen gefährlich dünn wurde, blieb sie stehen und hob den Blick.

Noah hatte es bisher nie so weit auf den See hinaus geschafft, wo sie jetzt stand – es wäre absurd, wenn er dazu in der Lage wäre. Ein paar Stunden Übung reichten niemals, um das zu erreichen, was sie etliche Tage gekostet hatte.

Zufrieden verschränkte sie die Arme und achtete darauf, sich nicht anmerken zu lassen, wie deutlich sie die Hitze des Tages an ihrer Eisfläche nagen spürte. »Na? Wie sieht's da hinten aus?«

Ein viel zu breites Grinsen hing an seinen Mundwinkeln, aber er schaute nicht auf. »Warte nur ab. Ich mag Herausforderungen.«

»Unlösbare Herausforderungen, meinst du?« Sie beobachtete, wie er vorsichtig den nächsten Schritt tat – und das Eis mit ihm wanderte. »Stimmt, sonst wärst du kein Mathematiker.«

Er stieß ein spontanes Lachen aus. »Ich studiere das Fach nur. *Noch* bin ich kein Mathematiker.« Wieder ein Schritt.

»Ich habe nicht viel verstanden, als ich in der Vorlesung saß.«

»Das hätte mich auch zutiefst beeindruckt.«

Ihre Magie murrte, wenn auch geräuschlos, aber sie spürte es. War das ihr Stolz? Sie beobachtete seine tropfenden Schritte und wie das Eis sich immer noch mit ihnen ausbreitete. Die Algen wogten zu seinen Füßen und sie prüfte mit einem Blick, wie tief seine Eisschicht reichte. Der Grund des Sees blieb weiter flüssig.

Du beeindruckst mich. Die Erkenntnis traf sie tiefer, als sie erwartet hatte. Unter ihren Füßen knackte es hörbar, und Noah hielt instinktiv inne, obwohl er es nicht verursacht hatte.

Luca beließ ihn in dem Glauben. »Also? Kommst du noch?«

Er murmelte etwas, dann streckte er die Hände von sich, als erwartete er, jeden Moment einen Sturz abfangen zu müssen.

»Was hast du gesagt?«, fragte sie.

Ein Zittern durchlief erst Noah, dann das Eis. Wieder hielt er inne und seine Lippen trennten sich, als wolle er etwas sagen, doch er schwieg weiter und machte noch einen Schritt.

Weiter, als er bisher je gekommen ist. Luca schluckte. »Spuck's schon aus.«

Noah seufzte und machte den nächsten Schritt. Noch immer war der Steg stabil. *Wahnsinn. Seine Fähigkeiten sind ... Wahnsinn.*

»Ich meinte nur, dass du ... du hattest ja auch mehr Zeit zum Üben.«

Lucas Blick hing an seinen Füßen, die wieder und wieder einen Schritt taten. Stumm schüttelte sie den Kopf. *Wie kann er so mächtig sein? Wie um Himmels willen kann so eine Gabe nie aufgefallen sein?* »Und warum hast du das nicht gleich gesagt?«, fragte sie abwesend. *Und ich soll ihn trainieren? Ausgerechnet ich?* Drei Meter trennten sie noch. Welten. Herzschläge.

Noah schien über ihre Worte nachdenken zu müssen. Seine nächsten Schritte kamen langsamer, und doch tat er sie. Einen Meter, eineinhalb geschafft.

»Eigentlich eine gute Frage«, murmelte er. Ein Zischen kam aus seinem Mund, wie ein alter Blasebalg, der sich ein letztes Mal zusammenzog. Er sah aus, als würde er Anlauf nehmen – dann tat er den letzten Schritt.

Und stand neben ihr.

Unmöglich.

Stolz grinste er sie an. Das Eis zu seinen Füßen war rissig und so dünn, dass man das Wasser darunter hindurchsah. Fische und Algen blinzelten zu ihnen herauf.

Noah sah ihr den Unglauben wohl an, denn sein Grinsen vertiefte sich. Zufrieden, und unnötig demonstrativ, hob er das rechte Bein und trat damit an ihr vorbei. Das Eis folgte ihm.

Er hatte sie überboten.

Luca hatte so lange trainiert für das hier. Und er überbot sie nach nur ein paar Stunden.

»Na? Wie sieht's da hinten aus?«, scherzte er und tat ein, zwei zusätzliche Schritte.

»Überleg dir eigene Sprüche.« Sie biss die Zähne zusammen. Wasser schwappte über ihre Eisbrücke. Aufgeben? Ihn gewinnen lassen?

Nie im Leben.

Das Eis knallte wie ein Pistolenschuss, als sie den ersten Schritt tat. Es kostete sie jeden Funken Konzentration, um gleichzeitig die Brücke hinter sich aufrechtzuerhalten und das Eis vor sich robust genug zu machen, um ihr Körpergewicht tragen zu können. Dann schaute sie auf.

Noah stand in gleicher Haltung vor ihr wie sie vorher vor ihm: die Arme verschränkt, die Augenbrauen spöttisch hochgezogen und mit einem unanständig breiten Grinsen im Gesicht. »Ich hätte nicht gedacht, dass es so viel Spaß macht, hier vorne zu stehen.«

Gerne hätte Luca etwas geantwortet, doch sie schaffte es kaum, zu atmen, ohne ihre Konzentration einreißen zu lassen. Ein Schritt, ein zweiter. Ihr Kontakt zur Realität brannte. Die Hitze verschwand, stattdessen war da nur noch Kälte, die sie ausfüllte.

Etwas in ihrem Inneren drohte, durch die Oberfläche zu brechen. Bilder, Emotionen ... Erinnerungen? Es pulsierte und raubte ihr die Luft. Sie spürte, wie ihr Körper einfror. Noah fragte etwas und kam auf sie zu, eine Hand ausgestreckt.

»Sie wird es nicht schaffen. Es tut mir leid, Luca.« Ein Zittern durchlief sie. Die Enge in ihrer Brust schnürte sich fester zu, sie versuchte Luft zu holen, aber alles blockierte. *»Die Ärzte haben alles versucht.«*

Panik flutete sie, während ein letzter Funke Rationalität versuchte, sie zu beruhigen. *»Sie wird ...«*

Krach. Kälte fing sie. Kein Eis, kein Schnee – nur Wasser. Floss um sie herum, wirbelte durch ihre Haare, kroch in ihre Jeans. Sie ließ sich fallen. Ließ ihre Arme sinken, während sie der samtigen Kühle nachspürte, die sie umschloss.

Sie schwebte. Schwerelos.

Die Bilder schloss sie tief in sich ein, dorthin, wo sie nie wieder Tageslicht sehen würden. Eis knisterte an ihren Fingern, an ihren Zehen, doch da war nur Wasser, das ihre Kleidung nach unten zog und gegen ihre Lungen drückte.

Vielleicht sollte ich einfach hier bleiben. Sie legte den Kopf in den Nacken und schaute zu der spiegelnden Oberfläche auf. Zu der Eisbrücke, auf der Noah noch immer stand und als Schatten auf sie herabsah.

Wie lange trieb sie schon hier unten?

Ihr Blick glitt weiter, zu ihrer eigenen Brücke, deren Bruchstücke langsam auseinanderdrifteten und in der Sonne bereits zerschmolzen. Sie hatte verloren. Gegen ihn.

Noah.

Ihre Füße berührten den Grund des Sees. Das Wasser hier unten war deutlich kälter, der Boden matschig, voller Schlick und Pflanzen, die nach ihren Knöcheln griffen. *Sollen sie mich hierbehalten.* Sie spürte, wie ihre Lungen nach Luft schrien, wie ihre Beine in dem Impuls zuckten, sie nach oben zu katapultieren.

Und mit einem innerlichen Seufzen ließ sie sie gewähren.

Das Wasser brannte in ihren Augen, als sie sich abstieß und nach Luft schnappend durch die Oberfläche brach. Ihre Lungen zogen sich schmerzhaft zusammen.

»Das war so was von *nicht* cool«, erklärte Noah mit rauer Stimme.

Statt die Wärme der Sonne empfing sie nur kalter Wind und das Frösteln der Realität. Kurz rang sie mit sich, ob sie wieder untertauchen sollte in diese stumme Welt, mit ihrem Herzschlag als einzigem Begleiter.

Doch dann blinzelte sie und sah Noahs sorgenvolles Gesicht, der vor ihr auf dem Eis kniete.

Sie mühte ein Lächeln auf ihre Lippen und setzte an, etwas zu sagen, doch Noah unterbrach sie. »Du warst bestimmt eine Minute unten. Was soll denn das?«

»Ich konnte mit meiner Schande nicht leben«, erwiderte sie trocken und hielt sich mit einer Hand an seiner Eisbrücke fest.

Noahs rechtes Augenlid zuckte bei der Berührung. Vermutlich spürte er ihre Körperwärme. »Dann solltest du solche Wettbewerbe nicht starten.«

»Weil ich eine schlechte Verliererin bin, meinst du?«

Er nickte ernst und beugte sich vorsichtig weiter vor. Eigentlich wollte er nur mit ihr auf einer Höhe sein, das verstand Luca. Trotzdem fühlte sie sich, als würde er auf sie herabblicken. Als wäre sie ein Kind.

»Es ist lange her, *dass* ich verloren habe.«

»Du bist ja auch ziemlich dickköpfig.«

Unter anderen Umständen hätte sie sich an einem Lachen versucht, aber es rumorte noch zu laut in ihr. Stumm stieß sie sich von Noahs Eisbrücke ab und schwamm zurück zum Rand des Sees. In ihrem Kopf war es ungewöhnlich still. Als wäre ihr Verstand am Grund zurückgeblieben und nur ihr Körper nach oben getrieben.

»Luca, so war das nicht gemeint.«

Sie schwamm weiter. Noch ein kräftiger Zug, gleich hatte sie das Ufer erreicht. Noah lief ihr hinterher – erschuf neues Eis, um näher bei ihr zu sein. *Mühelos.*

»Ich wollte dich nicht beleidigen. Ich finde, du bist eine gute Lehrerin!«

Gute Lehrerin. Die Worte hallten in ihr nach und ließen sie innehalten. Langsam drehte sie sich um. »Was?«

»Ich finde, du machst das gut. Ich wollte nicht, dass du frustriert bist.« Schuldbewusst senkte er den Kopf. »Ich …«

»Jetzt hör aber mal auf. Ich bin eine *furchtbare* Lehrerin. Du hast alles richtig gemacht und ich schwimme davon wie eine beleidigte alte Schachtel. Wenn du dich für jedes dumme Verhalten deiner Mitmenschen entschuldigst, dann hast du echt viel zu tun.« Es wurde anstrengend zu sprechen und gleichzeitig zu schwimmen. Noah war stehen geblieben und musterte sie – ein wirrer Eispfad zog sich hinter ihm entlang. *Selbst jetzt schafft er es, ohne darüber nachzudenken.*

»So war das auch nicht gemeint«, gab er kleinlaut zurück.

»Sondern?«

»Naja …« Sein Mund stand halb offen, als wolle er den Wörtern die Chance geben, herauszuklettern. Nichts kam. Er seufzte. »Gut, vielleicht meinte ich es so.«

»Hervorragend. Hör auf damit.« Damit hob sie die Hand und zog sie in einer raschen Bewegung durch die Luft. Die Brücke war durchdrungen von Noahs Magie, aber es war ein Leichtes, das Wasser darunter nach oben schießen zu lassen.

Er brach ein, bevor er noch einmal Luftholen konnte. Wild strampelnd und hustend kam er zurück an die Oberfläche. »Wofür war *das* denn?«

Ja, wofür? Luca zuckte im Wasser mit den Schultern.

Da begann Noah auf einmal zu grinsen. »Das zahle ich dir heim.«

Perplex starrte sie ihn an, während er mit kräftigen Bewegungen auf sie zu schwamm. Bevor sie sich's versah, hatten seine Hände sich um ihre Schultern gelegt und drückten sie unter Wasser. Ihre Schulter schrammte an einem Stein entlang, ihre Füße trafen auf Matsch. Luft flutete aus ihrem Mund und erstaunt registrierte sie, dass sie lachte. *Ausgerechnet jetzt?*

Als sie auftauchte, setzte Noah an, etwas zu sagen, doch er kam nicht dazu. Ein kräftiger Zug und sie hatte sich auf ihn gestürzt. *Unprofessionell. Schlechte Lehrerin.* Die Stimmen in ihrem Kopf wurden lauter, als sie ihren Schüler schwungvoll unter Wasser drückte.

Aber als er einen Augenblick später lachend und prustend wieder auftauchte, verstummten sie. *Dann bin ich eben unprofessionell.*

»Damit kommst du nicht davon!«, drohte er und hechtete auf sie zu. Doch dieses Mal schaffte sie es auszuweichen und drückte stattdessen seinen Körper nach unten.

Womit sie nicht rechnete, war der Arm, der sich plötzlich um ihre Taille legte und sie mit nach unten zog. Erschrocken schnappte sie nach Luft, bevor sie in einem Gewirr aus Armen und Beinen verschwand.

Ihre Instinkte packten sie, rissen an ihren Armen und ließen ihre Beine wild herumstrampeln, bis sie sich befreien konnte, gerade lange genug, um einen kurzen Atemzug zu nehmen.

»So schnell entkommst du mir nicht!« Und schon waren sie wieder unter Wasser.

Hände an ihrer Schulter, an ihren Beinen. Ihr Oberteil trieb immer wieder nach oben, entblößte viel mehr, als zulässig wäre, aber es kümmerte sie nicht. Wieder war sie schwerelos – nur dieses Mal nicht alleine.

Noah und sie taumelten gemeinsam zum Grund des Sees, während um sie herum ein Vorhang aus Luftblasen aufstieg.

Erst da stellte sie fest, dass sie immer noch lachte.

Wirklich, ehrlich lachte, während sie sich mit Noah durch die stillen Wellen des Sees warf.

5

Das Handtuch lag um seine Schultern. Seine Haare waren noch nicht ganz trocken, begannen aber bereits, sich in der Luft aufzustellen, als wären sie elektrisch geladen.

Luca sah mit ihrer nassen Mähne nicht besser aus. Sie hatte versucht, ihren Zopf neu zu flechten, doch einige Strähnen hatten sich ihr frech entzogen und reckten sich jetzt stolz in die Höhe.

Und im Gegensatz zu ihm hatte sie keine Wechselkleidung dabei.

Sie trug das durchnässte T-Shirt mit der klammen Jeans, und obwohl die Sommersonne noch am Himmel stand, zitterte sie beinahe ununterbrochen. Noah hatte ihr mehrfach Kleidung von sich angeboten, aber sie hatte vehement abgelehnt.

Er versuchte, vor sich auf die Straße zu sehen, doch immer wieder huschte sein Blick zurück zu ihr. Zu diesem Ausdruck in ihrem Gesicht. Dem Lächeln.

Wie ein stummes Summen im Hintergrund, ein Murmeln, das einen unwillkürlich selbst Schmunzeln lässt. Es war nicht so, als würde sie strahlen, nicht im Vergleich zu anderen Menschen. Nein, es war ein schlichtes, kaum merkliches Anheben ihrer Mundwinkel.

Und doch ließ es sie so ... anders wirken.

Schnell sah er aus dem Fenster. Die Nässe hing ihm selbst in den Knochen, aber das war es wert gewesen. Kein Eis an seinen Fingern, keine gefrorene Scheibe neben seinem Kopf. Es schien, als wäre die Magie in ihm zur Ruhe gekommen.

Stattdessen genoss er das Kribbeln, das die Strahlen der Abendsonne auf seiner Haut verursachten.

»Der Tag war toll.« Die Worte hatten ihm zwischen den Zähnen gebrannt, seitdem er ins Auto gestiegen war. Jetzt, kurz vor seiner Haustür, konnte er sie nur hinunterschlucken oder aussprechen.

Lucas Mundwinkel hoben sich ein Stück weiter. »Ja, es war ... schön.« Kurz zögerte sie, während sie auf eine Ampel zuhielten und langsamer wurden. »Es war *wirklich* schön.«

Noah lachte. Das Geräusch füllte seine Brust, so leicht und so schnell, dass er es kaum fassen konnte. »Du klingst so überrascht.«

Langsam fuhr Luca an, schwieg aber. Mit jedem Meter verlor sie ihre Leichtigkeit, bis die Schwere sie wieder in den Sitz zu drücken schien.

»Dafür hab ich gerne die Uni verpasst.« Ehrlicherweise quälte ihn der Gedanke an die Übungsaufgaben seit dem vierten Mal, als er in den See eingebrochen war – aber bis eben hatte er es geschafft, die Sorge leise genug zu drehen.

»Ja? Das freut mich.«

»Willst du nicht mit uns essen?« Die Worte schossen so schnell aus ihm heraus, dass er nicht ganz sicher war, ob Luca sie verstehen konnte. Sein Herz schlug schneller und er spürte, wie das Eis in ihm zu wachsen begann. *Da ist es wieder.*

»Warum bist du auf einmal so nervös?«

Ein aufgesetztes Lachen entschlüpfte ihm, während ihm die Ruhe des Tages wieder entglitt. »Ich weiß nicht, was du meinst.«

»Du bist ein furchtbarer Lügner.« Luca seufzte und warf einen Blick auf die Uhr. Sie öffnete den Mund und setzte an, etwas zu sagen, dann biss sie sich auf die Unterlippe. »Würde ich denn nicht stören?«

Ist sie gerade etwa unsicher? Diese unerschütterliche Frau? Noah versuchte, so überzeugend wie möglich zu lächeln. Er hatte nicht erwartet, dass sie so schnell nachgeben würde. »Bestimmt nicht. Meine Mutter kocht für das ganze Haus – wir vier, Oma, mein Onkel, meine Tante, ihre drei Kinder.«

Luca versteifte sich. »Und ihr esst alle gemeinsam? Heute Abend?«

Schnell winkte Noah ab. »Nein, nein! Manchmal haben wir ein Familienessen, aber keine Sorge, davor drücke ich mich auch, so oft es geht. Heute hat sie nur für die anderen mitgekocht.«

Einen Moment war es still. Dann atmete Luca tief ein. »Wenn du sicher bist, dass ich nicht störe.«

»Tust du nicht.«

»Gut, dann komme ich mit.«

»Deine Mutter hat sich nicht gerade ... gefreut, mich zu sehen.«

Noah kratzte sich am Kopf. »Nun, es ... nein, ich weiß auch nicht.«

Luca nickte langsam und deutete auf seine Zimmertür. »Hier?«

Ein Kloß bildete sich in seinem Hals. Er nickte. Luca schien auf irgendetwas zu warten, doch erst als sie die Klinke drückte, begriff er: Aus irgendeinem Grund war sie genauso nervös wie er.

»In zehn Minuten ist das Essen fertig.«

Lucas Blick kreiste einmal durch den Raum und sofort spürte er, wie Eis über seinen Rücken kroch. »Ich weiß. Das hat deine Mutter gerade gesagt. Zu uns beiden.«

»Stimmt.« Stumm standen sie im Eingang. Es kam ihm vor wie Stunden, während sein Herz die Sekunden verdreifachte und sein Verstand sich hilflos verbog bei dem Versuch, ihren Blick zu deuten. Hielt sie nach irgendetwas Ausschau?

»Wolltest du nicht duschen gehen?«, fragte Luca schließlich. Sie verschränkte die Arme und musterte ihn vielsagend.

Und dich hier allein lassen. Er schluckte hörbar und nickte schnell. Mühsam rang er das Bedürfnis nieder, sein Bett aufzuschütteln und die über den ganzen Schreibtisch verstreuten Stifte zurück in ihre Halterung zu stopfen. *Es sieht ganz normal aus hier,* versicherte er sich selbst. *Ganz ruhig.*

Hastig sammelte er ein paar Kleidungsstücke aus dem Schrank, stolperte die paar Schritte durch den Flur zum Bad und sprang unter die Dusche. Doch seine Gedanken verfingen sich in seinem Zimmer. Was mochte Luca aus seinen Möbeln lesen? Aus seinen Büchern? Würde sie an seine Schränke gehen? Nein, bestimmt nicht.

Selbst wenn, was würde sie finden?

Noah musste wieder an die Pinnwand über seinem Schreibtisch denken. Die Fotos. Würden sie ihr irgendetwas verraten?

Er verließ die Dusche, bevor das Wasser gefrieren konnte. Umständlich kämpfte er sich in Hose und T-Shirt gleichzeitig. Die Haare tropften ihm nass auf die Schultern, als er wieder in sein Zimmer trat.

Luca hob die Brauen. Sie hatte sich keinen Zentimeter bewegt, seit er das Zimmer verlassen hatte. »Das ging aber schnell.«

Er warf einen Blick auf die Uhr. Zwei Minuten. Noah räusperte sich. »Ich hab mich beeilt.«

»Das sehe ich.« Sie wandte sich wieder ab und schaute sich weiter um. Noah spürte, wie das Wasser in seinen Haaren gefror. Er kam sich vor wie eine moderne Medusa.

Umständlich ging er zu seinem Bett, während die Nässe an seinen Beinen bereits wieder zu frieren begann. Knirschend setzte er sich und begann seine Socken anzuziehen.

»Du frierst ein«, stellte Luca mit neutraler Stimme fest und warf ihm einen kritischen Blick zu.

Um nicht zu ihr zu sehen, zwang er seinen Blick auf die Pflanzen, die den kleinen Schrank unter seinem Fenster bis zum Bersten füllten. Er holte tief Luft. »Ich weiß.«

Luca musterte ihn und schien zu überlegen. Dann setzte sie sich in Bewegung.

Bevor er wusste, wie ihm geschah, ließ sie sich neben ihm auf das Bett fallen. »Du bist nervös.« Er hörte genau hin, suchte nach einer Spur von Empathie. Aber sie benannte einfach das Offensichtliche.

»Das weiß ich auch«, murmelte er unwirsch.

»Dann lass es.«

Er blinzelte sie von der Seite an. »Und wie soll ich das machen, bitte?«

Luca zuckte mit den Schultern, als kenne sie die Antwort selbst nicht. Ihr Blick fiel wie seiner zuvor auf die Pflanzen. Es schien beinahe, als wolle sie ... ihm *ausweichen.*

»Es ist faszinierend, wie *viel* du fühlst.« Matt schüttelte sie den Kopf. Noah hoffte darauf, dass sie weitersprechen würde, aber das tat sie nicht. Stattdessen saß sie dort und musterte weiter die Pflanzen.

»Luca ...«

Sie winkte ab und deutete vage auf seinen Schreibtisch. »Dein Handy vibriert ständig. Da will dich wohl jemand dringend erreichen.«

Noah warf ihr einen kritischen Blick zu.

Luca sah ihn an, wie sein Deutschlehrer es früher getan hatte. »Hast du Angst, dass ich weglaufe?«

Er schnaubte, doch seine verräterischen Wangen wurden warm. Bevor sie etwas dazu sagen konnte, hatte er sich hochgedrückt und lief mit schnellen Schritten zum Schreibtisch. Die Dielen knarrten wie üblich unter seinen Füßen, doch dazu hörte er hinter sich noch etwas knarzen. Sein Bett. Warum wollte er sich plötzlich umdrehen und hinsehen?

Schnell wischte er über das Handydisplay. Akku fast leer, aber die Flut an Nachrichten war nicht zu übersehen. Einige von seinen Freunden, aber erstaunlich wenige. Er ignorierte den schmerzenden Stich – ließen sie ihn jetzt plötzlich in

Ruhe? Gaben sie so schnell auf? *Ich habe ihnen ja auch keinen Grund gegeben, es weiter zu versuchen.*

Schnell wischte er weiter.

Geburtstag

Eine neue Gruppe. Darin bereits eine ganze Reihe von Nachrichten, die nur aus Emojis bestanden. Es kostete ihn einige Sekunden, sie alle durchzusehen. Manche wiederholten sich, andere dagegen standen in so einer wirren Kombination, dass er sie nicht ganz verstand. Er schüttelte den Kopf.

»Was ist?«, fragte Luca vom Bett her.

Langsam drehte er sich zu ihr um. »Nichts. Manche Leute benutzen Emojis einfach so, dass ich sie nicht mehr kapiere.«

Luca schnaubte und ließ den Kopf wieder nach hinten gegen die Wand sinken. Weil seine Matratze nur neunzig Zentimeter breit war, schwebten ihre Füße in der Luft. »Verstehe. Und in welchem Zusammenhang haben ›manche Leute‹ diese Smileys benutzt?«

Noah setzte an, etwas zu sagen, da ging ihm die Bedeutung des Chats auf. Er spürte, wie sein Herz kurz ins Leere schlug, dann ein paarmal viel zu schnell, wie eine Uhr, die die verpassten Sekunden hastig nachholen wollte.

Er schluckte. »Nichts. Ich sag einfach ab.«

Ruckartig setzte Luca sich auf und ließ ihn damit zusammenfahren. »Was absagen?«

»Eine Geburtstagsparty.« Er scrollte zum Anfang des Chats und überflog die ersten Nachrichten, in denen es noch um inhaltliche Themen ging, bevor die Begeisterung und die »Natürlich komme ich!«s überwogen. »Freitag in drei Wochen. Jakob feiert seinen … Einundzwanzigsten bei seinen Eltern zu Hause.« Er furchte die Stirn. »Er bittet um Alkoholspenden, Geschenke bräuchte er keine.«

Luca schaute ihn mit einem merkwürdigen Gesichtsausdruck an. Ein ungutes Gefühl machte sich in ihm breit. »Was ist?«

»Du solltest zusagen.«

»Ich soll bitte was?«

»Ich denke, du solltest hingehen. *Wir* könnten hingehen.« Sie lächelte. Verschlagen, kühl. Dann lehnte sie sich wieder zurück und musterte ihn. »Du steigerst dich jeden Tag. In drei Wochen bist du bestimmt gut genug, um dich mit solchen Menschenmengen zu konfrontieren.«

Er hob wortlos die Brauen. Sie verschränkte die Arme.

»Jetzt sag mir bloß, dass du deine Fortschritte heute immer noch nicht siehst.«

Das Eis an seinem Rücken meinte sie? Oder eher das an seinen Seiten? Er hatte Angst, dass sein Handy zerspringen würde, wenn er es zu lange hielt. *Bin ich wirklich besser geworden?* Unwillkürlich musste er daran denken, wie weit er es auf den See hinaus geschafft hatte. Wie die Rückfahrt gewesen war. Wie das Wasser sich angefühlt hatte, als es frei und ungebunden um ihn herumgeflossen war.

Er räusperte sich. »Bist du dir sicher, dass ich hingehen sollte?«

»Nein.« Die Antwort war so brutal, dass ihm glatt das Smartphone aus den Fingern glitt. Hastig fing er es auf, bevor es auf dem Boden aufschlug.

»Und trotzdem willst du, dass ich gehe?«

»Du kannst ja erst mal zusagen, und wenn du später meinst, dass du nicht gehen willst, dann lassen wir es.« Wieder ein Schulterzucken.

Als wäre es nichts für sie.

Noah schluckte und schaute wieder aufs Display. Allein in der kurzen Zeit waren schon zwei neue Zusagen in den Chat geflattert. Seine Finger zitterten. Er war nicht gut mit Menschenmengen. Nicht gut mit zwanglosen Gesprächen und lockerer Konversation. Und dazu die Magie? »Meinst du …?«

»Trau dich«, sagte Luca schlicht. Seine Mutter rief von unten zum Essen.

Er holte tief Luft und tippte:

Ich bin dabei – bringe eine Bekannte mit!

Es war ungewöhnlich still am Esstisch. Ob dies bei Mertens' normal war oder nicht, konnte Luca nicht sagen.

Immerhin war sie der Sonderfall, um den sie alle so herumtanzten.

Wann immer sie den Blick hob, wurde ihr etwas von den Nudeln angeboten. Noch etwas Soße? Sie lehnte ab und fühlte sich danach aus irgendeinem Grund wie ein schlechter Gast. Warum boten sie es denn an, wenn sie dann beleidigt waren, wenn man ablehnte?

»Sehr lecker«, gab sie zwischendurch zum Besten. Und das war es wirklich. Spinat, Lachs, Sahne. Alles in einer cremigen Soße, zusammen mit Spaghetti. Es war lange her, dass sie etwas Selbstgekochtes gegessen hatte.

Aber mehr zu sagen gab es letztendlich nicht.

Vielmehr war sie damit beschäftigt, Noah immer wieder aufzutauen. Wortwörtlich. Seine Finger, die den Löffel nicht mehr loslassen konnten. Die Nudeln auf seinem Teller, die zu einem gefrorenen Stillleben erstarrten. Seinen Rücken, der einem Eisfeld glich.

Als wäre die Übung heute nie gewesen. Der Mann vom See, eingetauscht gegen den nervösen Jungen am Küchentisch.

»Ihr habt Claudia und die Zwillinge knapp verpasst«, sagte Herr Mertens schließlich. Er hatte eine tiefe, rumpelnde Stimme, die ganz und gar nicht zu dem freundlichen Lächeln passte, das von gewohnheitsmäßigen Lachfalten umrahmt wurde. Seine Haare waren grau, aber vollzählig, die Augen unnatürlich groß hinter seiner Brille. Luca hatte ihn bisher noch nie gesehen, was wohl daran lag, dass er scheinbar immer knöcheltief in Arbeit steckt.

»Ihr habt echt Glück gehabt. Die Kleinen haben hier alles kurz und klein geschlagen. Wir konnten gerade noch die schlimmsten Schäden beseitigen, bevor ihr kamt«, scherzte Vanessa und zwinkerte Noah zu – was ihn tatsächlich etwas zu entspannen schien.

»Klingt nach ihnen.« Etwas wie ein Schmunzeln schlich sich auf seine Lippen, wirkte aber viel zu flüchtig, um es wirklich zu greifen. »Letzte Woche haben sie ja auch …«

»Keine Ahnung, was du meinst!«, unterbrach Vanessa ihn. Voller Faszination stellte Luca fest, wie ihr Kopf auf einmal hochrot anlief und sie Noah böse anfunkelte. *Wag es nicht,* schien ihr Blick zu sagen, und Noah, der schüchterne Noah, grinste schelmisch.

»Wie lief denn das Training?«, fragte Herr Mertens dazwischen. Lucas Blick ging zu Noah, der sich versteifte. Aus den Augenwinkeln sah sie, wie er ihr einen flehenden Blick zuwarf.

Sie ignorierte ihn und drehte stattdessen ein paar Nudeln auf ihre Gabel. Etwas in ihr arbeitete. Sie konnte nur nicht recht sagen, was.

Die unangenehme Stille dehnte sich aus und Luca spürte, wie etwas in ihr die Gesprächspause füllen wollte. Aber es war ein so kleiner Teil, dass es sich mehr wie ein Echo anfühlte. Eine Erinnerung an ein Gefühl statt die Emotion selbst.

Noah räusperte sich. »Ziemlich gut, denke ich. Wir waren an einem See und …«

»Also so gut kann es nicht gewesen sein.«

Bei den Worten von Noahs Mutter hielt Luca in der Bewegung inne und sah langsam auf. Die Augen dieser Frau hatten sie den ganzen Abend nicht in Ruhe gelassen. »Warum?«, fragte sie, während Noah den Blick abwandte.

»Nun, er friert immer noch alles ein, oder?« Demonstrativ, als hätten es nicht alle mitbekommen, deutete sie auf seinen Teller. Noah fiel förmlich in sich zusammen. All seine Stärke – einfach hinweggefegt mit nur einem Satz.

Lucas Brauen hoben sich. Etwas in ihr erwachte. Etwas Altes, Vergessenes.

Der Drang, jemanden zu beschützen.

»Und?«, fragte sie herausfordernd.

Frau Mertens blinzelte verblüfft. »Wie, ›und‹? Eine sonderliche Verbesserung ist da ja nicht in Sicht.«

»Mama …«, murmelte Vanessa. Besänftigend hob sie die Hand, doch statt sie auf Frau Mertens' Arm zu legen, hielt sie kurz davor inne. Dann sah sie zwischen allen dreien hin und her. »Ich glaube schon, dass sich etwas verändert hat. Die … die Soße ist nicht eingefroren.«

Ja, weil ich es verhindere. Luca sagte nichts und machte sich daran, die Nudeln weiter auf ihre Gabel zu drehen.

Doch Frau Mertens schien das nicht zu reichen. Sie richtete sich in ihrem Stuhl auf und Luca spürte die Sätze unter der Oberfläche kochen. Innerlich seufzte sie, äußerlich spannten sich nur ihre Schultern.

»Was habt ihr denn den ganzen Tag gemacht? Noah muss sein Studium schaffen! Wenn ihr nur unterwegs seid, um zu … planschen, dann …«

»Mama.« Diesmal war es Noah. Seine Stimme war nur ein Flüstern. Das Eis kroch über seinen Handrücken, und Luca wischte es beiläufig weg.

Die Blicke der anderen folgten ihrer Hand voller Ehrfurcht. Als führe sie einen Zauberstab. »Heute Nachmittag haben die Übungen wunderbar funktioniert«, erklärte Luca.

»Aber jetzt auf einmal nicht mehr? Wie praktisch.«

Luca legte ihr Besteck beiseite. Plötzlich wurde es vollkommen still. »Vielleicht liegt es an der Atmosphäre.«

»Wie bitte?«, presste Frau Mertens hervor.

Luca sah nicht ein, warum sie ihre Worte wiederholen sollte. Und ja, vielleicht waren sie eine Provokation. Vielleicht war es Arroganz, aber sie nahm ihre aufgewickelten Nudeln und schob sich eine besonders große Gabel voll in den Mund. Als wäre nichts gewesen.

Frau Mertens' Blick wurde dunkel, ihre Finger krampften sich um die Tischkante.

»Vielleicht sollten wir das Thema wechseln?«, schlug Herr Mertens vor. »Mein Kollege ...«

»Noah soll sich also wohler fühlen bei einer Suizidgefährdeten als bei seiner eigenen Familie?!«

Der Satz erschütterte sie wie ein Donner ohne Blitz. Ein Blinzeln in der Dunkelheit. Langsam, ganz langsam hob sie den Blick von ihrem Teller. »Wie bitte?« Es war das erste Mal, dass sie selbst das Eis spürte. Nicht Noahs – ihr eigenes. Tief in ihrem Herzen. *»Hey, Kleiner. Kann ich dir kurz etwas sagen?«*

Frau Mertens' Mundwinkel zuckten. Ob vor Wut oder einem unterdrückten, triumphierenden Lächeln, vermochte Luca nicht zu sagen. »Unsere Nachbarin hat Sie joggen sehen am Dienstag. Sie hat gesehen, wie Sie über den Bahnübergang gerannt sind, als der Zug kam.«

»Mama! Was soll denn das?« Vanessa hob beschwörend die Hände und wandte sich dann hilflos um. »Luca, es tut mir leid.«

Lucas Lippen waren taub. Unfähig, etwas zu sagen. Dabei schlug ihr Herz so schnell wie ... wie seit Ewigkeiten nicht mehr.

Etwas in ihr regte sich. Pulsierte.

»Was soll das heißen – entschuldigst du dich gerade für mich?!«, brauste Frau Mertens auf. Aus den Augenwinkeln sah Luca, wie sie heftig den Kopf schüttelte und gestikulierte, während sie weiterschimpfte. Wie Vanessa in beschwichtigendem Ton etwas erwiderte.

Hörten sie denn nicht, wie ihr eigener Herzschlag immer lauter wurde?

Wieder trommelten ihre Schritte auf dem Asphalt. Sie hörte den Zug heranrauschen, fühlte das Adrenalin durch ihre Adern jagen.

Spürte, wie das Wasser sie umschloss. Wie ihre Lungen sich verkrampften, während ihre Beine begannen zu zucken.

Stumm stand sie auf. Ein Teil von ihr registrierte, dass der Streit abrupt verstummte – die plötzliche Stille machte das Chaos in ihrem Inneren nur lauter.

»Luca?« Noahs Hand streifte ihre, doch sie zog sie weg und griff nach ihrer Jacke. In ihr tobte das Meer, wo eigentlich nur ein Bach plätschern sollte. Warum musste sie gerade jetzt an den See denken?

Sie wappnete sich gegen die Bilder, die sie gleich fluten würden.

Doch sie blieben aus.

Stattdessen spürte sie jeden Schritt. Als würde sie in einem Traum versuchen zu rennen. Oder zum ersten Mal in der Realität? Ihr Körper fühlte sich so fremd an.

Ein Stuhl quietschte, dann ein zweiter. Wärme neben ihr. Sie sah auf. Noah.

»Du brauchst nicht zu gehen. Wir … wir können auch oben essen«, murmelte er. Selbst jetzt traute er sich nicht, vor seiner Familie laut zu werden.

Luca sah über die Schulter. Zu dem ungewöhnlich leeren Gesicht seiner Mutter. Sie war aufgestanden, halb auf dem Weg zu ihr, halb dabei, sich wieder zu setzen.

»Ich muss los.«

Im Gehen warf Luca sich die Jacke über die Schultern. Sie spürte, dass Noahs Eis unter seiner Kleidung jetzt ernsthaft ausbrach, doch es kümmerte sie nicht. Es war dumm gewesen, hierherzukommen. Was hatte sie sich überhaupt davon versprochen? Ein Familienessen? *Ich weiß doch gar nicht mehr, wie das funktioniert.*

Statt sich die Schuhe anzuziehen, sammelte sie sie nur im Vorbeigehen ein. Sie hatte nicht vor, noch eine Minute länger zu bleiben. *Das war unprofessionell.* Sie presste die Lippen zusammen, öffnete die Tür und trat nach draußen.

»Luca …«

»Noah, lass es.« Verblüfft musste sie schlucken, doch dann gab sie sich einen Ruck und lief los. Was war das in ihrer Stimme eben gewesen? Wut? Sie versuchte zu lauschen, aber es war schon wieder fort.

Wieder wartete sie darauf, dass er ihr folgte, und einen Moment lang glaubte sie, seine Schritte zu hören, aber als sie sich am Tor umdrehte, stand er immer noch am Fuß der Treppe.

Stumm schüttelte Luca den Kopf. Warf einen letzten Blick zur Familie, die hinter dem Küchenfenster zu ihr hinaussah. Vater, Mutter, Tochter. Sohn.

Sie hatte nichts mehr zu sagen. Sie schob das Tor auf und trat auf die Straße. Der Asphalt bohrte sich durch ihre Socken, doch sie ignorierte den Schmerz. Lief die paar Meter um die Ecke zu ihrem Auto.

Bis der Ozean eine Welle schickte, die ihr Inneres gegen ihren Brustkorb warf, so gewaltig, dass sie zur Seite schwankte.

Ein Würgen drang aus ihrem Mund, das zu einem Schluchzen zerbrach. Schnell schlug sie sich die Hand vor den Mund und stolperte weiter, blind an ihrem Auto vorbei. *Nicht hier. Nirgendwo. Nein!*

Doch ihr Körper schien nicht auf sie hören zu wollen. Ihr Kopf war unnatürlich ruhig, fast vernebelt. Der Rest?

Es war, als würde sie sich selbst beobachten. Wieder eine Fremde im eigenen Körper, wieder ein Niemand. Etwas schüttelte sie, brannte in ihrer Kehle, in ihrem Bauch, in ihrer Lunge. Das Stechen von tausend Nadeln. Sie fasste sich an den Hals, aber da war nur Haut und Stoff und ihr eigenes Zittern.

Ein Schluchzen bäumte ihren Körper auf, ließ sie erneut taumeln. Ihr Verstand trieb fort, während ihre Emotionen endgültig die Oberhand gewannen. Sie brandeten gegen ihren inneren Schutzwall wie riesige Wellen, ließen die Gischt hoch aufspritzen und wie tausend Regentropfen auf sie niederprasseln.

Wie Tränen. Unendlich viele Tränen.

Was passiert mit mir? Sie hatte so lange nicht mehr geweint, sie wusste gar nicht mehr, wie sich das anfühlte. Wie warm das Wasser auf ihren Wangen war, was das Salz mit ihrer Haut anstellte.

Ein Schauer nach dem nächsten rann durch ihren Körper, erschütterte sie in ihren Grundfesten.

Ihr Fundament begann zu wackeln.

Verzweiflung, Angst, Trauer ... Wut. Ein Strudel aus Emotionen, nichts davon fühlte sich richtig an. Immer höher schlugen die Wellen, immer schärfer brannte es in ihrem Hals.

Als wollte etwas sie niederdrücken. Als wollte es sie *zer*drücken.

So fühlen sich also Emotionen an. Luca hatte es schon fast vergessen gehabt.

6

Noah saß auf der Treppe vor seiner Haustür und wartete. Sein Handy hatte er drinnen auf die Kommode gelegt, weit weg von sich, damit er es nicht einfror.

Ihm blieb nichts übrig als zu warten.

Der Samstagmorgen war frisch, die Sonne versteckte sich noch halb hinter den Wolken, als zögerte sie, ihre Decke zurückzuschlagen. Am Zaun auf der anderen Seite der Straße befestigte jemand ein Schild. Der Kabelbinder surrte, dann ging der Mann weiter und hinterließ die Ankündigung des traditionellen Jahrmarkts, der wie jeden Sommer seine Zelte bei ihnen im Viertel aufschlagen würde.

Noah betrachtete das Schild, ohne es wirklich zu sehen. Gestern war seine Armbanduhr unter dem Eis zersprungen. Sie lag jetzt kaputt im Flur, in der Hoffnung, dass der Juwelier in der Stadt sie reparieren konnte, doch er machte sich keine allzu großen Hoffnungen. Das Getriebe war verbeult, das Glas hatte einen Riss. Kein Gefühl mehr für Zeit.

Jetzt musste es kurz vor acht sein. Kurz danach. Irgendetwas in der Richtung.

Er seufzte und versuchte, die Bilder aus dem Kopf zu kriegen, die sich seit gestern dort festgekrallt hatten. Ein Feigling, das war er. Sie hatte ihn fortgeschickt, aber hätte er nicht darauf bestehen sollen, sie zu begleiten? Und am Tisch: Er hätte etwas sagen sollen. Sie verteidigen.

Suizidgefährdet. Ein Teil von ihm verneinte das sofort – warum sollten sie jemanden als seine Lehrerin abstellen, der ein Risiko für sich selbst war?

Ein anderer Teil von ihm ... zögerte. Vielleicht wussten ihre Chefs nichts davon?

Er schüttelte den Kopf und seufzte noch einmal. Gestern hatte er ihr sieben Nachrichten geschrieben. Zweimal hatte er versucht, sie anzurufen. Das letzte Mal gegen drei Uhr morgens.

Nichts.

»Was schaust du so?«

Sein Kopf ruckte hoch. Da stand sie auf einmal, an ihrem Gartentor. Wie hatte er sie nicht kommen hören können?

»Oh, genug der Freude.« Luca machte eine wegwerfende Geste, dann drückte sie das Tor auf und ließ sich selbst in den Vorgarten. Über ihrer Schulter baumelte ein etwa armlanges oranges Plastikteil. *Eine Bademuschel?* Er kannte so etwas von seinen kleinen Cousinen, aber selbst die hatten ihre jahrelang nicht mehr benutzt.

Er konnte sie nur ansehen. Sein Herz pochte wie wild und beinahe wäre er aufgesprungen, aber der Schock, sie plötzlich vor sich zu sehen, ließ ihn festfrieren. »Ich bin froh, dass du hier bist«, sagte er schließlich leise. Die Wahrheit beflügelte ihn so sehr ... er hatte nicht damit gerechnet.

Doch mit jedem Schritt, den sie tat, wirkte sie angeschlagener. Das Humpeln, das gestern beinahe verschwunden gewesen war, schien zurück zu sein. Den freien Arm bewegte sie kaum. Irgendwie wirkte sie ... energielos.

»Ist alles ...«

»Frag einfach nicht. Ich werde sowieso nicht antworten.« Damit ging sie an ihm vorbei und stellte die Schale neben die Haustür. Bevor er etwas sagen konnte, ließ sie sich selbst ins Haus.

Anders als zuvor behielt sie die Schuhe an. Er hatte kaum Zeit, ihr nachzulaufen, da war sie schon im Bauch des Hauses verschwunden.

Doch nicht in Richtung des Gartens.

Im offenen Wohn- und Esszimmer hielt sie inne, orientierte sich kurz und stakste dann zielsicher in die Küche. »Frau Mertens?«

Noah vergaß, den nächsten Schritt zu setzen, während etwas in ihm unangenehm zu ziehen begann. Dann kam es ins Rutschen. Und fiel. *Was hat sie vor?*

O bitte, lass Mama diesmal nett sein.

»Frau Wittek?« Seine Mutter trocknete gerade eine Schüssel ab, doch für den Moment schien sie das Porzellan in ihren Händen vergessen zu haben. Sie stand einfach da, die Lippen aufeinandergepresst, die Augen auf Luca geheftet. Oh, seine Mutter wusste, dass sie gestern eine Grenze überschritten hatte. Dass sie mit ihren blinden Anschuldigungen zu weit gegangen war.

Die gelb gestrichene Küche schien mit einem Mal ihre Farbe zu verlieren. All die Wärme, die dieser Raum normalerweise ausstrahlte, war verschwunden.

»Vielleicht sollten wir ...«, setzte Noah leise an, doch Luca wedelte nur grob in seine Richtung.

»Du kannst schon mal rausgehen, wenn du willst. Füll die Schale vor der Haustür mit Wasser.« Dabei sah sie ihn nicht einmal an. Ihr Blick ruhte nur auf seiner Mutter, die ihrerseits wie hypnotisiert zurückstarrte.

Es war zum Fürchten.

Vielleicht ging er deshalb nicht. Oder aus Schuldbewusstsein für gestern. Aus Neugier. Er spürte, wie die Luft sich auflud, bis selbst seine Lunge davon kribbelte. Er stopfte die Hände in die Hosentaschen, eingefroren wie immer, aber dieses Mal brennender. Kälter.

»Frau Wittek ... *Luca.* Wegen ...«

»Ich bin gestern zu weit gegangen, dafür entschuldige ich mich förmlich bei Ihnen.«

Seine Mutter blinzelte überrascht, genauso wie Noah. *Luca entschuldigt sich? Wofür?*

Umständlich stieß er sich vom Türrahmen ab, doch Luca war noch nicht fertig. »Ich hätte nicht mit Ihnen zu Abend essen sollen. Das wird nicht noch mal passieren. Ich bin als Noahs Lehrerin und Betreuerin eingeteilt. Ich werde mich entsprechend mehr distanzieren als bisher.«

Stille. Allumfassende, erdrückende Stille, in der allen die Lippen brannten und doch niemand etwas sagte. Kein unangenehmes »Wir haben uns nichts zu sagen«, ganz im Gegenteil. Sie hatten sich alles zu sagen, aber niemand sprach.

»I-in Ordnung«, stotterte seine Mutter. »Aber das war nicht … also ich …« Sie seufzte und stellte die Schüssel ab. »Noah ist mein Sohn.«

Als würde das alles beantworten, alles rechtfertigen. Alles, was sie gestern gesagt hatte. Noah spürte, wie seine Lippe sich über seine Schneidezähne hob, wie er ansetzte etwas zu sagen, doch dann fiel sein Blick auf Luca.

Er wusste nicht, ob es ein Kampf war, den er gerade beobachtete. Ein Duell zwischen zwei starken Frauen. Aber wenn es eins war … Luca würde gewinnen. Problemlos.

»Dennoch will ich klarstellen, dass es absolut und unter keinen Umständen in Ordnung oder gerechtfertigt war, wie Sie sich verhalten haben. Ich bin unerfahren – Sie waren mutwillig verletzend. Sie haben sich auf unbestätigte Gerüchte gestützt und sie offen vorgetragen. Wenn Sie ein Problem mit mir haben, sprechen Sie es mir gegenüber an. Denn egal, ob Sie es wollen oder nicht, ich bin die einzige verfügbare Eismagierin. Ich mag nicht herausragend in meiner Aufgabe sein, aber ich bin das Beste, was Sie haben.«

Noah schluckte. Seine Mutter auch.

Luca dagegen nickte. »Gut, das musste geklärt werden.«

Damit verließ sie die Küche und ließ Noah und seine Mutter einfach stehen. Ihre Blicke kreuzten sich.

Einen Schlag, mehr hatte es nicht gebraucht.

»Und wenn ich sie kaputtmache?«

»Ich hab noch drei Stück im Auto.«

Luca beobachtete, wie Noahs Zehen sich tiefer ins Gras gruben. Weitere Halme erstarrten, um nie wieder zu erwachen. Im Hintergrund kreischten die Zwillinge, zwei Racker von unbestimmtem Alter. Sie machten sich seit Neuestem einen Spaß daraus, Stücke von Noahs Eis aus dem Boden zu reißen und es sich gegenseitig in den Nacken zu stecken.

Hilfesuchend sah Noah zu ihr. Sie schaute ausdruckslos zurück und versuchte, das Gekreische zu ignorieren. Es war seine Aufgabe. Sie war nicht mehr bereit, sich so sehr in der Sache zu verlieren. Auf keinen Fall.

Warum schreit dann etwas in mir auf? Warum bedauere ich diese Entscheidung mehr, als dass sie mich erleichtert? Luca nahm ihr Buch hervor und schlug die Seite mit dem Lesezeichen auf.

»Liebst du mich wirklich?«
Er schaute zurück. Zögerte er? Oder dachte er nach? Was war es, das in seinem Verstand ...

»Also ins Wasser reintreten?«

Sie ließ das Buch sinken. »Ja, genau.«

»Und es soll *nicht* gefrieren.«

Luca seufzte. »Ja.«

Noah nickte und sie hob ihr Buch wieder.

Was war es, das in seinem Verstand herumwirbelte? Fragen oder Antworten? Lügen oder Wahrheiten?
»Ich will nur Klarheit«, betonte sie ...

»Warum denn auf einmal?«

Luca ließ das Lesezeichen in das Buch fallen und klappte es schwungvoll zu. Noah zuckte zusammen, so sehr, dass das Wasser unter seinen Zehenspitzen prompt einfror. Eins der

Kinder jubelte begeistert, das andere fiel mit Wolfsgeheul ein. »Du hast es gestern auch geschafft, einen Teil des Sees nicht einzufrieren. Die Fische, erinnerst du dich? Du warst bei der Übung sogar besser als ich.«

Er sah aus, als wollte er etwas sagen, doch dann presste er nur stumm die Lippen aufeinander. »Ich hatte ja auch Zeit zum Üben«, hielt er kleinlaut dagegen.

»Und die hast du jetzt nicht?«

Er grummelte etwas, dann schaute er wieder auf das Wasser vor sich. Vorsichtig hob er den Fuß, setzte ihn halb ins Wasser, nur um ihn sofort wieder zurückzuziehen, als hätte er sich verbrannt. Ein unförmiger Eiswürfel klebte daran.

Noah seufzte, schüttelte ihn mühsam ab, bis er mit einem lauten *Platsch* zurück ins Wasser fiel. »Du hast mir gestern keine Fragen beantwortet.«

Luca spürte, wie etwas in ihr zuckte, aber äußerlich blieb sie ruhig und lehnte sich im Gartenstuhl zurück. Sie hatte sich einen Schattenplatz ausgesucht, dort, wo der alte Baum der Familie mit den Zweigen raschelte und das Gras unter ihren Füßen flüsterte. »Du hast keine gestellt.«

»Ich weiß.« Er biss sich auf die Lippen und atmete tief durch. Langsam ließ er wieder den Fuß sinken – und zog ihn mit dem gleichen Ergebnis wieder hoch. »Was glaubst du, wovon meine Magie ausgelöst wird?«

Luca legte das Buch auf ihren Rucksack. Es war neu, sah aber bereits zerlesen aus. Die Ecken geknickt von den vielen Malen, die sie es ein- und wieder ausgepackt hatte. »Von Emotionen. Ziemlich stark von Unsicherheit und Nervosität, über die anderen bin ich mir noch unsicher.«

Er nickte langsam. »Macht Sinn.«

»Denkst du?«

Er deutete auf die sanft im Wasser auf- und abwippenden Eisstücke. »Ist mir auch schon aufgefallen.«

Dann fragte er weiter. Ließ sie noch einmal erklären, dass Magie weder so unrealistisch noch so geheim war, wie viele

Menschen dachten. Dass es Gebiete gab, die durchwoben waren von ihr. Dass sie sich in Ostasien über Jahrtausende ausgebreitet hatte, in Teilen Nordafrikas ebenfalls. Heute dagegen war sie kaum mehr als ein Gerücht. Wurde geleugnet.

»Hast du den Mann aus dem Central Park gegoogelt?«

Ein Lächeln blühte auf seinen Lippen. »Ja. Vanessa *liebt* natürlich die Blumen, und die Zwillinge sind ganz verschossen in die Pferde.« Von hinten tönten bestätigende Rufe, doch Noah warf nur einen bedeutsamen Blick in ihre Richtung, und sie verstummten.

»Und dir? Was hat dir am besten gefallen?«, fragte sie, als er sich wieder zu ihr drehte.

»Die Feuerschmetterlinge. Ganz klar.«

Luca schmunzelte. *Mir die Drachen.*

Dann erzählte sie, was ihre Organisation machte. Dass sie eng vernetzt mit anderen Sondereinheiten weltweit war, die sich ebenfalls mit Magie beschäftigten. Dass jedes Land die Sache etwas anders handhabte – ein funktionierender Informationsaustausch war Voraussetzung, aber die Umsetzung blieb Sache der einzelnen Staaten. Ihre Behörde hatte mehrere Standorte in Deutschland. Berlin, Frankfurt, Dresden, Stuttgart, aber auch München, Köln und Hamburg.

Als er fragte, warum genau dort, konnte sie nur mit den Schultern zucken. »Günstige Büroplätze?« Ziemlich sicher nicht, wenn sie daran dachte, wie viel sie als Studentin hatte jobben müssen für die Miete.

Darauf folgten Fragen über die Geheimhaltung. Luca erklärte ihm, dass er theoretisch jedem von seinen Fähigkeiten erzählen konnte, dann aber auch mit den Konsequenzen leben musste. Es gab durchaus Gründe, warum Magier ein so zurückgezogenes Leben führten und ihre Kunst nicht in der Öffentlichkeit zeigten.

»Hast *du* dich früher jemandem anvertraut?«

Luca strich sich eine Strähne aus dem Gesicht. »Ja. Ich wurde mehr als einmal ausgelacht.«

»Hast du ihnen nicht gezeigt, was für Fähigkeiten du hast?«, fragte er erstaunt. Er hatte es geschafft, einen Fuß in die Schale zu stellen. Dennoch versanken die Sonnenstrahlen merkwürdig zischend im Wasser.

»Doch, natürlich.«

»Und?«

Sie zögerte, dann stieß sie einen Seufzer aus. »Sie haben irgendwann aufgehört zu lachen. Und mit mir zu reden. Einmal wurde ich mit Steinen beworfen.«

Noah hielt in der Bewegung inne. Das Wasser knackte. »Wie bitte?«

»Mit solchen Diskriminierungen wirst du von nun an leben müssen. Dumme Sprüche halten sich bei Magie zum Glück in Grenzen, aber nur, weil man sie gut verstecken kann. Man kann weder dir noch mir ansehen, dass wir Magier sind. Zumindest meistens.« Luca zuckte mit den Schultern. Sie wartete auf das Gefühl der Ungerechtigkeit, des Idealismus, das früher in ihr gebrannt hatte. Als sie sich noch dafür eingesetzt hatte, nicht als Missgeburt behandelt zu werden.

Die Leere in ihr gähnte nur.

Noah fragte immer weiter, mit einem verbisseneren Ausdruck als zuvor. In seinen Schultern saß eine Spannung, die sie auch in ihren eigenen wiedererkannte. Woher die kam, verstand sie allerdings nicht so ganz.

Geduldig beantwortete sie Frage um Frage. Über Untergruppen von Magiern, Selbsthilfegruppen, Vereine und selbst Krabbelgruppen. Über vieles davon hatten sich die meisten älteren Magier vermutlich nie Gedanken gemacht – einer dieser Momente, in denen ›die Neuen‹ so viel mehr Ideen hatten als die, für die dieses Leben längst selbstverständlich war. Zwischendurch liefen die Zwillinge zu ihnen, um einen großen Brocken Eis aus dem Wasser zu fischen – angeblich, um eine Eisskulptur zu bauen. Tatsächlich wurde es danach eine Zeit lang verdächtig still im Garten.

Dann kam die Frage nach den Gesetzen. Ob man offiziell Magie wirken dürfe? Ja, schon – nein, tun sollte er es trotzdem nicht. Es sei eine Sache der Höflichkeit, es zu unterlassen, er würde sich ja auch nicht in der Öffentlichkeit nackt ausziehen. Außerdem gab es immer wieder Menschen, die ... anders reagierten. Aggressiver.

Eine verlässliche Zahl derjenigen, die als Magier lebten, gab es dagegen nicht. Eine offizielle, ja, aber wie sollte man sie zählen? Die Dunkelziffer war nur schwer zu schätzen. Die einen gingen grob von einem Zehntel aller Einwohner Deutschlands aus – andere dagegen nur von einem Prozent oder weniger.

»Magier sind untereinander zwar gut vernetzt, aber es gibt einige, die für sich bleiben«, schloss Luca. »Mich würde es nicht wundern, wenn es sogar eine Magier-Facebook-Gruppe gibt.«

»›Magier in Deutschland, vereinigt euch‹?« Noah schmunzelte.

Luca zuckte mit den Schultern. »Warum nicht?« Sie warf einen Blick in die Bademuschel, in der bereits wieder einige dicke Eisklumpen schwammen. »Wenn du meinst, dass das Wasser zu kalt ist, kannst du es ruhig austauschen.«

Noah winkte ab. »Gibt es so was wie ... Gedankenleser?«

Ihr Mundwinkel zuckte. »Fantasy-Fan?«

Seine Wangen liefen knallrot an und schnell schaute er wieder auf seine Füße.

»Nein. Magie ist etwas Elementbezogenes und ... eigentlich angeboren. Wind, Feuer, Wasser, Erde, so was alles.«

Er legte den Kopf schief. »Und bei mir?«

»Eis.«

»Haha. Sehr lustig.« Noah fuhr sich durch die Locken und starrte in das Wasser zu meinen Füßen. »Haben wir ... irgendeine *Idee*, woher meine Magie kommt? Irgendwas?«

Luca musterte ihn. Etwas verloren stand er vor ihr, mit so vielen Fragen, die ihm durch den Kopf schwirrten, und obwohl sie ihm einige davon sicher beantworten konnte ... »Ganz ehrlich? Keine Ahnung. Ich wünschte, ich könnte es dir sagen. Ich wälze schon die ganze Zeit Akten und Berichte, aber bisher ist ›erworbene Magie‹ für uns nur wortwörtlicher Hokuspokus gewesen.«

Noah schwieg nachdenklich und schaute weiter auf seine Füße. Strich sich über das Shirt. Übers Gesicht. Als wüsste er nicht, wohin mit seinen Händen. »Meine Magie fühlt sich fremd an.« Seine Stimme war kaum mehr als ein Flüstern, und es dauerte einen Moment, bevor er zu ihr aufsah. »Als würde sie nicht zu mir gehören. Wie ... wie geliehen. Oder gestohlen.«

Sie spürte, wie ihre Kiefer sich fester zusammendrückten. *Fremd.* Sie lauschte auf ihre eigene Magie, auf das Gefühl, das sich einstellte, wenn sie sie mit ihren Gedanken berührte. Nein, die Kälte war immer ein Teil von ihr gewesen. »Kannst du das genauer erklären?«

Wieder überlegte er kurz. Schloss sogar die Augen, und sie spürte beinahe, wie er in sich hineinhorchte. Doch dann seufzte er. »Nein. Es klingt wie ... wie Stimmen. Fremde Stimmen.«

Eine Gänsehaut rann ihr über die Arme. Von so etwas hatte sie noch nie gehört. Vielleicht eine lang ruhende Blutlinie? Konnte über Generationen unterdrücktes Potenzial solche Auswirkungen auf die Psyche haben? Sie so sehr zersplittern? *Hoffentlich nicht.* »Ich werde versuchen, etwas darüber herauszufinden. Aber ich kann nichts versprechen.«

Noah nickte. »Danke. Ich weiß gar nicht, wie das alles ... zu mir passt. Weißt du, bis vor Kurzem war ich einfach nur ich – ein ziemlich langweiliger, ziemlich durchschnittlicher Student. Und ich war zufrieden damit. Ich mochte mein Leben. Jetzt bin ich nicht mehr durchschnittlich. Überhaupt nicht mehr. Und ich bin mir nicht einmal sicher, ob mich das wirklich stört. Es fühlt sich ... gut an, weißt du? Ein kleines Bisschen was Besonderes zu sein, weil ich gerade *zaubern* lerne. Ein anderer Teil von mir ... hasst es. Ich will lernen, besser werden, das Studium schaffen. Vielleicht selbst einmal Professor werden, wer weiß. Die Magie stört dabei. Ich kann mich nicht konzentrieren, kann nicht arbeiten, kann nicht in die Uni ... meine Freunde nicht sehen. Am liebsten würde ich meine Fähigkeiten einfach abgeben. Ich hab so viel Angst davor, jemanden zu verletzen, weißt du?«

Und damit begann er zu erzählen. Von seinem Lieblingsprofessor und davon, wie froh er war, Physik im Nebenfach bei ihm zu haben, weil Professor Eckart ihnen immer sehr knifflige, aber dafür umso spannendere Übungsaufgaben mitgab. Von den Tutorien. Von seinen Freunden, die ihm ständig schrieben, von seinen Noten. Ob er zu den Prüfungen zugelassen werden würde? Er wusste es nicht. In einigen Modulen musste er Übungsblätter einreichen und damit eine gewisse Anzahl von Punkten erreichen. In anderen musste er seine Lösungen regelmäßig in der Gruppe vorstellen.

Und er war schon so lange nicht mehr in den Tutorien gewesen.

Luca ließ ihn reden und griff nach ihrem Buch. Hörte ihm sogar zu, auch wenn sie zwischendurch vortäuschte zu lesen. Immer wieder blätterte sie eine Seite um, dabei gehörte ihre Aufmerksamkeit ganz allein Noah.

Keine persönlichen Beziehungen.

»Ich weiß einfach nicht, ob ich gut genug bin.« Noah seufzte. »Ich bin seit zwei Wochen draußen. Ich weiß nicht, wie ich das nachholen soll. Die Prüfungen kommen bald und ... ach, keine Ahnung.«

»Es klingt so, als würdest du es nicht schaffen«, sagte sie, ohne von ihrem Buch aufzuschauen. Sie spürte, wie das Wasser, das seine Füße zuvor immer wärmer umflossen hatte, ruckartig wieder zu gefrieren begann. Langsamer, als sie erwartet hatte, aber doch merklich. *Wie kann er es so schnell in den Griff kriegen?*

»Meinst du wirklich?«, murmelte er, und aus den Augenwinkeln sah sie, wie er zu ihr herüberschaute.

Bedeutsam blätterte sie eine Seite um. Das Papier raschelte in der Stille. »Ich kenne mich mit deinem Studium nicht aus, aber du bist im zweiten Semester. Da sieben sie noch aus, oder?«

»Ja, schon, aber ...«

»Und du bist offensichtlich nicht gut genug, um mitzuhalten.«

Er stockte. »Wie bitte?«

Luca spürte, wie etwas in ihr pochte. Es musste eigentlich ihr Herz sein – was sollte da sonst pochen? –, aber als sie wie beiläufig ihre Hand darauflegte, war es ganz ruhig. »Du redest die ganze Zeit nur davon, wie du Dinge nicht schaffst. Das ist mein einziger Anhaltspunkt, und danach zu urteilen sieht es nicht gerade rosig für dich aus.«

»Und deshalb meinst du, ich schaffe es nicht?«

»Würdest du es denn schaffen?« Herausfordernd sah sie ihn an. Seine Augen wirkten durch die Brille viel größer und sie sah, wie seine Schultern zitterten. War das Wut, was sie da provozierte? Oder Verzweiflung?

Er antwortete nicht.

»Du stehst hier und jammerst. Oder wartest du darauf, dass deine Mutter für dich spricht?«

Sein Blick brach. Brach tatsächlich, bevor er den Kopf schüttelte. »Wenn es um gestern geht, dann tut es mir leid.«

»Was? Dass du es mir nicht selbst gesagt hast – dass ich furchtbar bin?«, fragte sie. Ihre Stimme war so ruhig, so gleichgültig. Sie wartete darauf, dass die Wahrheit sie traf – aber in ihrem Inneren war nur Leere.

Sein Kopf ruckte in die Höhe. »Nein!«

»Dass du den Mut nicht hattest, es mir ins Gesicht zu sagen?«

»Nein, auf gar keinen Fall!« Noah hob die Hände in einer hilflosen Geste. Das Wasser platschte, als er sich zu ihr drehte. Fassungslos schüttelte er den Kopf. »Dass du so was sagst … dass du so was denkst. Das tut weh.«

Luca hob die Brauen. »Warum? Weil du dich mit den Tatsachen konfrontieren musst?«

Ein Muskel zuckte an seiner Wange. »Das ist nicht wahr.«

Sie brauchte nicht mehr zu antworten. Sie brauchte nur zuzusehen, wie die Wut langsam in ihm aufstieg. Auf sie. Oder auf seine Mutter? Auf sich selbst? Diese Wut war klein, ein Flackern im Vergleich zu so mancher Feuersbrunst, die sie gesehen hatte. Aber sie war da.

Und mit ihr knackte das Wasser.

»Ich habe dich gestern nicht verteidigt, weil ich nicht wusste, wie. Ich bin nicht so schlagfertig wie du, nicht so selbstbewusst. Ich wünschte, ich wäre es. Ich versuche, an mir zu arbeiten, aber Menschen sind schwierig für mich.« Hilflos hob er die Arme, ließ sie wieder fallen. Das Eis zu seinen Füßen wuchs weiter. »Ich weiß nie, was ich sagen soll. Es ist, als würde mein Gehirn zu langsam laufen und mir die Antworten erst einflüstern, wenn alles vorbei ist. Du hast ja keine Ahnung, wie es sich anfühlt, immer zu spät zu sein. Nie an erster Stelle zu stehen.«

Zischend holte er Luft, deutete auf die Zwillinge am anderen Ende des Gartens, dann auf das Haus, viel energischer als zuvor. Energischer, als sie ihn je gesehen hatte. »Wie es ist, ständig überfordert zu sein, unter so vielen Menschen nur einer von vielen zu sein. Es ist mein Zuhause und trotzdem bin ich nur ein Bruder, ein Sohn, ein Cousin. Du weißt nicht, wie es ist, nichts Besonderes zu sein. Vanessa war die, die immer herausgestochen ist. Die zwei Jahre in Peru verbracht hat, die ihr Studium mit Bravour abgeschlossen hat, die promoviert, die schon vor Jahren mit ihrem Freund zusammengezogen ist und es irgendwie trotzdem schafft, oft genug hier zu sein, damit meine Mutter zufrieden ist. Und ich? Ich bin ein kleiner Student, der wieder zu Hause wohnt. Als könnte ich nicht mal meine eigene Wäsche waschen!«

Luca spürte, wie etwas über ihre Wange lief, und stellte mit Erschrecken fest, dass es eine Träne war. War das etwa Stolz in ihrem Inneren? Mitleid? Genugtuung?

Sie schloss das Buch und ließ es in ihren Rucksack fallen. Ruhig stand sie auf und stellte sich direkt vor ihn. »Ich habe nie geglaubt, dass du mich für einen schrecklichen Menschen hältst«, stellte sie fest. »Ich wollte dich nur provozieren.«

Seine Augen, diese braunen, dunklen, umfassenden Augen, sahen direkt in ihr Innerstes. Es brannte. Sein Gesicht dagegen zuckte. »Warum?«, presste er hervor. Sein Brustkorb bebte, als wolle er Luftholen, es sei aber zu schmerzhaft.

Stumm deutete Luca auf seine Füße. Auf die dampfende, kompakte Eisfläche, die sie einschloss. Auf diese Kälte, die jedem anderen einen Frostbrand verursacht hätte.

Ihm nicht.

Ihr auch nicht.

Wortlos ging sie an ihm vorbei zur Terrassentür. Ließ ihn dort stehen, eingefroren in der Mittagssonne.

»So lässt du mich hier zurück? Echt jetzt?«

Sie antwortete nicht, putzte sich nur die Schuhe am Fußabtreter ab.

»Das ist doch Rache für gestern!«, rief Noah. Er verrenkte Kopf und Oberkörper, um sie im Blick zu behalten. Seine Füße rührten sich kein Stück.

Luca hielt inne und drehte sich langsam zu ihm um. »Vielleicht«, gab sie zu. »Vielleicht kannst du aber auch über das nachdenken, was du gesagt hast. Wenn du besser werden willst – mit anderen Menschen, mit der Eismagie, im Studium –, wäre doch die erste Frage die nach dem ›Warum‹, oder?«

Damit wandte sie sich ab. Ließ ihn dort stehen, wütend, nachdenklich. Sie spürte eine weitere Träne auf der Wange, doch sie ließ sie da, wischte sie nicht weg, selbst, als sie aus der Haustür trat. Das durfte ihr nicht so nahegehen, sie musste mehr Distanz aufbauen – außerdem hatte es gutgetan, die Wahrheit zu sagen.

Wenngleich sie nicht wusste, was von alldem die Wahrheit gewesen war.

7

»Okay, das können wir also in die Tonne kloppen«, stellte Felix fest und wischte dramatisch über sein iPad, bevor er ein neues Dokument öffnete. Er seufzte und schaute aus dem Fenster. »Leute, es wird echt spät. Wollen wir nicht morgen weitermachen? Wir haben ja noch reichlich Zeit bis zur Abgabe. Oder die Anderen mal nach ihren Lösungen fragen?«

Noah schaute von Felix zu Simon und wieder zurück. Die »Anderen« waren Mia, Paul und Franco, die sich schon vor Stunden auf den Heimweg gemacht hatten. Sie hatten die Aufgaben bereits gestern gelöst.

»Vielleicht hast du recht«, gab Noah zu und rieb sich über die Augen, bevor er einen Blick auf die Wanduhr warf. Viertel vor neun – bald würde Luca hier auftauchen, um ihn abzuholen.

Simon grummelte. »Eigentlich würde ich es schon gerne noch versuchen.«

»Mit der Idee, die nicht funktionieren kann?« Felix hob spöttisch die Brauen.

»Doch, kann sie!«

Und damit begannen sie wieder zu diskutieren. Noah redete sich ein, dass er zugehört hätte, wenn er nicht so müde gewesen wäre, doch stattdessen lehnte er sich einfach in seinem Stuhl zurück und verschränkte die Arme. Keine kalten Hände.

Mittlerweile war Freitag. Das erste Training mit der Bademuschel lag fast eine Woche zurück. Er hatte angefangen, die Stunden zu zählen, die sie zusammen verbracht hatten seitdem – zweiunddreißig. Es waren Tage voller Training und verpasster Übungsaufgaben gewesen – und schließlich die erste Vorlesung ohne sie.

Ohne Begleitung.

Wie sehr er innerlich gezittert hatte. Wie fest er damit gerechnet hatte, dass jeden Moment etwas passieren würde. Jemand etwas merken würde. Bis der Professor die Pause ausrief und er feststellte, dass er es geschafft hatte. Niemandem war etwas aufgefallen. Und auch wenn er stolz darauf war, das Eis so viel schneller kontrollieren zu können, als Luca ihn hatte glauben lassen, kam es ihm fast ... zu leicht vor.

Sie hatte vor der Tür des Hörsaals gewartet und die Brauen gehoben, als er zu ihr getreten war. »Und?«

»Ich glaube ... es geht.«

Daraufhin hatte sie genickt, ihre Tasche gepackt und war gegangen. Kein Sicherheitsnetz mehr, aber er hatte es auch nicht gebraucht. Er schien die Magie besser kontrollieren zu können, mit jedem Tag brannte sie etwas weniger in ihm, ließ ihm mehr Raum zum Atmen. Es war, als hätte vorher alles in ihm geschrien, ein riesiger Chor aus Menschen, die sich gegenseitig übertönen wollten. Alle begannen unterschiedlich, sangen in anderen Tonlagen und letztendlich fing auch der Dirigent an zu schreien.

Jetzt dagegen war es ... stiller.

»Und, seid ihr weitergekommen?« Isabells Sandalen klackten auf dem Linoleumboden, als sie zu ihnen kam. Sie trug eine weit fallende Bluse und Shorts, ihre braunen Haare hatte sie zu einem Pferdeschwanz gebunden.

Im Gegensatz zu den oberen Etagen voller Glas und hohen Decken waren die Seminarräume hier unten eher praktisch als ästhetisch. Große Fenster, aber spartanisch eingerichtet, kein Farbklecks sollte den Blick vom Lernen ablenken.

Damit erstarb auch die Diskussion am Tisch. Felix seufzte, Simons Lippen verzogen sich zu einem verliebten Grinsen, das sich nur noch mehr ausdehnte, als sie neben ihm Platz nahm. In einer umständlichen Geste legte er einen Arm um sie, obwohl sie dafür eigentlich zu weit auseinander saßen.

»Nicht wirklich«, antwortete Noah schließlich und deutete auf seine Notizen. Ein einziges Chaos.

»Habt ihr das von vorhin überlegt?«

»Darüber haben wir gerade diskutiert«, antwortete Felix zerknirscht.

Isabell stoppte den Versuch, sich aus den Armen ihres Freunds zu befreien, und setzte sich auf. »Oh, habt ihr etwas dazu gefunden?«

»Nicht wirklich«, meinte Simon langsam.

»Sondern?«

»Sie haben darüber diskutiert, *ob* wir es ausprobieren sollen.« Noah deutete mit dem Kinn auf die Tür. »Aber in zehn Minuten muss ich ohnehin gehen. Luca kommt mich abholen.«

Der letzte Satz ließ alle aufhorchen. Nicht so offensichtlich, aber doch … merklich.

»Luca, ja?«, fragte Felix beiläufig. »Wie ist das eigentlich mit euch beiden?«

»Felix …«, mahnte Isabell, doch Noah bemerkte die Neugier in ihrem Blick.

»Was soll mit ihr sein?« Er gab sich die größte Mühe, gelassen zu klingen, dabei pochte sein Herz und eine Eisschicht kroch ihm über den Rücken. *Atmen. Einfach atmen. Ganz ruhig.* Er versuchte, sich an die Entspannungsübungen zu erinnern, die Luca ihm gezeigt hatte. Bis drei zählen und dabei einatmen, dann bis sechs und dabei ausatmen.

Es half nichts. Schnell legte er den Stift weg und schob die Hände unter den Tisch.

»Ich meine, ich weiß, du hast gesagt, dass du ... mental eine Auszeit brauchtest«, begann Felix. Der Sensible, wie immer.

Isabell hob die Hände. »Es tut uns übrigens leid, dass wir nicht für dich da waren. Keiner von uns hat mitbekommen, dass es dir so schlecht ging.« Sie schürzte die Lippen und lehnte sich gegen Simon.

»Es war nicht eure Schuld«, gab Noah leise zurück und schaute aus dem Fenster, ohne wirklich etwas zu sehen. *Kann es gar nicht sein.*

»Und Luca ist jetzt deine Betreuerin?«, hakte Felix nach. »Warum ist sie dann so jung? Und kleidet sich ... so? Au! Hast du mich gerade getreten?!« Felix funkelte Isabell wütend an. Die schüttelte nur den Kopf. »Du brauchst nicht zu antworten«, versicherte sie schnell.

Aber dann werden wir weiter theoretisieren. Wie wir das immer machen. Weiter überlegen, was zwischen uns sein könnte. Noah schluckte. Schweigen war keine Option. Also lügen?

Oder die Wahrheit erzählen?

Es wäre so leicht, die Hände auf die Tischplatte zu legen und es ihnen zu zeigen. Ihnen wortwörtlich vor Augen zu führen, was mit ihm passierte, warum er Luca brauchte.

Er spürte, wie seine Atmung tiefer wurde – und schneller. Wie er begann zu taumeln, obwohl er saß. *Entscheide dich.* Lügen? Die Wahrheit sagen? Seine Sicht bekam dunkle Ränder. *Atme. Ganz ruhig. Drei ein, sechs aus.* Aber es ging nicht. Er konnte nicht schnell genug bis drei zählen.

»Ist alles in Ordnung?«, fragte Simon und musterte ihn besorgt.

»Hey, ganz ruhig.« Isabell streckte die Hand nach ihm aus und legte sie ihm auf den Arm.

Schnell zuckte er zurück. Hatte sie etwas gefühlt?

»Ich geh kurz auf Toilette«, presste er zwischen hektischen Atemzügen heraus. Schwankend stand er auf. *Atmen. Ruhig. Atmen.*

Sein Blickfeld wurde schmaler, die dunklen Ränder größer, während er sich aus dem Raum kämpfte. *Wo ist die verdammte Toilette?* Schließlich fand er die Tür. *Lüge oder Wahrheit?* Er wollte zurückschauen, traute sich aber nicht. Stattdessen drückte er die Klinke nach unten. Sofort fror er fest.

Ruckartig riss er seine Hand los, achtete nicht auf den Schmerz und das laute, hässliche Geräusch, das er dabei verursachte. Er spürte nichts, hörte nur seine Atmung. Seine Augen begannen zu tränen.

»Hey, Noah!« Schritte folgten ihm, dann spürte er eine Hand, die sich auf seine Schulter legte. Unwillkürlich musste er an seine Mutter denken. Dieses Gewicht, das ihn so beschwerte.

Etwas in ihm verknotete sich, verdrehte sich in sich selbst. Er schüttelte die Hand ab und floh. Murmeln folgte ihm, während er durch die Tür der Herrentoilette fiel. Nahezu blind huschte sein panischer Blick durch den Raum. Niemand hier, niemand, der ihn sehen konnte.

Er taumelte in eine der Kabinen, klammerte sich an irgendetwas, das er gerade zu fassen bekam. *Lüge oder Wahrheit?* Die Frage weckte eine vage Erinnerung. Irgendwann, irgendwo, hatte er sie sich schon einmal gestellt. Hatte sie verschoben auf später, nichts Großes, nichts Weltbewegendes.

Jetzt zog sie ihm den Boden unter den Füßen weg. Er stürzte, spürte, wie die Magie an ihm riss. Wie sie ihm entglitt, aus ihm herausströmte. Bekam er noch Luft? Oder hatte das Meer aus Eis ihn schon hinweggespült?

Lucas Umhängetasche schlug gegen ihren Oberschenkel, während sie durch die Flure des Neubaus streifte. Ein Gebäude, in den letzten Jahren errichtet nach den Maßgaben der Zeitlosigkeit, mit vielen großen Glasfronten und sterilen

Farben, das die Studierenden längst als selbstverständlich ansahen.

Der Linoleumboden schmatzte unter Lucas Füßen, die weißen Wände wurden nur von Türen und Karten mit Fluchtwegen unterbrochen – gelegentlich von Feuerlöschern. Trotz der späten Uhrzeit saßen noch einige Studierende in den Seminarräumen, brüteten über Lernkarten oder ihren neuen Übungsaufgaben.

Statt mit einer Außenwand zu enden, schloss der Gang mit einer Glasscheibe, die bis zum Boden reichte und die Abendsonne ungefiltert hereinließ. Luca hielt inne und wartete auf ein Gefühl der Zufriedenheit, der Ruhe, des Friedens.

Schließlich zuckte sie die Schultern und ging weiter.

Wir sind im vorletzten Seminarraum.

Ihr Handy hatte vibriert, während sie es sich auf einer der Bänke zwischen den Wildblumen bequem gemacht hatte. Statt in ihrem Buch zu lesen – dazu kam sie in letzter Zeit ohnehin nicht wirklich –, hatte sie angefangen, die Berichte der letzten Tage aufzuarbeiten. Zwei fehlten ihr noch, bevor sie heute Abend beruhigt schlafen gehen konnte.

Und das, obwohl eigentlich nicht mehr viel passiert war.

Noah wurde sicherer, in sich selbst und was die Magie betraf. Die Übungen bekamen eine gewisse Routine, die Aufgaben fielen ihm mittlerweile schockierend leicht, sodass Luca sich bald etwas Neues einfallen lassen musste. Einen erneuten Ausflug wollte sie unbedingt vermeiden – sie würde keine weitere Nähe zu ihm riskieren, Anschuldigungen von Noahs Mutter, irgendetwas in der Form. Aber dadurch blieb ihr nicht mehr viel übrig.

Mittlerweile hatten sie ihren eigenen Rhythmus entwickelt. Sie klärten am Abend davor, wann genau Luca vorbeikommen würde, sie brachte ihn zur Uni und vertiefte sich dann in Akten, während er in den Vorlesungen saß. Dann brachte sie ihn heim und sie übten weiter – stets unter den neugierigen Augen aller Familienmitglieder, die gerade zufällig oder auch weniger zufällig zu Hause waren –, bis sie beide zu müde waren und die Sonne zu tief stand.

Es war kein neues Gefühl mehr, ihn zu sehen. Mittlerweile kannte sie seine kleinen Angewohnheiten. Immer zuerst die Teller aus der Spülmaschine zu nehmen, selbst wenn ein Topfdeckel sie blockierte. Oder dass er, wenn er seine Brille putzte, sie immer noch mal abnahm, erneut putzte, bevor er sie endgültig aufsetzte.

Selbst jetzt musste sie daran denken. *Ich kenne ihn.* Der Gedanke war ihr gestern gekommen, doch die Erkenntnis, die dazu passende Emotion, war lediglich ein Blinzeln nach innen. Nein, sie blieb sich selbst verschlossen.

Sie war so in Gedanken, dass sie beinahe an Noahs Gruppe im vorletzten Seminarraum vorbeigelaufen wäre. Sie hatte Ausschau gehalten nach dem dunklen Lockenkopf, doch er war nicht da. Etwas in ihr verdorrte und sie spürte, wie ihre Schultern leicht nach unten sackten. Was war das? Enttäuschung? Oder war sie genervt?

Sicherheitshalber schaute sie in den Raum davor und dahinter, doch schließlich drückte sie die Tür auf. Drei Studierende saßen hier, alles Mathematiker, die sie schon öfter gesehen, deren Namen sie aber immer wieder vergessen hatte.

»Luca?«

Sie zwang ihre Mundwinkel zu einem höflichen Lächeln. Ob es echt wirkte oder nicht, konnte sie ohne Spiegel nicht beurteilen.

»Bist du auf der Suche nach Noah?«, fragte das Mädchen, das mit dem Freund. Luca hatte sich ihre Beschreibung irgendwo notiert. Isabell?

Statt zu antworten, nickte sie.

»Du solltest …« Isabell presste die Lippen aufeinander und sah hilfesuchend zu ihrem Freund.

Der Blonde seufzte und nickte dann entschlossen. »Ich werde nachsehen.«

Luca hob die Hände. »Wo nachsehen?«

Irgendetwas lief hier falsch.

Der Junge mit den kurzgeschorenen Haaren und Isabell tauschten einen Blick, während ihr Freund zielstrebig auf die Tür zulief.

»Redet ihr bitte mit mir?«, presste sie hervor. *Ich bin seine Betreuerin. Seine Lehrerin. Wenn ihm etwas passiert ist, ist das meine Schuld.*

»Er ist gerade ... er meinte, er geht auf die Toilette«, wich Isabell aus.

Der Dritte im Bunde nickte. »Er ist plötzlich aufgestanden und ... weg.« Schwach schüttelte er den Kopf.

Luca richtete sich gerader auf. In Ihrem Inneren begann ein stummes Pendel zu schlagen. *Bestandsaufnahme. Schnell.* »In was für einem Zustand war er, als er gegangen ist? Ging es ihm gut?« *Hatte er Eis an den Fingern? Hat er deshalb verschwinden müssen?*

Wieder ein Blickwechsel. Der Blonde neben ihr stieß die Tür auf. »Ich sehe auf der Herrentoilette nach.«

Luca stand kurz davor, ihn festzuhalten und zurück auf seinen Platz zu schubsen. *Das kann doch nicht wahr sein.* Sie rieb sich die Stirn, doch bevor sie etwas sagen konnte, war er auf den Gang getreten.

Ach, verflucht noch mal.

»Ihm ging es nicht gut«, gab Isabell kleinlaut zu.

Das Pendel hielt ruckartig inne. Langsam drehte Luca sich um. »Inwiefern?«

»Wir haben ihn nach dir gefragt«, meinte der Junge und schnippte dabei gegen einen Bleistift, der vor ihm lag. »Irgendwie hat ihn das aus der Fassung gebracht.«

Aus der Fassung gebracht. Sie nickte stumm und schluckte. »Wartet kurz«, sagte sie, während sie auf den Gang trat. Ruhig, beinahe leise.

Der Blonde drehte sich um und sah sie verblüfft an. »Du willst mit aufs Herrenklo?«

»Wenn's sein muss.«

Seine Mundwinkel hoben sich, als wäre er bereit zu lachen, aber als sie ihn ansah, fielen sie schnell wieder herab. Er kratzte sich verlegen am Kopf, doch bevor er Widerworte formulieren konnte, lief Luca einfach an ihm vorbei. »Um genau zu sein, würde ich an deiner Stelle zu den anderen zurückgehen. Macht euch ruhig auf den Weg. Ich kümmere mich um Noah.«

Er blinzelte nur. »Also ...«

Sie machte eine wegwerfende Geste. »Ihr könnt auch bleiben, aber es wird keinen Unterschied machen.« Damit lehnte sie sich gegen den Eingang des Klos.

Die Tür rührte sich nicht. Luca rüttelte an der Klinke und versuchte es erneut.

Es knackte. Als hätte man einen Stein unter den Rahmen gelegt. Irritiert trat sie einen Schritt zurück und musterte die Tür. *Wie groß wäre der Zufall, dass sie sich einfach verkeilt hat?*

Sie warf sich gegen die Tür, dieses Mal mit mehr Schwung. Wieder ein Knirschen – und rieselnde Kälte in ihrem Nacken. Sie hob den Kopf. Schnee. Oben zwischen dem Türspalt. *Das ist gar nicht gut.*

»Vielleicht abgeschlossen?«, schlug Simon vor.

»Bestimmt. Hol mal den Hausmeister«, murmelte sie und glitt bereits mit den Händen über den Spalt zwischen Zarge und Tür, während sie lauschte. Auf die Magie, die auf der anderen Seite wartete.

Der Junge hinter ihr sagte irgendetwas, doch sie blendete ihn aus. Schloss die Augen und konzentrierte sich. Die Handflächen drückte sie so fest wie möglich in den Winkel zwischen Tür und Rahmen.

Ihre Magie gegen Noahs.

Sie presste die Lippen aufeinander und holte tief Luft. Kein Beschwören der Magie, so wie sonst, sondern ein Zurückdrängen, ein Fordern von Platz, von Raum. Noah müsste ihre Präsenz spüren und wie die sich gegen seine lehnte.

Oder?

Sie drückte fester gegen die Tür. Weitere Schritte kamen von hinten auf sie zu, dann – ein Knacken, ein Brechen.

Triumphierend schlug sie die Augen auf und warf sich noch einmal gegen die Tür. Schnee rieselte auf sie herunter und die Tür ließ sich gerade weit genug öffnen, um sie passieren zu lassen.

»Was zur …?«

Luca drehte sich um und sah, wie der Blonde erst einen unwillkürlichen Schritt zurück trat, dann einen nach vorne. Hin- und hergerissen zwischen Zweifel und Neugier.

»Simon? Ist alles – *Heiliger!* Was ist *das* denn?!« Der mit den kurzen Haaren war ebenfalls zu ihnen gestoßen. Luca seufzte.

»Ich kümmere mich darum. Geht nach Hause oder so was. Noah meckert immer, wie viel ein Mathestudent zu tun hat.«

»Hat man auch«, merkte Isabell an. Sie hatte die Brauen zusammengezogen und sah ungläubig von der Herrentoilette zu Luca. »Aber das ist … wow.«

Wunderschön, nicht wahr? Luca war so überrascht von dem Gedanken, dass sie sich umdrehte. Zu dem kleinen Raum, in dem Eiskristallen an der Decke hingen und im spärlichen Licht der Abendsonne funkelten. *Ja, es ist wirklich schön.* Das Eis wuchs über die Spiegel, die Wände, über den Boden. Eiszapfen, die so klar waren wie Wasser, hingen von jeder waagerechten Oberfläche.

Ruckartig drehte sie sich zu den anderen um. »Ich mache das hier.« Damit schlüpfte sie durch den Spalt, schlug die Tür zu und lehnte sich von innen dagegen. Bevor die anderen protestieren konnten, versiegelte sie sie mit ihrer eigenen Eismagie. Empörte Rufe wurden laut, ein Rütteln an der Türklinke, doch Luca ignorierte sie einfach.

Als sie sicher war, dass ihre Blockade hielt, drehte sie sich um. Das Winterwunder vor ihr brannte gegen die Hitze von draußen an, die Eiskristalle an den Spiegeln links und rechts von ihr zogen ihre Gestalt bis ins Unendliche. Sie spürte, wie sich die Kälte auf ihre Haut legte, und nur die Erinnerung an die Sommerhitze draußen hielt sie warm.

Langsam verschränkte sie die Arme und spürte die Gänsehaut darauf. Ihr Atem warf Wolken in die Luft, denen sie mit den Augen folgte. *Wenn Noah nur verstehen würde, was er hier tut. Welche Rekorde er damit bricht.*

Ihr Blick glitt über die Decke, an der sich Frost mit Schneekristallen abwechselte, ein merkwürdiges, unnatürliches Bild. Dann senkte sie den Blick auf die Kabine direkt vor sich.

Es war, als würde das Eis in dem kleinen Raum sich auf subtile Weise darauf ausrichten – oder davor flüchten. In der Stille hörte sie nur das Knirschen von Plastik und ein unregelmäßiges, viel zu schnelles Atmen. Als läge hinter der Kabinentür eine andere Welt.

Sie fuhr zusammen, als sich jemand gegen die Außentür warf. Kurz überlegte sie, ihre Barriere zu verstärken, aber dann wurde ihr wieder bewusst, wie stark Noah eigentlich war.

Dass er auch sie beinahe nicht reingelassen hätte.

Sie atmete durch und tat den ersten, knirschenden Schritt. Die Eisfläche unter ihren Schuhen war unter der extremen Kälte geborsten, nur eine verzerrte Spiegelung schaute zu Luca herauf, während sie sich langsam vorwärtsbewegte. Eine verwaiste Wasserpfütze aus einem tropfenden Hahn links von ihr war zu einem kleinen Spiegelsee geworden, mit dem Wasserhahn durch eine Perlenkette von seltsamer Schönheit verbunden.

Kurz vor der Kabine hielt sie inne. Das Eis hatte die Tür aus den Angeln gedrückt und hielt sie vor sich wie ein Gnadenopfer.

Und jetzt? Luca stand so ratlos vor der Tür, wie Noah sich wahrscheinlich fühlte. Seine Freunde hatten es aufgegeben, am Eingang zu rütteln, auch die Flüche wurden leiser. Luca hatte, was sie wollte: Ruhe. *Okay. Und was jetzt?*

Langsam hob sie die Hand, bis diese unmittelbar vor der Kabinentür schwebte. Wie kleine Kristalle hatte sich das Eis darauf zusammengerottet und dampfte vor Kälte. Sie zögerte, dabei war sie sich sicher, dass Noah ihre Präsenz spürte, ihre Körperwärme.

Sie atmete tief ein und überbrückte die letzten Zentimeter. Als sie die dampfende Eisfläche berührte, schoss ihr ein so heftiges Brennen durch die Finger, dass sie unwillkürlich zurückzuckte und einen Schritt nach hinten wich. Der Boden knarzte und gab leicht unter ihr nach. Sie atmete scharf ein und versuchte, ihr wild hämmerndes Herz wieder einzufangen.

Wie stark ist er eigentlich?! Mühsam konzentrierte sie sich wieder auf die Tür. Die Angst, das kurze Aufflackern in ihrem Inneren, war bereits wieder verschwunden. Ihr blieb kaum etwas übrig, auf das sie zurückgreifen konnte, nur ... Nervosität?

Sie ballte die Hände zu Fäusten und verschränkte die Arme. Sie sagte sich selbst, dass es wegen der Kälte war und nicht, damit der Schweiß auf ihren Handflächen nicht gefrieren konnte. Was sollte sie sagen? Was *konnte* sie sagen?

»Noah?« *Wer soll es sonst sein, Sherlock?* Ein neuer Schwall Kälte wehte über sie hinweg.

Ein unterdrücktes Schluchzen folgte.

»Ich habe die Tür aufgetaut, ich hoffe, das war in Ordnung«, meinte sie. Wie auf Kommando rüttelte jemand an der Außenklinke des Bads, doch ihre Barriere hielt. Stille kehrte wieder ein.

Plötzlich kam sie ihr erdrückend vor.

»Soll ich gehen?« Der Satz war ihr entschlüpft, er hatte nur ein Gedanke sein sollen. Sie war hier fehl am Platz, was konnte sie schon ausrichten? Sie verstand nicht einmal, was Noah hierhergetrieben hatte oder warum die Magie so aus ihm herausflutete.

Doch dann horchte sie auf. Ein paar geflüsterte Worte, wie ein leises, hilfloses Zischen.

»Bitte bleib.«

Hatte sie ihn richtig verstanden?

Bitte bleib. Ein Beben lief durch sie hindurch und sie bildete sich ein, etwas knacken zu hören, doch vermutlich war es nur das Eis, das um sie herum arbeitete und wuchs. *Ganz ruhig.*

»Es wäre einfacher, direkt mit dir zu sprechen«, sagte sie. Ihr Blick pendelte über die Kanten der Tür. »Kannst du deine Magie so weit zurückhalten?«

Schweigen. Schweigen und dieses gelegentliche, leise Wimmern, das sich unter das Schmatzen des Eises mischte. *Es wächst immer noch.*

Luca seufzte. Hatte sie sich doch verhört?

Selbst wenn, soll ich ihn hier etwa alleine lassen?

Kurz musterte sie den Ausgang, dann straffte sie die Schultern und trat wieder einen Schritt vor. Doch statt die Kabine freizutauen oder es zumindest zu versuchen, schmolz sie den Boden direkt neben der Kabine frei. Die Feuchtigkeit wischte sie mit einer Handbewegung weg und ließ sich stumm auf den Boden sinken.

Neben Noah – und doch so weit weg.

Ich bin seine Lehrerin. Was soll ich tun? Schwer lehnte sie ihren Kopf gegen das Plastik in ihrem Rücken und schaute geradeaus zur Eingangstür. Immer wieder trennten sich ihre Lippen, doch letztendlich lauschte sie nur ihren eigenen Atemzügen und wartete darauf, dass Noahs wieder ruhiger wurden.

Was nicht passierte.

Ihre Augen fuhren über die schwebenden Eiskristalle, die von der Sonne beschienen in der Luft tanzten. Während sich das kalte Kunstwerk weiter ausdehnte. Sie spürte beinahe, wie es atmete, wie es aus Noah herausbrach, als sehnte es sich nach Freiheit.

»Ich habe keine Ahnung, wie ich dir helfen soll«, murmelte sie und rieb sich mit dem Handballen über die Stirn. »Wirklich nicht. Ich ... ich weiß auch nicht, was ich noch für Übungen bauen soll. Wie ich dir grundsätzlich helfen kann, weißt du?«

Sie wusste nicht einmal, warum sie das sagte, aber es fühlte sich gut an, es gehen zu lassen.

»Dir zu helfen ist mir ... es ist mir wichtig.« Ihre Zunge wurde mit jedem Wort schwerer. »Aber ich weiß wirklich nicht, wie.«

Ihr schlug nur Schweigen entgegen, ein so umfassendes Schweigen, dass Luca die Stirn runzelte und sich langsam umdrehte. Noah war still geworden, war es die ganze Zeit schon gewesen, aber jetzt hatte er aufgehört, so hektisch zu atmen.

Lautlos lehnte sie ihren Hinterkopf wieder an die Kabine, streckte die Beine aus, ließ das Eis darunter tauen und überschlug sie dann, um möglichst viel Wärme zu sammeln.

»Ich finde, du machst das gut.« Noahs Stimme war kaum mehr als ein Flüstern, als wäre er sein eigenes Echo. Es vibrierte durch sie hindurch, und wieder fragte sie sich, ob sie sich schlicht verhört hatte.

Sie schnaubte, weil ihr keine andere Reaktion einfiel.

»Nein, wirklich.« Noah schniefte und klang so, als wolle er etwas sagen, doch er schwieg. Lucas Blick wanderte wieder über die unglaubliche Winterwelt vor ihr. *Wie eine Schneekugel.* Was würde passieren, wenn man den Raum schüttelte? Würden sie wie Figuren am Boden haften bleiben oder mit dem Schnee durch das Zimmer treiben?

»Ich hatte früher auch mal Panikattacken.« Der Satz trat in den Raum, bevor sie es verhindern konnte. Irgendetwas in ihr pochte und sie spürte, wie dieses ... dieses *Gefühl* wieder in ihr aufblühte. Die Verzweiflung. Die Angst, diese allumfassende Panik, die ihr den Hals zuschnürte und schwarze Punkte vor ihren Augen tanzen ließ. Die sie vergessen ließ, wer und wo sie war, und sie mit keuchendem Atem zurückließ. »Eine Zeit lang.«

Noah schwieg. Schockierte ihn das? Sie rieb sich den Nacken und stellte fest, dass es sie wohl selbst schockieren sollte. Nicht, Panikattacken gehabt zu haben – sondern, vor ihrem Schüler darüber zu sprechen. »Es ... ging mir damals überhaupt nicht gut, und ich weiß auch ehrlich gesagt nicht, wie ich da rausgekommen bin. Wirklich nicht. Also ...«

Ihre Stimme verklang. Was wollte sie eigentlich sagen? Sie wusste es nicht. Sie wusste gar nichts mehr. »Irgendwann ... sind die Attacken einfach verschwunden.« *Mit all meinen Gefühlen im Schlepptau.*

Ihr Inneres war nicht innerhalb eines Tages zu Eis erstarrt. Am Anfang waren einzelne Splitter in ihrem Brustkorb gewachsen. Immer größer, immer mehr. Das Gefühl hatte sie panisch werden lassen, fahrig, sie hatte sich selbst wecken wollen. Aber letztendlich hatte sie nicht die Kraft gefunden, sich zu wehren. Hatte es geschehen lassen.

Und als das Eis um sich gegriffen hatte, konnte sie wieder aufstehen. Weitermachen. Funktionieren.

Lucas Blick schweifte zur Tür. »Du hast Glück mit deinen Freunden«, murmelte sie und rieb sich über die schweren Lider. Mit jedem Moment wurde die Kälte unangenehmer, doch ihr war nicht danach, aufzustehen. Er *hatte* Glück mit seinen Freunden. Dass sie ihm erhalten blieben, obwohl er sich in letzter Zeit ihnen gegenüber nicht gerade höflich benommen hatte. Dass sie an der Tür rüttelten, bis es ihnen allen auf die Nerven ging – und nun gerade wahrscheinlich zum Hausmeister liefen, um die Tür aufbrechen zu lassen.

Noah schwieg. Ob er keine Worte fand oder das Gesagte erst verarbeiten musste, konnte sie nicht sagen.

»Hast du auch so Freunde?«, fragte er schließlich leise.

»Nein.«

»Hattest du sie mal?«

Ihr Kopf begann zu schmerzen und erst da spürte sie, wie fest sie ihn gegen die Kabinenwand drückte. Vorsichtig verringerte sie den Druck, und das Dröhnen ließ etwas nach. »Ja, hatte ich.« Eine schmerzhafte Wahrheit, eine, der sie sich seit Langem nicht mehr gestellt hatte.

»Das tut mir leid.«

Luca nickte, weil ihr nichts einfiel, was sie darauf sagen konnte. Es war ihr egal, ob Noah es sah oder nicht, das hier war nichts, das ihn etwas anging. *Distanzieren – wie soll ich das anstellen?*

Schritte knirschten. Eis bröckelte, wenn auch so leise, dass nur ein Magier es wahrnehmen konnte. Sie spürte, wie die Magie um sie herum sich langsam zurückzog. Die Wärme des Sommers hereinließ. Die ersten Tropfen waren zu hören.

Verblüfft blinzelte sie und drückte sich in die Höhe. Ihre Oberschenkel protestierten, ihre Waden zogen, doch hier stand sie, inmitten einer Winterlandschaft im Hochsommer.

»Luca, ich …« Noahs Stimme kratzte und sie hörte, wie er die Luft mehrmals einzog und wieder ausstieß. »Danke.«

Verwirrt blinzelte sie die Kabinentür an. Als könnte sie tatsächlich dahintersehen, als könnte sie Noahs Blick auf sich spüren. »Wofür?«

»Dafür, dass du da bist. Und dass du die Tür wieder abgeschlossen hast.«

Luca musste leise lachen, berauscht von einem neuen Gefühl. Was war das? Erleichterung? Stolz? »G-gerne«, stotterte sie, weil das Wort zu langsam und zu schnell gleichzeitig kam, sich in ihren Zähnen verfing. »Wirklich gerne.« Vorsichtig hob sie die Hand, hielt aber ein paar Zentimeter vor der Kabinentür inne. »Soll ich dir raushelfen?«

Noahs Antwort ließ auf sich warten. Er murmelte etwas vor sich hin, aber es war zu leise, um es zu verstehen. Schließlich holte er tief Luft. »Ja, gerne.«

Es kostete sie einiges an Konzentration, um die Tür aus ihrem Gefängnis zu befreien und so sanft wie möglich auf den Boden zu setzen. Um sie herum tropfte es, manchmal rieselten auch ein paar kleine Flocken herab, aber die allumfassende, beißende Kälte war verschwunden.

Erst dann sah sie Noah.

Sein rotes Shirt sah vor dem Blau und Weiß der Wandkacheln unnatürlich grell aus. Seine Augen waren verquollen, die Wangen rot, und seine Brille saß ihm so schief auf der Nase, dass sie beinahe die Hand ausgestreckt und sie geradegerückt hätte.

»Danke«, wiederholte er, als hätte Luca ihn vorher nicht verstanden. Dann nickte er, wie um sich selbst zu bestätigen. »Es macht mir wirklich Spaß, mit dir zu üben. Und danke, dass du ... dass du mir das erzählt hast.«

Luca lächelte, doch es fühlte sich unwirklich an auf ihren Lippen. Als würde sie mit einem Geist sprechen. Wer hatte sich schon je bei ihr dafür bedankt, dass sie eine Schwäche eingestand? »Du solltest rausgehen zu deinen Freunden«, sagte sie, auf die Gefahr hin, dass der Gedanke die Panik neu ausbrechen lassen würde. Er *sollte* dort rausgehen. Sie hatte es vor all den Jahren nicht getan. Hier war seine Chance, einen anderen Weg zu gehen.

Er sackte sichtbar in sich zusammen. »Und was, wenn ich nicht will?«, flüsterte er.

Ja, was, wenn du nicht willst? Die Frage hatte sie sich damals so oft gestellt. Als sie sich nicht mehr aus dem Haus getraut, mit niemandem mehr gesprochen hatte. Nachrichten, die bis heute unbeantwortet auf ihrem alten Smartphone schlummerten.

Das, das sie seit Jahren nicht mehr angeschaltet hatte.

»Dann brauchst du nicht zu gehen. Ich räume hier auf und dann bringe ich dich nach Hause. So wie versprochen.«

Da hob Noah den Blick vom Boden, hoch zu ihr. Und in seinen Augen stand so viel Schmerz, so viel Angst, dass sie beinahe weggesehen hätte.

Doch sie zwang sich, diesem Blick standzuhalten. Noah zu zeigen, dass sie zuhörte und versuchte zu verstehen, was in ihm passierte.

Schließlich nickte er, doch sein Blick war müde. Einfach unendlich müde, während er einen knirschenden Schritt auf sie zu tat, die Augen immer noch fest auf ihre gerichtet. Etwas stand darin, das ... Luca bekam unwillkürlich eine Gänsehaut und musste sich zusammenreißen, um nicht vor ihm zurückzuweichen. Doch dann ließ er sich geräuschvoll gegen die Kabinentür fallen und das Gefühl verklang. »Wenn es okay ist, warte ich einfach hier.«

8

»Ich meinte eigentlich, du sollst es *nicht* zerspringen lassen.«

Noah presste die Lippen zusammen und versuchte das Ziehen zu ignorieren, das sich trotz der dicken Handschuhe in seine Haut schlug. »Ich mache das nicht mit Absicht«, knurrte er und schaffte es mit Mühe, den Blick von seinen Händen zu nehmen. Selbst nach all den zersprungenen Gläsern erschreckten die kleinen Explosionen ihn immer noch so sehr, dass er einige Momente brauchte, um sich wieder zu fangen.

Bis eben noch hatte er ein Einmachglas gehalten, voll mit Wasser, oben verschraubt. Jetzt lagen nur noch einige Glassplitter und Eisstückchen auf seiner Hand.

Luca hatte sich einige Meter entfernt in Sicherheit gebracht und hob nun lediglich eine Augenbraue. Über die letzte Woche waren ihre Verletzungen so weit geheilt, dass nur noch ein kleiner blauer Fleck auf ihrer Schulter an die Eskapade erinnerte. Daran, wie er sie angegriffen hatte. Wie er sie durch die Luft geschleudert hatte. Wie sie aufgeschlagen war.

Ihm lief ein Schauer über den Rücken und er blickte schnell wieder auf seine Hände. Vorsichtig zog er die Handschuhe aus und schüttelte die glitzernden Scherben auf das alte Bettlaken, auf dem er saß.

Aus den Augenwinkeln sah er, wie Luca neben sich in die Kiste griff und ein weiteres Einmachglas herauszog. In einer fließenden Bewegung tauchte sie es in die Plastikwanne dahinter, verschloss es und reichte es an ihn weiter. »Versuch es noch mal.«

Eigentlich hatte Noah den Samstag anders verbringen wollen. Nicht, dass er *wirklich* erwartet hatte, Zeit für sein Studium, die Übungsaufgaben oder das Vorlesungsskript zu finden.

Aber ein kleines Fünkchen Hoffnung war doch da gewesen.

Das Glas war warm unter seinen Fingern, das Wasser dagegen kühl. Seufzend zog er die Handschuhe wieder an. Ein paar Tannennadeln trieben in der klaren Flüssigkeit. Seit gut zwei Stunden saßen sie nun schon im Garten seiner Familie, den sie ausnahmsweise für sich hatten, und die Sonne mühte sich langsam um die Spitze des Hauses herum. Die Schatten an den Rändern des Gartens wurden schmaler, die Pflanzen streckten sich gierig dem Licht entgegen. Er dagegen hatte es fertiggebracht, allein in den ersten zwanzig Minuten drei Gläser zu zerstören. Die Zeit danach sah nicht viel besser aus.

»Und du hast wirklich genügend Gläser dabei?« Wie eine Schneekugel schüttelte er das Glas, ohne wirklich hinzusehen.

»Ja, definitiv.«

Noah schwieg und fuhr mit den Augen über den Zaun und den dahinterliegenden Autofriedhof. »Wer bezahlt das eigentlich alles?«, fragte er und deutete vage in Lucas Richtung. »Die Bademuscheln, die Ausflüge, die Einmachgläser?«

»Keine Sorge, die Abteilung stellt ein größeres Budget zur Verfügung, als du an Billig-Gläsern zerstören kannst.«

Noah warf einen kritischen Blick auf die Scherben, die sich zu seinen Füßen sammelten. Sie funkelten in der Sonne. »Sicher?«

Luca nickte nur und bedeutete ihm stumm, weiterzumachen.

Bevor sie überhaupt begonnen hatten mit der Übung, hatte sie von ihm verlangt, eine Schutzbrille aufzusetzen, sich eine Polsterung in den Schoß zu legen und sich eine weitere um den Oberkörper zu binden. Er kam sich vor wie ein Bombenentschärfer. Oder ein Michelin-Männchen.

Hilflos ließ er den Blick über die Spuren der Zerstörung schweifen. Zwölf Gläser hatte er bisher gesprengt – die Abstände zwischen den kleinen Explosionen wurden größer, aber dennoch. Seine Mutter stand wie eine Statue hinter der Scheibe des Esszimmers und er glaubte, neben ihr seine Tante zu erkennen. Über die letzten Tage hatte er selbst Max wieder gesehen – seinen Cousin, der ohnehin nie viel mit ihm zu tun gehabt hatte. Meistens war er mit Vanessa um die Häuser gezogen. Den kleinen Cousin mitzunehmen, war beiden damals viel zu uncool gewesen. Es war ein kleines Wunder, dass der Rest der Familie nicht eingetrudelt war, um den »zaubernden Cousin« dabei zu beobachten, wie er wieder und wieder versagte.

Noah seufzte. *Dabei wissen nicht einmal meine Freunde davon.* Mit zerfurchter Stirn erinnerte er sich an das letzte große Familienessen vor gut einem Monat. Die zusammengebundenen Schnürsenkel. Den Zucker im Salzstreuer. Das Geschrei, als nur noch ein Hefekloß übrig war.

Wieder kippte er das Glas in seinen Händen hin und her. Das Wasser schwappte fröhlich, nur an den Seiten begann es langsam zu gefrieren.

»Und ich? Ich bin ein kleiner Student, der wieder zu Hause wohnt. Als könnte ich nicht mal meine eigene Wäsche waschen!« Die Worte hatten sich so oft in seinem Kopf gedreht, dass er sie noch im Schlaf hörte. Er wollte mehr sein in seiner Familie, mehr als nur ein Schatten, für den man das Wort ergreifen musste, weil er den Mund nicht aufbekam. Aber wie, wenn alle bereits ihre festen Rollen hatten? Vanessa, das Wunderkind, Max, der glänzende Absolvent, der kurz vor seiner Verlobung stand. Seine Tante Claudia, die

ihr eigenes Geschäft leitete. Seine Mutter selbst, die wohl die hingebungsvollste Frau war, die er je getroffen hatte.

Und daneben er.

Der Mathematiker.

Der *Zauberer.*

»Willst du heute noch anfangen?«

Noah zuckte zusammen und nickte hastig. Das Wasser hatte angefangen, Schneeflocken zu bilden, die der Wärme der Morgensonne trotzten. Sanft fuhr er mit den Fingern über das Glas, wischte das Kondenswasser weg und beobachtete, wie der Inhalt von einer Seite zur nächsten schwappte. Max hatte heute Morgen grummelnd das Haus verlassen und war gerade irgendwo für seine Mutter unterwegs. Vanessa vergrub sich drinnen in irgendwelche Papiere, nachdem ihr Doktorvater ihr ein Ultimatum gesetzt hatte, und die Zwillinge hatten – nicht ganz freiwillig – bei einer Freundin übernachtet.

Nur seine Großmutter schien die Tatsache, dass ihr Enkel neuerdings alles einfror, was nicht bei drei auf den Bäumen war, auffällig lässig hinzunehmen.

Nach zehn Minuten hatte sie ihn nach Hause geschickt. Lachend, aber beherzt. »Schatz, sonst zerstörst du mir noch das gute Porzellan.« Das war alles, was sie gesagt hatte, und er wusste bis jetzt nicht, was er davon halten sollte. Woher nahm sie ihre Gelassenheit? War es das Alter, das einem das Gefühl gab, schon alles gesehen zu haben? Als er ihr seine Hände gezeigt hatte, die mit einer dünnen Eisschicht überzogen waren, war etwas in ihrem Blick gewesen … so sehr er seine Großmutter auch liebte, sie würde ihm wohl immer ein Rätsel bleiben.

Das Wasser gefror, dann auch das Glas. Eiskristalle in den schönsten Formen zogen sich wie ein Gemälde am Rand entlang, dampften im Licht, bevor sie sich zu neuen Mustern zusammenschlossen.

Seinen Vater dagegen hatte Noah in letzter Zeit kaum gesehen. Er vergrub sich so tief in seiner Arbeit, dass kaum ein anderer Schluss übrigblieb, als dass er Noah mied. Aber warum? Hatte er etwas falsch gemacht?

Aber es ist nicht meine Schuld. Noah hatte sich das hier nicht ausgesucht und er gab sich die größte Mühe, es in den Griff zu bekommen. Denn irgendwie ... mochte er es. Was er zu Luca gesagt hatte, hatte er so gemeint. *»Bestrafst du einen Patienten für seine Krankheit?«* Immer und immer wieder hallte ihm dieser Satz von ihr durch den Kopf. Und sie hatte recht. Nur ... war er überhaupt noch ein Patient?

Luca versteht mich. Der Gedanke kam so plötzlich, dass selbst die besorgte Litanei in seinem Kopf innehielt. Das Gedankenkarussell stoppte, die Musik verstummte – und sein Blick hob sich unwillkürlich und streifte zu ihr. Sie hatte die Nase in ihr Buch gesteckt, ihre dunklen Augen flogen über die Seite, die Stirn hatte sie leicht gerunzelt. Das Cover des Buchs zeigte ein Haus auf einer sturmumtosten Klippe, nichtssagend, eine Sommerlektüre.

Immer wieder musste er feststellen, dass er an sie dachte, aber erst gestern war ihm klargeworden, wie oft eigentlich. Weil sie ihm wirklich half. Weil sie da war, wenn es darauf ankam. Weil sie einst da gewesen war, wo er jetzt stand. Dass sie, die immer so stark und unerschütterlich wirkte, einmal unter Panikattacken gelitten haben sollte, überraschte ihn immer noch. Dass sie, so trocken und distanziert sie sich gab, Angst, echte, panische, haltlose Angst kennen sollte. Den Moment, wenn der eigene Körper sich fremd anfühlte. Wenn die Verzweiflung ...

Mit einem Knall zersprang das Glas.

Luca hob die Augen und ihre Blicke kreuzten sich. Sein Herz schlug ins Leere, sein Kopf war wie leergefegt. Wo waren die Worte, die ihm eben noch auf der Zunge gelegen hatten? Panik überfiel ihn, als er seine Sprache suchte und sie nicht fand.

»Das hat ja nicht sehr lange gedauert«, kommentierte sie und brach damit die Stille zwischen ihnen.

Noah spürte, wie seine Wangen rot wurden, und versuchte, den Blick abzuwenden, aber es zog ihn unkontrollierbar zu diesen Augen zurück.

»Letztes Mal hast du länger durchgehalten«, stellte sie fest und musterte ihn. »Alles in Ordnung?«

Wieder diese rationale Frage.

Schnell schüttelte er den Kopf, um seine Gedanken zu sortieren, stellte dann aber fest, dass das falsch rüberkommen musste. Also nickte er. Und seufzte. »Ja, alles bestens.«

Luca wirkte nicht überzeugt, doch statt nach dem nächsten Glas zu greifen, schloss sie ungewöhnlich sanft ihr Buch und stand auf. »Zieh die Schutzkleidung aus. Ich hab eine Idee.«

Noah hob die Brauen. »Muss ich mir Sorgen machen?«

»Ich denke nicht.«

Er lachte nervös und drückte sich nach oben, um seinen Schutzwall aus alten Decken abzulegen. Währenddessen setzte Luca sich mit etwas Abstand im Schneidersitz neben ihn und streckte den Rücken durch.

»Fertig?«

Noah stellte fest, dass er sie schon wieder anstarrte. Schnell nickte er und folgte ihrem Wink, sich neben sie zu setzen. »Ich habe gestern etwas recherchiert. Ich muss zugeben, es ist lange her für mich, aber wir werden jetzt versuchen zu meditieren.«

Noah musste seine Überraschung anzusehen sein, denn Luca seufzte leise. »Nicht zufrieden?«

»Doch, doch!«

»Aber?«

»Nichts.«

Sie musterte ihn, statt zu antworten. Auf die kurze Entfernung konnte er das Blau ihrer Augen viel zu deutlich sehen, die feinen Sprenkel auf ihrer Haut. Er zuckte mit den Schultern. »Ich habe nicht damit gerechnet. Viele deiner Übungen waren …« Umständlich kratzte er sich am Hals. »… doch recht *praktisch.*«

Sie zuckte mit den Schultern. »Mir hat das Meditieren eine Zeit lang sehr gutgetan. Vielleicht hilft es dir, deine Emotionen zu kontrollieren.«

Etwas in ihm ballte sich zusammen. »Ist etwas falsch damit? Emotional zu sein?«

Luca deutete mit dem Kinn auf die Rasenfläche vor sich, die gerade wieder unter einer Eisschicht begraben wurde. Nur, weil er ein wenig wütend geworden war.

Noah musterte sie einen Moment, dann ließ er die Schultern fallen. Es hatte ohnehin keinen Zweck, gegen sie zu argumentieren. »Meinetwegen. Was soll ich machen?«

Ruhig deutete sie auf ihn. »Mach es dir so bequem wie möglich. Wir werden jetzt zehn Minuten lang einfach sitzen und auf unseren Atem hören.«

Sie rückte ein wenig auf dem Gras hin und her und erst Momente später begriff er, dass er es ihr gleichtun sollte. Einfach sitzen. Etwas in ihm begann dabei, unruhig zu kribbeln. Irgendwie erschien ihm das nicht richtig.

Als er wieder zu Luca sah, waren ihre Augen geschlossen. Ihre Züge hatten sich so sehr geglättet, dass sie beinahe aussah wie aus Porzellan. Zerbrechlich irgendwie, wo sie sonst so eine Härte ausstrahlte.

Sie atmete tief ein, dann wieder aus. »Stell dir vor, wie du dich aufrichtest«, erklärte sie, ihre Stimme tiefer und voller Weite, die sich bei jedem Einatmen ausdehnte. »Als würde eine Schnur dich vom Scheitel aus nach oben ziehen. Deine Hände kannst du hinlegen, wo du möchtest. Dann schließ die Augen.«

Noah tat wie befohlen und konnte nicht umhin, sich immer wieder selbst zu überprüfen. Er spürte, wie nervös er war, wie sehr seine Muskeln verkrampften allein bei dem

Gedanken, länger einfach hier zu sitzen. Was würde seine Familie denken? Würde er noch mehr Eis beschwören?

»Atme fünfmal tief ein und wieder aus.« Luca holte Luft, so laut, dass er es ihr automatisch gleichtat. Als würde sie ihn mitziehen. Ihr war das hier kein bisschen peinlich. Sie dachte nicht einmal darüber nach. Warum konnte er nicht mehr sein wie sie?

»Ein – und wieder aus.« Dazu die Atemzüge. Einmal, zweimal, dreimal.

Tatsächlich spürte er, wie er ruhiger wurde. Wie sich das Karussell hinter seiner Stirn verlangsamte. Jeder neue Atemzug machte ihm bewusst, wie sehr seine Muskeln angespannt waren. Als würden sie reißen, wenn er weiter daran zog.

»Für die nächsten zehn Minuten geht es darum, nur deinem Atem zu lauschen. Stell dir vor, wie er an deiner Nasenspitze sanft ein und wieder ausströmt. Hör nur auf deinen Atem. Keine Gedanken, kein gar nichts.«

Kein gar nichts? Er zog die Stirn in Falten, merkte, was er tat, und versuchte, sie schnell wieder zu glätten. Wieder eine Situation, in der er nicht wusste, wie das Ganze funktionierte. Was er zu tun hatte. Es war wie das Eis zu rufen, ganz am Anfang.

»Du sollst an nichts denken und atmen«, wiederholte Luca neben ihm. »Denk an die Nasenspitze.«

Noah spürte, wie er schmunzelte, und versuchte es noch einmal. Einfach dem Atem lauschen, ein und aus. Ein ... und aus. Muskeln, von denen er gar nicht wusste, dass sie existierten, entspannten sich langsam. Nur sein Atem. Ein und aus.

Ein.

Aus.

Ein.

Aus.

Aber was war mit den Matheaufgaben? Mit seinem Training? Ihm tanzte eine Beweisführung vor dem inneren Auge herum, eine Aufgabe, an der er gestern stundenlang geknobelt hatte. Könnte das die Lösung sein? Er spürte, wie seine Lider aufflattern wollten, und kniff sie schnell wieder zu. Atmen. Ein ... und aus.

Es war schwer, bei der Sache zu bleiben: Den Verstand nicht nur zu leeren, sondern ihn auch leer zu halten. Es war, als würde etwas in ihm ständig neue Informationen heranziehen. Langeweile förderte Kreativität – war das nicht so?

Atmen. Ein ... und aus.

Er versuchte, sich nur auf seine Nasenspitze zu konzentrieren. Auf den Atem, der daran vorbeistrich – und hatte prompt das Bedürfnis, sich dort zu kratzen. Dann fiel ihm Lucas Atem auf. Er ging viel langsamer als seiner. Sollte er auch langsamer atmen?

Neben ihm seufzte es. »Soll ich mich woanders hinsetzen?«

Er öffnete ein Auge und ließ es schnell wieder zufallen. »Nein, alles gut.«

»Okay.«

Also versuchte er wieder zu atmen. Lauschte auf nichts weiter als seine Lungen, ein zuverlässiges Triebwerk. Ein ... und aus. Er hörte in sich hinein, in diese dumpfe Leere, und versuchte, seine Gedanken genau dort abzulegen. Zumindest für den Moment.

Bis er bemerkte, dass es dort nicht leer war. Dass dort etwas den Platz verstellte. Etwas, das eigentlich nicht dort sein sollte.

Sein Geist taumelte tiefer. Verschwunden war das Gefühl, jeden Schritt mühsam setzen zu müssen – plötzlich fühlte er sich, als würde ihn etwas regelrecht ziehen, tiefer in sein Unbewusstes. Die Welt um ihn herum verschwand. Da waren nur sein Atem und dieses *Gefühl*, das ihn rief, mit all diesen Stimmen.

Die Melodie, die er gehört hatte, als Luca ihr eigenes Eis bei ihnen zu Hause zum ersten Mal gerufen hatte. Ein Chor an fremden Stimmen, verwoben zu etwas Großem. Etwas Tragischem. Etwas, das niemand jemals zuvor gehört hatte.

Noah spürte, wie er eine Gänsehaut bekam. Die Hitze des Tages verschwand, dafür fand er sich selbst wieder. Mit seinem inneren Auge sah er sich um. Weit weg von Scham und rationalen Gedanken. Fühlte bedingungslos, badete in den Emotionen. Immer tiefer ging er, passierte Tore, ohne sie wirklich zu spüren – bemerkte nur, dass es auf der anderen Seite anders war. Wie eine Wassergrenze, unterhalb derer es kälter wurde.

Dann stieß er auf den Kern. Die Stimmen wurden lauter, der Chorgesang hob an. Eine Arie in seinem Ohr, eine, die die Welt nicht kannte und nie zu hören bekommen würde. Wunderschön, und doch vollkommen fremd und eigenartig.

Aber das gehört nicht hierher.

Etwas rüttelte an seiner Schulter.

Blinzelnd schlug er die Augen auf. Instinktiv hielt er sich die Hand vors Gesicht, aber die Sonne blendete ihn gar nicht. Sie saßen im Schatten, doch ansonsten war die Welt noch genau so, wie er sie zurückgelassen hatte.

»Alles gut?«, fragte Luca. Etwas wie echte Sorge stand in ihren Augen, doch als sie blinzelte, war es verschwunden.

Er hob die Brauen. »Warum sollte es nicht so sein?«

Mit einem Stirnrunzeln hockte sie sich vor ihn. »Deine Mutter kam zwischendurch vorbei, um nach dir zu sehen. Ich habe sie weggeschickt. Später hat sich Vanessa neben dich gehockt. Du hast nicht reagiert, nicht mal ein bisschen. Sie hat mit dir gesprochen. Sie hat dir sogar gegen die Stirn geschnipst. Das hast du wirklich nicht mitbekommen?«

Noah runzelte die Stirn und setzte an sich umzudrehen, doch Luca stupste ihm gegen die Schulter und hielt ihn zurück.

»Ich war eine Zeit lang nicht ganz hier, aber ich weiß nicht, ob es …« Er rieb sich über den Brustkorb. Über die Stelle, an der sein Herz immer noch ungewöhnlich ruhig schlug.

»Was?« Luca kniff die Augen zusammen, ob aus Verwirrung oder, weil die Sonne sie blendete, ließ sie sich nicht anmerken.

»Ich glaube … Gib mir mal ein neues Glas.« Auffordernd hielt er ihr die Hand hin. Sie musterte sie kritisch.

»Wofür?«

Er wackelte mit den Fingern. »Komm schon, Luca. Vertrau mir.«

Zögernd stand sie auf, füllte ein neues Glas mit Wasser und hielt es ihm hin. »Sei vorsichtig, du trägst keine Schutzkleidung«, warnte sie. Eine weitere Herausforderung. *Die ich schaffen kann.* Er nahm es entgegen und legte sanft beide Hände darum. Dann lauschte er wieder. Suchte nach der Melodie in seinem Inneren. Schob das Beben und Tosen seiner alltäglichen Gedanken beiseite, bis nur die Stimmen übrigblieben.

Er spürte, wie sein Atem ruhiger wurde, wie die Magie ihn verließ, in feinen Fäden, die seinen Körper durchzogen und aus seinen Fingern hinaus in das Glas strebten. Es war nie darum gegangen, diese seltsame Kraft zu formen oder auch nur zu verstehen. Sondern darum, sie gehen zu lassen, wie ein Tor, das man öffnete und wieder schloss. Eine Schleuse.

Als er die Augen aufschlug, war das Wasser darin komplett gefroren. Nichts schwappte mehr, keine Eiskristalle klebten an der Außenseite. Langsam zog er die Magie zurück, statt sie, wie sonst immer, unkontrolliert weiterfließen zu lassen.

Etwas in ihm war zur Ruhe gekommen. Ein glückseliges Lächeln breitete sich auf seinem Gesicht aus. Zufrieden überreichte er Luca das Glas, die es mit leicht offenem Mund in die Sonne hielt. Das Eis darin begann bereits zu schmelzen.

»Ich glaube, ich habe es jetzt verstanden«, sagte Noah.

Luca merkte, dass heute etwas nicht stimmte. Nicht etwa mit Noah, oder dem, was er geleistet hatte, nein – heute ging es ihr nicht gut.

Sie hatte versucht, sich mit ihrem Buch abzulenken. Hatte Noah bewusst nicht weiter beachtet. Aber es hatte nichts genützt. Nein, heute war kein guter Tag.

Auch jetzt spürte sie, wie sehr sie neben sich stand. Sich selbst beobachtete – wieder einmal. Seit seiner Panikattacke gestern, seit sie Noah aus seiner Schockstarre geholt hatte mit ihren eigenen Wahrheiten. Sie fragte sich, ob sie sich dadurch nicht selbst in eine Art Starre hineinmanövriert hatte.

Oder hatte sie schon immer darin festgesteckt und jetzt zum ersten Mal einen Hauch Wärme gespürt?

Sie biss sich auf die Lippen. Noah neben ihr erzählte gerade irgendetwas von mathematischen Beweisen und dass er Meditation vielleicht öfter versuchen sollte, wenn es so schlagende Ergebnisse lieferte.

Tut es aber nicht. Sie hatte Wochen gebraucht, um sich richtig entspannen zu können. Mehr, als nur angestrengt ihrem Atem zu lauschen. Es war ein Schuss ins Blaue gewesen. Sie hatte ihm eine Möglichkeit geben wollen, sich einen Ruheort zu erschaffen, falls die Panik ihn erneut überfallen sollte.

Und wie immer hatte er ihre Erwartungen weit übertroffen. Ihre eigenen Erfolge von damals wie nichts aussehen lassen.

Es störte sie nicht einmal. Ein Teil von ihr war stolz auf ihn, auf das, was er leistete – und darauf, dass das auch mit ihren eigenen Fähigkeiten zu tun hatte. Dass sie sich als gute Lehrerin bewiesen hatte.

Aber wirklich erreichen konnten diese Gedanken sie nicht.

Die Sonne brannte nicht mehr so stark wie heute Mittag, aber Luca spürte sie viel zu deutlich auf ihrer Haut. Noah hatte sie, als sie nach dem Mittagessen wiederkam, zu einem Spaziergang überredet – normalerweise etwas, woran selbst die Hartgesottensten scheiterten. Doch bei dem Blick in seinen Augen war sie schwach geworden. Diese Begeisterung, diese Hoffnung.

Sie wollte das auch. Sie wollte so viel, so intensiv fühlen wie er, arglos durch das Leben taumeln, statt bewusst jeden Schritt zu setzen. Sie wollte fallen und wieder aufstehen können.

Nicht liegen bleiben.

Warum will ich etwas, das ich ohnehin nie erreichen werde?

»Ich meine, er hat zwar nie wirklich gelebt, aber es ist der Wahnsinn, was Bourbaki alles geleistet hat. Die Leute, die hinter ihm stehen, meine ich.«

Luca nickte abwesend.

»Ist alles ... in Ordnung?«

Die Frage überraschte sie. Langsam hob sie den Blick von der schmalen Brücke, auf die sie zusteuerten, und sah zu Noah. Seine schlaksige Gestalt wurde umrahmt vom Grün der Felder.

Niemand sonst war hier. Niemand außer den Fahrern auf der Autobahn, die neben ihnen die friedliche Idylle störte.

»Du solltest mich solche Dinge nicht fragen.« Luca reckte das Kinn vor, ihr Blick scherte aus zu den Autos. Wie eine unendliche Kette schossen sie an ihr vorbei, bevor sie weiter hinten langsamer wurden wegen der nahenden Baustelle. Und in jedem davon saßen Menschen. Schicksale.

»Was soll ich denn darauf antworten?«, fragte Noah, und aus den Augenwinkeln sah sie, wie er die Arme verschränkte.

»Gar nichts.« Luca blies sich eine Strähne aus der Stirn, die prompt an die gleiche Stelle zurückfiel. Sie wischte sie geistesabwesend weg und schaute seufzend zu Noah. »Hör zu, ich bin beeindruckt, wie schnell du lernst. Deine Erfolge sind … unvergleichbar. Aber mir geht es gerade nicht gut genug, um mit dir zu feiern.« *Genau genommen geht es mir nie gut genug dafür.*

Sie wartete auf eine Reaktion. Der Gedanke, ihn anzulügen, tauchte kurz in ihrem Inneren auf, aber sie verwarf ihn gleich wieder. *Nicht bei diesen ehrlichen Augen.*

Und zu ihrer großen Überraschung nickte er. Als verstünde er, was sie meinte. »Ich wollte mich dir nicht aufdrängen.«

»Hast du nicht. Dann wäre ich nicht mitgekommen.«

»Möchtest du lieber alleine sein? Ich kann auch gehen.« Er deutete fahrig in die Richtung, aus der sie gekommen waren. Wildblumen säumten die Wege, dahinter stand ein Feld in sattem Grün.

Nein. »Vielleicht ist das besser.«

Noah musterte sie ernst und ließ den Arm langsam sinken. War das Enttäuschung? Hatte sie ihn enttäuscht? Oder verstand er sie? *Ich kann so was nicht!* Menschen zu lesen war ein abgekartetes Spiel, von dem sie sich seit Jahren einredete, es längst aufgegeben zu haben. Früher hatte sie es noch hinbekommen, ein wenig zumindest. Jetzt fühlte es sich an, wie seit Langem zum ersten Mal Fahrrad zu fahren. Die Erinnerung war da, sie spürte, wie sie lernen wollte.

Vielleicht war ein Pedal über die Jahre weggerostet? Oder die Kette rausgesprungen?

»Dann mache ich mich auf den Heimweg«, sagte er langsam und betonte dabei jedes Wort, wie um ihr die Chance zu lassen, ihm zu widersprechen.

Luca spürte, wie ihre Lippen sich öffnen wollten. *»Nein, bleib bitte hier. Ich will nicht allein sein. Noah, ich genieße die Zeit mit dir mehr, als ich sollte.«* Warum war es so schwer, etwas auszusprechen, wenn sie die Worte schon kannte? Warum drängten sie sich gegen ihre inneren Mauern, und doch brachte sie keinen Satz heraus?

Schließlich nickte sie stumm.

Irgendetwas an Noahs Haltung veränderte sich, ohne dass sie benennen konnte, was es war – dann auf einmal lächelte er. »Dann bis morgen.«

»Bis morgen.« Ein hohles Echo.

Sie beobachtete, wie er sich umdrehte und davonging. Wie er den Feldweg entlangschritt, während der Wind mit seinem T-Shirt spielte und seine Haare durcheinanderwirbelte. Niemand begegnete ihm. Und er drehte sich kein einziges Mal um.

Er ist mein Schüler, verdammt noch mal. Luca kniff die Augen zusammen, rieb heftig darüber und wandte sich in die entgegengesetzte Richtung. Sie fühlte sich so hohl und leer wie lange nicht mehr.

Sie hatte gedacht, dass es keinen Unterschied machte, ob er bei ihr war oder nicht. Ob sie sah, dass die Brille schief auf seiner Nase saß, oder seine Augen sie anfunkelten. Aber irgendwie tat es das doch.

Mit jedem Schritt, den sie in Richtung der Brücke tat, verschwanden die Emotionen, die sich wie Wolken in ihren Kopf geschoben hatten. Stattdessen blieb nur die eiskalte Ruhe, die alles erstickte, was aufbrandete.

Plötzlich stand sie auf der Autobahnbrücke. Die Autos rasten unter ihr entlang, eins nach dem nächsten. Es war lauter hier oben, als sie erwartet hatte. Der Wind zog an ihr, viel kräftiger und drängender als eben noch. Das Eis in ihr knurrte leise.

Sie wusste nicht, wie lange sie dort stand und auf die Fahrzeuge hinabblickte. Manche Fahrer winkten ihr, doch ihre Arme waren zu schwer, um sie zu heben. Luca spürte, wie das graue Metall sich in der Sonne aufheizte und die Wärme auf ihre Haut übergriff.

Ein kleiner, alter Teil von ihr rief etwas in die Endlosigkeit ihres Kopfes hinein, aber bei ihr kam nur ein unverständliches Säuseln an.

Sie hatte das Bedürfnis zu schreien, ohne zu wissen, warum. In ihrem Inneren tobte ein Orkan, doch wie alle Wahrheiten rannte er erfolglos gegen die Wand an, die sie gegen sich selbst errichtet hatte.

Unbeweglich, eingefroren, erstarrt – so stand sie dort. Die Zeit verlor jegliche Bedeutung. Sie versuchte, sich auf ihren Atem zu konzentrieren, zu meditieren, so wie Noah, der eine solche Ruhe in sich gefunden hatte.

Aber im Lärm der vorbeirauschenden Blechkolonnen hörte sie ihren Atem nicht mehr.

Dann fiel ihr Blick nach unten. Hin zu den Autos, die sich langsam vermehrten. *Berufsverkehr.* Da war es wieder, das Prasseln in ihrer Brust, das nur ihr Herzschlag sein konnte. Ihr Atem wurde schneller. Wie Blitze zuckte etwas durch ihr Inneres und half ihr, die Arme aufzustützen, damit sie sich hochdrücken konnte.

Ein Bein rüber.

Dann das zweite.

Langsam richtete sie sich auf, das Geländer im Rücken. Ihr Atem ging stoßweise, die Welt unter ihren Füßen fühlte sich viel weiter weg an als zuvor. Autos begannen zu hupen, schockierte Blicke schwankten zu ihr herauf, aber das war ihr egal. Sie fühlte.

Und wen würde es kümmern, wenn sie abrutschte? Sie wollte nicht sterben, sie war nicht hier, um den letzten Schritt zu tun. Sie wollte nur den Rausch, das Lebendig-Fühlen. Ein Aufatmen, das nicht schmerzte, das sie nicht mit sich riss.

Etwas wie ein leises Lachen hüpfte über ihre Lippen und erst jetzt spürte sie, dass sie geweint haben musste. Eine Spur aus getrockneten Tränen zog sich über ihre Wangen, spannte ihre Haut.

So fühlte sie sich lebendig.

Nur so.

Warum?

Zwanzig Minuten hatte er gebraucht. Zwanzig Minuten, bevor sein Bauchgefühl ihn zurückgeschickt hatte. Seine Schritte hatten ihn immer schneller vorwärtsgetrieben, während sein Blick hin- und herpendelte, suchte.

Er wusste, dass mit Luca etwas nicht stimmte. Als er sie damals beim ersten Training verletzt hatte, hatte er sich nicht getraut, ihr zu folgen. Hatte weggesehen nach dem Streit mit seiner Mutter.

Doch als er jetzt *hin*sah, als er aufblickte, zur Brücke sah, da …

»Luca!« Sein Herz schlug haltlos ins Leere, seine Welt verengte sich zu einem schmalen Streifen, einem Tunnel, an dessen Ende sie stand.

Auf der falschen Seite des Geländers.

Er stolperte, weil seine Füße sich plötzlich nicht schnell genug bewegen konnten. Seine Beine schienen sich zu verheddern, während er nach vorne stürzte, die Arme wild rudernd, um das Gleichgewicht zu halten. All die Ruhe der Meditation war weggeblasen in nur einem Atemzug, das Eis schoss durch seinen Körper, auf den Boden und breitete sich mit rasender Geschwindigkeit vor ihm aus.

Mit einer hastigen Bewegung schickte er es voraus.

Um sie festzuhalten.

Es schloss sich um ihre Arme, fesselte sie geradezu an das Geländer und auch wenn die Sonne unbarmherzig auf sie herabbrannte, hielt er die kalte Barriere mühelos aufrecht. Kein Ausufern mehr wie bisher – dieses eine Mal war seine Magie messerscharf fokussiert.

Stolpernd hielt er vor ihr an. Kein vorsichtiges Annähern, nicht, wie man es in den Filmen sah. Kein Gespräch, das beruhigte, kein sanfter Tonfall.

Er hatte sie hier festgefroren, und er würde nicht zulassen, dass ihr etwas passierte.

Dass sie sich etwas antut. Er musste gegen einen harten Kloß in seinem Hals anschlucken, der seine Kehle blockierte und ihn würgen ließ.

»Noah ...?«, fragte sie. Ihre Stimme war so ruhig wie seit Tagen nicht. Gefasster, beinahe glücklich.

»Wer sonst?«, knurrte er und packte ihre Hand, als würde das Eis allein sie nicht halten können. Sie war so warm unter seinen Fingern. Warum war er wütend? Es war, als würde die Hitze sämtliche Sorgen verbrennen, die sich durch ihn hindurchzufressen versuchten.

Das Schlimmste war der abwesende Ausdruck auf ihrem Gesicht. Wie ein Schlafwandler.

»Ich dachte, du bist zurückgegangen«, hauchte sie. Ein Wispern, das beinah im Rauschen der Autos unterging.

»Bin ich auch.«

»Und jetzt bist du wieder hier?«

Er stand kurz davor, sie zu schütteln. Der Impuls brannte in seinen Händen, doch alles, was er tat, war, sie fester zu packen. »Ich werde dich erst losmachen, wenn du mir versprichst, wieder zurückzuklettern. Sofort!«

Luca hob eine Augenbraue. »Warum sollte ich das nicht tun?«

Er schnaubte und verbiss sich ein Fluchen als Antwort. »Komm einfach rüber!«

Er hielt ihren Arm fest umklammert, während er vorsichtig die Fesseln löste. Sofort bröckelte das Eis in der Sommerhitze und er spürte, wie Luca sich mit ihrer eigenen Magie endgültig davon befreite. Dann drückte sie sich nach oben, bis sie leichtfüßig auf dem Geländer saß – und kletterte darüber.

In dem Moment, als ihre Füße den Boden erreichten, spürte Noah, wie seine eigenen Beine unter ihm nachgaben. Seine Hände krallten sich in ihre Jacke, gleichzeitig wollte er sich wegdrehen, weil er das Gefühl hatte, sich gleich übergeben zu müssen. »Scheiße noch mal, Luca! Was *soll* das?!« Seine Stimme hallte über die Felder. Die Autofahrer unter ihm hupten. Vielleicht hatten einige sogar die Polizei gerufen.

Egal, ganz egal. Sie war hier, sie war sicher bei ihm.

Bevor er wusste, was er tat, zog er sie in eine feste Umarmung. Sein Herz hämmerte so schnell gegen seinen Brustkorb, dass er sicher war, dass sie es spüren musste. Ein Beben durchlief sie, doch er packte sie nur noch fester.

Es kostete ihn einige Zeit, bis er es schaffte, seine Muskeln wieder zu lockern. Bis er merkte, dass ihre Arme nur locker an ihrer Seite herabhingen – dass sie unnatürlich steif dort stand, als wüsste sie nicht, wie Nähe funktionierte.

Zitternd machte er sich von ihr los. Sein Verstand überschlug sich. »Warum?«, flüsterte er. Seine Stimme zerbrach an den zwei Silben, an den panischen Gedanken und Was-wäre-Szenarien, die ihm pausenlos durch den Kopf schossen.

Luca trat einen Schritt zurück. Ihr Gesicht war ruhig, aber ihre Wangen hatten einen rosigen Farbton angenommen. »Warum was?«

Es war, als würde sein Blick in Fragmente zerspringen, durch die ein Windstoß fuhr, sie neu arrangierte, bis er das Bild dieser neuen Luca vor sich hatte – der Unerschütterlichen, der Waghalsigen.

Der Dummen.

»Das ist nicht dein Ernst.« Die Erleichterung über ihre Rettung verschwand, wurde ausgelöscht von einem heißen, brodelnden Gefühl. Ja, verdammt, er war fassungslos. *»Das kann nicht dein Ernst sein!«*

Tatsächlich fuhr sie bei seinem Tonfall etwas zusammen. Aber ganz ehrlich? Das war ihm egal. Vollkommen egal. Scheiße, was dachte sie sich denn?!

»Du bist über das Brückengeländer geklettert! Du hättest dich *umbringen* können! Und andere dabei verletzen! Und dann fragst du ›Warum was‹?!« Er hob eine Hand, er wusste nicht, zu welcher Geste. Schließlich boxte er ihr hilflos gegen den Arm, doch sie stand weiter ungerührt da.

»Mir war nicht bewusst, dass du wiederkommen würdest«, erwiderte sie tonlos. Der Wind spielte mit ihren Haaren, ließ ihren Zopf tanzen, als wollte auch er sie packen und durchwirbeln, bis sie *endlich verstand.* »Hätte ich gewusst, dass du wiederkommst, dann hätte ich es nicht getan.«

Beinahe hätte er geschrien. »Damit ich es nicht sehe? Damit ich nicht mitbekomme, wie du dein Leben riskierst? *Wofür?!*«

Lucas Lippen trennten sich, doch es war nur der Wind, der über sie hinwegglitt. Keine Worte, keine Erklärung, nichts – stumm schloss sie sie wieder. Und zuckte mit den Schultern.

Noah stieß ein wütendes Knurren aus und deutete wild auf das Geländer. Schwarze Punkte tanzten in seinem Sichtfeld, sein Bauch krampfte sich zusammen und er wusste nicht, wohin mit seinen verdammten Händen. »Du kapierst es nicht, oder? Dir ist nicht einmal bewusst, was das bedeutet!«

»Natürlich ist es mir bewusst.« So ruhig. So gefasst. So traurig? Ihr Blick war unheimlich leer, und gleichzeitig sah sie aus, als würde sie mit den Tränen kämpfen. Ein silbernes Schimmern sammelte sich in ihren Augen, an ihren Wimpern.

»Ach ja? Und warum machst du es dann?«

Sie sah ihn weiter an, dann murmelte sie etwas Unverständliches. Er musste das Bedürfnis niederkämpfen, sie an den Schultern zu packen und zu schütteln.

»Ich hab dich nicht verstanden.«

Sie sah ihn an. Worte kämpften sich unhörbar über ihre Lippen, brachten sie zum Zittern.

Noah betonte jedes Wort. »Ich habe dich nicht verstanden.«

»*Ich weiß es nicht!* Ich weiß nicht, warum ich das gemacht habe! Ich weiß nicht, warum ich dich weggeschickt habe! Ich weiß nicht, warum ich nicht mehr allein sein will! *Ich weiß es einfach nicht!*« Eine Welle von Eis brach aus ihr heraus und fror alles um sie herum in Sekundenschnelle ein. Hastig taumelte er zurück, um nicht selbst festgefroren zu werden.

Doch der Ausbruch verschwand so schnell, wie er gekommen war. Die verzerrten Züge, der Mund, der aussah, als würde er etwas Zerbeißen wollen, die Augen, die so sehr funkelten wie der Nachthimmel.

Ihre Schultern fielen herab, und stumm schüttelte sie den Kopf. Ihre Züge waren wieder leer. »Es war falsch, dass du das gesehen hast.«

»Ich glaube, es war genau richtig, dass ich das gesehen habe.«

Luca wandte sich halb von ihm ab, hin zum Brückengeländer. Auf einmal hatte er das Bedürfnis, sich zwischen sie und die Metallstreben zu stellen, nur um sicherzugehen, dass sie nicht noch einmal in Versuchung kam.

Doch sie schaute kopfschüttelnd weg. »Du solltest mich nicht wütend sehen. Ich bin deine Lehrerin, nicht andersherum. Das war unprofessionell.«

»Dann scheiß doch mal auf *professionell*!«

Luca blinzelte ihn überrascht an. »Was …«

»Ich mag dich, in Ordnung? Ich *mag* dich. Ich hab dich gerne bei mir, egal ob als Lehrerin oder nicht. Verdammt, wie kannst du überhaupt daran *denken*, dass es nicht so ist! Du gibst so viel für mich, du hilfst mir so sehr. Es ist mir egal, ob du als Lehrerin bei mir abgestellt wurdest oder nicht. Aber du kannst so etwas einfach *nicht tun*!«

Ihre Lippen wurden zu einem schmalen Strich, ihre Brauen rückten zusammen. »Noah, wir kennen uns kaum«, stellte sie klar. »Ich bin jetzt seit zwölf Tagen mit dir unterwegs. Als deine Lehrerin. Es war falsch, dass du diese Seite von mir kennengelernt hast. Sie geht dich nichts an. *Sie geht niemanden etwas an.*« Die letzten Worte klangen dünn und schal, als müsste sie sie herauspressen. Wild deutete sie auf sich und ihn und ihre Umgebung. »Ich bin hier, um dir zu helfen, und nicht anders herum. Es ist nicht deine Aufgabe, mich zu fangen.«

»Dann versuch doch nicht, zu springen!« Er brüllte die Worte und begriff erst danach, was sie bedeuteten. Wie konnte sie nicht *verstehen*?

»Ich habe nie versucht zu springen.«

»Sondern?«

»Ich hab nur dort gestanden.«

»Und warum ist das besser?«

»Ich wollte nie springen!« Ihre Stimme schwoll an, und wieder spürte er ihre Eismagie knistern. Seine eigene sang dazu.

»Ich war nur dort, um runterzuschauen.«

»Warum dann nicht hinter der Absperrung?«

Sie schüttelte den Kopf. »Es wäre nicht das Gleiche.«

Noah stieß ein Stöhnen aus. »Ja, natürlich nicht!«

Lucas Kopf machte eine merkwürdige, ruckende Bewegung zur Seite. Wie ein abgebrochenes Kopfschütteln. »Genau.«

Stumm schaute er weg. Was sollte er darauf erwidern? Es zeigte nur, dass sie *nichts* verstand. Nichts von dem, was er sagte, was er meinte, was es bedeutete. Nichts davon. »Es war verantwortungslos und dumm.«

Luca nickte. »Ich weiß.«

Überrascht schaute er zu ihr auf. »Wie bitte?«

»Es war nicht richtig.« Da war sie wieder, die Schlafwandlerin.

»Wenn das jetzt ist, damit ich die Polizei nicht in Kenntnis setze …«

»Warum solltest du das tun?«

Er schnaubte empört. »Damit du dich nicht selbst verletzt!«

»Aber ich ...« Sie sah zu Boden, dann wieder zu ihm. »Wirklich?«

»Natürlich! Was glaubst du denn? Dass ich es dabei belasse?« Er fingerte an seiner Tasche herum, doch seine Hände zitterten so sehr, dass er das Handy fallen ließ. Fluchend sammelte er es auf, starrte kurz auf die kleine Schramme am Rand des Displays. Knurrend fuhr er mit dem Daumen darüber.

»Das ist bisher nie passiert.«

»Was? Dass dich jemand beim Amt verpetzt?«

Sie nickte, dann schüttelte sie den Kopf. »Dass sich jemand Sorgen um mich macht.« Matt schaute sie beiseite, zurück zur Autobahn.

Langsam ließ er das Smartphone sinken. »Wie meinst du das? Was ist mit deinen Eltern?«

Luca wischte den Kommentar beiseite. Dann deutete sie auf sein Handy. »Du kannst anrufen, wenn du willst.«

Die Fassung, um die er so mühsam gekämpft hatte, verschwand mit jedem Moment, den er weiter in Lucas Gegenwart verbrachte. *Warum sollte sich niemand Sorgen um sie machen?*

Ruckartig drehte sie sich weg. Lief davon, den Weg zurück, den sie gekommen waren. Vor einer gefühlten Ewigkeit. Ließ ihn mit seinen Fragen allein. Er spürte den Impuls, ihr nachzulaufen, den Anruf abzusetzen, beides. Keins davon. Aber sein Körper gehorchte ihm nicht.

Er stand wie versteinert und konnte ihr nur nachsehen.

9

Noah hatte nicht angerufen. Den gesamten Sonntag hatte er auf sein Handy gestarrt – abwechselnd auf eine Nachricht von Luca gelauert und den Notruf bereits in der Kurzwahl gehabt. Oder die Behörde für Sondervorkommnisse. Deren Nummer hatte er, nach überraschend kurzer Internetrecherche, auf ihrer ansonsten recht spartanischen Webseite gefunden.

Er konnte sich nicht erklären, warum er letztendlich niemanden informiert hatte. Warum er vor seiner Mutter nichts von den Ereignissen des vorangegangen Tages erwähnte.

Ich kann nicht. Seine Lippen wollten sich nicht trennen, seine Augen brannten, wenn er nur daran dachte. Das Eis in ihm arbeitete, doch jedes Mal, wenn es aus ihm herausfloss, beruhigte er es mit einigen tiefen Atemzügen.

Und dann begann das Zerdenken von vorne.

War sie eine Gefahr für sich selbst? Oder für andere? Sie hatte ihm versichert, es nicht noch mal zu tun, aber sollte er ihr glauben? *Konnte* er ihr glauben? Ein Teil von ihm, vermutlich der rationale Teil, schrie ihm ein klares »Nein!« zu. Sie alleine lassen? Jetzt? Das war gefährlich und fahrlässig, und wenn ihr etwas passieren sollte, dann wäre es seine Schuld.

Ein anderer Teil erinnerte sich daran, was seine Mutter gesagt hatte. Dass eine Freundin von ihr beobachtet hatte, wie Luca einfach über die Bahngleise gerannt war. *Suizidgefährdet.* Dazu Lucas Worte, dass sie nie vorgehabt hatte zu springen. Dass sie nur ... was? Hatte runtersehen wollen?

Egal, was es war, er sollte etwas tun, statt sich in seinem Zimmer zu verkriechen. Immer wieder schrieb er ihr, fragte, ob alles okay sei – erfolglos. Letztendlich schickte sie nur eine Nachricht, dass das Training heute ausfiele. Vielleicht auch morgen. Sie würde sehen, ob sie eine Vertretung fände.

Es fühlte sich an, als würde sie per SMS mit ihm Schluss machen.

Sag mir, dass es dir gut geht. Keinen Text. Ich will deine Stimme dabei hören.

Stundenlang tigerte er in seinem Zimmer auf und ab, warf alle paar Sekunden einen Blick aufs Display. Keine Reaktion. Schließlich hatte er die Nummer der Polizei bereits im Anschlag, da kam die Sprachnachricht.

Mir geht es gut. Ich melde mich wieder.

Kurz, bündig. Es klang nach ihr, und doch durch die elektronische Aufzeichnung so vollkommen anders.

Genau dann, genau dort, hätte er wirklich die Polizei rufen sollen.

Aber vielleicht war er einfach zu feige dafür.

»Ich glaube, Noah hört uns nicht zu. Mal wieder.«

Er hob den Blick und sah, dass seine Kommilitonen ihn angrinsten. Felix hatte die Brauen gehoben, Abdi seine zusammengezogen. Die Mensa um sie herum vibrierte von Stimmen und Tabletts, die lautstark abgesetzt wurden. Studierende unterhielten sich über ihren Tag oder saßen schweigend in dem großen Saal, der noch keine zehn Jahre auf dem Buckel hatte und zeitgleich mit dem modernen Hauptgebäude entstanden war. Große Fenster, gerade geschnittene Tische in Reihen, die sich ins Unendliche zogen. Draußen trommelte der erste Sommerregen gegen die Scheiben und färbte den Himmel in ungewöhnlichem Grau.

»Sorry, ich steh ein bisschen neben mir. Was habt ihr gesagt?«

Sie wiederholten die Themen der letzten Minuten – die anstehende Physik-Vorlesung, die Übungsaufgaben zum Modul und die Frage, ob Noah zur Prüfung zugelassen wurde.

Er konnte nur hilflos mit den Schultern zucken. »Mein Tutor meint, er setzt sich mit Professor Eckart in Verbindung. Bisher kam noch nichts.«

»Und trotzdem gehst du zu seiner Vorlesung?«

»Bisher hab ich nicht *so* viel gefehlt. Das sollte passen.«

Abdi nickte. Dann ging es weiter. Was für Lösungen sie hatten für die verschiedenen Teilaufgaben. Welche Themen sie sich für die Klausur wünschten. Welche Beweise sie am spannendsten fanden.

Und Noah stellte fest, dass er sich tatsächlich in den Diskussionen verlor. Während sie begannen, über die abstrakteren Themen zu sprechen, trat die Sorge um Luca für einen Moment in den Hintergrund.

Bis sie wieder anklopfte. Er wusste nicht einmal, was genau es auslöste, aber plötzlich blitzte sie vor seinem inneren Auge auf, wie sie am Geländer hing – von der falschen Seite. *Ganz ruhig.*

»Kann ich euch etwas wegen Samstag fragen? Also nicht dem letzten, sondern dem, nachdem ich ein paar Tage nicht in der Uni war?« Noah hob den Blick von seinem leergegessenen Teller und sah, wie Felix die Brauen hob.

»Klar, was denn?«

»Wir haben die Arbeitsblätter bearbeitet, bis ziemlich spät. Wann haben wir noch mal Schluss gemacht?« Noah sah zwischen seinen beiden Freunden hin und her, doch Abdi hob nur abwehrend die Hände.

»Ich war nicht da«, meinte er und deutete mit der Gabel auf Felix.

»Puh, gute Frage. Es ist auf jeden Fall spät geworden. Vielleicht zehn? Halb elf?«

»So lange? Ich hatte es gar nicht so spät in Erinnerung.«

»Doch, doch. Wir haben uns in irgendeine Aufgabe richtig reingesteigert. Simon und Isabell sind irgendwann gegangen, aber wir haben weitergeredet. Du, Mia, Franco und ich, glaube ich. Wir drei sind dann zum Busbahnhof und du in die andere Richtung.«

Weil ich immer zu Fuß nach Hause gehe. Wieder und wieder ging er es in Gedanken durch. Welche Musik hatte er gehört, als er über den leeren Campus gelaufen war? Waren alle Laternen eingeschaltet? Wie dunkel waren die Wege gewesen? Hatten sie die Hitze des Tages abgestrahlt oder waren sie unter dem Wind bereits erkaltet?

Oder war die Nacht komplett windstill gewesen?

»Alter, was ist denn passiert? Du siehst echt fertig aus.«

Noah seufzte und schob einen Finger unter die Brille, um sich an der Nase zu kratzen. Dann erst sah er zu Felix, der sich mit ernstem Gesichtsausdruck nach vorne gelehnt hatte. Unschlüssig schaute Noah zwischen Abdi und ihm hin und her und spürte, wie seine Atmung aussetzte. *Lüge oder Wahrheit?*

Da war er wieder, dieser Druck, der sein Herz antrieb und sein Blickfeld einengte.

Doch statt seinen Atem unkontrolliert schneller werden zu lassen, lauschte er darauf. Ein Zug, zwei, drei. Die Stimmen in ihm meldeten sich. Er griff nach dem Wasserglas vor sich und schaute hinein. Ein einzelner Tropfen gefror, doch der Rest blieb flüssig. Er nahm einen tiefen Schluck.

Ich brauche nicht alles zu erzählen. »Ich hab gelogen. Ich bin nicht unter dem Druck im Studium zusammengeklappt«, erklärte er schließlich, stellte das Glas beiseite und seufzte. Stumm schüttelte er den Kopf. »Das Letzte, woran ich mich an dem Samstag erinnern kann, ist, wie ich mich von euch verabschiedet habe. Einige Schritte in Richtung nach Hause und dann ... nichts mehr. Kompletter Blackout.«

Er sah in die erstaunten Gesichter seiner Freunde. Nie hatte er erwartet, ausgerechnet Felix als Erstes davon zu erzählen. Oder Abdi.

»Krass. Warum hast du uns das nicht früher erzählt?«

Weil es nur die halbe Wahrheit ist. »Es war mir ... irgendwie peinlich.« Und das war nicht einmal gelogen.

»Es tut mir leid, dass dir das passiert ist«, flüsterte Abdi und legte den Kopf schief, als wüsste er nicht, was er von dem Geständnis halten sollte. »Wer weiß denn alles Bescheid? Deine Familie?«

Noah nickte, dankbar für eine Frage, die er leicht beantworten konnte. »Ja. Meine Mutter hat gar nicht mitbekommen, wie ich heimgekommen bin. Ich weiß nur noch, wie ich am nächsten Morgen in meinem Bett aufgewacht bin.« *Mit Eis an den Händen, in meinen Haaren, an den Füßen. Überall.*

Felix fluchte laut. »Hätten wir dich nur nicht alleine gehen lassen!«

»Wollt ihr mich etwa jedes Mal nach Hause begleiten? Franco ist auch irgendwann alleine zurück, genauso wie Mia – oder du.« Noah seufzte und rückte sein Tablett so zurecht, dass es genau bündig zur Tischkante lag. »Ich glaube, ich hatte einfach Pech. Aber Pech wobei? Das würde ich gerne wissen.«

Beide nickten, aber sie mussten eingestehen, dass sie ihm dabei leider nicht helfen konnten. Felix schlug vor, Franco und Mia zu fragen, aber er machte nicht den Eindruck, als würde er sich davon viel Neues versprechen. Letztendlich machten sie sich schweigend auf den Weg zur Vorlesung.

Obwohl Noah damit gerechnet hatte, spürte er doch den altbekannten Frust aufkommen. Ein Stochern im Heuhaufen, ohne zu wissen, ob dort überhaupt eine Nadel auf ihn wartete.

Gleichzeitig pendelten seine Gedanken zurück zu Luca. Würde sie gutheißen, was er hier tat? Er biss die Zähne zusammen und eilte mit Felix und Abdi durch den Regen zum Hörsaal. *Ob es ihr gerade wirklich gut geht?*

Die drei ließen sich gerade auf ihre Sitzplätze fallen, als Professor Eckart den Hörsaal betrat. Seine kurzen Haare streckten sich in feinen Locken in alle Richtungen, die Brille auf seiner Nase, um die er normalerweise seinen Assistenten bitten musste, weil er sie wieder irgendwo verlegt hatte, war leicht verbogen. Die Hände hinter dem Rücken verschränkt, begrüßte er sie mit einem kurzangebundenen »Hallo zusammen« und begann mit der Vorlesung.

Noah warf einen letzten Blick auf sein Handy, doch weitere Nachrichten von Luca blieben aus. Stattdessen tippte er eine Nachricht für Mia, dann eine für Franco. Ob sie später kurz Zeit für ihn hätten.

Dann packte er es beiseite, zog seinen Block hervor und wandte seine Aufmerksamkeit zur Tafel. Und als hätte Professor Eckart seine Gedanken gespürt, trafen ihre Blicke kurz aufeinander. Kurz stockte der Dozent, dann lächelte er freundlich. »Freut mich, dass sie uns wieder mit Ihrer Anwesenheit beehren, Herr …?«

Noah spürte, wie seine Wangen feuerrot anliefen. »Mertens«, antwortete er schnell und beugte sich über seine Notizen.

Der Professor nickte ihm zu, dann wandte er sich wieder zur Tafel und setzte die Vorlesung fort.

Luca schaute auf den Platz vor sich. Grauer Stein wurde ab und an von Kies oder Asphalt unterbrochen, die den eintönigen Anblick wohl auflockern sollten. Der Effekt war allerdings eher trostlos. Sie zeichnete die willkürlichen Muster auf dem Boden mit den Augen nach, bis sie den Kopf hätte bewegen müssen, um sie weiter zu verfolgen.

Dafür fehlte ihr die Kraft.

Sie hätte sich längst um Noahs neuen Mentor kümmern müssen – ihren Vater anrufen, weil er ihr Vorgesetzter war und weil es kaum jemand anderen gab, der der Aufgabe, so einen mächtigen Eismagier auszubilden, sonst nachkommen konnte. Oder sollte sie sein Training für abgeschlossen erklären? Die meiste Zeit beherrschte er inzwischen seine Fähigkeiten. Besser als jemals zuvor. Aber dann bliebe die Frage nach dem grundlegenden »Warum« weiterhin ungeklärt. Wie konnte jemand ohne jegliche magische Fähigkeiten von einem Tag auf den anderen welche erwerben? Noch dazu in einem solchen Ausmaß?

Noah war überhaupt nur auf ihrem Radar aufgetaucht, weil eine ältere Dame in der Straße sich bei der Polizei beschwert hatte über eine Spur aus Eis, auf der sie in dieser Samstagnacht beinahe ausgerutscht war. Woher sie stammte, war nicht mehr auszumachen, dafür war die Nacht zu warm gewesen, und auch, wo sie aufhörte, war nicht mehr klar zu erkennen gewesen. Deshalb hatte es so lange gedauert, bis sie den Verursacher hatten ausmachen können.

Ich weiß, wohin es führt, aber nicht, woher es kommt. Nein, der Auftrag war nicht abgeschlossen. Außerdem glaubte sie nicht daran, dass Noah seine Magie vollständig beherrschte. Tauen konnte er nicht, oder sie gezielt lenken, sondern nur ziellos damit werfen.

Sie spürte das Bedürfnis, den Kopf in die Hände sinken zu lassen. Eine Weile starrte sie blicklos in ihren Schoß. Ihre Finger lagen dort, und ihre Arme machten keine Anstalten, sich zu heben. Luca seufzte, dann schaute sie wieder auf und musterte den Campus vor sich.

Das alte Bibliotheksgebäude lag vor ihr und wirkte im trüben Licht wie ein müder Koloss. Die steinerne Mauer, auf der sie saß, war noch warm von der Sonne, obwohl der Regen seit bald zwei Stunden auf sie niederprasseln musste. Vereinzelt trieben Studierende durch ihr Blickfeld. Einige warfen ihr fragende Blicke zu, aber niemand hielt an, um sie anzusprechen. Dazu war der Regen wohl zu unangenehm und die Taschen zu kostbar, die sie sich über den Kopf hielten.

»Wie meinst du das? Was ist mit deinen Eltern?«

Ich bin ein Feigling.

Die Antwort hatte in ihr gelauert, aber sie hatte sie niedergerungen. Vielleicht war da ein Teil in ihr, der weiter leiden wollte. Ein Teil, der sich gerne zusammenkrümmte und wimmerte, wenn niemand hinsah.

Meine Mutter hätte nie zugelassen, dass es mir so schlecht geht. Luca presste die Lippen aufeinander. Kalte, harte Tropfen schlugen ihr ins Gesicht, aber sie begrüßte den stechenden Schmerz, der ihr eine Gänsehaut bereitete. Mittlerweile war sie nass bis auf die Knochen, doch sie merkte es nicht einmal. Oder besser: Sie *be*merkte es schon. Es kümmerte sie nur nicht.

Das wäre viel zu anstrengend.

Wäre meine Mutter hier, dann würde es mir nicht so gehen. Wäre mein Vater nicht der Mensch, der er ist, würde es mir nicht so gehen. Wüsste ich, wie man Sachen einfach sagt, dann ... Luca ballte die Hände zu Fäusten, bis die Nägel ihr ins kalte Fleisch schnitten und das Wasser auf ihnen zu frieren begann. Als sie sie wieder öffnete, segelten Schneeflocken zu Boden.

Und ertranken in der Pfütze zu ihren Füßen.

Sie hatte keine Ahnung, wie lange sie dort gesessen hatte, als sie Schritte auf sich zukommen hörte. Ungelenk kämpften sie sich durch den Kies hinter ihr, doch dann mischte sich ein leises Klicken darunter. Als sie sich umdrehte, erkannte sie Noah, der mit einem großen, schwarzen Regenschirm in der Hand zu ihr trat.

Er musterte sie eingehend. Eine tiefe Furche hatte sich zwischen seinen Brauen gebildet. »Warum sitzt du hier draußen im Regen?«

»Oh, es regnet?«

Er sah aus, als erwöge er, ob sie das ernst meinte.

Luca schnaubte. »Ich warte hier auf dich.«

»Im Regen?«, fragte er.

Sie zuckte nur mit den Schultern. »Mir macht er nichts aus.«

Daraufhin schnaubte auch er und schüttelte den Kopf. Er deutete auf das Gebäude mit den Hörsälen. »Wir können auch reingehen. Du kannst sogar mit unter den Regenschirm. Ich habe ihn zwar nur kurz von Abdi ausgeliehen, aber ich glaube nicht, dass es ihn stört.«

Luca nickte langsam und musterte ihn. Er war nervös wie immer, doch dieses Mal auch … vorsichtig? Sie seufzte.

»Ich will mich für vorgestern entschuldigen. Und dafür, dass ich gestern so kurz angebunden war. Das war nicht richtig von mir, entschuldige. Ich werde schauen, dass das nicht noch mal passiert.«

Er hielt überrascht die Luft an. »Ich … Bist du sicher, dass wir nicht erst aus dem Regen raus sollen?«

Sie schüttelte den Kopf und drückte sich in die Höhe. Ihre Knochen schienen unter der Kälte zu knirschen, doch sie schaffte es, ihre Arme zu heben und sich die Haare aus dem Gesicht zu streichen. Das T-Shirt klebte ihr am Körper, man musste wohl jede kleinste Rundung darunter sehen, doch alles, woran sie dachte, war, das hier schnell hinter sich zu bringen. »Ich werde zusehen, dass du einen neuen Lehrer bekommst, so, wie ich es dir geschrieben habe. Du solltest nicht mit meinen Problemen belastet sein.«

Noah musterte sie. Lag da etwas wie Enttäuschung auf seinem Gesicht? Und was war das in ihrer Brust? Warum fühlte sie sich, als würde sie fallen und gleichzeitig zerdrückt werden?

»Warum nicht?«

Sie blinzelte. »Weil ich deine Lehrerin bin und du mein Schüler. Es tut mir leid, dass du das am Samstag gesehen hast, das wird nicht noch mal passieren.«

Noahs Gesichtsausdruck veränderte sich. Seine Brauen begannen zu zucken und seine Haut verlor ein oder zwei Farbtöne. Langsam, ganz langsam, schüttelte er den Kopf. »Ich fasse es nicht. Du hast es immer noch nicht begriffen, oder?«

Luca presste die Lippen aufeinander. Sie wollte nicht nachfragen, sie wollte sich nicht dumm fühlen, nicht so wie vorgestern. Als Noah jedes ihrer Worte zerlegt und neu zusammengesetzt hatte, als würde er es darauf anlegen, ihr eins auszuwischen. »Was soll ich nicht verstehen?«, fragte sie widerwillig. Der Regen wurde kälter und ihre Hände ballten sich an ihren Seiten zu Fäusten.

Noah warf die freie Hand in die Luft und der Regenschirm zuckte gefährlich, als wollte die zweite ihr folgen. »Dass ich nicht schockiert bin, weil ich es mitbekommen habe – sondern, weil du es *gemacht* hast!«

Da war es wieder. Luca spürte, wie ihr Herz pochte und etwas Kleines, Zusammengekauertes tief in ihr zu glimmen begann … doch dann schüttelte sie entschlossen den Kopf. Die Sorgen, die er sich machte, waren nicht richtig.

»*Du* verstehst es nicht«, sagte sie. Und das tat er wirklich nicht. Er würde nie verstehen, wie sehr sie sich danach sehnte, wieder zu fühlen – keine Trauer, sondern Freiheit. Das Gefühl zu haben, atmen zu können, ohne Tränen zurückhalten zu müssen. Diese allumfassende Dumpfheit abschütteln zu können.

»Was soll ich denn nicht verstehen?« Seine Finger ballten sich so fest um den Schirm, dass seine Knöchel weiß hervortraten. »Dass du nicht auf der falschen Seite des Geländers standst? Oh, hab ich mir das nur eingebildet?«

»Du kennst mich nicht, Noah! Du weißt *nichts* von mir.« Ihre gespannte Stimme überraschte sie selbst, aber so sehr sie auch versuchte, sie zu dämpfen, jedes Wort brach lauter als das letzte aus ihr heraus. »Du weißt nicht, wie es in mir aussieht, und das solltest du auch nicht! Noch mal: Ich bin deine *Lehrerin.* Es ist nicht deine Aufgabe, mir zu helfen, und es ist nicht deine Verantwortung, mich zu ändern.«

»Du standst da auf der Brücke …«

»Ja, verdammt! Ich bin auch über die Bahngleise gerannt! Ich war auch beim Bungeejumping und beim Fallschirmspringen. Hab im See getaucht, bis mir beinahe die Luft ausgegangen ist!« Sie deutete mit dem Zeigefinger auf ihn, hinein in die Trockenheit unter dem Regenschirm. »Du hast einen einzelnen Blick auf mich geworfen, aber du *kennst mich nicht.*«

Ein Schütteln durchlief ihn und es hätte sie nicht gewundert, wenn er plötzlich die Zähne gefletscht hätte. »Weil du es nicht zulässt!«

»Richtig! Weil es nicht so sein soll und weil ich es nicht will! Weil es *niemanden* etwas angeht, wie es in mir aussieht.« Warum waren ihr die letzten Worte mit solcher Schwere über die Lippen gekrochen? *Warum fühle ich mich jetzt wie eine Lügnerin?*

Noah schnaubte. Er öffnete den Mund und schloss ihn wieder, schien sich Wörter aus der Luft ziehen zu wollen, doch alles, was er fand, war Regen.

»Du bist unmöglich«, knurrte er schließlich.

»Immerhin weißt du das jetzt über mich«, schoss sie zurück, dann schüttelte sie den Kopf. »Ich melde mich wieder, wenn du einen neuen Lehrer hast. Wir sind hier fertig.« Damit drehte sie sich um und ließ ihn einfach stehen, fassungslos.

Daran war so viel … falsch. Sie wollte ihn nicht anlügen, nicht gehen, nicht »Lebewohl« sagen. Und doch hatte sie nicht die Kraft zu bleiben. Die bittere Wahrheit war doch, dass er ihr viel zu schnell viel zu nahe gekommen war, ihr und dem winzigen Kern ihres Seins, der nicht zu Eis erstarrt war. Er hatte zu viel von ihr angetaut, zu viel geweckt, das seit Jahren geschlafen hatte.

Sie hatte nicht die Kraft, sich dem zu stellen.

Also lief sie los, blind und ohne zu wissen, wohin. Der Regen um sie herum gefror zu Hagel und trommelte auf ihre Schultern, bis es wehtat. Sie spürte es gar nicht.

10

»Noah, das hast du gerade eben schon vorgeschlagen.«

Er schüttelte unwirsch den Kopf. »Sorry, ich bin nicht ganz da.«

Genau genommen war er quasi gar nicht hier. Nicht bei diesen elenden Übungsaufgaben, sondern draußen, im Regen, obwohl es schon vor Stunden aufgehört hatte zu schütten. Das Pflaster glänzte dumpf im letzten Tageslicht, die dichte Wolkendecke war immer noch nicht aufgerissen.

Und sie saßen hier an diesen bescheuerten Aufgaben und drehten sich die ganze Zeit im Kreis.

Mia warf ihm einen besorgten Blick zu. »Vielleicht sollten wir für heute Schluss machen.«

Stöhnend warf er die Hände in die Luft. »Und dann was? Wir brauchen die Lösungen, ihr seid alle konzentriert und ich kann mich auch zusammenreißen.«

Isabell legte den Kopf schief. »Wenn du darüber reden willst, hören wir gerne zu, ja?«

Was gibt es da zu erzählen? Noahs Gefühle waren den Tag über zwischen Taubheit und Wut hin- und hergependelt. Inzwischen hatten sie sich eindeutig für Letzteres entschieden. Seine Hände ballten sich in seinem Schoß immer wieder zu Fäusten zusammen, und wenn er sie ganz bewusst öffnete, krampften sie sich doch wieder zusammen, sobald er nicht aufpasste.

So wie jetzt.

»Luca und ich haben uns eben gestritten, okay?«, erklärte er schließlich. Ziemlich lahm. Seufzend fiel er gegen die

Stuhllehne zurück. »Aber keine Sorge, ihr werdet sie nicht mehr wiedersehen.«

Simon hob überrascht die Brauen. Mia rückte näher an Noah heran. »Luca kommt nicht mehr?«

Er nickte langsam.

»Warum?«

Ja, warum kommt Luca nicht wieder? Er biss sich auf die Lippen. »Weil sie meint, dass sie mir nicht mehr helfen kann.«

Sein Blick glitt durch den Seminarraum. Die weißen Wände, die grauen Tische mit den metallenen Querstreben. So klassisch langweilig wie der Rest des Gebäudes. *Warum nervt mich heute alles so?* Sein Blick fiel aus dem Fenster zu der Wiese dahinter. Im Winter war sie eine Ansammlung von Matsch, Steinen und gefrorenem Gras gewesen, jetzt blühte dort ein Meer aus Wildblumen.

Weil ich gerne bei ihr wäre. Der Gedanke schlug ein wie ein Blitz. Er versuchte, ihr Gesicht aus seinem Verstand zu vertreiben, aber da war nur dieses ...

... Lächeln.

Dieses zarte, vorsichtige Lächeln, das erstarb, sobald man genauer hinsah.

Und er schaffte es nicht, sich das aus dem Kopf zu schlagen. Er war wütend und wusste nicht, wohin mit dieser kochenden Hitze in seinem Inneren.

Kurzerhand sammelte er seine Sachen zusammen und fegte sie in seinen Rucksack.

»Wo gehst du hin?«

Er wusste nicht einmal, wer fragte, schüttelte einfach nur den Kopf. »Irgendwohin. Ich weiß nicht. Ich muss mich bewegen.« Er verabschiedete sich knapp und versprach, bis morgen so viele Lösungen für die Aufgaben zu liefern wie möglich, doch hier hielt er es nicht länger aus. Was dachte Luca sich eigentlich dabei, ihn einfach stehen zu lassen?

Ja, er war ihr Schüler, aber sie war kaum älter als er. Und ihn dafür zu bestrafen, dass *sie* sich beinahe das Leben genommen hätte?

Er presste die Lippen aufeinander, und erst als die automatischen Glastüren sich seufzend hinter ihm schlossen, hatte er das Gefühl, wieder atmen zu können. Es war immer noch warm draußen, aber der Regen hatte die Luft abgekühlt und eine feuchte Note zurückgelassen, die sich auf seine Haut legte.

Und dort gefror.

Statt sich darum zu kümmern, lief er weiter. Erst um das Gebäude herum, dann hielt er inne, machte kehrt und ging in die richtige Richtung. Er wollte nicht am Fenster des Seminarraums vorbeilaufen, in dem die anderen weiter brüteten, aber ihm würde nichts anderes übrigbleiben.

Es sei denn, er würde die Abkürzung nehmen.

Sein Blick glitt rechts am Gebäude vorbei. Noch war der Weg breit, aber bald schon würde er sich zu den einzelnen Instituten hin teilen und ihn zwingen, auf Trampelpfaden über Rasenflächen zu gehen und über niedrige Mauern zu klettern. Allerdings wäre er damit viel schneller zu Hause.

Genau wie an dem Samstag, an den ich mich nicht mehr erinnern kann. An dem Tag, als ich meine Fähigkeiten bekommen habe. Eine Gänsehaut rann seine Arme hinab und seine Hände ballten sich fester um die Riemen seines Rucksacks. Mia hatte ihm versichert, dass sie sich an nichts Genaueres von dem Abend erinnern konnte und Franco hatte zwar angeboten, dass sie sich persönlich besprechen konnten, hatte ihm aber auch keine großen Hoffnungen gemacht.

Niemand wusste, was passiert war – einschließlich Noah.

Ich bin die Abkürzung seitdem nicht mehr gegangen. Er schaute an sich hinab. Auf die kurze Hose, die Sneaker und die entblößte Haut dazwischen, über die das Eis kroch. Er wusste inzwischen, wonach er suchen musste, um den Chor an Stimmen verstummen zu lassen, aber jetzt gerade fiel es ihm ungewöhnlich schwer, diesen Ort zu erreichen. Die Hitze machte es ihm leichter, das Eis loszulassen, aber die Magie haftete weiter an ihm.

Früher oder später werde ich den Weg wieder nehmen müssen. Er rückte seine Brille zurecht und fühlte sich augenblicklich lächerlich. Was tat er hier eigentlich? Sich aufführen wie ein Abenteurer, obwohl er nie eins bestritten hatte. Und doch pumpte sein Herz das Blut so kraftvoll, dass er jeden einzelnen Schlag hören konnte.

Trau dich.

Er atmete tief durch, straffte die Schultern und lief los. Erst beinahe im Gewaltmarsch, doch als ihm ein Ziehen von den Fußsohlen bis in die Knie schoss, wechselte er zu einem normaleren Tempo.

Die Gebäude links und rechts von ihm ragten auf wie stumme Riesen. Die Fassaden waren modern, funkelten, als wären sie frisch geputzt worden, doch die dicke Schicht aus Pollen strafte diesen Eindruck Lügen. Das Institut für Physik zu seiner Rechten kleidete sich in dezente Orangetöne, das für Biologie auf der anderen Seite in sattes Rot.

All das war ihm vertraut. Er befand sich auf einem der unzähligen Trampelpfade, die die Studierenden und die Mitarbeiter der Universität für sich geschaffen hatten, um möglichst bequem zur Mensa zu gelangen.

Weiter hinten kam kaum noch jemand entlang.

Seine Schritte wurden langsamer, während er sich dem schattigen Weg näherte. Eine große Weide streckte ihre Arme aus und verschluckte die Wiese unter sich gänzlich. Rechts davon endete das Institut für Anatomie, links grenzte die Mensa an den schmalen Weg, der um diese Tageszeit nur spärlich beleuchtet war.

Noah wartete darauf, dass echte Erinnerungen auf sich aufmerksam machten, aber es blieb bei vagen Gefühlen. Ja, er war in jener Nacht hier langgekommen, der Weg nur spärlich beschienen von den Laternen vor den Gebäuden, die jetzt im Dämmerlicht noch schliefen. Er hatte nicht einmal gezögert, bevor er unter die Zweige getaucht war.

Eine alltägliche Strecke.

Er hob die Hände vors Gesicht. Eiskristalle funkelten an seinen Fingerspitzen. Das Gefühl war ihm mittlerweile so vertraut, dass er sich gar nicht mehr daran störte.

Umständlich schulterte er den Rucksack neu, dann atmete er heftig aus und erklärte niemand Bestimmtem: »Dann wollen wir mal.« Vergessen waren seine Freunde und was sie von ihm denken mochten. Verdrängt die Worte von Luca, auch wenn ihre Stimme weiter in ihm nachhallte.

Hier und jetzt war er allein mit seinen Schritten.

Etwas knackte.

Noah fuhr zusammen, das Herz schlug ihm bis zum Hals. Blitzschnell zog sich eine Eisschicht wie eine zweite Haut über seine Arme, den Hals hinauf und schließlich über seine Wangen. *Atmen. Ganz ruhig.* Er zwang sich, seine Lunge ganz bewusst zweimal zu füllen, so tief und so langsam, dass er das Gefühl hatte, zwischendrin zu ersticken.

Als er sich anschließend umsah, unter der Weide, auf dem Grundstück dahinter, musste er feststellen, dass nichts zu sehen war. Vermutlich war es einfach einer der Feldhasen gewesen, die sich hier angesiedelt hatten. Oder eine Maus im Unterholz.

Seine Schultern sackten nach unten, doch das Eis blieb, wo es war. Als wollte es ihn beschützen.

Langsam wandte er den Blick wieder nach vorne. Einen Schritt hatte er bisher gemacht, bloß einen. Der Weg schlängelte sich zwischen Hecken und Hausfassaden tiefer in die Stadt hinein, hinterließ dunkle Ecken, an denen nachts niemand mehr vorbeikam.

Außer ihm natürlich.

Stück für Stück kämpfte er sich vorwärts. Ein Teil seines Verstands sagte ihm, dass er besser die Hände vor sich halten sollte, vielleicht sogar schleichen, dabei leicht in die Knie gehend, so, wie Luca es ihm beigebracht hatte. Aber seine Oberschenkel zitterten zu sehr, und seine Hände waren vor lauter Adrenalin förmlich erstarrt. Steif hingen sie an den Trägern seines Rucksacks und er konnte nur hoffen, dass er sie, falls er stolpern sollte, überhaupt rechtzeitig davon lösen konnte.

Ganz langsam wurden seine Schritte sicherer. Die wenigen Bäume standen weiterhin nah beieinander und lehnten sich in seinen Weg, als wollten sie ihn drängen umzudrehen. Er duckte sich unter Ästen hinweg und wich Wurzeln aus, bis sein Gedächtnis sich doch noch zurückmeldete. In der Nacht war es stockduster, die Luft schwül gewesen und er hatte sich tastend beholfen, weil ...

Weil sein Handyakku leer gewesen war.

Erstaunt blinzelte er den Weg entlang, den geschwungenen Pfad, den man auf der Wiese im Dämmerlicht kaum erkennen konnte. *Stimmt das?* Natürlich hatte er sein Handy nicht mehr parat gehabt, der Akku war bereits während den Übungen auf wenige Prozent dezimiert gewesen – außerdem kannte er ja den Weg, warum hätte er sich Sorgen machen sollen?

Aber was war danach? Seine Schuhe knirschten im feuchten Gras, als er weiterging. Das Gebäude der Anatomie neben ihm endete in einer scharfen Kante. Einzelne Fenster waren erleuchtet, doch um die Uhrzeit war es größtenteils verwaist. Mit jedem Schritt ließ er das Gebäude weiter zurück, war nun kurz vor der dunkelsten Stelle, der, die von nirgendwo mehr einsehb...

Etwas packte ihn, zerrte an ihm und riss ihn aus seinem Körper. Die Welt erlosch. Über ihm glänzten grelle Sterne, warfen ein kaltes Licht auf die Welt. Kein warmer Sommerabend mehr, sondern dunkle Nacht.

Eis stand ihm auf der Stirn, brach aus seinen Händen und er spürte, wie sein Herzschlag ihm entglitt. Sein Puls schlug so laut gegen seine Schläfen, dass ihn bei jedem Schlag ein scharfer Schmerz durchzuckte.

Zwei Silhouetten. Ein Pärchen. Dicht beieinander in der Ecke, eng umschlungen und leise flüsternd.

Noah hatte wegsehen wollen, hatte überlegt umzudrehen, um ihnen ihre Privatsphäre zu lassen. Aber er war schon fast zu Hause. Einfach weitergehen.

Dann hatte er den Schrei gehört. Das Blut gesehen. Die leeren Augen.

Er taumelte und spürte, wie er stürzte. Wie er auf den Boden schlug, seine Wasserflasche über Wurzeln schabte und seine Brille sich ihm ins Gesicht presste. Eine Welle aus Schock, aus Panik überrollte ihn. Seine Augen blinzelten in die Nacht, in den Tag, und ein Wimmern entfuhr ihm.

Das Ich seiner Erinnerung schaffte es, sich hochzudrücken, weiterzutaumeln. Weg von hier, weg von diesem verfluchten Ort. Weg von all dem.

Sein jetziges Ich blieb einfach liegen. Das Eis strömte aus Noah heraus, in ihn hinein, er wusste es nicht, fühlte sich wie ein Schiffbrüchiger, zwischen den Wellen hin- und hergeworfen. Seine Hände zitterten, hingen noch immer hilflos an den Riemen seines Rucksacks.

Schließlich schaffte er es, nach seinem Handy zu greifen.

Ein Mord. Ich habe einen Mord gesehen.

Luca saß auf einer Bank im Stadtpark und beobachtete die Tauben. Manche von ihnen hatten nicht mehr alle Krallen, dennoch hüpften sie leichtfüßig wie ihre Artgenossen über die Pflastersteine. Gerade stürzten sie sich auf ein Stück Brot, das ein Passant auf einer der Bänke neben ihr hatte liegen lassen.

Es fiel ihr schockierend leicht, ihren Verstand zu leeren. Vielleicht lag es an der jahrelangen Meditation – vielleicht an der jahrelangen Verdrängung. Genau benennen konnte sie es nicht, aber es war ihr auch, wie so vieles in letzter

Zeit, schlicht egal. Sie schaute den Tauben zu und versuchte zu vergessen, wer oder was sie war.

Eine Lehrerin. Eine Mentorin.

Eine Freundin?

Ein Teil von ihr wollte an Noah denken. In seinen dunklen Augen ertrinken, in all den Gefühlen, die er ihr aufbürdete, so sehr sie sie auch hasste. Was sollte das alles? Wie konnte sie sich nach etwas sehnen und es gleichzeitig verabscheuen? *Das macht alles keinen Sinn.*

Also beobachtete sie die Tauben und versuchte, die Kraft zu finden, ihren Vater anzurufen. Noah hatte seine Fähigkeiten einigermaßen unter Kontrolle, das war ein Anfang.

Aber er würde sich einigen unangenehmen Fragen stellen müssen – vielleicht auch Tests unterziehen. Immerhin würden sie so vielleicht ein paar Antworten kriegen, wenngleich dadurch sicher neue Rätsel aufgeworfen werden würden. Konnte man Magie »wecken«? Hatte sie die ganze Zeit in ihm geschlummert, vielleicht über Generationen? Oder hatte er sich wirklich irgendwie *angesteckt*?

Egal, was es war – es würde sehr vielen sehr wichtigen Menschen einiges wert sein, das herauszufinden.

Das Smartphone, das schon viel zu lange zwischen ihren verschwitzten Händen lag, begann zu vibrieren. *Ob Papa meinen Anruf erwartet? Ob er es irgendwie »spürt«?* Luca hielt das Display so, dass sie die Nummer erkennen konnte.

Noah Mertens (Arbeit)

Sie presste die Lippen zusammen. *Keinen Kontakt mehr zwischen uns.* Ein Streit, aus dem sie bis auf die Unterwäsche durchnässt und mit einem unerbittlich auf sie herabtrommelnden Eisregen hervorgegangen war. War es unfair, ihre Bekanntschaft damit enden zu lassen?

Vermutlich.

Sie holte tief Luft und ließ sie zischend wieder entweichen. *Ich kann das.* Warum war sie plötzlich nervös? Wo war die Taubheit hin, wenn sie sie brauchte?

Sie strich über den Bildschirm und hielt sich das Telefon ans Ohr. »Luca Wittek?«

Rasselnder Atem schlug zurück.

Mit einem Ruck setzte sie sich auf. Ihr wurde eiskalt. »Noah?«

Ein Wimmern antwortete ihr. Ein wortloser Hilferuf.

Sie war aufgesprungen, bevor ihr Kopf überhaupt registrierte, was geschah. Vergessen war der Streit, die Leere, alles. »Wo bist du? « Sie versuchte, ihre Stimme ruhig klingen zu lassen, während alles in ihr bebte. Ihr Hals brannte, ihr Blick verschwamm. *»Noah?!«*

Ein Schluchzen antwortete ihr. »Es ist so kalt«, keuchte er. »So kalt ...« Seine Worte verloren sich in ihrem eigenen Satz, Silben verschluckten ihre Vorgänger. »Luca, hilf mir!«

»Sag mir, wo du bist.« Sie stieß die Worte aus, während sie bereits Richtung Uni rannte und sich verfluchte, weil sie zu Fuß hierhergekommen war. Mit dem Auto hätte sie so viel schneller sein können.

Oder ist er schon zu Hause? Egal, lag alles in derselben Richtung. Er war seit Tagen nirgendwo anders gewesen, wo sollte er sonst sein?

Ihr Atem brannte ihr heiß in der Kehle, während sie sich, das Smartphone am Ohr, gegen die Schar an Fußgängern warf, die es zum Markt und zum Stadtzentrum zog. Flüche wurden ihr entgegengeworfen, doch die meisten verstummten, als sie ihr Gesicht sahen.

Leichenblass und voller Angst.

Bleib, wo du bist. Ich komme.

Während sie durch die Straßen hetzte und schließlich in den Bus in Richtung Campus sprang, der in viel zu langsamem Tempo davonzockelte, begann Luca, ihre Herzschläge zu zählen. *Komm schon!* Sie biss die Zähne zusammen und versuchte instinktiv, das zu vergraben, was in ihr brodelte. Erfolglos. *Das ist Angst.*

Hatte Noah wieder eine Panikattacke? Vermutlich, aber warum dann sie anrufen? Warum war er überhaupt alleine? *Warum kann dir niemand sonst helfen?*

Sie atmete tief aus und stellte fest, dass ihr dabei selbst ein Wimmern über die Lippen glitt. Sie gab es auf, ihre Herzschläge zählen zu wollen. Sie kamen schlicht zu schnell.

Nachdem Noah ihr umständlich herausgewürgt hatte, wo er sich befand, sollte sie ihm irgendetwas versprechen. Sie hatte nicht verstanden, was es war, aber zugestimmt hatte sie trotzdem. Dann hatte sie auflegen müssen und ihren Vater in Kenntnis gesetzt – sie wusste nicht, was genau passiert war, und wenn etwas schiefging, würde niemand nach ihnen suchen.

Noah, warte auf mich. Ich komme.

Schließlich hechtete sie aus dem Bus in die schwüle Hitze der Straßen. Die Nässe des Regens war von den heißen Temperaturen von den Straßen geleckt und zurück in die Luft geatmet worden. Alles an Luca klebte und scheuerte. Ihre Kleidung saß ihr zu dicht auf der Haut, schien sie erdrücken zu wollen. Der Stoff zog sich enger und enger, dabei trug sie ein einfaches Top und Boyfriend-Jeans.

An der Abzweigung, die Noah ihr beschrieben hatte, wäre sie beinahe vorbeigelaufen. Es war nur ein schmaler Pfad zwischen zwei Mehrfamilienhäusern, und als sie ihn entlanglief, hatte sie nicht das Gefühl, ihrem Ziel näher zu kommen. Ihre Finger strichen immer wieder durch die Luft, sammelten Wasser ein und ließen es auf ihren Armen gefrieren – weniger, um sich abzukühlen, als vielmehr, um wenigstens eine dünne Schutzschicht zu haben, falls jemand beschloss, sie anzugreifen.

»Versprich mir … versprich mir …!« Seine brechende Stimme hallte in ihr nach und zerriss etwas in ihr. Wie ein

Blatt Papier, das vom Sturm zerfetzt wird, bis nur noch Fasern übrig bleiben.

»Natürlich, ich versprech es dir.« Die Worte brannten auf ihren Lippen und spülten in ihrem Mund herum. Sie hatten sich richtig angefühlt, als sie sie ausgesprochen hatte, aber jetzt fragte sie sich, was genau sie da eigentlich zugestimmt hatte.

Ihr Blick pendelte von einer Seite zur anderen, versuchte krampfhaft, das Dämmerlicht zu durchdringen. Sie lauschte auf Schritte, doch die Gegend hier war schockierend still. Schatten rissen Ecken an sich, die Luca erst sah, wenn sie daran vorbeischrammte. Immer mehr Bäume stellten sich ihr in den Weg. Bei Tag Orte der Ruhe, aber jetzt ...

Luca fühlte sich bedroht. Sie wollte die Hände zur Verteidigung hochreißen und die Schultern heben, um ihren Hals zu schützen.

Da hörte sie es. Ein leises Wimmern.

Ihr wurde eiskalt und brennend heiß zugleich, und für einen Moment vergaß sie sämtliche Vorsicht. Ihre Beine trieben sie voran, hetzten sie über die kleine Wiese, bis ... *Noah.*

Und sein Eis.

Es knirschte unter ihren Schuhen und brachte sie zum Straucheln, bevor sie ihre eigene Magie rief und sich stabilisierte. Hastig lief sie weiter.

Es sieht aus wie ein Krater. Wie eine Mondlandschaft, und Noah war ein eingeschlagener Komet, hilflos hinabgestürzt auf die Erde. Im Zentrum seiner eigenen Katastrophe.

Ihre Instinkte schrien ihr zu, Noah zu helfen. Ihn auf Wunden abzusuchen, von hier wegzubringen.

Doch gleichzeitig analysierte ein kühler, losgelöster Teil von ihr das Bild vor ihren Augen. Verglich es mit dem Tag, an dem sie ihm begegnet war, dem Eis, das ihm permanent über den Körper gekrochen war. Mit der ersten Trainingsstunde, in der er sie aus Versehen so stark getroffen hatte, dass ihre Schulter immer noch zog.

Und stellte fest, dass sich etwas verändert hatte. Sie war so perplex, dass sie mitten in der Bewegung innehielt.

Das Bild vor ihren Augen war beeindruckend, keine Frage. Dennoch war der glitzernde, dampfende Radius um ihn herum kaum größer als anderthalb, vielleicht zwei Meter. Kein Schnee, der vom Himmel fiel, obwohl Eis seinen Körper vollständig einschloss. Es war, als würde die Magie sanft aus ihm herausfließen, statt wie zu Anfang wild und unbändig aufzubegehren.

Unschlüssig musterte sie Noah für einen Moment. Sie hatte versucht, ihm bei seiner ersten Panikattacke zu helfen, und das hatte irgendwie funktioniert, richtig? Vielleicht konnte sie es jetzt ja wieder? *Erst nach Wunden absuchen. Physischen, blutenden Wunden.*

»Hey, Noah«, begann sie und setzte an, neben ihm auf die Knie zu gehen, da klappten seine Augen auf. Sein Mund war ein schwarzes Loch, sein Blick so leer, dass sie zurücktaumelte. Wild fuhren seine Augen über Luca hinweg, beinahe, als könnte er sie gar nicht sehen, als wäre er gar nicht wirklich da.

»Hier ist es passiert«, keuchte er und würgte trocken. Sein dürrer Körper schüttelte sich, bis sein Arm unter ihm nachgab und er auf die Seite fiel.

»Hier ist es passiert«, wiederholte er, leiser diesmal, und schlang die Arme um sich.

»W-was ist hier passiert?«, stotterte Luca. Sie vertraute ihrer Stimme nicht, die brach und zitterte. Vorsichtig schob sie sich zu ihm heran, auf allen Vieren, um ihn nicht zu erschrecken. Wie man sich einem panischen Tier näherte. Seine Eismagie traf auf ihre eigene, überschwemmte sie, doch mit einer abwesenden Geste wischte sie sie weg.

Vergessen war der Streit, vergessen die Lügen und Vorwürfe. Da war nur Noah. Noah …

Luca verstand nur die Hälfte von dem, was er sagte – was vielleicht daran lag, dass er nur die Hälfte von dem sagte, was er dachte. Seine Lippen bewegten sich zu schnell für seine Gedanken, seine Augen trafen immer wieder ihre, doch er schien es nicht zu schaffen, sie zu fixieren.

Eine Erinnerung. Eine Erinnerung hat ihn so in die Knie gezwungen. Sie hob vorsichtig die Hand und setzte an, sie ihm auf die Schulter zu legen, doch sie fand den Mut nicht. Umständlich legte sie sie wieder ab.

Eine Erinnerung an … was?

Wie als Antwort formte er ein Wort: »Mord.«

Ein Schauer rann ihr über den Rücken und sie konnte nicht anders, als sich zu schütteln. *Mord.* Luca hatte sich in ihrer Arbeit für die Behörde schon mit einigen Delikten beschäftigt, aber nie war so eine Gewalttat darunter gewesen.

Er sah sie mit großen Augen an, die sich bereits wieder mit Tränen füllten. »Er hat sie umgebracht.« Dann begann er zu schluchzen.

Sie wusste nicht, was sie sagen sollte. Konnte. Durfte. Wie half man einer verzweifelten Seele? Wie stützte man?

Luca biss sich auf die Lippen und zog ihr Handy heraus. Sie schickte ihrem Vater ihren Standort und eine kurze Nachricht, dann packte sie es weg. Holte tief Luft – und dann tat sie das Einzige, was sie geben konnte. Was sich richtig anfühlte. Wonach sie sich sehnte, ganz ungeachtet der Konsequenzen.

»Ist es …« Die halb ausgesprochene Frage hing zwischen ihnen, doch sie konnte ihn nur stumm anschauen. *Ist es okay, wenn ich dich in den Arm nehme?* Die Worte hingen in ihrer Kehle fest, wurden immer schwerer, bis ihre Arme zu zittern begannen, weil sie sich so sehr nach vorne lehnte.

Ja, es ist okay. Sie schlang die Arme um seine wimmernde Gestalt und hielt ihn einfach nur fest.

Und dann wartete sie. Darauf, dass Noahs Atem sich beruhigen würde, dass die Tränen versiegten. Sie begann wieder, ihre Herzschläge zu zählen, während sie auf seine Atemzüge lauschte, die langsam, ganz langsam tiefer wurden.

Habe Noah gefunden, spricht von Mord. Haben Tatort gefunden.

11

Die Decke lag so schwer auf Noahs Schultern, dass er das Gefühl hatte, unwillkürlich tiefer in die Matratze einzusinken. Wann war er eingeschlafen? In seinem Kopf hingen Nebelschwaden und jedes Mal, wenn er versuchte, nach einem Gedanken zu greifen, verschwand der spurlos darin.

Also blieb er einfach liegen.

Die Sonne kroch durch das Dachfenster, wanderte die Tapete herunter, bis sie seine Zimmertür erreichte. Noah spürte, dass er Hunger hatte. Dass er dringend ins Badezimmer müsste. Dass er unter der Decke und der Sommerhitze nicht aufhörte zu schwitzen. Selbst das Eis gab irgendwann auf und wurde zu kleinen Tropfen, die ihm über die Wange liefen.

Oder waren das Tränen?

Sein Verstand taumelte immer wieder durch die Gasse, zwischen den Bäumen hindurch, hin zu diesem einen Moment. Der Geruch dieses Abends lag ihm in der Nase, die Trockenheit des Bodens, die blühenden Gräser.

Er schluckte und versuchte, die Augen zu öffnen, um aus dem Bild herauszutreten – bis ihm klar wurde, dass seine Lider längst weit offen standen. Mühsam blinzelte er und versuchte, seine Arme dazu zu bewegen, ihn aufzurichten, doch nur seine Finger zuckten schwach.

Weil ich es gar nicht wirklich will. Denn das würde bedeuten, sich der Welt vor der Zimmertür zu stellen. Seiner Mutter gegenüberzutreten und zu erklären, was gestern passiert war. Luca in die Augen zu schauen, nachdem sie ihn so gefunden hatte.

Oh, wie sehr wünschte er sich, nichts von alldem gestern mitbekommen zu haben. Sich nicht an die Beamten zu erinnern, die irgendwann kamen, um den Tatort zu sichern. An Luca, die sie kühl und beherrscht instruierte und schließlich verkündete, ihn nach Hause zu bringen.

»Wir können ihn auch fahren, wenn Sie das hier beaufsichtigen möchten«, hatte der junge Beamte vorgeschlagen.

Sie hatte den Uniformierten nicht einmal angesehen. »Keine Chance.«

Dann hatte sie Noah weggeführt und an der Tür seiner Mutter übergeben, bevor sie sich wieder auf den Weg machte. *Was Luca wohl gerade alles organisieren muss? Habe ich ihr damit noch mehr Arbeit gemacht?*

Wollte er die Antwort überhaupt wissen? Würde er sich wie ein Held fühlen, weil er eine Mordermittlung in Gang gebracht hatte? Oder sich schämen, weil Luca dadurch so viel mehr zu tun hatte als zuvor?

Wie ein Kleinkind war er von seiner Mutter die Treppe hinaufgeführt worden und schließlich ins Bett gefallen. Mit geduldigen Beschwörungen hatte er sich dazu nötigen lassen, Schuhe, Hose und T-Shirt abzustreifen, doch um sich etwas anderes anzuziehen, hatte ihm die Kraft gefehlt.

Und dann lag er einfach dort. Seine Mutter hatte versucht, mit ihm zu sprechen, und er hatte sich so sehr gewünscht, dass sie nicht aufgab, damit er nicht alleine blieb mit den Bildern in seinem Kopf … aber schließlich hatte sie nur geseufzt und sich geschlagen gegeben. *Lass mich hier nicht allein.* Wortlos hatte sie die Tür geschlossen.

Irgendwann musste er eingeschlafen sein, anders konnte er sich nicht erklären, wie die Nacht vergangen sein sollte. Plötzlich stand die Sonne in seinem Zimmer. Und er lag immer noch hier.

Die Matratze ächzte, als er sich auf den Rücken rollte. Blut flutete in seinen längst taub gewordenen Arm zurück und ließ ihn kribbeln. Immer und immer wieder sah er die junge Frau aus jener Nacht vor sich. Sie ... und diese Gestalt im Schatten. Ein Mann? Eine große Frau? *Oder hab ich mir das alles nur eingebildet?*

Er kniff die Augen zusammen und versuchte, sich daran zu erinnern, was als Nächstes passiert war. Er hatte davonschleichen wollen, weil er sie für ein Pärchen im Dunkeln gehalten hatte, doch dann hatte die Frau geschrien.

Er war herumgefahren, die Frau hatte sich losreißen wollen, war aber einen Moment später kraftlos zusammengebrochen. Irgendetwas war durch die Luft geflogen, er hatte die Arme hochgerissen und war hastig ausgewichen, und dann ...

Dann verwischte alles.

Ein Knirschen drängte sich durch die Windungen seines Verstands, wie das Zerbrechen von Eis oder das Zerspringen von Holz. Es fuhr ihm in die Knochen, und er verzog unwillkürlich das Gesicht.

Wenn er nur wüsste ...

Schritte vor der Tür. *Komm rein, bitte!* Hilfesuchend schaute er zur Tür.

Ein Klopfen. Mühsam trennte er die Lippen voneinander und antwortete.

Und Luca trat in den Raum.

Sein Herz setzte einen Schlag aus, um dann in doppelter Geschwindigkeit weiterzulaufen. Die Taubheit seiner Glieder schien vergessen – der Schock sorgte dafür, dass seine Finger sich um die Decke krallten und sie hastig bis zum Hals hochzogen. Seinen nackten Oberkörper versteckten.

Luca schmunzelte, als sie das sah. »Keine Sorge, deine Mutter hat mich vorgewarnt.« Sie sah müde aus. Erst jetzt stellte er fest, dass sie sich normalerweise wohl schminken musste. Ihre Wangen waren eingefallen, die Augen saßen tief in ihren Höhlen, schwarze Ringe zogen darunter entlang.

Schlurfend trat sie ein, nichts zu erkennen von ihrer üblichen Eleganz, und ließ sich schwer auf seinen Schreibtischstuhl fallen. »Wie geht's dir?«, fragte sie.

Er setzte an zu antworten, unterbrach sich dann aber selbst. *Das ist ... keine Bestandsanalyse.* Ein Funke in ihm erwachte langsam zum Leben und er spürte, wie etwas an seinen Mundwinkeln zog. Es fühlte sich so fremd an. *Sie will* wirklich *wissen, wie es mir geht.* »Gut«, log er. Die Standardantwort.

Sie hob die Brauen. »Und jetzt die richtige Antwort?«

Noah biss sich auf die Lippen und schaute seufzend zur Dachschräge hinauf. »Scheiße.«

»So siehst du auch aus.«

»Gleichfalls.«

Aus den Augenwinkeln sah er, wie sie mit den Schultern zuckte. »Ich war die halbe Nacht auf. Der Tatort ist gesichert, wir haben tatsächlich Anzeichen für Eismagie gefunden. Auch jetzt noch.«

Umständlich drückte er sich hoch und ließ sich seufzend gegen die Wand fallen, sodass er quer auf dem Bett saß und seine Beine über die Kante baumelten. »Ist es normal, dass ihr jetzt noch Magie dort gefunden habt?« *Wie findet man Magie eigentlich?*

Luca schüttelte entschieden den Kopf, musterte den Platz neben ihm einen Moment lang und schien dann zu entscheiden, dass der Stuhl zu unbequem war. Mit einem Seufzen ließ sie sich neben ihm aufs Bett fallen. Die Matratze schwankte und sein leerer Magen rebellierte kurz, doch aus irgendeinem Grund musste er lächeln. Lächeln. Er. Jetzt. Es war so irritierend, dass es ihm beinahe wieder entglitt. Sein Arm fühlte sich an wie elektrisch aufgeladen, so nah war er Lucas eigenem.

»Normalerweise verflüchtigt sich Magie ziemlich schnell wieder. Es ist nicht wie im Fernsehen – sie setzt sich nicht einfach in Orten oder Objekten fest. Ich habe von meinem Ausbilder mal gehört, dass er kurz nach einer großen Anwendung noch einen Nachklang gespürt hat. Aber verdammt, in der Gasse konnte man sie *messen.*«

»Wie misst man so was denn?«

Luca lachte auf. Erst kurz, dann noch einmal, etwas länger. Verwirrt schüttelte sie den Kopf. »Ehrlich? Keine Ahnung. Die Techniker der Behörde waren vor Ort. Ich hab mich irgendwann verdrückt.«

»Du siehst trotzdem nicht aus, als hättest du viel geschlafen.«

»Ich war hier und ... Ich hab Akten gewälzt.«

Ein Schauer rann seinen Rücken hinunter. »Wie meinst du das – du warst hier?«

»Im Auto.«

»Aber warum nicht ... Wo schläfst du eigentlich?« Noah sah sie von der Seite an, doch sie richtete ihren Blick stur geradeaus.

Ein Zucken ihrer Mundwinkel verriet, dass sie zu einem falschen Lächeln ansetzen wollte, dann aber aufgab. »Warum? Willst du anfangen mich zu stalken?«

»So wie du mich, meinst du?«

Noah blinzelte überrascht, als ihm klar wurde, dass das die Wahrheit war. Fasziniert sah er auf seine Hände. *Wo kam der Gedanke jetzt her? Warum ist mir das nie aufgefallen? Und warum ausgerechnet jetzt?* Als wäre er ein neuer Mensch. Er ballte die Hände zu Fäusten und öffnete sie langsam wieder. Beinahe erwartete er, ein Geheimnis darin zu entdecken, das ihn von seinem Handteller aus anblinzelte.

Aber alles, was er sah, war eine kleine Schneeflocke, die langsam darauf zerschmolz.

Luca dagegen zuckte nur mit den Schultern. »Wenn du das sagst.«

Schweigend starrten sie die gegenüberliegende Wand an. Seinen Schreibtisch darunter. Die Fotos, die darüber angepinnt waren. Noah versuchte, sich die zugehörigen Erinnerungen ins Gedächtnis zu rufen, all die glücklichen Momente. Aber er war einfach zu müde.

Er hörte ein Seufzen und brauchte einen Moment, um zu erkennen, dass es nicht aus seinem Mund gekommen war. Luca ließ den Kopf schwer gegen die Wand sinken. »Es ist lange her, seitdem ich eine Nacht durchgemacht habe.«

»Bei mir auch.«

Sie schielte zu ihm herüber, ohne den Kopf zu bewegen. »Ich habe dich gestern bei deiner Mutter gelassen, damit du schlafen kannst.«

»Das heißt nicht, dass ich es auch konnte.«

Luca nickte. »Stimmt wohl.« Sie hob eine Hand und rieb sich damit übers Gesicht. »Ich habe die ganze Nacht Akten gewälzt, aber ich weiß nicht, wonach ich suchen soll. Magie, die plötzlich auftaucht? Woher? Es gibt so viele Theorien und so wenig Forschung ... Ich weiß es echt nicht.«

Noah tat es ihr gleich und ließ den Kopf nach hinten gegen die Wand sinken. »Kann ich irgendwie helfen?«

Hilflos zuckte sie mit den Schultern. »Fragt der Junge, der gerade nichts als Boxershorts anhat?«

Er spürte, wie seine Wangen Feuer fingen. »Du hast mich schon in Badehose gesehen.«

»Da hast du ein T-Shirt getragen.«

Seine Wangen wurden noch dunkler, doch er schüttelte schnell den Kopf. »Also?«

Luca schwieg, und kurz glaubte er, sie würde über seine Frage nachdenken, doch dann erkannte er ihre gerunzelte Stirn. »Also?«, wiederholte sie. »Wie meinst du das?«

Hilflos zuckte er mit den Schultern. »Was passiert als Nächstes? Habt ihr ... sonst irgendetwas gefunden? Wie gehen wir weiter vor? Willst du heute trainieren?«

Sie schüttelte sanft den Kopf. »Ich habe lange überlegt, aber ich glaube, ein freier Tag mehr oder weniger macht keinen Unterschied.« Ein Lächeln strich über ihre Züge und zeichnete sie tragischer, dann griff sie unumwunden in ihre Jackentasche. »Ich hab dir aber etwas zum Üben mitgebracht.«

Vorsichtig nahm er das Einmachglas entgegen. Das Wasser, das fest darin verschlossen war, schwappte leicht hin und her und gefror an den Stellen, an denen er von außen seine Finger gegen das Glas gelegt hatte. »Du meinst, eins reicht?«, scherzte er, meinte es aber nur halb als Witz.

Luca überlegte, dann nickte sie. »Deine Magie ist schwächer geworden.«

Der Satz traf ihn, ohne dass er wusste, weshalb. Es war, als würde es in seinem Kopf plötzlich still, als würde die Welt weiteratmen, obwohl er die Luft anhielt. *Deine Magie ist schwächer geworden.* »Woher ... weißt du das?«

Luca zögerte einen Moment. »Es ist mir gestern Abend aufgefallen. Die Magie ist aus dir herausgeströmt, in alle Richt...«

»Aber das war doch die ganze Zeit schon so.«

Luca seufzte, und als er zu ihr sah, hatte sie eine Augenbraue gehoben. »Es war weniger als vorher. *Deutlich* weniger. Erinnerst du dich an unser erstes Training? Du hättest den ganzen Garten einfrieren können, wenn ich dich nicht abgelenkt hätte. Gestern ... waren es nur ein paar Meter.«

»Weil ich sie besser unter Kontrolle hatte!« Sein Herz klopfte wie wild und er ballte die Hände zu Fäusten. *Nein, nein, nein.* Er hatte nicht so viel geopfert, so viel Zeit in die Magie gesteckt, sich darauf *verlassen* ...

Nur damit sie jetzt wegbrach. Einfach so.

Luca zögerte. »Ich bin nicht gut in so was«, knurrte sie schließlich, als sei sie von sich selbst frustriert. »Es ist mir aufgefallen und ich dachte, du ...«

Du würdest dich freuen. War es das, was sie sagen wollte?

»… du solltest es wissen«, schloss sie. Aus den Augenwinkeln sah er ihr energisches Kopfschütteln, doch es waren die Schatten in ihrem Gesicht, die ihm Sorgen machten. *Weniger Magie. Irgendwann gar keine Magie mehr?*

Langsam sank sein Blick hinab zu seinen Händen, dem Eis, das dort mit der Wärme des Tages rang. Noch vor zwei Wochen war seine Magie nahezu unkontrollierbar gewesen – nur hatte er bis eben geglaubt, einfach besser darin geworden zu sein.

War, was immer das Eis verursachte, irgendwie weniger geworden? Hatte er keinen uneingeschränkten Zugang mehr dazu? Oder floss es tatsächlich einfach unmerklich aus ihm heraus, jeden Tag ein bisschen? *Keine Magie mehr.*

Eigentlich sollte ihn die Aussicht freuen. Er könnte wieder einen Alltag haben wie jeder andere, ein Plätschern der Ereignisse und das Studium seiner Träume. *Aber ich …* Er wusste nicht einmal, warum ihn das auf einmal so sehr störte.

Er seufzte und ließ die Schultern hängen. »Ich dachte nicht, dass … also irgendwie …« Schnaubend unterbrach er sich selbst, doch als er versuchte, neu anzusetzen, klopfte plötzlich eine ganz andere Erkenntnis in ihm am. Ruckend drehte er sich zu Luca um. »Ohne die Magie … wirst du gehen, oder?«

Etwas in ihm ballte sich zusammen. So schmerzhaft und so plötzlich, dass er die Hände unwillkürlich fester gegen das Glas drückte.

Luca dagegen schaute unbeirrt geradeaus. Er wartete auf eine Antwort, doch sie blinzelte nur. *Wie eine Statue.*

Seine Lippen pressten sich aufeinander und er setzte an, etwas zu sagen. Was genau, wusste er selbst nicht. Wie auch? Wie sollte er die Worte finden, die ihr fehlten?

Doch dann seufzte sie. »Ich werde gehen, ja.«

In Noah wurde es still. Es war, als würde eine unsichtbare Kraft sich um seine Schultern legen und ihn zu ihr drehen, bis er ihr ins Gesicht sah und ihre Arme sich berührten. Sie schaute noch immer geradeaus, als hätte sie gar nichts gesagt. Erst da begriff er, warum sie gezögert hatte. Weil es sie Überwindung gekostet hatte.

Sie ist ... traurig darüber.

Er leckte sich über die trockenen Lippen und stellte fest, dass sie kribbelten. Dass alles in ihm kribbelte. Haut auf Haut, und er musste zugeben, dass er ... mehr davon wollte.

Tu es nicht. Etwas hatte sich in sein Innerstes gekrallt und ließ sein Herz kräftiger pochen. Er spürte, wie seine Wangen warm wurden, während er sie beobachtete. *Was auch immer du tun möchtest, tu es nicht.*

In dem Moment drehte sie sich zu ihm um. Ihre Augen waren ungewöhnlich hell, feine Muster verliefen in ihrer Iris. Ein eigenes kleines Universum, das ihn anschaute.

Er spürte, wie es ihn zu ihr zog, und er musste seine Finger in die Matratze schlagen, um sich dagegen zu wehren. *Tu es nicht.* Die Stimmen in seinem Inneren, die er dem Eis zuordnete, wurden wieder präsenter und er spürte, wie sie gegen die plötzliche Hitze anstrahlten, die ihn erfasste, während er sich langsam nach vorne lehnte und gleichzeitig versuchte, es nicht zu tun. Dazu das Trommeln seines Herzens und diese seltsame kleine Welt, die zurückschaute. Die Stück für Stück sein ganzes Blickfeld einnahm, bis ...

Bis Luca sich losriss. Sie stieß sich so plötzlich vom Bett ab, dass die ganze Matratze hüpfte. In einer schnellen Geste sammelte sie das Einmachglas aus seinen Händen und stellte es, komplett gefroren, auf seinen Schreibtisch.

Hastig schüttelte er den Kopf und zog die Decke näher zu sich heran. *Gott, wie peinlich.* Alles in ihm zog sich zusammen und am liebsten hätte er sich ganz unter der Decke verkrochen.

»Ich wollte nur kurz nach dir sehen«, erklärte sie. »Du sahst gestern so fertig aus.«

»Bleib doch zum Essen.«

Die Worte waren über seine Lippen gesprungen, bevor er sie zurückhalten konnte. Er drehte sie ein paarmal in seinem Kopf umher, bevor er sie verstand, dann spürte er, wie er schon wieder rot wurde.

Er räusperte sich. »Nur, wenn du willst, natürlich.«

Luca musterte ihn, doch dann schüttelte sie entschlossen den Kopf. »Ich habe deiner Mutter versprochen, nicht noch mal mit euch zu essen. Danke für das Angebot, aber das kommt für mich nicht infrage.«

»Wo isst du dann?« *Kommst du wieder?*

Sie zuckte mit den Schultern. »Ich esse ja sonst auch im Auto.«

Noah blinzelte sie an, wie vor den Kopf geschlagen. Aus irgendeinem Grund war er davon ausgegangen, dass sie, wenn sie am Wochenende zu ihm kam, sich mittags kurz irgendwo in der Nähe etwas zu Essen kaufte. *Würde es das denn wirklich besser machen?* Alleine im Schnellimbiss um die Ecke zu essen oder im Auto …

»Das war mir nicht bewusst«, murmelte er.

Nickend nahm Luca das zur Kenntnis, fixierte ihn kurz, dann wandte sie sich zur Tür. »Ich bin morgen um halb acht hier, um dich zur Uni zu fahren.«

Noah traute sich nicht, von seiner Decke aufzusehen, als würde dieser Moment in sich zusammenstürzen, wenn er nur falsch blinzelte. Schlug sein Herz immer noch so schnell? Langsam, ganz langsam, tasteten sich seine Augen von seinen Fingern über die Decke, hoch zu Lucas Schuhen.

Und schließlich bis in ihr Gesicht.

Das vollkommen neutral zurückschaute. Wieder so eine unumstößliche Tatsache, die sie in den Raum stellte, als wäre es nichts.

»Also … bleibst du meine Lehrerin?« *Obwohl ich meine Magie verliere? Obwohl du gesagt hast, dass du gehen wirst? Obwohl ich dich gerade fast …* Es kribbelte in seinem Bauch.

Aber sie blieb trotzdem. Bei ihm.

»Ich glaube nicht, dass sie so schnell einen Ersatz finden würden, der die Arbeit hier übernehmen kann. Gutes Personal und so weiter.«

»Ah. Okay.« *Keine Alternativen.* Eine Mischung aus Erleichterung und Enttäuschung drängte sich ihm auf und setzte sich in seinem leeren Magen fest. Es kostete ihn einen Moment, bis er die Muskeln in seinem Gesicht wieder unter Kontrolle hatte, doch schließlich schaffte er es, die Mundwinkel zu heben. »Das freut mich.«

Ein zartes Lächeln stahl sich auf ihre Lippen. »Mich auch.«

Luca stand noch einen Moment länger in der Tür. Eine Hand am Türrahmen, die andere in die Hosentasche geschoben, damit Noah nicht sah, wie sie zitterte. *Hat er da gerade tatsächlich versucht ... mich zu küssen?*

Wenn dem so war, würde sie kündigen müssen. Sie würde den Auftrag abgeben müssen, egal ob es Ersatz für sie gab oder nicht.

Doch er hatte so schnell weggeschaut, war so puterrot angelaufen, dass sie sich gar nicht mehr sicher war, was da genau passiert war. *Außerdem bin ich furchtbar darin, Menschen zu lesen.*

Und ... ich will nicht gehen.

Schließlich nickte sie und tippte sanft gegen das Holz. »Dann gute Besserung.«

Gute Besserung. Gedanklich schlug sie sich gegen die Stirn. Sagte man so etwas, nachdem man jemanden mitten in einem traumatischen Flashback gefunden hatte? Nachdem man ihn nach Hause gebracht und die halbe Nacht erst am Tatort, dann im Auto vor seinem Haus verbracht hatte?

Vermutlich nicht.

»Also ... danke?« Noah schien genauso verwirrt von ihren Worten wie sie selbst.

Sie verbiss sich ein Seufzen, nickte knapp und schlüpfte durch die Tür. In wenigen Schritten war der schmale Flur durchschritten, dann die paar Stufen nach unten genommen. *Überall Familienbilder.*

Etwas in ihr rührte sich, doch sie zwang sich, auf ihre Füße hinabzusehen. Sie hatte ihre Gefühle auf ein Level getrieben, bei dem sie in ihr pulsierten, aber nicht um sich schlugen. Es fühlte sich an wie an einem Abgrund entlangzutanzen, aber sie würde nicht zulassen, dass etwas sie so leicht wieder zu Fall brachte. Sie hatte schon zu viel Zeit dort unten verbracht. Dieses Mal würde sie nicht straucheln.

Einen Moment hielt sie inne und lauschte auf die Geräusche im Haus. Das geschäftige Treiben in der Küche war verstummt, nur das kochende Wasser auf der Herdplatte war zu hören. *Versteck dich ruhig. Soll mir recht sein.*

Dieses Mal hielt sie das Seufzen nicht zurück und trat aus der Tür, wie sie vor zwanzig Minuten eingetreten war. Allein.

Die zehn Meter zum Tor waren schnell genommen und ohne noch einen Blick zurückzuwerfen, schloss sie es hinter sich. Dann lief sie die Straße hinab zu ihrem Smart. Sie hatte nicht den Parkplatz vor der Einfahrt genommen, so aufdringlich hatte sie nicht sein wollen, sondern einen um die Ecke, wo sie den Eingang im Blick hatte.

Als sie ihr Auto mit einem Knopfdruck entsperrte, hörte sie Schritte hinter sich.

»Warte!«

Ihr Herz machte einen unverhofften Satz und sie wollte sich selbst dafür auf die Brust schlagen. Alles in ihr versteifte sich, jeder Muskel spannte sich an. Hatte sie sich das nur eingebildet?

»Warte!«, rief Noah noch einmal. Langsam, ganz langsam schaffte sie es, sich umzudrehen.

Und da stand er. Die Haare zerzaust, das T-Shirt falsch herum, sodass das Etikett aus dem Halsausschnitt herauslugte. Die Schuhe waren nicht zugeschnürt und kurz hatte sie Angst, dass er darüberstolpern würde, doch dann hielt er schnaufend vor ihr.

Stolz grinste er sie an.

»Ich dachte, du sollst im Bett bleiben?«, erwiderte sie und hob eine Braue. Dabei schrie alles in ihr: *Bleib hier, bitte! Oh, bitte, bleib hier!*

Er grinste schief und kurz blieben ihre Augen an seinen Lippen hängen, die seine perfekten Zähne entblößten. Dann zog er zwei Löffel hervor und präsentierte mit der anderen Hand stolz eine Packung Eis. »Wenn ich etwas beisteuere, kann ich dann bei dir essen?«

Luca blinzelte. Der Boden unter ihren Füßen krümmte sich und der Abgrund wurde wieder größer, streckte sich nach ihr – und doch wirkte er irgendwie nicht mehr ganz so furchtbar. Etwas in ihrer Brust regte sich, schnürte ihr die Kehle zu, sodass sie es nur schaffte, stumm zu nicken.

Noahs Grinsen wurde breiter. »Super.«

Damit lief er um das Auto herum. Luca hatte ihn schlaksig kennengelernt, doch heute bewegte er sich noch ungeschickter als sonst. Die letzte Nacht hatte an ihm gezehrt und obwohl er nichts sagte, konnte sie ihm ansehen, dass seine Arme zitterten, als er die Autotür öffnete.

»Weißt du, ich dachte zuerst, dass es doof ist, Eis mitzunehmen. Es ist immerhin die Nachspeise und es ist echt warm heute. Zumal dein Auto schwarz ist.« Ächzend ließ er sich auf den Beifahrersitz fallen. Das ganze Auto wackelte. »Dann ist mir eingefallen, dass wir zwei Eismagier sind. Das kaltzuhalten sollte also machbar sein. Was meinst du?« Er reckte den Hals und schaute durch die Windschutzscheibe zu ihr auf. »Kommst du?«

Luca gab sich einen Ruck und setzte sich in Bewegung. Oder vielmehr: Ihr Körper tat es. Automatisch tastete ihre Hand nach dem Türgriff, wie ein Roboter ließ sie sich auf den Sitz fallen – ihre Hände legten sich sogar um das Lenkrad, als wollte sie gleich losfahren.

Noah neben ihr wurde still. »Alles in Ordnung?«

Sie spürte die Tränen, sah, wie sie ihren Blick verschleierten, und nickte langsam. »Alles bestens«, krächzte sie und räusperte sich. Umständlich griff sie hinter sich und holte die Tasche mit ihrem Mittagessen nach vorne.

Stumm zog sie eingeschweißte Sandwiches heraus, ein paar Proteinriegel, einen Apfel und eine angelaufene Banane und legte sie auf das Armaturenbrett. »Mehr hab ich nicht«, gab sie zu und stellte die leere Tasche zurück in den Kofferraum.

Noah lächelte sie breit an. »Mehr brauchen wir auch nicht. Außerdem ...« Er versuchte dramatisch die Löffel auszuteilen, doch der eine glitt ihm dabei fast aus den Fingern. Seine Wangen liefen schon wieder rot an, doch statt es zu überspielen, versuchte er es noch mal und hielt ihr schließlich stolz einen entgegen. »Außerdem haben wir das Eis.«

Noah lag im Bett, schaute an die Decke und konnte nicht einschlafen. Das Einmachglas ruhte in seinen Fingern – gerade versuchte er erfolglos, das Eis darin wieder zu tauen. Kurz hatte er geglaubt, er würde es tatsächlich hinkriegen, aber dann wurde ihm bewusst, dass das Kondenswasser am Rand sich nur wegen seiner Körperwärme bildete.

Aber wenn er ganz ehrlich war, hingen seine Gedanken auch ganz woanders. Oder besser: an jemandem.

Gegessen hatten sie schweigend. Zu Anfang hatte er versucht, mit ihr zu reden, doch jedes Mal, wenn sie glückselig zurücklächelte, war er verstummt. Als würden sie beide die Stille brauchen. Das Mittagessen bei seiner Familie wäre laut geworden, weil sein Cousin samt Freundin und Tante dabei gewesen wäre. Hier im Smart in Ruhe zu sitzen ... für Noah war es wie ein kleines Paradies gewesen.

Immer wieder musste er daran denken, wie sie stumm gemeinsam das Eis gelöffelt hatten, direkt aus der Packung, und irgendwann lachend nach der Hälfte aufgeben mussten. Amarena-Kirsch – nicht gerade seine Lieblingssorte, doch als er sah, wie Luca jeden Löffel genoss, beschloss er, das für sich zu behalten.

Sein Daumen fuhr über das Glas, über die Feuchtigkeit an der Außenseite. Die nicht wieder gefror. Was er davon halten sollte, weniger Magie zu haben … er wusste es nicht. Versuchte, nicht daran zu denken.

Natürlich hatte er Angst gehabt am Anfang. Es *war* zu viel gewesen. Aber jetzt? Zu wissen, dass das alles nur geliehen war, ein Wunder auf Zeit?

Sein Blick fiel auf das Einmachglas, das er auf seinem Bauch abgestellt hatte – und in dem jetzt ein großer Eisblock in ein wenig Wasser schwamm.

Unter Lucas Auto stand eine Pfütze. Entschlossen stieß er die Bettdecke von sich und tapste leise nach unten, das Glas in den Händen. *Überall sonst auf der Straße war es trocken, nur da nicht.*

Geregnet hatte es gestern nur einmal spät abends, und bereits seit dem frühen Morgen hatte die Sonne kontinuierlich den Boden getrocknet, bis nur im Schatten und unter seit Tagen dort parkenden Autos dunkle Flecken auf dem Asphalt zurückblieben. Wenn Luca also nicht *genau* den Parkplatz eines anderen Smarts gewählt hatte, musste sie deutlich länger dort gewesen sein, als nur für einen kurzen Anstandsbesuch.

»Ich war hier und … Ich hab Akten gewälzt.«

»Wie meinst du das – du warst hier?«

»Im Auto.«

Er hatte erwartet, dass sie kurz angehalten und nach ihm gesehen hatte. Aber die ganze Nacht …?

Es war irgendwie erschlagend, diese Tatsache so unumstößlich vor sich zu sehen, und doch fühlte er sich ungewöhnlich geschmeichelt dadurch.

Die Treppe mündete in den kleinen Hausflur, den er in zwei schnellen Schritten hinter sich gelassen hatte. Zielsicher ging er durch das Wohnzimmer, steuerte auf die Küchenspüle zu und ließ auf dem Weg dorthin den Verschluss des Einmachglases aufschnappen. Wasser schwappte an der Oberfläche, doch der Eisblock selbst hing fest.

Sie hat auf mich aufgepasst. Die ganze Nacht über hat sie auf mich aufgepasst. Er biss sich auf die Lippen und griff mit seinen Fingern in das kalte Wasser. Der erhoffte Schock, der seinen pausenlos arbeitenden Kopf ausschalten sollte, blieb aus. Stattdessen musste er wieder daran denken, wie Luca und er beim See gewesen waren.

Wie er sie überboten hatte.

Seufzend schüttelte er den Kopf und schaute auf die Küchenuhr. *2:53 Uhr.* Und er sollte morgen in die Uni? Er wollte sich einreden müde zu sein, aber selbst das konnte er nicht. Die ganze letzte Nacht hatte er praktisch nicht geschlafen, hatte wie in Trance dagelegen, aber die Aufregung hielt ihn auch jetzt noch wach.

Also machte er sich daran, das Eis aus dem Einmachglas zu kriegen. Der Block war zu sperrig, um ihn in einem Stück herauszuziehen. Erst versuchte er, ihn mit einem Löffel herauszuhebeln, und als das nichts half, stach er mit dem Stiel darauf ein. Es knirschte und knackte, sodass er einen Moment lang fürchtete, seine Mutter damit zu wecken.

Bis eine Bewegung aus den Augenwinkeln ihn aufschauen ließ.

Der Löffel hatte zwischen Daumen und Zeigefinger Abdrücke in seiner Haut hinterlassen. Langsam ließ er die Hand sinken.

Und sah nach draußen.

Was …? Er versuchte, seine Gedanken zusammenzusetzen, doch das, was er sah, verwischte sie zusehends. Er kniff die Augen zusammen und spähte in den Garten. Licht drang spärlich durch die Reihen an Bäumen, die sie um die Wiese gepflanzt hatten. Schwarze, zerrissene Schatten tanzten auf dem Gras, ein Bild aus Variationen von Dunkelheit.

Und doch war ein Ort besonders undurchsichtig. Ein Schatten besonders auffällig.

Denn er bewegte sich.

Noah erstarrte, spürte den Puls in seinem Hals jagen und hörte ihn in den Ohren pochen. Seine Lippen trennten sich und er merkte, dass er schreien wollte und sich doch nicht traute, auch nur einen Ton zu schöpfen.

Jemand ist auf unserem Grundstück. Er holte zischend Luft und ließ sie langsam wieder entweichen. Ein Beben durchfuhr ihn, und damit kam die Bewegung zurück.

Schwungvoll stellte er das Einmachglas auf die Arbeitsplatte. Die Wucht des Aufpralls lief durch seinen Arm bis in seine Schultern, und das Glas gab ein scharfes Knacken von sich.

Instinktiv schaute er hin. Ein Riss grub sich vom Boden hoch bis zum Rand und wurde nur durch den Draht unterbrochen, der den Deckel hielt. *Egal.* Er ließ es stehen, komplett gefroren, wie es war, und hob den Blick.

Niemand im Garten.

Sein Herz schlug ein paarmal ins Leere, während er ans Fenster trat. Wie gerne hätte er das Licht eingeschaltet, rausgeleuchtet, sei es auch nur mit einer Taschenlampe, doch als seine Hüfte mit der eiskalten Oberfläche der Anrichte kollidierte, vergaß er schlagartig, wie man sich bewegte. Gefror in seiner Haltung.

Und starrte hilflos nach draußen.

Er verfolgte die Spitzen der Tannen, beobachtete ihre wiegenden Schatten. Lauschte auf das Murmeln des Sommerwinds, der mit ihrem Sonnensegel spielte.

Hab ich ... mir das wirklich nur eingebildet? Aber der Schatten war dort gewesen. Eine Silhouette. Ein bleiches Gesicht, kaum mehr als eine Nase und zwei Augen, mehr verborgen als erleuchtet vom trüben Mondlicht. *Kann es sein ...?*

Wieder fuhr er mit dem Blick über die Szene und stand kurz davor, sich abzuwenden, sich selbst als verrückt zu schimpfen, da machte ein Gefühl auf sich aufmerksam.

Etwas, das ihn viel zu sehr an das erinnerte, was in seinem Inneren lauerte. Der Chor, der ihm auch jetzt in den Ohren sang und die Arbeitsplatte unter seinen Händen langsam zufrieren ließ. Es kümmerte ihn nicht, ob er die gesamte Küche unter Wasser setzte, ob er eine zweite Eiszeit hervorrief. Er wollte nur wissen ...

Natürlich hatte Noah sich als Kind vor Geistern gefürchtet, vor Schatten, die er sich nicht hatte erklären können.

Aber das hier war anders. Er war sich sicher ... da war jemand.

Auf ihrem Grundstück.

In ihrem Garten.

12

Noah erzählte sowohl Luca als auch seinen Eltern am nächsten Morgen, was er gesehen hatte. Die Polizei wurde gerufen, aber keine Hinweise auf ein Eindringen gefunden – keine Abdrücke, kein Schaden an der Hecke, kein verbogener Zaun, und das Gartentor war abgeschlossen gewesen. Er wusste nicht, ob ihn das beruhigen sollte, aber er konnte nicht verhindern, an dem Tag immer wieder zu der Ecke zu starren.

Die Tage strichen dahin, und auch wenn Noah nervöser war als sonst … der Alltag ging irgendwie weiter. Uni mit Übungsblättern, Trainingsstunden mit Luca. Manchmal lag er abends im Bett und spähte in die dunklen Ecken, während seine Gedanken aus einem über den Stuhl geworfenen Pullover ein geisterhaftes Gesicht formten.

Noah räusperte sich unwohl und versuchte, die Erinnerungen beiseitezuschieben. Der Anschnallgurt grub sich unangenehm in seine Schulter und ließ ihn spüren, wie sehr er abgenommen hatte. »Glaubst du wirklich, dass das eine gute Idee ist?«

Luca klopfte mit dem Daumen auf das Lenkrad. »Ja. Warum?«

Perplex schaute er aus dem Fenster. »Weiß nicht. Irgendwie kommt es mir nicht richtig vor.«

»Auf eine Party zu gehen?«

»Ja. Meine Magie …«

»Hast du mittlerweile gut unter Kontrolle.«

Er presste die Lippen zusammen. »Und der Einbruch …«

»Ist nur in deinem Kopf passiert.«

Noah schnaubte.

Luca setzte den Blinker und bog rechts ab. Es war leicht zu erkennen, welches Haus ihr Ziel war. Eine endlose Reihe Luftballons markierte den Weg, den man dank der unzähligen Partygäste auch so problemlos erkennen konnte.

Noah spürte, wie die altbekannte Angst sich um seine Schultern legte. *Small Talk.* Er war nie gut darin gewesen. Alltägliche Themen, Banalitäten, die ihn gar nicht interessierten. Wie stellte man die richtigen Rückfragen? Wie holte man Luft und formulierte im gleichen Moment einen Satz? Wie war man *interessant*?

»Hey, alles gut bei dir?«

Als er zu ihr sah, suchten ihre Augen eine freie Parklücke, doch er spürte, dass ihre Aufmerksamkeit auf ihm lag.

Sein Herz schlug noch etwas kräftiger gegen seinen Brustkorb. Schnell schaute er weg. »Geht schon.«

Sie nickte. Mit ihr zu sprechen war immer so … ungewöhnlich. Nicht nur, dass sie aufrichtig fragte, sondern sie glaubte seinen Antworten. Es gab kein Tänzeln, kein wiederholtes Fragen, um wirklich sicherzugehen. Seine Antwort war ihr genug.

Trotzdem wurde er aus ihr nicht schlau.

Es dauerte ein wenig, bis sie einen Parkplatz gefunden hatten und zurück zum Haus gelaufen waren. Schweigend. Noah beobachtete die Spitzen seiner Schuhe und wie sich die Sohle langsam vom Stoff zu lösen begann. Seine Gedanken hingen überall und nirgends. An der Party, dem Schatten, dem Flashback …

Seine Mutter hatte darauf bestanden, dass er einen Therapeuten aufsuchte. Er hatte bisher niemandem davon erzählt, auch nicht davon, dass sie bereits angefangen hatte, eine Liste von potenziellen Kandidaten abzutelefonieren.

Hätte er besser schlafen können, hätte er sich vielleicht gewehrt. Sie darauf hingewiesen, dass es sein Leben war und nicht ihres, in das sie sich da einmischte. Würden ihn nicht überallhin diese schemenhaften Gesichter verfolgen – die bleiche Fratze, die er im Garten gesehen zu haben glaubte. Das der Toten auf dem Campus. Das des Mannes, als er ...

Ruckartig hob Noah den Kopf und sah krampfhaft geradeaus. Das Geschenk in seiner Hand, eine Whisky-Flasche, wog Tonnen und er spürte, wie die Flüssigkeit darin zu gefrieren begann. *Hör auf deinen Atem. Ein und aus, ein ... und aus. An der Nasenspitze.*

Doch sein Atem ging zu schnell, um ihn zu zählen. Sein Puls fügte einen neuen Takt hinzu, der sich in den zunehmend panischen Rhythmus einreihte.

Atmen. Einfach atmen.

Ein Gewicht auf seiner Schulter.

Er fuhr zusammen und taumelte in einen der nahestehenden Büsche. Sein Atem schlug eisige Wolken in die Luft und vernebelte ihm die Sicht.

Dann erkannte er Luca. Sie hatte die Hände vor sich gehoben. Eine beschwichtigende Geste, wie gegenüber einer streunenden Katze.

Noah stieß den angehaltenen Atem aus und schaffte es, tief Luft zu holen. Als er diesmal ausatmete, blieb die Luft vor seinem Gesicht klar. Kein Eisnebel.

»Du kannst das mit der Party«, stellte Luca fest und deutete auf die Ballons neben sich. Nur wenige Schritte und sie wären dort. »Ich weiß, dass es eine Herausforderung ist, aber ich weiß auch, dass du das kannst.«

Einer seiner Mundwinkel hob sich traurig. »Warum? Weil ich nicht mehr so viel *Magie* habe wie vorher?« Wortlos hielt er Luca die Whisky-Flasche hin.

Stumm nahm sie sie entgegen und taute die paar Klumpen Eis darin mit einer schnellen Bewegung. »Nein – weil du schneller lernst als alle Magier, die ich kenne.«

Das plötzliche Kompliment traf ihn umso mehr, weil es völlig unerwartet kam. Er spürte, wie sein Herz ein paar kräftige Schläge tat, dann breitete sich ein zögerliches Lächeln auf seinem Gesicht aus. »Wirklich?«

»Ja«, erwiderte sie und deutete mit dem Kinn in Richtung Haustür. »Lass uns gehen, sie schauen schon.«

Voller Elan tat er den ersten Schritt, und auch wenn die nächsten keine kleinen Hüpfer mehr waren, zeigten seine Mundwinkel weiter nach oben. *Luca hat mir ein Kompliment gemacht.* Gemeinsam grüßten sie Jakob, den sie am Eingang erwischten. Noah warf ihr dabei einen Seitenblick zu, als sie das Geschenk für sie beide überreichte, und nickte eifrig, weil er beinahe verpasst hätte, wie Jakob sich bedankte. In einer schnellen Geste zog der Noah in eine Umarmung. Sein Atem stank nach Alkohol und als Noah einen Blick ins Haus warf, verstand er, warum so viele Leute sich draußen drängten.

Der Flur und das angrenzende Wohnzimmer waren rappelvoll mit Menschen. Musik dröhnte durch die Räume und beinahe jeder hatte eine Bierflasche oder einen roten oder blauen Plastikbecher in der Hand. Unwillkürlich musste er an eine der College-Partys denken, die man immer in amerikanischen Filmen sah, nur dass hier deutscher Gangster-Rap aus den Lautsprechern dröhnte.

Warum genau war er noch mal hier?

Aus den Augenwinkeln sah er, wie Luca, statt sich von Jakob in eine Umarmung ziehen zu lassen, sich wie selbstverständlich an ihm vorbeidrängte. Noahs Füße brauchten einen Moment, um sich in Gang zu setzen, aber dann drückte auch er sich an Jakob vorbei und folgte ihr in den Bauch des Hauses. Körperwärme und dicke Luft schlugen ihm entgegen. Hastig stopfte er die Hände in die viel zu engen Hosentaschen, aus Angst, er würde aus Versehen Eiseskälte über verschwitzte Körper klettern lassen. *Aber würde das wirklich passieren? Ist meine Magie noch stark genug dafür?*

Er warf einen schüchternen Blick auf seine Handgelenke. Gegen das fast schwarze Blau seiner Jeans wirkten sie unnatürlich bleich. Als klebten sie förmlich an der Hose, schälten sie sich mühsam aus ihrem Versteck. Er fühlte sich wie ein Puppenspieler, der zum ersten Mal das Marionettenkreuz aufhob.

Als plötzlich jemand gegen ihn rempelte. Instinktiv hob Noah die Hände und hörte die gemurmelte Entschuldigung – doch die Person selbst war schon wieder in der Menge verschwunden. Eiskristalle funkelten kaum merklich im schummrigen Licht. Für einen Moment merkte er gar nicht, dass er stehengeblieben war.

Und dass Luca verschwunden war.

Ganz entspannt. Noah atmete tief durch und zwang seine Arme zurück an seine Seite. Sie fühlten sich unnatürlich schwer an, irgendwie fehlplatziert und zu lang. *Sehen wir es als Test. Ich schaffe das.* So entschlossen wie möglich trat er aus dem Flur in das deutlich vollere Wohnzimmer. Bässe dröhnten aus den Lautsprechern und immer wieder stießen Ellenbogen in seine Seite. *Ich kann das.*

Er hielt den Kopf gerade und blickte so gut es ging über die Menge. Das Licht war gedimmt, die Stimmung ausgelassen. Rechts wartete der Küchentresen mit diversen Alkoholsorten und Knabbereien auf, die es bereits großzügig über den schwarzen Stein verteilt hatte.

Tiefer im Raum dröhnten die Bässe noch lauter, die Enge trieb seinen Herzschlag an und ließ seine Hände feucht werden. *Einfach Luca finden.* Noah war groß, größer als der Rest seiner Familie und auch dreimal so schlaksig – doch in solchen Situationen kam ihm das zugute. Gerade erspähte er ihre Silhouette am anderen Ende der Tanzfläche, da zog ihn jemand zu sich.

Ehrlicherweise hatte er keine Ahnung, wer das Mädchen war, aber das schien sie nicht zu interessieren. Ihre roten Wangen leuchteten durch das weiche Licht noch deutlicher, der Plastikbecher in ihrer Hand war fast leer. »Hey«, rief sie und strich sich ihren kurzen Pony aus der Stirn. »Noah, richtig?«

Er blinzelte verblüfft und spürte, wie etwas wie ein Lächeln auf seinen Lippen blühte. »Ja?«

Offensichtlich enttäuscht furchte sie die Stirn. »Du erkennst mich nicht?«

Angestrengt durchforstete er sein Gedächtnis, doch sein pochendes Herz lenkte ihn zu sehr ab. Seine Gedanken taumelten und stürzten übereinander, statt geordnet durch seinen Kopf zu eilen. Schließlich seufzte er ergeben. »Entschuldige, ich bin furchtbar mit Gesichtern.«

Ein Kichern wehte ihm entgegen, so unerwartet, dass die Kristalle an seinen Fingern kurz innehielten. »Ach, ich auch. Kein Thema. Ich bin Cara – die Schwester von Julian.«

Erstaunt klappte ihm der Mund auf. »Cara! Wie …? Das letzte Mal, als ich dich gesehen hab, da warst du, was, sechzehn?« Instinktiv trat er einen Schritt zurück, wodurch er prompt in jemanden hineinlief. Ein genervtes Grummeln schlug zurück, er entschuldigte sich, dann wandte er sich wieder der Schwester seines Schulfreundes zu.

»Wahnsinn. Du hast dich echt verändert!« Vor allem hinsichtlich einiger bestimmter weiblicher Attribute, aber er würde sich hüten, das zu sagen. Cara war immer mehr als nur gertenschlank gewesen – eher spindeldürr. Essen hatte sie kaum angerührt, und damals war sie zu schüchtern gewesen, um mit ihm zu sprechen.

Jetzt dagegen war sie ausgestattet mit gesunden Rundungen, strahlenden Augen und Pausbäckchen, die gerade noch einige Rottöne dunkler wurden.

»Danke«, gab sie zurück und tapste von einem Fuß auf den nächsten. Und mit dieser Geste erkannte er sie wieder. Erinnerte sich daran, wie sie an der Scheibe gestanden hatte, um zu ihnen nach draußen zu sehen. Wie sie sie weggeschickt hatten – wie garstig sie damals zu ihr gewesen waren.

Er biss sich auf die Lippe. *Jetzt oder nie.* »Es tut mir leid, wie wir dich damals behandelt haben, das war nicht fair.«

Sie blinzelte. »Wie meinst du das?«

»Wir waren ... gemein. Du kannst mir nicht erzählen, dass du dich an die verklebte Haarbürste nicht mehr erinnerst.«

»Wie könnte ich die vergessen?«, stöhnte sie und hielt mit einer Geschichte dagegen, in der sie einmal bis auf die Knochen durchnässt nach Hause gekommen waren. O ja – seine Mutter hatte ihm die Ohren langgezogen.

Und so ging es weiter. Mühsam drängten sie sich durch die Menge zum Eingang eines der Nebenzimmer, wo es deutlich ruhiger war und sie sich nicht mehr anschreien mussten. Während er zuhörte, reckte er immer wieder das Kinn, schaute sich nach Luca um. *Wir wollten zusammen hierher, oder?* Er spürte den Stich der Enttäuschung und beschloss prompt, sich selbst einen Schluck Bowle zu gönnen. »Auch was?«, schlug er Cara vor, die zufrieden nickte.

Der Weg durch die Masse an Leibern war länger, als er ausgesehen hatte. Immer wieder musste er ausweichen, mit den Bechern in der Hand jonglieren, und war froh, sie aus Vorsicht nicht ganz gefüllt zu haben.

»Hey!« Der Schlag gegen die Schulter kam dagegen so plötzlich, dass Noah doch noch etwas verschüttete. Einige Tropfen landeten auf seinem Shirt – deutlich mehr dagegen auf Felix.

Genervt schaute der an sich herunter und schüttelte demonstrativ die Hände aus, obwohl Noah sicher war, dass die nichts abbekommen hatten.

»Entschuldige?«, schlug er vor und hob halbherzig die Schultern. Er hatte ohnehin das Gefühl, dass das Wummern der Bässe ihm das Wort von den Lippen riss.

Felix grummelte irgendetwas, dann machte er eine wegwerfende Geste und bedeutete Noah, sich zu bewegen. Sie standen ungünstig am Eingang und mehrere Leute hinter Felix begannen bereits betont laut zu seufzen.

Schnell – oder so schnell es eben ging – schlug Noah sich zurück zu Cara durch und reichte ihr den Becher. »Sorry, wenn er klebt, ich bin … ähm.«

»Er hat sich erschrocken«, vollendete Felix für ihn, woraufhin Noah ihm einen zerstörerischen Blick zuwarf.

Cara dagegen kicherte zu seiner Überraschung. Bedeutsam nahm sie einen Schluck und lächelte genüsslich. »Schmeckt genauso wie vorher auch«, rief sie gegen die Musik an, und Felix lachte. Noah auch, irgendwie. Nur ein bisschen verklemmter.

Er machte Cara und Felix bekannt, was dazu führte, dass diese nun fleißig Kindheitsgeschichten über ausgeschlagene Zähne gegen solche zur Panik vor Prüfungen tauschten. Über Noah natürlich. Immer wieder ging er dazwischen, aber mit zunehmender Bechernachfüllzahl erwischte er sich dabei, immer häufiger einfach darüber zu lachen.

»Das ist so *niemals* passiert!«

»O doch, definitiv! Ich kann mich sehr bildhaft daran erinnern, wie du bei uns in der Küche standst, die Hose …«

»Ist ja gut!«

Wieder kicherte Cara, und obwohl er spürte, wie heiß seine Wangen wurden, musste er auf einmal selbst lachen. Es war schwer, über sich selbst zu lachen, statt dem natürlichen Impuls nachzugeben, sich zu versteifen und peinlich berührt zu sein. Aber die Reaktion der anderen? Die war es wert.

Was nicht leichter wurde, war das Umschauen nach Luca. Ganz im Gegenteil. Mit jedem Schluck Bowle wurde er frustrierter, die Zeit schien zu kriechen und gleichzeitig zu fliehen und *sie war nicht da.* »Ich gehe noch mal holen«, erklärte er zum zweiten, dritten, vierten Mal. Er füllte Cara nach, dann wieder sich selbst und schleppte manchmal Felix zum Tragen mit. Kein anderer aus seiner Freundesgruppe hatte es auf die Party geschafft, aber das war ihm egal. Cara und Felix waren nett. Nur wo war Luca?

»Und deshalb ...«

»Soll ich euch ’n Trick zeign?« Die Worte fühlten sich zu groß an für seinen Mund. Der Boden wankte etwas und sein Magen knurrte. Die Stunden waren verzogen wie nichts. Wie lange war er schon hier? Egal. Luca war verschwunden, aber warum sollte es ihn kümmern, wo sie steckte? Er war hier, um Spaß zu haben!

Er nahm einen kräftigen Schluck, dann noch einen und noch einen, bis sein Becher wieder leer war. Womit die anderen ihre Becher füllten, wusste er gar nicht, aber seiner war immer deutlich schneller leer als ihre.

»Wow, wow! Noah!« Eine Hand fing ihn von der Seite, auch wenn er das Gefühl hatte, gerade zu stehen. Er hustete kräftig und spürte, wie der Alkohol ihm in der Kehle brannte.

»Hey, Mann. Ganz ruhig. Alles klar?« Felix. Fragte irgendwas. Oder?

Noah schüttelte den Kopf, um seine Wahrnehmung wieder aufzurichten, aber dadurch drehte sich alles nur noch mehr.

Felix neben ihm ächzte und eine zweite, weitaus zierlichere Gestalt schob sich unter seinen anderen Arm.

»Vielleicht reicht das für heute«, kommentierte jemand und plötzlich war der Becher aus seiner Hand verschwunden.

»Da war noch was drin!«, beschwerte er sich.

»Nein, er war leer.«

Noah sah angestrengt dabei zu, wie Felix den Becher nahm und auf den Kopf drehte. Tatsächlich glitt nur ein einzelner Tropfen daraus.

»Dann kann ich ja ’n neuen holen.«

»Nein, echt. Du hast genug. Toller Trick, den du da gemacht hast, aber es reicht.«

Noah stöhnte. Sein Herz rumorte und auch wenn sich langsam das Gefühl einstellte, dass der Alkohol daran nichts ändern würde, hatte es ihm gutgetan, die tiefen, kalten Schlucke zu nehmen. Ihm war so schrecklich warm.

»Das is gar nich der Trick, den ich meinte«, grummelte er.

»Ach, ja?«, machte Felix unbestimmt und bedeutete Cara, in Richtung Küche vorzugehen. Er gab sich nicht einmal Mühe, unauffällig zu sein. Sie nickte und verschwand. Einmal geblinzelt und sie war weg. *Wahnsinn.*

»Weißu, Luca würd den Trick verstehn.« Noah grinste breit. »Sie is auch hier, weißu? Aber nich hier-hier. Nur irgenwo hier.«

»Ja, ich hab sie oben gesehen.« Felix begann vorsichtig, ihn vorwärts zu manövrieren.

Noah war mit einem Mal zum Kotzen. Wortwörtlich und im übertragenen Sinn.

»Wir verbringn so viel Zeit mitnander und dann verschwindet sie einfach. Sie meinte, es sei irgenwie wichtig, hier zu sein, aber dann geht sie bei der erstn Gelegnheit. Das is doch scheiße.« Ein Hicksen drückte sich aus seinem Brustkorb. Die Bewegung war so unerwartet, dass er kichern musste.

Felix stieß ein Seufzen aus. »Hätte ich gewusst, dass du *so* wenig verträgst, dann hätte ich dir früher Wasser angedreht.«

Noahs Verstand brauchte einen Moment, um die Worte in eine logische Reihenfolge zu bringen, und noch einen mehr, um sie zu verstehen. Schließlich schüttelte er energisch den Kopf. »Ich vertrag nich viel. Bin ich wirklich so … whoa, nee. Ich hab kein' Gleichgewichtssinn mehr.«

Felix lachte. »Jap, das stimmt. Sehr reflektiert.«

»Reflektiert …« Noah spülte das Wort in seinem Mund herum, wie er es eben noch mit dem Alkohol getan hatte. Schließlich seufzte er. »Ich glaub nich, dass ich reflektiert bin. Oder doch? Vielleich' zu viel. Luca reflektiert gar nich,

glaub ich. Also sich selbst. Sie isso ... brechend ehrlich. Sie denkt, glaub ich, gar nich drüber nach, was sie sagt, sie sagt's einfach. Weißu noch, als ich wiederkam? Als ich so lang weg war? Ich wusse gar nich, was ich zu euch sagen sollte, und sie is dazwischengegangn. Einfach so.« Noah spürte, wie seine Lippen weitersprachen, aber gedanklich hing er am ersten Uni-Tag nach der Mordnacht fest. Drei Wochen musste das jetzt her sein. Oder? Er hatte völlig den Überblick verloren.

Luca hatte seinen Freunden gesagt, dass sie ihn in Ruhe lassen sollten. Oder so ähnlich. Genau wusste er es nicht mehr. Dafür hallte noch immer ihre Frage in ihm nach: *Bestrafst du einen Patienten für seine Krankheit?* Nein, natürlich nicht. Und mittlerweile war er kein Patient mehr. Nicht in dem Sinn, für den sie hier war. Er war nervös, ängstlich vielleicht. Aber er war heute hier, um mehr zu sein als das.

»... das ist alles schön und gut, du Zauberer. Jetzt lass uns mal an die frische Luft gehen.«

»Du glaubs mir nich.«

Felix tätschelte seinen Arm. »Lass uns einfach rausgehen.«

Noah riss an den Händen, die ihn stützten, und war überrascht, wie leicht er sich befreien konnte. Mit Schwung fiel er gegen einen der Partygäste und erntete genervtes Gemurmel. »Ich werd euch mein' Partytrick zeign.«

»Achja?«, fragte Felix, doch die Art, wie er die Arme nach ihm ausstreckte, trieb Noah nur weiter von ihm weg.

Schwankend kippte er in die Menge. Felix hatte sie nah an den Eingang gebracht – und damit nur ein paar Schritte entfernt von der improvisierten Bar. Die Küchentheke war klebrig von Alkohol und stank nach Bier. Ein kleiner Hocker stand in der Nähe und es kostete Noah zwei Anläufe, um ihn neben die Platte zu stellen, ohne sich den Kopf zu stoßen.

Schwankend drückte er sich hoch, die Stütze schien unter ihm nachzugeben und mehrere Male fiel er zurück, bevor er sich erfolgreich nach oben drücken konnte.

Hoch über die Köpfe aller.

Ein breites Grinsen flutete seine Gesichtszüge, und wieder hatte er das Bedürfnis zu kichern, als er die ganzen gerunzelten Stirnen und die verdrehten Augen sah. Oh, war er ihnen peinlich? Vielleicht. Ihm war es egal. Ganz egal. Da war nur ein Blick, ein einziger, den er suchte. Der Blick, der ihm in die Knochen fuhr, in sein Innerstes, ihn umdrehte und so viel mehr aus ihm machte.

Warum fühlst du so viel?

Entspann dich.

So können wir nicht arbeiten.

Lucas Stimme, wieder und wieder in seinem Kopf. So nüchtern, so klar. Ohne Fragen zu stellen, schaffte sie es, ihn sich selbst hinterfragen zu lassen.

Bestrafst du einen Patienten für seine Krankheit?

»Luca!«, rief er in die Menge, weil die Gesichter begannen zu verschwimmen, während er sie im Halbdunkel absuchte. Felix stand zu seinen Füßen, Cara neben ihm, während drei fremde Jungs fast gleichzeitig den Kopf nach ihm drehten. »Nein, nein. Nich ihr. Ich such *meine* Luca.« Er wedelte mit den Händen in der Luft.

Und dann sah er sie.

Etwas in ihm regte sich. Wärmer als der Alkohol, breitete sich in ihm aus, strahlte bis in seine Fingerspitzen und begann zu glühen, immer stärker.

Sie dagegen … sah ihn nur stumm an. War nur ein Gesicht unter vielen, ein Schatten, ein Ruhepol in der Menge. Das Auge im Sturm. Vielleicht das.

Er wollte den Kopf schütteln, doch er traute sich nicht wegzusehen. Vielleicht würde sie dann wieder verschwinden.

Bin ich wütend auf sie? Er begriff gar nichts mehr. Nicht sie, nicht sich. Sah nur dieses helle Gesicht in der dunklen Menge. Die unendlichen Augen, von Schatten versteckt, als wäre man nur würdig sie zu sehen, wenn man nah genug bei ihr stand. *So wie ich.* Wenn sie gemeinsam Auto fuhren. Wenn sie in sein Zimmer kam. Wenn er sie küssen wollte ...

»Liebe Leute«, verkündete er, seine Lippen kribbelten und er schaffte es kaum, sich so weit zu konzentrieren, dass er die Worte formulieren konnte. »Ich bin hier, um euch ein' Zaubertrick zu zeign.«

Luca kämpfte gegen den Drang an, ihre Augenbrauen bis zum Scheitel zu ziehen. *Noah in all seiner ... Grazie?* Er sah gar nicht so anders aus als noch vor einer Stunde. Einer guten Stunde, das schon, aber lange war sie nicht weggewesen. *Hat er sich etwa in der kurzen Zeit so sehr abge...*

»Ich bin hier, um euch ein' Zaubertrick zu zeign.«

Ja, hat er.

Mit langen, entschlossenen Schritten drückte sie sich durch die Menge, die sich leichter teilte, als sie erwartet hatte. Alle standen wie versteinert, wichen, wenn man sie schob, aber ansonsten rührte sich niemand. Die Musik dröhnte weiter, der Bass klingelte viel zu laut in Lucas Ohren, doch mit jedem Schritt, den sie sich von den Lautsprechern entfernte, wurde es besser.

Oben war das anders gewesen. Das Trommelfeuer des Gesangs und der Schlagzeuge war dort mehr ein dumpfes Klopfen, zu laut, um es auszublenden, aber durch das Stockwerk dazwischen in einer neuen Oktave. So selbstverständlich wie möglich hatte sie Gespräche belauscht, an ihrem Smartphone gehangen und so getan, als gehörte sie dazu.

Sie war früher auf vielen solcher Partys gewesen. Sie wusste, wie man sich hier verhielt.

Ein, zwei Jungs hatten versucht, mit ihr zu flirten, später auch ein Mädchen, doch sie hatte es geschafft, sie mit ein paar kurzen Sätzen zu vertreiben – meistens ein »Ich hab einen Freund«. Nur bei einem der Jungs hatte sie betonen müssen, dass ihr »Papa sie gleich abholen kommt, nur noch fünf Minuten!«. Das hatte ihn dann doch vertrieben.

Trotzdem hatten ihre Gedanken weiter an Noah gehangen. Was, wenn im Garten neulich wirklich jemand gewesen war?

Die Tage danach hatte sie ihn nicht aus den Augen gelassen. War in den Vorlesungen und selbst in den Tutorien bei ihm geblieben. Doch sie hatte keine Spuren im Garten gefunden, und als nichts weiter passierte, außer dass sie ein paar nervöse Nachrichten von Noah erhielt, in denen er seine Möbel vermenschlichte ... da begann sie, sich wieder zu entspannen. Redete sich ein, dass Noah sich die seltsame Gestalt eingebildet haben musste.

Die erste Stunde auf der Party hatte ihr keine neuen Informationen gebracht. Sie wusste jetzt vermutlich mehr Tratsch über Noahs Kommilitonen als er selbst, aber dafür war sie nicht hier.

Nichts über den Mord, den Noah gesehen hatte. Nichts über den Ort, an dem sie ihn gefunden hatte. Keine Studentin, die verschwunden war. Keine Professorin, die vermisst wurde.

Dann hatte sie die Stimmen im Nebenzimmer flüstern hören. Ein leises, aber eindringliches Säuseln, dann ein kurzes Wimmern. Hektische Laute. Sie war näher geschlichen, hatte sich so lässig wie möglich gegen den Türrahmen gelehnt und ihr Smartphone gezückt. Nicht, um wirklich Zeit auf Social-Media-Kanälen zu verbringen, sondern, um mitzuschneiden, falls etwas passieren sollte.

Illegal, vielleicht. Aber offiziell musste ja niemand Bescheid wissen, was sie hier tat.

Also hatte sie den gewisperten Worten gelauscht, die sie kaum verstand, auch ihr Handy würde sie nicht auffangen können. *Ein Reinfall.* Sie rieb sich über die Stirn, während das Pärchen im Nebenzimmer weiter leise miteinander stritt.

Luca hatte versucht, sich so wenig Hoffnungen wie möglich zu machen. Noahs Universität hatte überall in der Stadt verteilte Fakultäten, diese Party war ihre beste Chance gewesen, eine Spur zu finden. Gut einen Monat, nachdem der Mord geschehen war. Sie seufzte im Stillen über sich selbst, aber was blieb ihr, außer nach Strohhalmen zu greifen?

Sie hatte gehofft, unter den Studierenden mehr Gerüchte sammeln zu können. Wer verschwunden war, wohin oder warum. Irgendeine Freundin, eine Schwester, eine Tante, irgendwer. Aber sie befürchtete langsam das Schlimmste.

Dass der Ort Zufall gewesen war. Dass sie nichts finden konnten, weil es keine Verbindung gab.

Luca rieb sich über die Wange und stöhnte genervt. Dann stieß sie beherzt die Tür auf.

Was sie sah, hätte einem anderen Menschen vielleicht den Magen umgedreht – sie schaute nur ruhig zu. Er hatte sie in eine Ecke gedrängt, die Hand zum Schlag erhoben, sie duckte sich weg, als wäre es nicht das erste Mal.

Der Typ warf Luca einen knappen Blick zu und knurrte: »Raus hier.«

Die Frau wimmerte leise.

»Wollte ich auch gerade sagen«, erwiderte Luca gelassen und trat auf die beiden zu. Eine traurige Geschichte. Luca ahnte, dass die junge Frau ohnehin zu ihm zurückkehren würde.

All das machte Luca so müde. Der Treppe nach unten hatte sie sich erst zugewandt, als es plötzlich viel zu ruhig geworden war. Als die Stille so sehr zuschlug, dass sie eine Gänsehaut bekam.

Etwas in ihr regte sich, als sie Noah dort stehen sah, irgendetwas ... Aber sie war es leid, nach innen horchen zu müssen. So angestrengt, dass es sie mehr Kraft kostete, ihre

Gefühle zu deuten, als sie tatsächlich zu fühlen. Sie war so müde.

Als Felix sie sah, stieß er ein Seufzen aus und trat auf sie zu. »Er hat andauernd von dir geredet«, meinte er und deutete mit dem Kinn auf seinen betrunkenen Freund.

Noahs Wangen waren dunkel vom Alkohol und er hatte die Nase gekräuselt, als würde er gleich niesen.

»Er hat andauernd von dir geredet.« Und ich war nicht da.

»Hat er sich wegen mir betrunken?«, fragte sie, bevor sie darüber nachdenken konnte. So erschöpft sie auch war, ein Teil von ihr konnte nicht umhin, Noahs geschliffenes Gesicht zu bewundern, die feinen Züge und wie viel darin zu lesen war.

Wie schnell sie gelernt hatte, ihn zu verstehen, und doch war sie keinen Schritt weitergekommen.

Felix neben ihr schnaubte. »Ganz ehrlich?«

Sie sah ihn mit hochgezogener Augenbraue an.

Irritiert räusperte er sich. »Ja. Ja, ich glaube, er hat sich wegen dir betrunken.«

Ein Impuls saß ihr in den Knochen, einer, der ihre Hände ballte und ihr Herz zum Pochen brachte. »Weil er wütend auf mich ist?«

»Weil du ihn stehen lassen hast. Nachdem du ihn auf die Party, Achtung Zitat, ›geschleppt‹ hast.« Er zuckte mit den Schultern, während Noah von seinem Aussichtspunkt aus weiterhin nur sie ansah. Mittlerweile hatte er die Hände gehoben wie ein laienhafter Zauberkünstler.

Er wiederholte sein betrunkenes Gemurmel und die ersten Lacher wurden laut.

Luca stieß ein Seufzen aus, so tief, als würde sie selbst dort oben stehen und müsste die Scham ausatmen.

»Er mag dich«, sagte Felix hinter ihr ruhig und brachte ihre Bewegungen zum Stocken. »Sehr sogar.«

Sie musste wieder daran denken, wie sie auf dem Bett gesessen hatten. Wie er sich zu ihr gelehnt hatte – und wie sie …

Nein.

»Das habe ich befürchtet«, antwortete sie zu niemand Bestimmtem, nur ein Hauchen gegen die verschwitzten Körper, bevor sie sich durch die letzte Reihe zur Theke drückte – gerade rechtzeitig, um die Welle der Magie zu spüren, die Noah aussandte.

Wenn die anderen es spürten, dann zeigten sie es nicht. Die wenigsten Menschen reagierten auf Magie. Bemerkten sie gar nicht. Unter anderen Umständen hätte sie vermutlich innegehalten und der Kraft, die durch den Raum rauschte, nachgespürt, doch die Müdigkeit trieb sie weiter, bis vor den Hocker. Ihre viel zu schweren Arme hoben sich von alleine, streckten sich nach Noah aus. Eine plötzliche Melancholie ergriff sie, schnürte ihr die Kehle zu, und obwohl sie vielleicht die richtigen Worte für diese Situation gefunden hätte, blieben sie in dem Knoten in ihrem Hals hängen.

Stumm sah sie zu Noah, hielt ihm ihre Hände hin, und auf einmal war der ganze Raum verschwunden. Die Musik, das Gerede, die Lacher, die knarzenden Becher und das Schwappen des Alkohols.

»Lass uns gehen«, bat sie und spürte, wie ihre Augen feucht wurden. Aber warum? *Weil er mich mag.* Hatte sie Angst, ihn verlassen zu müssen? Sie war seine Lehrerin, seine Aufpasserin, romantische Beziehungen waren verboten.

Keine Bindungen.

Aber sie würde damit klarkommen, dass er sie mochte. Es war ja nicht andersherum. Vermutlich. Nein, die Nähe fühlte sich falsch an.

Weil er mich mag. Da ergriff er ihre Hand, so warm und weich gegen ihre abgenutzten, vernarbten Finger. Ihre Hand begann zu kribbeln und da war er wieder, der Blick seiner Augen.

Weil er mich *mag.* Sanft zog sie ihn vom Hocker, zur Tür hinaus und den Weg entlang, ohne sich nach ihm umzudrehen. Sie spürte die Blicke der anderen, spürte die Magie, die im Raum langsam verklang, spürte die Wirbel in ihrem Inneren, die keinen Halt und kein Ende fanden.

Noah hinter ihr murmelte irgendetwas, während sie das Haus hinter sich ließen. Einige Gäste begannen zu kichern und zu flüstern, verstummten aber, als sie versuchten, einen Schluck aus ihren Bechern zu nehmen.

Der Alkohol war komplett gefroren. Überall.

Eine betroffene Stille legte sich über das Haus.

Frische Luft füllte Lucas Lungen, doch die Trauer saß ihr in den Knochen und ließ ihr Inneres schal und leer werden. *Er mag mich.*

Sie warf einen letzten Blick zurück und überlegte, ob sie etwas sagen sollte. Doch sie hatte keine Kraft, nach den richtigen Worten zu suchen.

»Was hälsu von meim Zaubertrick?«, lallte Noah und hickste, bevor er die Frage ganz beendet hatte. Schnell schlug er sich die Hand vor den Mund und sah sich um, als würden in ihren Smart noch weitere Personen passen.

Luca schwieg. »Wahnsinn« lag ihr auf der Zunge, aber sie traute ihren Emotionen nicht. Sie spürte es unter der Oberfläche brodeln, die Decke, die sie über ihre Gefühle gebreitet hatte, begann zu zittern und zu beben. Es war, als könne sie hindurchschauen. Sie spürte, dass sie jetzt Raum brauchte. Freiheit.

Aber ich will nicht. Ihre Finger krallten sich um das Lenkrad und ihr Blick verschwamm. Ärgerlich wischte sie sich die Tränen fort und schlug ihre Handfläche gegen das Leder. *Wo kommt das alles her? Ich will nicht. Ich will nicht!*

»Luca …«

»Was?!«, fuhr sie ihn an.

Statt zusammenzuzucken, so, wie er es normalerweise getan hätte, fiel sein Kopf nur nach hinten gegen die Nackenstütze. Seine Mundwinkel ruckten – erst nach oben, dann nach unten. Als wäre er sich nicht mehr sicher, wie seine Mimik funktionierte. Aus irgendeinem Grund machte sie das nur wütender.

»Ich will kein Mitleid von dir«, zischte sie. Das Feuer brannte, loderte in ihr und zerfraß ... irgendetwas. Aber es war ihr gleich – alles war besser als die Trauer, diese unendliche Trauer, in die sie stürzen und nie wieder herausfinden würde.

»Warum Mitleid?« Noah zog die Brauen hoch und wieder runter, dann rieb er sich umständlich über die Augen. »Wofür denn?«

Luca setzte an, etwas zu sagen, da hörte sie das Hupen. Gerade rechtzeitig schaute sie nach vorne und schaffte es, das Lenkrad herumzureißen. *Im Gegenverkehr.* Ihr Herz wummerte, doch die Aufregung war nicht willkommen. Nicht jetzt. Sie war nicht leer, sie war voll, mit so viel, so verdammt *viel.*

Du magst mich.

Noah kicherte leise, bevor er tief ergeben seufzte. Von jetzt auf gleich. »Ich glaub, ich bin betrunkn. Aber das darfsu niemandem sagn, okay?«

Sie presste die Lippen zusammen und schüttelte den Kopf. *Er wird sich morgen sowieso an nichts erinnern.*

Ihre Augen verbissen sich in die Straße. Es war kaum elf, der Abend hätte so viel länger werden können. Stattdessen saß sie hier und wollte nur ... ja, was wollte sie eigentlich?

Keine Stille. Keine Gedanken. Luca wollte Ruhe. Wollte das Chaos in ihr wieder wegschließen. Zusammenknüllen und dahin wegwerfen, von wo es nie mehr hervorkriechen konnte. Nichts von dieser Angst, von dieser Trauer, von diesem reißenden Schmerz. *Nein, ich will nicht. Nein, nein, nein!*

»D-du weinst.«

Luca blinzelte. Ein warmer Tropfen rollte über ihre Wange und schlug als gefrorene Träne in ihrem Schoß auf.

Wie oft hatte sie das in letzter Zeit getan? »Das ist deine Schuld«, flüsterte sie und schüttelte den Kopf. Sie traute sich nicht, ihn anzusehen, und bevor sie dem Impuls widerstehen konnte, war sie links statt rechts abgebogen.

Sie musste jetzt fahren. Sich ablenken. *Ich kann jetzt nicht allein sein.*

»Wegen ... mir?«

»Ja. Nein. Nein, es ... nein.« Sie stöhnte über ihr eigenes Gestotter und nahm die Autobahnauffahrt. Schweigend saß sie da, dann drückte sie viel zu fest aufs Gaspedal, bis es gegen die Matte am Boden drückte. Der Motor heulte auf, sie glaubte, kurz etwas blitzen zu sehen, dann zog sie schnell die zwei Gänge nach und ordnete sich in den spärlichen Verkehr ein.

»Nein, es ist nicht wegen dir«, wisperte sie. »Aber es ist deine Schuld.«

Sie schaute vorsichtig zu Noah, nur kurz, bevor sie wieder auf die Straße sah. Blicklos geradeaus starrte.

»Aber warum?« Seine Wangen waren gerötet und seine Augen von einem Schleier überzogen. Die Lichter der vorbeifahrenden Autos glitzerten in seiner Brille, ein kurzes Aufleuchten, bevor es wieder dunkel wurde.

Sie schaffte es nicht zu antworten. Die Wut in ihr war da, sie brach und blendete und fraß, aber sie galt nicht Noah. Nicht wirklich.

»Ich ... muss dir etwas erzählen.« Sie schaffte es kaum, ihre Stimme über ein Flüstern zu heben. Sie fühlte sich klein, so unendlich klein, wie sie hier saß, die Hände nach dem Lenkrad ausgestreckt. Ein Niemand. Was hatte sie schon? Was blieb ihr?

Noah. Noah bleibt mir.

Aber wenn sie es ihm sagte, dann würde er erkennen, was für ein Wrack sie war. Dass sie viel zu kaputt war, um seine Lehrerin zu sein. Dass sie gehen musste, jetzt, bevor sie sich weiter in dieser Rolle verlor. Und er würde es akzeptieren, würde verschwinden, weil auch er sie als das erkannte, was sie war. Würde aufhören, diese wunderschönen Dinge zu sagen, die sie so sehr kitzelten, dass es schmerzte, dass sie *fühlte.*

»Du darfst es niemandem erzählen, hörst du?«, krächzte sie, weil Tränen ihren Hals zuschnürten. »Du darfst niemandem verraten, was ich dir erzähle, sonst muss ich gehen. Sofort. Wenn jemand erfährt, dass ich ... dass ich dir das gesagt habe, dann verlangen sie von mir, dass ich gehe. Deinen Fall abgebe, irgendeinen neuen Auftrag annehme.« Sie schaute ihn von der Seite an. »Verstehst du? Dann muss ich gehen.«

Er nickte. Langsam, beinahe zu bedächtig für seinen angetrunkenen Zustand.

Schniefend holte sie Luft, setzte den Blinker und fuhr auf den Rastplatz, der sich vor ihnen auftat. Ein paar Lkws standen hier, die Lichter ausgeschaltet für die Nacht, ansonsten war alles ruhig.

Sie manövrierte den Smart auf einen Parkplatz mit Blick auf die vorbeirauschenden Autos. Sie konnte es nicht ertragen, jetzt nichts vor sich zu haben, nichts zu sehen außer der Industriebrache in ihrem Rücken. Geräuschvoll zog sie die Handbremse an und schaltete den Motor aus, ließ das Licht ausgehen und wartete. Wartete so lange, bis sie sich beinahe einreden konnte, dass Noah eingeschlafen war.

»Meine Mutter ist tot.« Der Satz schlug ihr gegen die Zähne, wurde von ihnen zerrissen in feine, dünne Ströme aus Luft, die sich, kaum nach draußen gedrungen, im Nichts verfingen. Sie lauschte auf eine Reaktion von Noah, auf ein Stocken in seinem Atem, auf ein Lallen, auf irgendetwas, doch sie hörte nur ihren eigenen Herzschlag. »Sie ist tot. Seit ... bald fünf Jahren.«

Ein Schütteln durchlief ihren Körper und sie spürte, wie das, was in ihr getaumelt hatte, mit einem Mal zerbrach.

Sie ist tot. Sie versuchte mehr Worte zu finden – aber das war die bittere Tatsache, es fasste all ihre Trauer in drei Worte. Sie wollte mehr sagen, aber sie konnte nicht.

Die erste Träne zog die zweite nach sich. Die dritte, die vierte. Ein See, der versuchte, ihr Innerstes zu füllen, dabei war die Leere in ihr unendlich.

Ohne sie.

Ohne die Frau, die immer für sie da gewesen war. Der stärkste Mensch, den sie je gekannt hatte.

Ein Schluchzen brach aus ihr hervor und sie hatte das Gefühl, nur der Anschnallgurt könne sie noch aufrecht halten. Ein Beben durchlief ihre Glieder und brachte ihre Grundmauern zum Wanken. Ihre Welt begann zu zittern, im Takt mit jedem Schluchzen, jedem Wimmern, jedem verzweifelten Luftholen, das ihre Lungen so kalt und ihre Augen so feucht werden ließ.

Bis plötzliche Wärme sie umfing. Eine dunkle, aber beständige Wärme, die sich erst umständlich, dann immer fester um sie schloss. Arme, ein Oberkörper – ein zweiter Herzschlag.

»Schh«, hauchte Noah und schloss die Arme fester um sie.

Mit einem Mal brach alles, was sie zusammenhielt. Jeder Schutz, jede Mauer, jedes Bisschen Selbsterhaltung, alles wurde fortgewaschen von einer Sturzflut aus Tränen. Sie schluchzte so laut, dass es selbst das Rauschen in ihren Ohren übertönte.

Luca weinte, bis sie keine Tränen mehr hatte, dann begann sie zu japsen. Jahre, die sie dort in sich eingeschlossen hatte, gemeinsame Jahrzehnte, die betrauert werden wollten – alles in diesem einen Moment. Keine Lösung, nein, nicht im Ansatz – aber das Anerkennen eines Problems.

Es dauerte, bis sie merkte, wie unbequem diese Haltung für Noah eigentlich sein musste. Dass seine Muskeln vor

Anstrengung zitterten, weil er sich umständlich über die Mittelkonsole gebeugt hatte. Dass er nach Alkohol stank. Dass das Auto von innen gefror.

Nicht wegen ihm, sondern wegen ihr.

Weil sie einfach nicht mehr konnte.

Und damit verstummte sie. Sie spürte die Wogen in ihrem Inneren sich langsam legen, die Wirbel wurden ruhiger. Wieder war es, als wäre sie ein Vogel, der auf sich selbst hinabblickte. Auf die aufgequollene Haut, die wirren Haare, auf Noah, der sich langsam, ganz langsam von ihr löste. Er warf ihr immer wieder schüchterne Blicke zu, als wolle er sichergehen, dass alles in Ordnung war.

Nichts ist in Ordnung! Sie schrie, aber ihre Lippen zuckten nur.

»Willst du erzählen?« Als hätten ihre Tränen ihn ausgenüchtert, klang seine Stimme dumpf, aber schärfer, als sie zuvor gewesen war.

Will *ich erzählen?* Ein Teil von ihr wollte, oh, er wollte so dringend, dass er begann zu schreien, aus Angst, er würde wieder überhört werden, wie so viele Male zuvor. Er schrie und bettelte und tobte.

Aber dieser Teil von ihr fühlte sich so fremd an, dass sie kaum wusste, wie sie ihn erreichen sollte. Wie sollte er zu ihren Lippen finden, ihre Lungen füllen, die Worte aussprechen? *Ich hab so lange nicht darüber gesprochen.*

»Ich habe sie geliebt«, hauchte Luca schließlich. »Sie war die erste Person, die ich jemals geliebt habe, die, die ich am meisten geliebt habe – und auch die letzte.« Die Wahrheit traf sie mehr, als sie sollte. Sie wusste es seit viereinhalb Jahren, seitdem sie nach dem Tod ihrer Mutter angefangen hatte zu schreien und zu weinen und zu fluchen und zu trinken. In ihren Träumen, im Wachen, immer und immer wieder war da diese Erkenntnis.

Alles verloren. Ich werde sie nie wiedersehen. Nie wieder.

Sie spürte, wie mehr Tränen ihren Hals zuschnürten, obwohl nichts mehr in ihr war, was sie noch geben konnte. Sie war leer. Und unendlich müde. Damals hatte sie tagelang das Zimmer nicht verlassen. Hatte keine Kraft mehr für das Studium gefunden, war einfach in sich zusammengefallen. Bevor sie schließlich eine Schutzmauer um sich selbst errichtet hatte. Alles weggeschlossen hatte, ganz wie ihr Vater. Zwei Krieger, die den täglichen Kampf da draußen kämpften, doch daheim nicht wussten, wie sie miteinander umgehen sollten.

Noah neben ihr schwieg weiter. Ob er nach den richtigen Worten suchte oder ihr Raum zum Sprechen geben wollte, wusste sie nicht.

Es war auch egal.

Ich bin seine Lehrerin. Ich sollte das hier nicht tun. Sie griff nach dem Schlüssel, drückte die Kupplung durch und startete den Motor.

Noah blinzelte überrascht, und aus den Augenwinkeln sah sie, dass auch seine Wangen feucht waren. Hatte er geweint? Oder waren das ihre Tränen?

»Wir haben den Krebs zu spät bemerkt. Sie ist innerhalb von wenigen Wochen gestorben, einfach so.« Sie schluckte schwer, legte den Rückwärtsgang ein. Noch eine letzte Wahrheit, bevor sie hoffte, dass Noahs betrunkenes Hirn das alles hier vergaß und es wieder zu ihrem Geheimnis wurde. »Wir konnten nichts tun, außer zuzusehen.«

13

Es war lange her, dass es so geschmerzt hatte, die Augen zu öffnen. Ein Stöhnen zwängte sich zwischen seinen Lippen hervor und schnell schloss er die Lider wieder, in der Hoffnung, damit auch seinen dröhnenden Schädel zu besänftigen.

Es klappte eher mäßig. *Sehr* mäßig.

Die Fragmente des Abends und seiner eigenen Träume setzten sich zu einem Mosaik zusammen, bei dem er nicht mehr erkannte, was wozu gehörte. Cara, die ihn mit Alkohol abfüllte. Felix, der ihn auslachte, weil Noah nicht verstand, worüber er sprach. Luca, die er weinend in den Armen hielt.

Nichts davon kam ihm auch nur ansatzweise realistisch vor.

Er rieb sich über die Stirn, hinter der ein kleines Männchen mit einem Hammer saß, das ihm in unbarmherzigem Takt von innen gegen den Schädel schlug. *Verdammt, wie viel hab ich denn gestern getrunken?* Erinnerungsfetzen blitzten vor seinem geistigen Auge auf: Wie er und Luca zur Party gefahren waren. Dass sie plötzlich verschwunden war. Dass er, mit wachsendem Frust, immer mehr und mehr in sich hineingekippt hatte.

Und sein kleiner *Zaubertrick*.

Vor Scham stöhnte er laut auf und drehte sich in die andere Richtung, als könne er die Erinnerung an diesen Auftritt damit ungeschehen machen. Es war ihm egal, dass die Sonne ihm dadurch direkt ins Gesicht schien. Vielleicht brachte ihn der Schmerz auf andere Gedanken.

Er öffnete die Lider probehalber einen spaltbreit, um sie schnell wieder zusammenzupressen. *Nicht wirklich.*

Minutenlang lag er dort und versuchte, sich an Details zu erinnern. Von unten grölte es vielstimmig, dann erklang ein Kichern. *Familienfrühstück.* Er ignorierte den Lärm, so gut es ging. Wie viele Menschen hatten mitbekommen, dass er ihre Getränke eingefroren hatte? Wie hatte Luca reagiert? Und Felix?

Er spürte, wie sich das Kissen unter seinen Händen mit einer Schicht aus Eiskristallen überzog, doch egal, wie hart und unbequem es wurde, er rührte sich nicht. *Ich weiß doch, dass ich keinen Alkohol vertrage.* Warum hatte er gestern so über die Stränge geschlagen?

Mühsam blinzelnd ließ er den Blick durchs Zimmer schweifen. Sein halbwegs aufgeräumter Schreibtisch, bis auf das Arsenal an Stiften, die es wieder mal auf der Platte verteilt hatte. Die Fotowand dahinter.

Er versuchte sich einzureden, dass es am Winkel lag – dass er normalerweise die Welt nicht im Liegen betrachtete und ihm deshalb alles plötzlich so fremd erschien.

Dann fiel sein Blick zur Seite. Zu dem giftgrünen Zettel, der auf seinem Nachttisch lag. Ächzend drückte er sich auf einen Ellbogen hoch und hob ihn vorsichtig auf.

Wir machen heute frei. – Luca

Sicherheitshalber wendete er ihn, doch die Rückseite war leer. Sein Daumen fuhr über den Rand des Papiers.

Traum oder Wirklichkeit? Das löchrige Gesamtbild des vergangenen Abends ließ ihn nur Augenblicke erhaschen. Luca, die schluchzend in seinen Armen hing. Ihre wenigen, gewisperten Worte, die sich tief in seine Seele gegraben hatten.

Er strich sich über die Wange, während er den kurzen Satz immer wieder las. Sie hatte eine flüssige, bestimmte Handschrift, die manch einer vielleicht undeutlich gefunden hätte – aber sie besaß ihren ganz eigenen Ton. Beim Lesen hörte er beinahe ihre Stimme.

»Meine Mutter ist tot.« Er schluckte schwer. So viele Träume, so viele Erinnerungen hatten sich in den letzten Tagen miteinander vermengt. Was war mit dem Mann, den er im Garten gesehen hatte? Eine Einbildung. Was mit dem aus dem Flashback? Auch nur eine Fantasie?

Und was war mit dem Gespräch von gestern? Erinnerung? Traum? Ein bisschen von beidem?

Er lauschte in sich hinein, in die Schnitte zwischen Realität und Verstand. *Es fühlt sich echt an.* Der Moment war viel zu intensiv gewesen.

Langsam legte er den Zettel zurück auf den Nachttisch, betrachtete ihn, dann sammelte er ihn kurzerhand wieder auf. Schwankend erhob er sich, durchwühlte seinen Rucksack nach seinem Handy und steckte es ungeduldig ans Ladekabel. Seine Finger tanzten auf dem Oberschenkel, von links nach rechts und wieder zurück.

Sie war völlig fertig. So wie ich, nach dem Flashback. Er erinnerte sich noch zu gut, wie elend er sich die Tage danach gefühlt hatte, wie schwer seine Glieder gewesen waren – und er hatte Menschen gehabt, die ihn stützten. Er war zu Hause gewesen, hatte seine Mutter, seine Schwester und ja, auch Luca gehabt.

Sie hat niemanden.

Als das Display endlich zum Leben erwachte, brauchte es einen Moment, um eine Verbindung zum Netz herzustellen. Mehrere entgangene Anrufe von Felix und einer nicht registrierten Nummer, einer von seiner Mutter, dazu jeweils passende SMS. Irgendwann schien er Cara seine Nummer gegeben zu haben. Vielleicht war es auch Felix gewesen.

Letztendlich ignorierte er die Benachrichtigungsflut völlig und grub sich eilig zu Lucas Chatfenster vor. Seine Finger tippten wie in Trance:

Willst du vorbeikommen?

So begierig er gewesen war, die Nachricht zu schreiben, so plötzlich hielt er inne. Sein Finger schwebte über der Sendentaste, zog unentschlossen Kreise darüber. Er presste die Lippen aufeinander. *Darf sie das überhaupt?* Ein wirkliches Gespräch hatten sie seit Tagen – nein, eigentlich seit Wochen – nicht mehr gehabt. Die distanzierte Stimmung seit Lucas … Moment auf der Brücke war nie mehr ganz aufgebrochen.

Jetzt gingen sie irgendwie … *anders* miteinander um.

Einfach abschicken. In dem Moment, in dem er sich entschieden hatte, begann sein Herz wie verrückt zu pochen. Er holte tief Luft, kniff die Augen zu und klickte auf »Senden«.

Sofort riss er sie wieder auf. Gespannt wartete er darauf, dass der kleine Kreis an der Seite aufhören würde sich zu drehen, und … dann war die Nachricht verschickt, unwiederbringlich.

Was, wenn sie Nein sagt? Er strich über das Display, als könne er zu einer Nachricht vorscrollen, die es noch nicht gab. Er seufzte. *Dann ist es eben so. Es ist nur ein Angebot.*

Das dumpfe Gefühl, das sich immer weiter in ihm ausbreitete, strafte den Gedanken Lügen. *Mist, warum hab ich das getan?!*

Er kratzte sich an der Stirn und legte das Handy beiseite. Ihm war schlecht und er hatte Hunger, die Kopfschmerzen drängten sich mit Nachdruck in sein Bewusstsein zurück und am liebsten wäre er einfach wieder ins Bett gekrochen. Doch gleichzeitig … Sein Display war kurz davor, sich zu sperren, also tippte er darauf. Minuten verstrichen, in denen der lautstarke Streit um das letzte Schokobrötchen zu ihm hochdröhnte.

Wer sagt, dass sie wach ist? Dass sie überhaupt mit mir reden will?

[11:53 Uhr] Luca Wittek (Abteilung): Ist etwas passiert?

Ruckartig setzte er sich auf. Natürlich – wenn sie erfuhr, dass alles in Ordnung war, würde sie absagen. Seine Glieder wurden plötzlich schwer und er ließ sich auf dem Boden nieder, die Beine ineinander verschränkt, den Kopf gegen das Bett gelehnt.

[11:54 Uhr] Ich: Nein. Einfach so.

Komm, trau dich. Noah starrte die Nachricht an, verbesserte sie dreimal, bevor er tief atmend auf »Senden« drücken. Wieder strich er über das Display, wartete. Minutenlang geschah nichts. Schließlich schloss er seufzend die Augen und wollte das Smartphone gerade beiseitelegen, da vibrierte es. Sein Herz setzte einen Schlag aus.

[11:57 Uhr] Luca Wittek (Abteilung): Einfach so? Wie meinst du das?

Er musste schmunzeln. Seine Finger begannen zittrig, die Antwort einzutippen.

[11:58 Uhr] Ich: Wir könnten einen Spaziergang oder so machen. Den freien Tag zusammen verbringen. Einfach so.
[11:58 Uhr] Luca Wittek (Abteilung): Einfach so?
[11:59 Uhr] Ich: Einfach so.

Das schmale Lachen, das sich aus seiner trommelnden Brust gezwängt hatte, verklang viel zu schnell, während er auf die nächste Nachricht lauerte. Dann:

[12:00 Uhr] Luca Wittek (Abteilung): Ich bin in vierzig Minuten da.

[12:00 Uhr] Luca Wittek (Abteilung): Aber ich werde nicht mit euch zu Mittag essen.

Luca rieb sich mit den Handflächen über ihre Jeans. Sie hatte sich heute für ein schlichtes Outfit entschieden – oder besser gesagt eines, von dem sie wusste, dass es mehr oder weniger nichtssagend war. Nach einigen schlaflosen Stunden im Bett, mit viel zu schweren Gliedern, hatte ihr Handy vibriert. *Noah.* Was, wenn ihm etwas zugestoßen war?

Ein Adrenalinschub hatte sie aus der Bewegungslosigkeit gepeitscht und hastig nach dem Smartphone greifen lassen.

Und die Nachricht gelesen. Und gleich noch mal. Hatte mehrere Male eine Antwort eingetippt und sie gleich wieder gelöscht, darunter viermal »Nein« und zweimal »Ja«, war schließlich zu ihrem Reisekoffer gestürzt und hatte mehrere Kombinationen von Klamotten herausgelegt. Sich geschminkt, alles wieder abgewischt.

Was wird er von mir denken?

»Meine Mutter ist tot.« Sie schluckte schwer, um den Geschmack von ihrer Zunge zu vertreiben, doch ihr Rachen blieb schal und trocken. Gestern hatte sie so viel geweint, so viel von sich gegeben, dass sie nicht mehr wusste, was sie noch in sich trug.

Und doch war etwas anders als zuvor. Als würde etwas aufhören, unsichtbar zu schwelen, sondern langsam, fast wie in Zeitlupe, aus ihr herausbrechen.

Ob heute ein guter Tag war? Sie hob den Blick vom Asphalt und kniff die Augen gegen die Sonne zusammen. Einzelne Wolken mischten sich in das tiefe Blau über ihren Köpfen, während die Hitze die Straße zum Schwitzen brachte. Noahs Wangen waren leicht gerötet, ihre bestimmt auch.

Genau genommen wusste sie es nicht. Um zu verstehen, ob heute ein guter Tag war, hätte sie begreifen müssen, was in ihrem Inneren passierte. Es fühlte sich an, als wäre irgendwann in den vergangenen Wochen dort ein lange verborgenes Zimmer aufgetaucht, zu dem sie gestern Nacht den Schlüssel gefunden hatte. Sie hatte keinen Blick hinein riskiert, spürte aber das Chaos, das sie dort erwartete. Sie wusste nicht, ob sie die Tür wirklich öffnen wollte oder nicht, aber während Noah gemächlich neben ihr lief, spürte sie, wie der Schlüssel ins Schloss glitt.

»Was schaust du so?«, fragte er und versuchte sich an einem schüchternen Lächeln.

Schnell sah Luca weg. »Nichts. Ich ... mag eure Stadt.« *Glatte Lüge.* Sie seufzte lautlos und hätte am liebsten über sich selbst den Kopf geschüttelt.

Noah schien es zu merken. Ein halbes Schmunzeln hing an seinen Lippen. »Das Industriegebiet?« Er hob die Arme, wie um all die schmucklosen Betonbauten um sie herum einzufassen. Verwaiste Flächen mit quietschenden Toren und gigantischen, bedrohlich aufragenden Maschinen schauten zurück, als würden sie ihnen genauso wenig trauen wie umgekehrt.

»Ihr habt eine KiTa«, meinte sie und deutete auf die Straßenkreuzung vor ihnen. Auch sie war verlassen, kein Wunder an einem Samstag.

Statt zu antworten, lächelte Noah nur.

Verdammt. Luca rieb sich über die Stirn. »Hör zu, wir sind schon lange unterwegs. Vielleicht ...«

»Vielleicht was?«

Hilflos zuckte sie mit den Schultern und schaute ihn unschlüssig an. *Ich weiß selbst nicht, was ich sagen will. Erinnerst du dich an gestern? Ist dir das unangenehm? Sollte ich lieber gehen? Das zwischen uns ist zu viel, wir können so nicht mehr zusammenarbeiten.*

Noah musterte sie, dann deutete er voraus. »Wir sind sowieso gleich zu Hause. Nicht mehr weit.«

»Um dann bei euch zu Abend zu essen?«

Noahs Augen *bettelten* geradezu. Wie ein Welpe. »Nur wenn du willst.« Der Satz war dünn und sagte genau das Gegenteil.

Luca stieß ein Seufzen aus. »Du weißt, dass ich mich kein bisschen mit deiner Mutter vertrage.«

»Ich glaube, sie gibt sich Mühe, seitdem du mit ihr gesprochen hast.«

Luca reckte das Kinn. »Vielleicht ist sie nicht das Problem.«

Er hob die Brauen. »Sondern?«

»Ich.«

Noah hob die Brauen ein Stück höher, dann leckte er sich nachdenklich über die Lippen. »Aber dann liegt es ja auch an dir, es zu lösen.«

So meine ich das nicht. Luca presste die Lippen zusammen und suchte nach einer Ausrede, doch ihr wollte nichts einfallen. *Einfach Nein sagen?* Etwas Dunkles, Drängendes meldete sich in ihr und schmeckte nach gestern Abend.

Schlechtes Gewissen.

»Noah, ich ...«

»Noahnoahnoah!«, unterbrach sie ein Chor aufgeregter Kinderstimmen, gefolgt von schnellem Getrappel. Eine Horde kleiner Füße galoppierte auf sie zu.

Verblüfft schauten sie sich um – und fand sich auf einmal vier Kindern gegenüber, jedes Augenpaar größer als das vorherige. »Noaaah!«, rief das kleinste von ihnen noch einmal und begann zu prusten und zu kichern.

Luca furchte die Stirn.

»Hallo, ihr!«, antwortete Noah lachend und ging in die Hocke. Beinahe lächerlich klein machte er sich, mit seinen unendlich langen Beinen, deren Knie ihm so fast auf Höhe der Ohren saßen. »Was macht ihr denn hier?«

Die Älteste schwellte die Brust und schaute ihn bedeutsam an. »Wir besuchen den Kindergarten.«

»Ich gehe bald auch in die Schule!«, zwitscherte der Junge neben ihr und deutete stolz auf das KiTa-Gebäude vor ihnen. »Noch einmal Tschö sagen!«

Noah öffnete den Mund, um zu antworten, da bemerkte er eine Frau, die auf sie zugelaufen kam. Ihre Wangen waren rot und ein Schweißfilm stand ihr auf der Stirn. »Oh, Noah, hallo!«, keuchte sie. Die junge Mutter war deutlich mehr außer Atem als ihr Nachwuchs. Auf ihrem Rücken saß ein großer Rucksack, an dessen Seiten bunte Trinkflaschen befestigt waren.

»Petra, hallo«, begrüße Noah sie perplex und reichte ihr in einer schnellen Geste die Hand. Er blinzelte ein paarmal und Röte verfing sich in seinen Wangen, während er etwas hilflos zwischen Luca und der Frau hin- und herschaute.

Luca streckte ihr ebenfalls die Hand entgegen. »Hallo, ich bin Luca.«

Petra lächelte sie freundlich an. Sie hatte einen warmen, wenngleich etwas verschwitzten Händedruck. »Hallo, Luca. Freut mich.« Dann trat sie zurück und deutete mit einer weiträumigen Geste auf ihre Kinder. »Habt ihr Noah erzählt, warum wir hier sind?«

Die Älteste nickte so eifrig, dass ihr blonder Zopf auf und ab hüpfte. »Ja!«

»Mama! Natürlich!«, ging das Zweite dazwischen. Es hatte eine dicke Brille auf der Nase sitzen, die eigentlich viel zu klobig für einen Jungen seines Alters war.

»Wir haben uns jetzt echt schon lange nicht mehr gesehen«, meinte Noah lächelnd, dann ging er vor dem Jungen in die Hocke. »Du gehst also dann in die Schule, ja? Herzlichen Glückwunsch.« In absoluter Ernsthaftigkeit reichte er dem Jungen die Hand, ganz so, wie er es bei dessen Mutter getan hatte. Nur ruhiger, sicherer. Wärmer.

Der Kleine schien vor ihren Augen um drei Meter zu wachsen. »Du warst halt wirklich lange nicht mehr bei uns.«

»Ich hatte in letzter Zeit viel zu tun.«

»Und waaaas?«, fragte der Kleinste dazwischen.

»Noah hat bestimmt ganz fleißig für die Uni gelernt«, erklärte die Mama, und sofort rief die Größte hinterher, dass sie irgendwann auch mal auf die Uni wolle. Auch wenn Luca bezweifelte, dass sie überhaupt wusste, was das war.

Er war wohl mal ihr … Babysitter? Nur vage konnte Luca sich daran erinnern, dass seine Mutter etwas in die Richtung erwähnt hatte.

Sie konnte sich nicht erklären, warum sie so überrascht war. Warum es sie so faszinierte, wie liebevoll Noah dem Kleinsten die Hand reichte und der Ältesten ernst gratulierte, als sie von ihrem Geburtstag letzte Woche berichtete. Die Mutter lächelte auf ihre Kinderschar hinab, strich ihnen über die schmalen Schultern, tätschelte ihnen die wirren Haare.

»Bis dann!«, riefen die Kleinen schließlich im Chor und verschwanden – beinahe so schnell, wie sie gekommen waren. Und doch hatte Luca das Gefühl, einen Blick in eine alternative Realität geworfen zu haben. Sie versuchte zu verstehen, was dort anders wäre – in einer Welt, in der Noah kleinen Kindern selbstbewusst die Hand reichte –, aber begreifen konnte sie es nicht.

»Und da ziehen sie hin«, säuselte Noah beinahe lächerlich breit grinsend und winkte, bis sie um die Ecke gebogen waren.

Luca blinzelte ihn an. Dutzende Gedanken flossen in ihrem Kopf hin und her, so träge, dass sie keinen davon ganz begriff.

»Alles in Ordnung bei dir?«, fragte er und legte ihr, als sie nicht reagierte, sanft eine Hand auf den Arm.

Ruckartig fuhr sie zusammen und trat instinktiv einen Schritt zurück. Ihre Aufmerksamkeit pendelte von Noah zu der Hausecke, hinter der die Kinder verschwunden waren, und wieder zurück. *Warum verblüfft mich das so?*

»Du hast also auch als Babysitter gearbeitet?«

Noah nickte langsam, öffnete den Mund, schloss ihn wieder und nickte erneut. »Ja, genau. Neben der Ausbildung.«

»Der zum Erzieher?«

Seine Wangen fingen Feuer, aber gleichzeitig strafften sich seine Schultern und ein kaum merkliches Funkeln stahl sich in seine Augen. »Woher weißt du das?«

»Deine Mutter hat es mal fallen lassen. Als wir noch miteinander geredet haben.« Luca zuckte mit den Schultern und deutete in Richtung von Noahs Zuhause. Er folgte ihr die nun wieder menschenleere Straße entlang.

Schweigend liefen sie einige Schritte nebeneinander her, doch statt die Stille zu genießen, spürte Luca, wie unruhig sie war. Die Haare auf ihren Armen stellten sich auf, und ihr Mund öffnete sich, schloss sich aber schließlich wieder, ohne ein Wort hervorgebracht zu haben.

Umständlich räusperte sie sich und schaute zu Noah.

»Ja?«

Sie strich sich eine Haarsträhne hinters Ohr, um festzustellen, dass da gar keine gewesen war. Innerlich verfluchte sie sich selbst. Seit wann war sie so nervös bei ... irgendjemandem? »Du bist also Erzieher?«

Noah nickte stolz und ein Lächeln flutete sein Gesicht. »Ja, das stimmt. Die Ausbildung war echt super.«

»Warum studierst du dann jetzt Mathematik?«

Als hätte er die Frage viel zu oft gehört, stieß er ein tiefes Seufzen aus – schluckte es aber mittendrin plötzlich herunter, als hätte er bemerkt, was er da tat. »Ich arbeite sehr gerne mit Kindern, aber ich mag das Arbeiten mit den anderen Erziehern nicht so. Und den Eltern.« Er presste die Lippen aufeinander und sah weg.

»Warum?«

»Die Eltern sind einfach ... anstrengend. Ich meine ...«

»Nein, warum die anderen Erzieher?«

»Weil sie keine Kinder sind?« Er lachte nervös, dann schüttelte er den Kopf. »Erwachsene sind ... schwierig für mich. Ich habe das Gefühl, immer irgendwas falsch zu machen. Kinder nehmen dich einfach, wie du bist.« Er schien einen Moment zu überlegen. »Außerdem bin ich für die Ausbildung ausgezogen, weißt du? Das hat mir ... geholfen? Keine Ahnung. Für das Studium bin ich wieder bei meinen Eltern eingezogen, um Geld zu sparen. Damals wollte ich einfach weg aus dem großen Haus, und mit dem Ausbildungsgehalt ... war das zu dem Zeitpunkt irgendwie das Einfachste. Gut, mein Budget war echt knapp, trotz Kindergeld und allem, aber meine Eltern haben mir ein bisschen was dazu gegeben und dann hat es gepasst.«

Luca wog seine Worte im Mund. Sie hatten heute viel geredet – für ihre Verhältnisse zumindest. Über das Wetter, die Uni ... doch alles Private hatten sie wie in stummer Absprache großflächig umschifft.

Bis jetzt.

»Mathe hat mich schon vorher gereizt, aber so gerne ich das auch gemacht hätte, ich wollte erst mal ... weg.« Er lachte nervös und schaute zum Himmel auf. »Dann hat meine Freundin zum Ende der Ausbildung mit mir Schluss gemacht.«

Luca brauchte einen Moment, um die Worte zu verarbeiten.

»War sie auch Erzieherin?«

Noah hob eine Hand und strich sich einige wirre Locken beiseite, nur damit sie prompt an die gleiche Stelle zurückfielen. »Ja, schon.« Er lachte hilflos. »Nicht die erste Frage, die ich erwartet habe.«

Genauso hilflos zuckte sie mit den Schultern und schaute zu Boden. Ein Kiesel lag direkt vor ihren Schuhen. Mit einem kräftigen Tritt schickte sie ihn die Straße hinunter. »Ich bin nicht gut darin.«

»Worin?«

»Small Talk.«

Da begann er zu lachen. Lauter und herzlicher, als sie ihn je hatte lachen hören. Durchdringend fuhr es ihr in die Knochen, direkt bis in ihr Herz. Als wäre es über Jahre eingefroren gewesen, hätte eine Staubschicht angesammelt und sich darunter versteckt wie unter einer Decke. Jetzt schlug es die ersten, hektischen Töne, so aufgeregt, dass es die Schicht im Nu abschüttelte.

Ein Grinsen breitete sich auf ihren Wangen aus, das sich beinahe noch ungewohnter anfühlte als ihr pochendes Herz. *Wie lange habe ich das nicht mehr getan?* Fasziniert beobachtete sie Noah von der Seite und spürte, dass die Tränen von gestern sich wieder ankündigten. Erleichterung und Trauer. Widersinnig, oder nicht?

Luca fühlte sich einen Moment lang überraschend frei.

»Gut, du bist *wirklich* schlecht im Small Talk«, schloss Noah und wischte sich demonstrativ eine Lachträne aus dem Augenwinkel.

Verwirrt hob sie eine Braue. Mit der Reaktion hatte sie nicht gerechnet. »Warum lachst du dann so?«

Sie bogen um die Häuserecke, und das Haus der Mertens', das gedrungene Gebäude mit den drei Eingängen, dem großen Gemeinschaftsgarten, den drei Toren ragte vor ihnen auf wie ein stummer Riese, der sie immer näher zu sich zog. *Eigentlich will ich noch nicht zurück.*

»Weil ich immer dachte, dass *ich* schon schlecht darin sei.«

Sie schüttelte die schweren Gedanken aus ihrem Kopf. »Und im Vergleich zu meinem glänzenden Vorbild bist du so viel besser?« Sollte sie gekränkt sein? In ihrem Inneren wirbelte alles durcheinander.

»Nein. Es ist einfach schön, dass sich noch jemand so fühlt.« Beschwingt nahm er die letzten Schritte zum Gartentor, hielt dann plötzlich inne und drehte sich zu ihr um. Seine Pupillen erschienen ihr ungewöhnlich groß, seine Finger ballten sich immer wieder zu Fäusten. »Also ... du kannst sofort Nein sagen, ja?«

»Okay?«

»Aber ich würde mich freuen, wenn du mit reinkommst. Wenn wir uns noch ein bisschen in den Garten setzen und ... einfach reden.«

Luca biss sich auf die Lippe. Ein Teil von ihr hatte darauf gehofft, dass er das vorschlagen würde. Einen anderen dagegen trieb es fort – weg von seiner Mutter, weg von den Grenzen, die sie damit überschreiten würde.

»Bitte.« So schlicht und einfach – doch seine Augen sagten so viel mehr. Als sie seinen Blick traf, lag darin ehrliche Hoffnung.

Sie seufzte ergeben und Noah machte nahezu einen Luftsprung. Wie er das am Tag nach seinem grandiosen Absturz bewerkstelligte, konnte sie beim besten Willen nicht sagen. »Aber ich kann nicht lange bleiben«, betonte sie.

»Warum, noch etwas vor?«, neckte er und sie sah ihn verblüfft von der Seite an.

»Haben wir heute etwas Oberwasser?«

Sofort färbten sich seine Wangen wieder und er fiel in einen lockeren Schritt neben ihr. »Entschuldige.«

Luca hielt ihn am Arm zurück und zwang ihn, sie anzuschauen. »Hör auf, dich zu entschuldigen«, sagte sie und schaute ihn dabei fest an. Ihre Worte klangen ruhig, doch ihr Herz pochte wie wild. Ihre Hand, die dort auf seinem nackten Oberarm lag, begann zu prickeln, und so sehr sie auch wegsehen und weitergehen wollte ... sie konnte nicht. Etwas zog an ihr, zog sie hin zu ihm. Zog ihren Blick zu seinen Lippen.

Noahs Kopf ruckte zurück und riss sie aus ihrer Trance.

Was war das? Habe ich gerade ...? Sie räusperte sich umständlich und trat zum Gartentor. Quietschend schwang es auf. »Dann lass uns reingehen.«

Luca hatte mit vielem gerechnet. Einem Großaufgebot der Familie. Einem höflich aufgezwungenen Abendessen, bei dem die Stimmung wieder erdrückend sein würde. Einer Drohung, sofort das Haus zu verlassen.

Umso unerwarteter kamen die Stunden danach. Sie saßen gemütlich im Garten, Noah hatte es sich auf der Bank bequem gemacht, sie sich auf dem Gartenstuhl ausgestreckt. Zu Anfang saßen sie steif beieinander und das Gespräch verlief holprig, nach und nach entspannten sie sich aber und die Worte begannen, locker zwischen ihnen hin- und herzufließen.

Seine langen Beine hingen über die Lehne, die Fersen tippten in einem trägen Rhythmus gegen die Sitzbank. Seine Hände machten wirre Bewegungen in der Luft, während er von seiner Ausbildung erzählte. Vorher hatte er über sein Studium geschwärmt, über seine Kommilitonen und seine Freunde – manchmal verstand sie nicht ganz, wer zu welcher Gruppe zählte, aber sie vermutete, dass er das selbst nicht so genau wusste.

Die Übungsblätter, die er für sein Studium erledigen musste, waren viel umfangreicher, als sie erwartet hatte. Dass er einige davon in letzter Zeit nicht hatte ausfüllen können, bedeutete, dass er ziemlich sicher nicht zu den Prüfungen zugelassen wurde. Noah meinte seltsam gelassen, dass er sie ohnehin nicht bestehen würde, wenn er es versuchte.

»Aber egal. Dafür lerne ich ja zaubern. Wenn auch nur ... übergangsweise.« Er lachte, aber es hatte einen traurigen Beigeschmack. Nachdenklich nahm er einen kleinen Schluck aus seinem – heute wohlweislich alkoholfreien – Bier, doch dann strahlte er sie von der Seite an. Als würde ihn der Verlust seiner Magie gar nicht mehr kümmern.

Luca lächelte zaghaft zurück. Sie genoss es, seinen alltäglichen Geschichten zu lauschen. Es war seltsam beruhigend, wenn er davon erzählte, wie er am ersten Tag seiner Ausbildung völlig außer Puste und viel zu früh – morgens um sechs – angetreten war. Die Haare wirr und die Augen beinahe die ganze Zeit auf seine Schuhspitzen gerichtet, weil er sich nicht traute, die Chefin anzusehen. »Damals war ich noch schüchterner als heute.«

Luca war überrascht, dass er das so leicht eingestand. *Bin ich schüchtern?* Sie horchte in sich hinein. *Nein, aber unsicher.*

»Ich finde, es ist nichts falsch daran, schüchtern zu sein«, stellte sie fest und fuhr mit dem Daumen über das Kondenswasser, das sich am Glas ihrer Flasche gebildet hatte. Ihr Finger glitt federleicht über die feuchte Oberfläche. Mit einem Gedanken gefror sie es, damit es noch besser ging.

Noah hatte sich derweil seufzend wieder auf den Rücken gelegt. »Theoretisch. Das sagt meine Mutter auch immer, aber ganz ehrlich? Man verpasst echt einiges, wenn man sich nicht traut, Teil von irgendwas zu sein.«

Nicht traut, Teil von irgendwas zu sein. Der Satz hallte in ihr nach und hinterließ einen bitteren Nachgeschmack. Vielleicht war sie doch schüchtern?

Entschlossen schüttelte sie den Kopf. »Vielleicht ist es gar nicht schlimm, wenn man nicht alles mitbekommt. Das Leben kann … unbarmherzig sein, manchmal.«

Noah fing ihren Blick auf und sie ertrank beinahe in der Tiefe, die sich darin spiegelte. Dem Geheimnis, das dort lauerte. Sie schluckte schwer und schaute weg, fuhr mit ihren Augen über die Tannen, den braunen Boden darunter und das Gras, das sich in den Nadeln verlor. Sie saßen an Noahs Lieblingsplatz, wie er betont hatte. Eine kleine, kuschelige Ecke mit einer funzeligen Lampe auf dem Tisch, die kaum die Dunkelheit vertreiben konnte. Sie schaute zu den Pizzakartons auf dem Tisch, über deren Inhalt sie vorhin hergefallen waren, musterte die bunt zusammengestellten Möbel.

Dann zog es ihren Blick wieder zu Noah.

Ihr stockte der Atem, als sie erkannte, dass er sie immer noch ansah. Hastig schlug sie die Augen nieder, doch sie spürte seine Aufmerksamkeit weiter auf sich. *Guck weg!* Wieder schaute sie auf, und wieder begegnete sie seinem Blick.

»Ich muss dir etwas sagen. Ich ... bin nicht ganz sicher, aber ...« Er rieb sich über die Wange, dann die Nase, sodass seine Brille nach oben rutschte. Schließlich seufzte er. »Ich habe die ganze Zeit darüber nachgedacht. Ich hätte es früher sagen sollte, aber ich hab mich nicht getraut. Erst kamen die Kinder und dann haben wir so geredet und ...«

»Du erinnerst dich an gestern«, hauchte Luca. Ihre Finger knibbelten an dem Etikett der Flasche, umringt von Eiskristallen, und das Bier darin begann zu frieren.

Aus den Augenwinkeln sah sie, wie er nickte. »Es tut mir leid.«

Ihr wurde schlecht. Einen Moment hielt sie in der Bewegung. »Dass ich dir von ... meiner Mutter erzählt habe?«

Energisch schüttelte er den Kopf und setzte sich auf. Seine langen Beine berührten beinahe ihre, seine Schuhe raschelten auf dem Nadelteppich zu seinen Füßen. »Nein. Ich bin froh, dass du es mir erzählt hast.«

Kurz huschte ihr Blick zu ihm, dann schüttelte sie langsam den Kopf. Ihr war viel zu bewusst, wie nah sie ihm war, dass seine Wärme sich mit ihrer vermischte. Dass seine Magie zu ihrer flüsterte. Was sollte sie sagen? Worte lagen schwer auf ihrer Zunge und die Enge in ihrer Brust schnürte sich immer weiter zusammen. *Ich kann nicht atmen.*

»Hey, Luca.« Hände schoben sich in ihre und erst da merkte sie, dass ihre Finger angefangen hatten, an dem Etikett zu reißen. Die Einzelteile rieselten in einer Mischung aus Schnee und Papier zu Boden.

Tränen verwischten ihren Blick und ihr blieb die Luft weg. *Ich muss atmen. Ganz ruhig.* Aber sie konnte nicht. Die halbvolle Bierflasche taumelte ihr aus den Fingern. Zuerst dachte sie, sie hätte sie fallen lassen, da spürte sie Noahs Finger. *Er hat sie aufgefangen.*

Und dann kniete er sich vor sie hin und zog sie in seine Arme. Wie im Auto. Nur war er ihr jetzt noch näher, zog sie so eng an sich, wie sie es zuließ. Und sie wollte es zulassen. Wollte ihn so nah bei sich wissen, dass ihre Herzschläge zueinander sprachen. Dass sie seinen Puls in ihren Fingerspitzen spürte, seinen Atem an ihrem Ohr.

»Ganz ruhig.« Noahs Stimme war tief und durchdringend. Sie tat gut ... und doch rief sie sie in die Realität zurück. *Das ist falsch.* Sie war seine Lehrerin, seine Mentorin. Sie durfte das nicht. Aber sie schaffte es nicht, ihre Arme von ihm zu lösen. *Er stützt mich. Er stützt mich wirklich.*

Mit der Erkenntnis kam der Fall.

Sie wusste nicht, ob sie weinte oder nur stumm zitternd in seinen Armen lag. Es war ihr auch egal. Sie spürte nur, wie etwas in ihr langsam, ganz langsam zur Ruhe kam. Wie der gefrorene Teil in ihr begann zu schmelzen. Erst rannen einzelne Tropfen herab, dann brachen kleine und schließlich immer größere Stücke ab, wie bei einem Eisberg, der zu weit nach Süden getrieben war. Noahs Wärme hüllte sie ein, zog sie mit sich, dorthin, irgendwohin, sie wusste auch nicht.

Und da beruhigte sich ihr Atem. Die Erkenntnis traf sie viel tiefer, als sie es hätte tun sollen. *Ich ... mag ihn. Ich mag ihn sehr.* Im Stillen hatte sie es gewusst, die ganze Zeit war es ihr klar gewesen, aber sie hatte es nicht akzeptieren wollen. *Wenn ich mich professionell verhalte, dann kann ich bleiben.* Darum war es gegangen.

Aber wenn sie ...

Wenn da mehr war, dann müsste sie gehen.

Ihr frisch erwachtes Herz zog sich schmerzlich zusammen. So heftig, dass sie sich mit einem Keuchen darum zusammenkrümmte. Als würde er spüren, was in ihr vorging, legte Noah seine Arme noch fester um sie und zog sie zu sich.

»Ich kann das nicht«, flüsterte sie. Ihre Stimme war kaum mehr als ein Krächzen.

»Was kannst du nicht?«, wisperte Noah. War das Angst in seiner Stimme?

»Ich … weiß auch nicht. Ich kann nicht bleiben.«

Statt loszulassen, zog er sie nur enger an sich. »Warum?«

»Ist das nicht klar?«

Er antwortete nicht – er wusste warum. Sie wussten es beide. *Er mag mich auch.* Die Erkenntnis rieselte durch sie hindurch wie ein Sommerregen. »Doch, ich glaube schon.«

Luca nickte an seiner Schulter, aber keiner von ihnen machte Anstalten, sich vom Anderen zu lösen.

»Ich will, dass du bleibst.« Seine Stimme brach beinahe unter den Worten. Er zog sie so fest an sich, dass es wehtat, aber sie ignorierte den Schmerz.

»Ich *sollte* gehen.« Ihr Mund fühlte sich fremd an, während sie das aussprach. In ihrem Inneren begann etwas zu taumeln. Als spürte sie, dass der Fall zu Ende ging und der Boden nahte.

»Musst du aber nicht.«

»Doch, natürlich!« Es war keine Wut, die ihre Stimme lauter drehte, sondern Verzweiflung. Und Angst. So viel Angst. »Natürlich muss ich!«

»Warum?« Noah blieb leise. So ruhig, wie er immer war, und es brachte sie so viel mehr aus der Fassung, als sie es für möglich gehalten hatte.

Sie trennte sich gerade so weit von ihm, dass sie ihm in die Augen sehen konnte. In diese tiefbraunen Augen, deren Sprenkel zu tanzen schienen, wenn sie zu lange hinsah. Das war ihr bisher nie aufgefallen.

Nie war sie ihm so nah gewesen.

Und da fiel ihr Blick auf seinen Mund. Auf seine Lippen, die sich dort vor ihr teilten, als müsste er tief einatmen, während er gleichzeitig die Luft anzuhalten schien. Seine Magie, ihre Probleme, der Job – all das fühlte sich so fremd an. Da war es wieder, dieses Ziehen, dieses unbarmherzige Drängen. Sie wusste selbst nicht, wonach – sie wusste nur, dass sie nicht mehr wegsehen konnte. Weg von diesen wunderschönen Augen, von den Lippen, die sich ihren näherten, bis sie seinen Atem sanft über ihr Gesicht streichen spürte.

Er wird mich küssen. Die feine Linie, die sie gezogen hatte, würde verwehen wie in Sand gemalt. Ihr Kopf begann zu dröhnen, das Band zu Noah, zu ihrem *Schüler*, riss mit einem Mal und ihre Augen schossen an ihm vorbei.

»Nein!«

Sie merkte erst, dass sie es laut ausgesprochen hatte, als Noah abrupt innehielt. Sie ließ sich keine Zeit, in seinen Augen zu lesen, sondern stieß seine Arme heftig von sich. *Eng, zu eng.* War das der Aufprall? War sie dem Boden so nahe gewesen? Sie war sich nicht sicher, sie war sich in nichts mehr sicher.

»Luca!« Warum rief er nach ihr? Erst da spürte sie, dass sie rannte, die schweren Beine trugen sie durch den Garten, zur Terrassentür, ins Haus. Ihre Schuhe knirschten auf dem Laminat, aber sie schaffte es nicht mehr stehenzubleiben.

»Luca?« Eine weibliche Stimme. Noahs Mutter?

»Ich muss kurz ins Bad«, presste sie hervor. Etwas in ihrem Inneren taumelte weiter, bis sie selbst schwankte, gegen die Tür des Badezimmers knallte, erst von außen, dann von innen. Sie hörte Stimmen draußen, Schritte, und viel zu schnell und viel zu spät ein Klopfen an der Tür.

»Mir geht es gut.« Sie schaffte es nur, zu flüstern. Seit wann fiel ihr Lügen so schwer?

Ihr Blick suchte sich selbst im Spiegel. Das Bad war klein, weiße Fliesen verkleideten die Wände, blaue den Boden. Es war die Besuchertoilette, keine fünf Quadratmeter mit einem kleinen Milchglasfenster in Richtung des Vorgartens.

Ihre nackten Arme trafen auf Fliesen. Sie waren so kalt gegen ihre Haut ... da erst merkte sie, wie heiß ihre Wangen waren. Ihr Blick fiel auf ihre bebende Brust.

»Luca …«, begann Noah draußen und stieß einen tiefen Seufzer aus. Was er jetzt wohl dachte? Lehnte er gegen die Tür? Flatterte sein Herz so wie ihres? »Es … tut mir …«

»Nicht entschuldigen!«, unterbrach sie ihn schrill. *Nein, nicht entschuldigen. Bitte, nicht entschuldigen. Nicht dafür.*

Sie biss sich auf die Lippen, aber sie schaffte es nicht, die Worte hervorzupressen. Wollte es vielleicht gar nicht. Was würde das bringen?

Noah seufzte noch einmal tief, setzte zu einem Satz an, den keiner von ihnen verstand, dann brach er ab, und einen Moment später verklangen seine Schritte vor der Tür und sie war wieder alleine.

Ich wollte es doch auch.

14

An Noahs Füßen hingen unsichtbare Gewichte, als er zurück in den Garten schlurfte. Er hatte die Frage seiner Mutter im Kopf, ob alles in Ordnung sei – und die viel bedenklichere Sorge in ihren Augen.

Er seufzte und beobachtete, wie sich eine kleine Eiswolke vor seinem Gesicht bildete. Eis im Sommer. Eine Welt voller Wunder. Voller Geheimnisse und voller ...

Wortlos verfluchte er sich selbst und presste die Lippen zusammen, um das Kribbeln in ihnen zu zerdrücken. Der dunkle Garten umfing ihn wieder, hier in der äußersten Ecke, wo er sich sicher sein konnte, dass niemand im Haus ihn sah. Ein kleiner Rückzugsort mit der leeren Feuerschale auf einer Seite und dem Tisch voller Nadeln und Staub auf der anderen. *Das war ziemlich eindeutig.* Blicklos starrte er auf die Tischplatte.

Und trotzdem sagt sie, dass ich mich nicht entschuldigen soll? Aus Höflichkeit vielleicht? Beinahe hätte er gelacht. *Als ob Luca höflich wäre.*

Immer wieder sah er ihr Gesicht in dem Moment vor Augen. Wie er sie hielt, ihre Wärme spürte und erst da verstand, *wie* zerbrechlich sie wirklich war. Er wusste nicht, ob Luca immer so gewesen war wie heute oder ob ihr Leben sie so geschliffen hatte ... Aber jetzt sah er ganz deutlich die Grenze, die sie sich selbst gesetzt hatte.

Und ich habe sie überschritten.

Seufzend fuhr er sich mit der Hand übers Gesicht. Er fragte sich, ob es ein Fehler gewesen war, ihr hinterherzulaufen. An der Tür zu klopfen. Jeder Schritt hatte ihn Unendlichkeiten gekostet. Seufzend legte er sich wieder auf die Bank, ließ die Füße darüberbaumeln, bis die Lehne ihm das Blut in den Kniekehlen abdrückte. Aber was sollte er …

Schritte hinter ihm. Langsam, bedächtig. *Luca.*

Er setzte an, sich aufzusetzen, da wurden sie schneller. »Luca, ich …«

Aber es war nicht Luca.

Röchelnder Atem schlug ihm entgegen, eine dunkle Kapuze schob sich in sein Sichtfeld und plötzlich … etwas Weißes. Noah verstand zu spät, was es war. Das Tuch stank falsch, widerlich süß und erstickend. Ihm wurde schlecht. Er versuchte, den Kopf wegzudrehen, aber der Mann war schneller. Er beugte sich über ihn, doch immer noch konnte Noah das Gesicht unter der Kapuze nicht erkennen. Er sah nur Schwarz, bodenloses Schwarz.

Beweg dich. Verteidige dich! Was hatte Luca ihm beigebracht?

»Hilfe«, keuchte er, während eine Träne über seine Wange rann.

»Ganz ruhig. Gleich haben wir's. Hab keine Angst, ich werde dich nicht …«

Doch weiter kam der Mann nicht, denn in dem Moment traf einer von Noahs wild umherfliegenden Armen ihn am Kopf, und mit einem unterdrückten Fluch wich er zurück.

»Nein!« Bewegung kam in den Fremden, nur ein Schatten im Augenwinkel. Er knurrte wütend, griff in die Tasche seines Kapuzenshirts und holte etwas heraus, das Noah in dem schwachen Licht nicht erkennen konnte. Der Mann holte in einer seltsam ungelenken Bewegung aus und – ein stechender Schmerz fuhr durch Noahs Brustkorb.

Taumelnd glitt sein Blick nach unten, über seine Beine, die mitten in der Bewegung erstarrt waren, seine Hände, die nutzlos auf der Bank lagen. Und über das Messer. Das in seiner Brust.

Er schnappte nach Luft. Schock, Überraschung, Panik nahmen ihn gefangen, lähmten ihn.

»Sch, sch.« Die Stimme war dunkel, verzerrt durch das raue Flüstern. »Ich will dich nicht verletzen. Nur ruhig. Bleib … bleib einfach liegen.«

Noah schnappte nach Luft. Der Schmerz sickerte langsam zu ihm durch, gemeinsam mit der Erkenntnis, dass …

Ein Messer. Ein Messer steckte in seinem Körper.

Seine Lippen teilten sich zu etwas wie einem Schrei, aber was herauskam, war kaum mehr als ein Wimmern. Tränen traten ihm in die Augen. *Was passiert hier?*

»Hör zu, beweg dich nicht, dann passiert auch nichts. Ich …« Wärme zerfraß Noahs Shirt, doch er verstand nicht, was er darauf sah. Dunkel. In dem schummrigen Licht hier war alles dunkel. Schwarze Flecken begannen vor seinen Augen zu tanzen, er atmete viel zu schnell und spürte, wie die Muskeln an seinen Armen zu zucken begannen.

Da schien der Fremde zu begreifen. Seine Hand zuckte zurück, die Finger blutig, zurück blieb das Messer. Ein Schweizermesser, eins von diesen, die man für wenig Geld in einem x-beliebigen Geschäft kaufen konnte. Noahs Blickfeld verengte sich an. *Ernsthaft – so eins? So ein …*

»Das … das wollte ich nicht«, keuchte der Fremde. »Himmel, das wollte ich nicht!«

Was …? Noahs Verstand arbeitete schrecklich langsam, als wate er durch zähen Schlamm. Seine Gedanken verfingen sich, zogen sich zusammen und wurden unleserlich.

»Lu…«, keuchte er, dann hörte er von irgendwoher einen Schrei. Etwas riss an ihm. Ein atemloses Keuchen sprang ihm über die Lippen, bevor es in der milden Sommerluft davonflog. Hier, in der abgeschiedensten Ecke des Gartens, wo niemand ihn hörte.

Luca hatte darauf gewartet, dass ihre Tränen versiegten. Dass die Flecken auf ihren Wangen und in ihrem Dekolleté ihr hässliches Rot verloren. Schließlich hatte sie das Licht ausgeschaltet und wortlos in der Dunkelheit gestanden. Die Augen zu schließen hatte nicht gereicht, ihr Spiegelbild hatte sie weiter angestarrt, mit Verwirrung und Verzweiflung im Blick.

Sie hatte ihre Atemzüge gezählt, bis ihr schwindelig wurde. Bis sie sich am Türrahmen festhalten musste. Bei dreihunderteinundsiebzig verlor sie den Faden und versuchte, von vorne zu beginnen, aber nach zwanzig weiteren hatte sie den Anschluss bereits wieder verloren.

Er hat versucht, mich zu küssen. Und ich wollte es auch. Ich wollte ihn küssen. Warum bin ich dann hier? Warum hab ich es nicht einfach getan? Wieder waren sie da, diese Gefühle, die sie nicht verstand.

Und wen konnte sie fragen? Wer konnte ihr erklären, was da in ihrem Bauch kribbelte, was ihre Mundwinkel zu einem Lächeln krümmte, wenn sie daran dachte, wie Noah neben ihr gekniet hatte? Was ihr die Panik in die Glieder schickte und sie flüchten ließ?

Bin ich so ein Feigling?

Müde drückte sie die Tür auf. Der Hauseingang lag zu ihrer Rechten, und einen Moment überlegte sie, ob sie einfach verschwinden sollte. Ihre Lederjacke lag noch im Garten, aber morgen würde sie ohnehin wiederkommen, um … was? Weiterzuüben? Konnten sie einfach so weitermachen?

Nein, kann ich nicht. Der Gedanke erschütterte sie tief, aber die Tatsache war unumstößlich. Was blieb ihr also? Mit sich selbst diskutieren? Das war ein Kampf, den sie nur verlieren konnte.

Ich muss mich wenigstens von ihm verabschieden. Es blieb ein Rätsel, wie er zu seinen Fähigkeiten gekommen war, was genau er in der Nacht gesehen hatte – aber seine Ausbildung, die könnte sie abschließen. Noah hatte seine Magie im Griff, und sie wurde ohnehin weniger. Ihren Weggang weiter hinauszögern, nur weil er manche Kniffe noch nicht beherrschte? Nein. Damit konnte sie nicht rechtfertigen, länger zu bleiben. Auch wenn sie es sich bis jetzt nicht eingestanden hatte – eigentlich hätte sie schon längst gehen sollen.

Etwas an diesem Gedanken sorgte dafür, dass sie den Kopf hob und sich aufrichtete. Aus dem Badezimmer heraustrat. Das Wohnzimmer war leer, doch in der Küche brannte Licht und Luca konnte eine weibliche Stimme flüstern hören. Ob sie über sie sprachen? Wahrscheinlich. *Aber das ist mir egal.*

Mit entschlossenen Schritten durchquerte sie das Wohnzimmer, trat mit Absicht so laut auf, dass man sie nebenan deutlich hörte. Das Flüstern verstummte, und ihr wurde bewusst, dass es sie doch kümmerte, ob man über sie sprach. Wie viel ihr in letzter Zeit nicht mehr egal war ... wirklich irritierend.

Sie räusperte sich, holte tief Luft und trat auf die Terrasse. Was sollte sie Noah sagen? *Danke für dein Interesse.* Beinahe hätte sie über sich selbst gelacht. Nervös ballten sich ihre Hände zu Fäusten. Mit einer bewussten Anstrengung löste sie sie wieder, dann rieb sie sie die verschwitzten Handflächen an der Jeans ab. Erst da merkte sie, dass eine Schicht aus Eis ihre Hände überzog, beinahe wie bei Noah, als sie sich kennengelernt ...

Noah.

»Hey!«, rief sie erschrocken. Das Wort verbrannte ihre Lippen.

Noah drehte ihr halb das Gesicht zu. Als höre er sie, könne ihre Stimme aber nicht wirklich orten. Ihr Blick dagegen haftete an ... der Silhouette, die über ihn gebeugt dastand. Eine Krümmung im Schatten der Bäume, die so völlig und absolut falsch aussah. Der Statur nach ein Mann, ein Pullover verdeckte die Details. Kurz kreuzten sich ihre Blicke, dann riss er plötzlich an Noah, drehte sich um und hetzte davon.

Luca rannte mit ihm. Rannte schneller, als sie es je für möglich gehalten hätte. Die Strecke bis zum Ende des Gartens war kurz, doch der Schatten war schneller. »Ruft einen Krankenwagen!«, brüllte sie in Richtung des Hauses, laut genug, um die ganze Nachbarschaft zu wecken.

Als sie an Noah vorbeisprintete, konnte sie hören, wie er hustete und krächzte. Wie etwas gurgelte. Ihr wurde schlecht, doch sie wagte nicht, ihren Blick von dem Mann zu lösen. *Jetzt oder nie. Wenn ich ihn jetzt nicht festsetze, erwischen wir ihn niemals.*

Sie spornte ihre Beine weiter an, hechtete durch die Baumreihe, während der Fremde sich bereits über den Zaun schwang. Sie spürte, wie Wut in ihr aufblühte. Sie schickte ihre Magie voraus, ließ sie sich unter ihrem Fuß zu einer Stufe aufbäumen, und hechtete hinterher.

Ihre Knie federten den Aufprall ab, während ihr Blick bereits links und rechts die Straße entlangfuhr. *Noah.* Wie er auf der Bank gelegen hatte. Das Husten. Sie bildete sich ein, es selbst hier zu hören, dabei war sie viel zu weit weg.

Hatte er überhaupt geatmet? Sie spürte, wie Tränen ihren Hals zuschnürten.

Nicht jetzt. Sie müssen mich gehört haben. Sie werden sich um ihn kümmern. Luca füllte ihre Lunge mit panischen Atemzügen. *Ich kann dich nicht verlieren.* Ihre Sicht verschwamm und sie spürte, wie ihre Beine nachzugeben drohten.

Dann erspähte sie ihn.

Den Schatten. Den, der für alles verantwortlich war.

Ihre Lippen fletschten sich zu einem Knurren, und sie preschte los. Ihre Schuhe schlugen hart auf den Asphalt, Tränen perlten aus ihren Augenwinkeln. *Ich krieg dich, du Mistkerl.*

Mit diesem Gedanken verstummte ihr Inneres. All die Sorge, die Panik, die Angst, das Kribbeln – es verschwand. Zurück blieb nur kalte Kalkulation. Ihr Atem beruhigte sich.

Sie legte sich in die Kurve, als sie sah, dass der Mann abbog. Ein vager Schatten unter den spärlichen Straßenlaternen, ein Umriss, den sie langsam einholte. *Aber noch nicht nah genug.* Wo Noahs Magie in alle Richtungen ausuferte, konnte sie ihre präzise einsetzen, ja – aber gegen ein bewegliches Ziel? Mit zwanzig Metern Abstand? *Keine Chance. So stark bin ich nicht.*

Mit einer schnellen Bewegung schickte sie eine gezielte Welle aus Eis voraus, die sich über den Gehweg ergoss. Zweimal trommelten ihre Füße auf dem Bürgersteig, dann sprang sie und glitt mit einem Zischen über die Eisbahn.

Sie ging leicht in die Hocke und schickte eine weitere Welle voran – diesmal eine, die dem Fremden nah genug kam, ihn an den Füßen packte. Es knackte, als er sich stolpernd losriss, dann warf er einen panischen Blick über die Schulter.

Obwohl sie sein Gesicht nicht sehen konnte, grinste sie. Nicht, weil ihr danach war, sondern, weil es seine Panik weiter antreiben würde. Er würde unvorsichtiger werden, mit jedem taumelnden Schritt.

Und sie kam stetig näher.

Sie presste die Lippen aufeinander und spürte, wie sie langsamer wurde. Der Schwung ließ nach, dafür bekam sie den Halt, der ihrem Verfolger verwehrt blieb. Wo sie rennen konnte, als wäre unter ihren Füßen rauer Stein, rutschte er nur jämmerlich voran. Wedelte mit den Armen, um nicht hinzufallen.

Sieben Schritte, sechs, fünf – sie war im vollen Flug, als er sich umdrehte. Mit einer Pistole in der Hand.

»Keine Bewegung!« Seine Stimme war schrill und hoch. Viel zu viel Luft zog durch seine Stimmbänder, der Ton klang verwaschen, bevor er überhaupt seinen Mund verließ.

Ihre Muskeln sirrten, doch ihr Instinkt ließ sie stoppen. Mitten im Rennen brauchte sie kurz, um sich zu fangen, und hielt schließlich gute zwei Meter vor ihm an. Der Schatten, den die Straßenlaternen warfen, umriss sein Gesicht, stellte eine schiefe Nase und weit auseinanderstehende Wangenknochen in scharfes Relief, während seine Augen weiter im Dunkeln lagen.

»Hände hoch«, befahl er und wedelte mit der Pistole. Sie war so viel bedrohlicher als die keuchende Schauergestalt, die sich dahinter versteckte.

Luca spürte, wie Worte sich in ihrem Mund formten, aber sie brachte es nicht über sich, sie auszusprechen. Wie oft hatte sie solche Situationen gesucht? Den Tod herausgefordert nur für ein paar schnelle Herzschläge?

Statt ihn zu provozieren, tat sie, was er verlangte. Hob die Hände, wo sie bis gestern einfach vorgeschossen wäre. Wirre Strähnen fielen ihr in die Stirn und erst Sekunden später erkannte sie das dumpfe Trommeln in ihren Ohren als ihren eigenen Herzschlag. »Ich werde verhindern, dass Sie Noah noch mal wehtun«, stieß sie wütend hervor.

Der Mann presste die Lippen aufeinander. Luca spielte mit dem Gedanken, langsam auf ihn zuzugehen, aber sie wusste, dass Waffen in den Händen von Verzweifelten unberechenbar waren.

»Ich wollte ihn nicht verletzen«, keuchte er. Langsam wich er einen Schritt zurück. Alles in Luca spannte sich an. Sie war machtlos, wenn sie hier so stand. Während er sie zwang, zuzusehen, wie er verschwand.

»Sie sind ein furchtbarer Lügner.«

Der Mann nickte, als wäre das eine offensichtliche Tatsache. Als wüsste er längst darum und es wäre stummes Bedauern, das seinen Kopf beugte. Bedeutsam tat er noch einen Schritt. Weg von ihr.

Luca dagegen lauerte darauf, dass er doch noch einen Fehler machte – um ihm die Waffe abzunehmen, war er bereits zu weit weg.

»Warum haben Sie es dann getan?«, knurrte sie stattdessen. Unterdrückter Zorn färbte ihre Stimme. *Lass ihn nicht so nah an dich heran.*

»Vertrau mir einfach«, verlangte der Fremde, und da erkannte Luca, was er vorhatte. Die Lichter des Autos neben ihm blinkten, als er fahrig auf dem Schlüssel in seiner Tasche herumdrückte.

»Vertrauen?«, wiederholte sie und machte einen Schritt auf ihn zu. Einen zweiten, während er um das Auto herum zur Fahrertür eilte. »Wie könnte ich das?«

»Hätte ich eine Wahl, würde ich es nicht tun«, erklärte er. Als würden die Worte es wahr machen.

Luca schob sich wieder vorwärts, wartete, bis sein Auto zwischen ihnen stand. *Jetzt oder nie.* »Das glaube ich Ihnen keine Sekunde.« Damit warf sie sich in Deckung.

Sie hörte, wie er an der Tür riss, einen lauten Fluch ausstieß, ein hässliches Klirren, das sie nicht begriff. Sie sammelte den Schweiß von ihrer Haut und die letzte Feuchtigkeit aus der Luft – der Tag war heiß und trocken gewesen, und sie hatte schon viel zu viel davon für die Jagd nach dem Fremden verwendet – und ließ sie in ihrer Hand gefrieren. Presste es fester und fester zusammen, während die Sekunden ihr durch die Finger rannen. Schließlich schickte sie ein stummes Gebet an niemand Bestimmten und rammte die Eisklinge in den Reifen neben ihrem Kopf. Mit einem lauten Klirren zersprang sie, schrammte haltlos über das Gummi und hinterließ nicht mehr als ein kleine Riefe. *Scheiße!*

Der Motor erwachte keuchend zum Leben.

Ich muss ihn hierhalten. Koste es, was es wolle. Im Geiste suchte sie den Boden ab, suchte nach Pfützen, einem verräterischen Glitzern ... ihr hektischer Blick blieb an einem Abflussgitter hängen. In einer schnellen Bewegung riss sie den rechten Arm hoch. Eis schoss aus dem Kanal und bohrte sich von unten in die Karosserie. Sie hatte nicht nachgedacht, war nur einem Impuls gefolgt. Sie konnte nur hoffen, dass ...

Der Motor dröhnte und Metall schrie auf, während heftige Schmerzen gegen ihren Schädel hämmerten. *Festhalten. Er darf nicht entkommen. Niemand weiß, wo wir sind!* Ihre Arme begannen zu zittern, dann ihre Schultern und schließlich ihre Beine. *Ich darf ihn nicht verlieren.*

Aber dazu musste sie eine verdammte Tonne Metall daran hindern, sich vom Fleck zu bewegen. Alles in ihr trudelte, während Eissplitter um sie herum herabregneten. Sie spürte, dass ihre Kraft nachließ. Wie ein Muskel, den sie zu wenig genutzt hatte. Erinnerungen drohten, in ihr aufzubegehren, während es *knack* machte und ...

Das Brüllen des Motors plötzlich verstummte.

Keuchend sank Luca in die Knie. Spürte es erst, als sie sich die Hände am noch warmen Asphalt aufschürfte. Die Reifen hatten aufgehört, sich zu drehen, einer hing noch halb in der Luft, auch wenn sie spürte, dass das Eis darunter bereits zu brechen drohte. Ächzend drückte sie sich nach oben, gerade so weit, dass ...

Da drückte er aufs Gas.

Mit einem splitternden Geräusch zersprang die letzte Eisbarriere, der Wagen schlitterte davon und sie verfluchte sich bei dem Anblick dafür, nicht einfach den Asphalt unter den Reifen eingefroren zu haben.

Sie war auf ihn hereingefallen. Auf seine Finte. Einen Moment glaubte sie, Qualm aus dem Motorraum aufsteigen zu sehen, dann riss der Fahrer das Steuer herum und verschwand um die Kurve.

Schwer atmend stand Luca auf der Straße. Ihre Arme und Beine schmerzten, als habe sie das Auto eigenhändig davongetragen. Als wäre sie dem Fremden stundenlang hinterhergehetzt und letztlich dennoch ... gescheitert. *Er ist weg.* Der Gedanke schmeckte bitter. Einen Moment lang hatte sie das Gefühl, keine Luft mehr zu bekommen.

In Zeitlupe änderte sich ihre Perspektive. Der Boden kam näher, die Welt um sie herum rückte von ihr ab. Vage erinnerte sie sich an ein Kennzeichen, doch mit jedem Tropfen Adrenalin, der aus ihr herausfloss, verwischten die Buchstaben und Zahlen vor ihrem inneren Auge. Zum Notieren hatte sie nichts dabei, und so starrte sie nur blicklos die Straße hinab und hoffte, dass er wie durch ein Wunder wieder auftauchen würde.

Luca wusste nicht, wie lange sie brauchte, bis sie sich schließlich wankend hochdrücken konnte. Das Eis auf dem Gehweg hatte längst angefangen zu tauen, doch es waren immer noch ganze Schollen, die sie im Gehen beiseitetrat. Beinahe wäre sie auf einer ausgerutscht, doch sie stürzte nur gegen ein Auto, holte tief Luft und stolperte weiter.

Noah. Ein Wort, mehr brauchte es nicht. Sie brauchte nur seinen Namen zu denken und schon sah sie seine wirren Locken, erstrahlte dieses schüchterne Lächeln in ihrem Geist.

Dann beweg dich. Der Gedanke fühlte sich nüchtern an, doch sie spürte, wie viel mehr darunterlag. Mit den ersten Schritten hatte sie sich mühsam vorwärtsgeschleppt, doch mit jedem weiteren wurde es leichter. *Noah.* Der Weg zurück erschien ihr länger, wie ein Tunnel, auf dessen Ende sie jedes Mal hoffte, wenn sie an einer Kreuzung den Blick von ihren Füßen hob und sich vergewisserte, dass sie die richtige Straße nahm.

Statt über den Gartenzaun zu steigen, schleppte sie sich zum Hauseingang. Ein Blaulicht kreiste hektisch durch die träge Dunkelheit. Wies die ganze Nachbarschaft darauf hin, dass etwas Furchtbares passiert war.

Luca schluckte und musste kurz innehalten. *Stark bleiben.* Ein Versprechen an sich selbst, dass alles gut werden würde. Dass irgendwann der Tag kommen würde, an dem sie aufhören konnte, immer stark sein zu müssen.

Nur wann?

Obwohl sie am liebsten gerannt wäre, zwang sie sich zu einem leichten Trab. Ihre Füße pochten in ihren Stiefeln und ihre Hände fühlten sich dreckig an, während sie nach ihrer Marke grub. *In der Jacke. Im Garten.*

Der Krankenwagen stand mit der Schnauze zu ihr und gerade so nah am Tor, dass die Sanitäter dort rangieren konnten. Eine Trage. Kein Leichensack.

Luca spürte, wie etwas von ihrem Herzen abbrach. Etwas, das so fest in ihr einschlug, dass ihr schlecht wurde und sie kurz stolperte – gerade so konnte sie sich fangen und hoffte im Stillen, dass niemand es gesehen hatte.

Da war Noah. Bleich und eingeschlagen in eine Decke lag er auf der Trage. Wie ein Schwarz-Weiß-Porträt, ganz und gar farblos.

Sie waren schnell genug da. Ein Schluchzer saß ihr in der Kehle, entschlüpfte ihr, bevor sie es verhindern konnte. Schnell wischte sie sich die einzelne Träne fort, die sich auf ihre Wange gestohlen hatte, und straffte die Schultern. *Es ist fast vorbei.*

Und da erst nahm sie den Rest wahr. Noahs Mutter, die mit verquollenen Wangen aus der Tür kam, einen Rucksack über der Schulter und an ihren Mann geklammert. Hatten sie immer schon so zerbrechlich ausgesehen?

»Luca Wittek, Bundesbehörde für Sondervorkommnisse«, kündigte sie sich an, als der Sanitäter den Mund öffnete. »Kein Gaffer«, fügte sie hinzu, als er dennoch ansetzte, die behandschuhten Hände zu heben.

Sein Kollege war gerade dabei, zurück ins Auto zu steigen, Noah war bereits hinten verladen worden. Der Sanitäter musterte Luca im Vorbeigehen, aber sie kümmerte sich nicht darum. Sie hatte keine Kraft mehr, nett zu sein. Ihre Mundwinkel waren zu schwer, um sie zu heben – die Welt entglitt ihren Fingern in rasender Geschwindigkeit.

»Dann müsste ich ... eine Marke sehen«, erwiderte der Sanitäter irritiert. Tattoos drängten sich aus seinem Kragen und die kurzgeschorenen Haare standen gerade nach oben ab.

»Die liegt drinnen.« Luca zeigte vage Richtung Haus und stiefelte an ihm vorbei zur Rückseite des Krankenwagens. Die Türen standen offen und gaben den Blick frei auf das beleuchtete Innere – beinahe wie das Tunnelende, nach dem sie gesucht hatte. Doch wenn es das war, was sie darin finden sollte …

Luca presste die Zähne zusammen und schluckte die Tränen herunter. *Nicht hier. Erst Respekt erkaufen, dann weitersehen. Eins nach dem anderen.* Sie zwang sich, tief Luft zu holen, und zog sich ins Innere des Wagens. Hinein in den Gestank, in die Aura von Tod und Rettung, die sich hier viel zu oft die Waage hielten.

Bitte nicht. Die Welt verstummte, während sie sich auf Noah zubewegte. Ihren Schüler, ihren Freund, ihren … was? Sie wusste es nicht mehr. Sie würgte, statt zu schlucken, und zwang sich, ihn anzusehen. Seine Hand war warm, als sie ihre hineinschob, und erst da erkannte sie, wie sehr sie sich vor der Kälte gefürchtet hatte.

Ein Wimmern entfuhr ihr, doch schnell schloss sie es in sich ein. Ihr Blick fuhr über seinen Körper, über den nackten, in eine Decke eingeschlagenen Oberkörper. Den dicken Verband um seinen Brustkorb.

Sie spürte die Präsenz der anderen in ihrem Rücken, Noahs Familie. Was hatte sie für ein Recht, traurig zu sein? Hier an seiner Seite zu stehen, wo sie ihn erst einen Monat kannte? Hilflos warf sie einen Blick über die Schulter, zu dem Sanitäter, zu … Noahs Mutter.

Der Anblick traf sie tiefer, als sie erwartet hatte. Die Gesichtszüge von Frau Mertens waren entgleist, sie wirkte apathisch, während sie ihren Sohn musterte.

Luca drückte Noahs Hand noch einmal, schaffte es aber nicht, zu ihm hinabzuschauen. Sie wollte ihm so viel sagen. Dass sie ihn auch hatte küssen wollen, dass sie Angst gehabt hatte. Dass sie hätte bleiben müssen, bei ihm bleiben. Dass sie den Fremden nicht hatte aufhalten können, dass sie fürchtete, das nie wieder gutmachen zu können.

Aber ihre Lippen blieben verschlossen und sie zwang sich, ihre Hand aus seiner zu lösen. Ihre Finger glitten aus seinen, kalt und warm, der Gegensatz, der sie immer gewesen waren. Ein Abschied? Nein – nicht, wenn sie es verhindern konnte.

Da packte Noah ihre Hand und drückte heftig zu. Sie gefror augenblicklich und traute sich nicht zurückzuschauen. Nur ein Reflex? Sie fürchtete die Antwort.

Stockend drehte sie sich um und kämpfte den Drang nieder wegzulaufen. Da waren sie. Diese dunklen, perfekten Augen, die trotz ihrer Farblosigkeit im grellen Neonlicht so viel Leben mit sich brachten. »Luca«, krächzte er und verzog das Gesicht. Bewegung kam hinter ihr auf. Der Sanitäter versuchte sie wegzudrängen, Noahs Mutter schob sich dazwischen und begann wieder zu weinen.

Doch seine Augen hingen unablässig an ihren. Seine Finger, so kraftlos sie auch waren, schlossen sich unnachgiebig um ihre.

»Bleib«, hauchte er. All der Trubel war vergessen, zurück blieben nur seine Stimme und das Rauschen in ihren Ohren. Tränen standen in seinen Augen und seine Brust begann sich in hektischen, viel zu kurzen Zügen zu heben. Wieder hörte sie ihn, panisch am Telefon, nachdem er beim Tatort zusammengebrochen war. Und mit einem Mal verstand sie, worum er sie da gebeten hatte.

»Zumindest ... für ein paar Tage. Bitte, Luca, bleib bei mir. Geh nicht weg.«

Etwas in ihr riss. Wie von weither spürte sie, wie sie nickte. Ihr Körper reagierte, während ihr Verstand irgendwo zurückblieb. Nur die trägen Gedanken, die sich an diesem einen Wort verfingen.

Bleib.

Sie nickte noch einmal.

»Natürlich bleibe ich.«

Irgendwie hatte sie gehofft, dass ihre Schritte hallen würden. Damit sie sich vorstellen konnte, woanders zu sein. In einem weitläufigen Raum vielleicht. Einem mit viel Platz. Weit weg von hier. Aber da war nur das Knirschen und Fiepen von Linoleum, das so unerbittlich war wie der Gestank in ihrer Nase. All die Menschen, die verzweifelt auf ihre Liebsten warteten. Am liebsten wäre sie still und heimlich im Boden versunken. Stehen bleiben kam dennoch nicht infrage – ihre Gedanken würden sie sonst einholen.

Mit jedem Schritt durchlebte sie den Abend erneut. Jeder ihrer Herzschläge prasselte wie in dem Moment, als Noah sich zu ihr herüberbeugte – jeder ihrer Atemzüge mischte sich mit der Nachtluft, die sie keuchend inhaliert hatte, während sie den Mann jagte.

Er ist weg. Mittlerweile hatte sie sich einreden können, dass es nicht ihre Schuld war, weder, dass der Angreifer entkommen war, noch, dass sie Noah zuvor alleine gelassen hatte. *Es war nicht abzusehen, dass er in irgendeiner Gefahr schwebte.*

Sie nickte, wie um sich selbst zuzustimmen, dann drehte sie sich auf der Stelle, sodass ihre Schuhe über den Boden knirschten. *Nein, es war nicht abzusehen.*

Die erste, dann die zweite Sitzreihe blieben hinter ihr zurück, während ihr Blick immer wieder zum Eingang des Krankenhauses fiel, durch den laufend neue Patienten angespült wurden. Warum fühlte es sich so an, als würden viel mehr Menschen kommen als gehen? Gehörte das zum Lauf der Dinge in einem Krankenhaus?

Luca schluckte schwer und bemerkte, dass sie stehen geblieben war. Das Smartphone in ihrer Hand wog Tonnen und erst, als sie es langsam umdrehte, erkannte sie, dass es vibrierte. »Papa – Mobil« stand dort.

Sie hob die Hand, doch bevor sie den Anruf annehmen konnte, verschwand die Anzeige wieder und verwandelte sich in ein Symbol auf ihren Sperrbildschirm. »Drei verpasste Anrufe«, las sie.

Ich hab doch vorhin versucht, ihn zu erreichen – warum schaffe ich es jetzt nicht mehr abzuheben? Luca rieb sich mit dem Handballen über die Stirn und spürte, wie die alles überlagernde Schwere ihr beinahe die Beine wegzog. Der Geruch, die Atmosphäre, die Erschöpfung … Sie wusste gar nicht, wie viel Uhr es war oder wie sie es noch schaffte, sich aufrecht zu halten. Die Schwerkraft zog unnachgiebig an ihr.

»Ist alles in Ordnung bei Ihnen?«

Sie fuhr zusammen und hob instinktiv die Hände.

Die Frau neben ihr wich einen Schritt zurück. Ihr Gesicht war alt, aber ihre Augen jung, so sanft und freundlich, dass Luca sich kurz darin verlor.

Erst da spürte sie die Feuchtigkeit auf ihren Wangen. Schnell fuhr sie sich mit dem Handrücken darüber und atmete tief ein. »Natürlich.«

Die Frau hob eine Braue. »Wenn du lügen willst, dann solltest du dich etwas mehr anstrengen.«

Ein leises Lachen quälte sich aus Lucas Mund. Es fühlte sich fremd an – wie zu starker Alkohol. »Da haben Sie wohl recht.«

Der graue Lockenkopf legte sich leicht schief. »Mein Mann und ich sitzen hier an der Seite, wo es etwas ruhiger ist. Wenn Sie mögen …?« Sie deutete vage in die Richtung eines älteren Herrn mit Drahtbrille, der zum Gruß die Hand hob.

»Warum fragen Sie?« *Weil ich so verzweifelt aussehe? Weil ich auf und ab renne wie eine Irre und anfange, in der Öffentlichkeit zu weinen, sobald ich an Noah denke? An seine perfekten Augen, an sein Lachen, an …* Sie schaffte es nicht weiterzudenken, ohne dass neue Tränen ihren Blick verwischten.

»Weil Sie alleine hier sind.« Sie zuckte mit den Schultern, als wäre das vollkommen normal.

Ein Schluchzen brach aus ihr heraus, dann noch eins. Unwillkürlich schüttelte sie den Kopf, ließ aber zu, dass die Frau sie bei den Schultern nahm und zu einem Stuhl dirigierte.

»Na, na, Schatz. Alles wird gut.« Sanft strich die Frau ihr über den Rücken und wenn Luca die Augen schloss, konnte sie sich beinahe vorstellen, dass es Noah war, der hier neben ihr saß, bereit, sie in die Arme zu nehmen. Ihre Hände zitterten in ihrem Schoß. Etwas in ihr war gebrochen, durch und durch, wie ein Damm, aus dem die jahrelang zurückgehaltenen Fluten nun mit Urgewalt hervorbrachen.

Und so begann sie zu erzählen. Von Noah, dem Erzieher-Mathematiker. Von allem, was er für sie getan hatte, ohne zu ahnen, was es ihr bedeutete. Dass niemand es je geschafft hatte, sich so hinter ihre Mauern zu schlagen, von denen sie selbst nicht mehr wusste, wie es sich dahinter anfühlte. Dass sich jetzt jeder Schritt neu und anstrengend anfühlte und sie nicht mehr wusste, ob sie nicht lieber die Taubheit zurückwollte.

»Es ist so schwer«, flüsterte sie, und erst da merkte sie, dass ihre Tränen versiegt waren. »Es tut so weh.«

Die alte Dame – Christine – tätschelte ihr sanft den Rücken. Sie sah aus, als wolle sie etwas sagen, aber schließlich zog sie Luca nur wortlos an sich. Eine Einladung zu Nähe und Wärme, die Luca sich nur zögerlich traute anzunehmen. Sie kannten sich ja kaum.

»Unser Sohn liegt hier«, flüsterte die Frau. »Herzinfarkt.«

Luca erstarrte und sah schockiert zu ihr auf. »Oh, das tut mir leid. Ich wollte nicht …«

»Wir haben uns gerne deine Geschichte angehört«, warf Christines Mann dazwischen, als hätte er gespürt, was sie sagen würde.

»Er liegt gerade im OP. Ich habe nicht ansatzweise verstanden, was sie ihm einsetzen werden, aber sie sind optimistisch. Das meinten zumindest die Sanitäter.« Christine nickte langsam, doch ihre Augen hingen an dem Flur vor ihnen. Sie seufzte. »Es fällt schwer, optimistisch zu sein, wenn dein Sohn gerade vor deinen Augen zusammengebrochen ist.«

Luca nickte. Ja, das war es.

»Aber weißt du, warum es so schwer ist?«

Sie wartete kurz, doch Luca war nicht in der Stimmung für ein Frage-Antwort-Spiel.

»Weil ich ihn liebe. Weil er das Licht meines Lebens ist.« Sie neigte ihren kleinen Kopf. »Würdest du das aufgeben, um keine Angst mehr zu haben?«

Luca setzte an zu widersprechen. Sie kannte Noah kaum, es war nicht vergleichbar damit, einen Sohn zu verlieren. Vielleicht zu verlieren. Aber wie sollte sie das in Worte fassen?

Ihr Handy begann erneut zu vibrieren. »Papa – Mobil«. Sie seufzte. »Wäre es in Ordnung …«

»Geh nur, geh nur.« Mit einer forschen Geste schickte Christine sie fort, doch ihr Lächeln war nachsichtig und ihre Augen funkelten.

Luca nickte dankend, dann flüchtete sie nach draußen. *Würdest du das aufgeben, um keine Angst mehr zu haben?* Bevor ihr Vater wieder auflegen konnte, nahm sie das Gespräch an. Die zwei Doppeltüren am Eingang des Krankenhauses glitten lautlos auf, der Desinfektionsgeruch von den Spendern rechts und links schlug ihr entgegen und Luca presste die Lippen aufeinander, um nicht zu viel davon einzuatmen.

»Luca, endlich! Warum bist du nicht drangegangen?« Geraschel am anderen Ende der Leitung. »Muss ich vorbeikommen? Ich habe deine Nachricht gelesen, ich … bin sprachlos.«

Ich auch. Schweigend stand sie draußen. Grelles Licht fraß sich durch die Dunkelheit, während der Sommerwind ihr in die Kleidung fuhr. Ihre Lederjacke lag immer noch in Noahs Garten.

»Luca? Bist du da?«

Sie räusperte sich und strich sich über die triefende Nase. »Ja, ich bin da.« Zum ersten Mal seit Langem fühlte sie sich restlos leer – nicht ausgehöhlt oder erschöpft, sondern vielmehr, als hätte sie gegeben, was zu geben war. Sie hatte alles gesagt, und so tief der Schmerz auch schnitt, sie spürte bereits, wie er zu einem dumpfen Pochen wurde. Als hätte sie ihn versorgt, so gut es mit einer offenen Wunde ging. »Noah ist mir wichtig«, sagte sie leise. Ihre Stimme kratzte, und die Feststellung riss beinahe wieder alles auf.

»Ich verstehe. Ihr habt so viel Zeit miteinander verbracht. Ihn so zu sehen, muss furchtbar …«

»Nein, du verstehst nicht.«

Stille schlug durch den Hörer zurück. Etwas ballte sich in ihr zusammen und sie spürte, wie sie die Zähne zusammenbiss. Wut, alte, tief vergrabene, umfassende Wut loderte in ihr auf, doch wie jedes Mal atmete sie sie mit einem langen Zug aus. *Ich bin zu müde für einen Streit.*

»Warum verstehe ich das nicht?«

Luca konnte die Frage nicht beantworten. Nicht ohne Vorwürfe – Komplikationen, die sie jetzt nicht brauchen konnte. »Es ist schwierig für mich. Sehr.«

Er zögerte, als wüsste er nicht genau, was er darauf antworten sollte. »Glaube ich dir.«

Sie rieb sich über die Augen und starrte die Straße hinab. Für diese Uhrzeit herrschte hier ungewöhnlich viel Verkehr, immer wieder trieb es Leute an ihr vorbei in die Notaufnahme. »Ich bleibe erst mal bei Noah und passe auf, dass er nicht wieder angegriffen wird.«

»Mann oder Frau?«

»Mann, unerfahren. Er hatte eine Pistole, hielt sie aber schräg, und das Messer, mit dem Noah …« Sie räusperte sich. »… mit dem Noah verletzt wurde, war wohl nur ein Taschenmesser. Mehr weiß ich nicht. Ich habe ihn bis zu seinem Auto verfolgt, aber er ist mir entkommen.«

Sie hörte beinahe, wie ihr Vater nickte. Fakten, damit konnte er umgehen. »Ihr braucht einen sicheren Unterschlupf. Und die Möglichkeit, besser zu recherchieren. Wir hatten zwar eine Ahnung, dass nach dem Mord, den Noah gesehen hat, mehr folgen könnte, aber ein *Angriff*!«

»Ja, ich weiß.«

»Kommt hierher. Nach Frankfurt.«

Luca blinzelte in die Nacht. »Wie bitte?«

»Wir haben hier einen großen Sitz, ich bin momentan auch da. Ihr könntet in unseren Akten recherchieren und in einem Hotel in der Nähe schlafen. Ich glaube kaum, dass er das kommen sieht.«

Beinahe hätte sie bei dem Gedanken geschnaubt. »Das würde voraussetzen, dass er nicht weiß, dass ich von der Abteilung bin. Er war kein bisschen überrascht davon, dass ich Magie benutzt habe.«

»Aber dann würde er doch erst recht keinen Angriff auf die Behörde wagen – und eigentlich ist es überall sicherer als bei euch.«

Luca rieb sich die Augen. Sie hatte bereits viel zu viele Nächte damit verbracht, Akten zu wälzen, ohne einen Hinweis auf Noahs Kondition zu bekommen. »Er kann noch nicht reisen.« *Vielleicht nie wieder.*

»Dann kommt, wenn er so weit ist.«

Er spürt, dass er gewonnen hat, dabei weiß ich nicht mal, ob Noah jemals … Sie biss die Zähne zusammen und reckte stolz das Kinn. »Ich werde ihn fragen. Falls er aufwacht.«

Sie war überrascht, wie wenig der letzte Teil ihr die Kehle zuschnürte. Sie stand wohl wieder neben sich.

Als sie eben auflegen wollte, erwiderte ihr Vater: »Er wird aufwachen.«

»Ich hoffe es«, flüsterte sie, beendete das Gespräch und ging zurück ins Krankenhaus.

15

Vielleicht sollte ich mich einfach nie wieder bewegen. Noahs Arme und Beine fühlten sich zu schwer an, um sie zu heben. Als sei sein Geist kurz davor, in den nächsten Traum einzutauchen, und sein Körper parallel dazu, in der Matratze zu versinken.

Wenn nur der eine Gedanke nicht wäre, der hartnäckig an der Oberfläche seines Daseins kratzte: *Ich bin angegriffen worden.*

Noah holte tief Luft, als könne er den Satz ausatmen, doch stattdessen spürte er, wie etwas in seiner Brust unangenehm stach. *Steckt das Messer etwa immer noch dort?* Seine Finger krochen an seinem Oberkörper entlang, hinterließen eine eiskalte Spur auf dem Stoff.

Bis er die Stelle traf – und erleichtert seufzte. Seine Augen klappten auf, um sicherzugehen, dass stimmte, was seine Hände erfühlten: groben Baumwollstoff, eine Erhöhung durch die Verbände. *Kein Messer.*

Dumpf ließ er sich zurück ins Kissen fallen. Pastellschränke an den Wänden, weiße Tapete, gemusterte Decke. Ein Fenster zu seiner Linken zeigte den Hof und einige grüne Sträucher, bevor sich der Ausblick im verwinkelten Gebäudekomplex verlor.

Er versuchte noch einmal, tief Luft zu holen, aber es stach zu sehr. Es fühlte sich an, als würde der Moment sich krümmen. Als hätte er in der Vorlesung kurz nicht aufgepasst und den wichtigsten Teil des Beweises verpasst.

Verkniffen wanderte sein Blick zu seiner Mutter, die schlafend neben seinem Bett saß. Ihr Kopf war gegen die Wand hinter ihr gefallen, ein unruhiges Murmeln untermalte ihre Atemzüge.

Würde sie ihm die fehlenden Puzzleteile liefern können? Tiefe Ringe zogen sich unter ihren Augen entlang, ihre Wangen waren verquollen, als hätte sie geweint. Eine Hand lag locker geöffnet auf seinem Bett, die Finger zeigten zur Decke, als wolle sie ihm anbieten, ihn festzuhalten.

Mit einem leisen Lächeln ergriff er sie. Ihre Finger bewegten sich nicht, aber sie seufzte leise, und das reichte ihm schon.

Dann schaute er sich weiter um. Nach einem Hinweis darauf, wo ...

Wo Luca ist.

Hatte er sie nicht gebeten, bei ihm zu bleiben? Sie geradezu angebettelt, weil er den Gedanken nicht ertrug, dass sie ging. Seine Beschützerin, die jetzt ... verschwunden war.

Weil ich sie küssen wollte? Hält sie es deshalb nicht mehr mit mir aus? Luca hatte immer wieder von Professionalität gesprochen und wie wichtig es sei, dass sie als seine Lehrerin fungierte. Er hatte im Garten eine Grenze überschritten.

Dabei wollte er sie bei sich haben, ihr erklären, dass sie so viel mehr für ihn geworden war, dass ...

Dass er sie liebte.

Sein Mund wurde trocken. Sein Blick wanderte zur Decke, doch alles, was er sah, war Luca.

Ich liebe sie. Noah war schon einmal verliebt gewesen. Hatte jedes Mal die Schmetterlinge im Bauch gespürt, wenn Viola den Raum betreten hatte. Hatte Luftsprünge gemacht, während er mit ihr telefoniert hatte.

Mit Luca dagegen ... war es irgendwie anders. Tiefer ... schwerer. Und doch so umfassend, dass er es bis in die Knochen spürte. Er wollte sie in seine Arme ziehen und nie wieder loslassen.

Aber sie ist nicht hier. So sehr er sie auch herbeisehnte, sie blieb fern. Nicht mehr als ein Gedanke, eine Fantasie.

Noahs Verstand war vernebelt, und die Wunde in seinem Brustkorb zog. Er versuchte, sich zu erinnern, warum er hier war. Ein Fremder war auf ihr Grundstück gestiegen, um ...

Ja, was eigentlich? Ihn zu töten?

Plötzlich wurde ihm schlecht. Die Punkte an der Decke schienen zu tanzen und neue Muster zu bilden, ihn zu ärgern, weil er nicht verstand, wie sie das taten. *Es ging alles so ...*

Da wurde die Tür geöffnet. Noah fuhr so schnell in seinem Bett hoch, dass ihm schwindelig wurde. Der Zimmereingang lag im toten Winkel, er hatte keine Ahnung, wer da eintrat.

Was, wenn ...?

Er musste es sein. Der Fremde. Noahs Wunde begann zu pochen. Hastig sah er sich nach irgendetwas um, das er als Waffe benutzen konnte.

»Noah«, flüsterte Luca – und sein Herz stoppte. Wo eben noch die Angst pulsiert hatte, erfasste ein Kribbeln seinen ganzen Körper.

Ein Schluchzen quälte sich aus seiner Kehle. Es fühlte sich so fremd an, dass er irritiert an sich hinabblickte. *Warum ...?* Er hob eine Hand und drückte auf die Wunde. Eis knackte an seinen Fingern. Warum fühlte es sich so an, als würde das Messer immer noch in ihm stecken?

Vertrauter Geruch schlug ihm entgegen und dann Wärme, die ihn sanft, aber bestimmt zurück ins Kissen befahl. Hände, die über seinen Arm strichen, dann kurz pausierten, bevor sie unbeholfen über seine Wange fuhren. Zitterten sie?

»Hey, alles gut. Ich bin hier. Alles gut«, flüsterte sie, aber warum sollte sie flüstern? Er wollte sie schreien hören, laut genug, um seinen trommelnden Puls zu übertönen.

Ihre Finger schlossen sich sanft um seine freie Hand, die andere lag immer noch in der seiner schlafenden Mutter. Aus irgendeinem Grund hoffte er, dass sie nicht mitbekam, wie er weinte, weil Luca endlich, endlich neben ihm saß.

Er wollte diesen Moment nicht teilen. Mit niemandem – außer mit ihr.

»Sch, sch«, wiederholte Luca, als wüsste sie nicht, was sie sonst sagen sollte. Ihre Finger begannen, auf und ab zu fahren, erst über sein Handgelenk, dann über seinen Arm und schließlich hoch bis zu seiner Schulter. »Sch, sch.« Immer wieder.

Und es half. Nicht ihr Gemurmel oder ihre Berührung, sondern, dass sie da war. Dass sie bei ihm war.

Mit einem Mal hatte Noah angefangen zu weinen. Einfach so. Zu schluchzen, als ob alle Angst, aller Schmerz plötzlich aus ihm herausdrängte. Sie war so verdammt hilflos gewesen, dass sie einfach wie eine Verrückte immer und immer wieder das Gleiche vor sich hingemurmelt hatte.

Gleichzeitig fühlte sie sich so leicht, als würde sie fliegen. Das Chloroform, das der Fremde ihm gegeben hatte. Der Blutverlust. Die OP. Sie hatte nicht geschlafen, hatte sich einreden wollen, die Zeit zum Arbeiten zu nutzen, aber sie hatte immer nur sein verstörtes Gesicht vor sich gesehen.

»Die OP ist gut verlaufen«, hatte der Arzt gesagt. »Keine bleibenden Schäden. Nur eine Narbe, und da stehen die Frauen doch drauf, oder?«

Am liebsten hätte sie ihn geschlagen.

Luca war müde von all den Gefühlen, die die letzten Stunden und Tage in ihr heraufbeschworen hatten. Von der schieren Wucht an Emotionen.

»Ich habe mit meinem Vater telefoniert«, flüsterte sie in die Stille, nachdem Noah sich endlich beruhigt hatte. Sie war sich nicht sicher, ob er nicht einfach eingeschlafen war, bis seine Augen sich flatternd öffneten.

Statt etwas zu sagen, blinzelte er sie ein paarmal an. Seine Lider waren so geschwollen, dass seine Augen ganz klein erschienen – unter seinen schweren Wimpern waren sie nicht viel mehr als Schlitze.

»Er ist momentan in Frankfurt, und ...« Sie biss sich auf die Lippen. War das wirklich der richtige Moment?

»Ich habe ihm erzählt, was passiert ist, und er meinte, wir könnten vorbeikommen, wann immer wir wollen.«

Noahs Brauen hoben sich schwach. Nur ein Echo ihrer üblichen Ausdrucksstärke. »Deinen Vater besuchen?«

Luca nickte und rieb sich über die Stirn. Dann begriff sie, was Noah vermutlich darunter verstand, und schüttelte den Kopf. »Ich habe dir doch erzählt, dass er mich ausgebildet hat. Er ist momentan auch mein Vorgesetzter.«

Noahs Augenbrauen blieben, wo sie waren, während er langsam nickte. »Wir sollen zur Abteilung fahren?«

»Nicht sollen, können.«

»Warum?«

»Um zu recherchieren, was es mit deiner Magie auf sich hat. Woher sie kommt, warum sie verschwindet. Weshalb der Fremde es auf dich abgesehen hat – und ob deine Magie und der ... Übergriff überhaupt zusammenhängen.« *Um dich von hier wegzubringen.*

Noahs Augen schlossen sich, als wäre er nicht bereit, sich dem Thema zu stellen – nur um sich gleich darauf wieder zu öffnen, während er sich nach oben drückte. »Gut, dann lass uns fahren.«

Luca blinzelte. »Bist du bescheuert? Nein!«

»Aber ...«

»Nein, kein Aber!«

»Von mir aus können wir *wirklich* sofort losfahren.«

»Wir können auch *warten.*« Luca setzte an, ihre Meinung noch deutlicher zu machen, aber ein leises Geräusch von Noahs Mutter unterbrach sie. Die verquollenen Augen blinzelten ein paarmal, musterten Luca streng – und wanderten dann zu ihrem Sohn. Der sie mit einem vorsichtigen Lächeln bedachte.

Und da waren sie wieder, die Tränen. Wortlos verließ Luca das Zimmer.

Sie hatte die letzten Stunden zu viel Desinfektionsmittel eingeatmet, sich zu vielen Dämonen gestellt. Eine Mutter zu sehen, die voller Glück ihren Sohn in die Arme nahm, war einfach zu viel.

Müde schloss sie die Tür hinter sich, blendete die Freudenrufe und die schluchzenden Umarmungen aus. Etwas in ihr regte sich – Neid vielleicht? Trauer? Es war ein dunkles, kaltes Gefühl, das sich da heranschlich. Es erinnerte sie an eine Höhle, in der die feuchte Luft stagnierte und Wasser von den Wänden tropfte.

Wie immer in den letzten Stunden zog es Luca zur Scheibe am Ende des Gangs. Der einzige Ort hier, der natürliches Licht hereinließ. Öffnen konnte man das Fenster nicht, aber sie stellte sich vor, wie es draußen roch. Nach Abgasen und Verzweiflung, aber trotzdem frischer als hier.

Nachdenklich lehnte sie die Stirn an die Scheibe und beobachtete, wie sich Raureif darüberlegte. Ihre Gedanken wirbelten im Nichts. Sie dachte an den Mann, den sie verfolgt und verloren hatte. An Noahs Mutter und an ihre eigene. Wäre die stolz darauf, wer Luca heute war?

Irritiert zog sie die Brauen zusammen. Es war lange her, dass ihr der Gedanke durch den Kopf gewandert war. Er fühlte sich vertraut und gleichzeitig fremd an, wie etwas, das man lange nicht mehr geschmeckt und trotzdem gleich wiedererkannt hat. Nachdenklich strich sie sich mit der Zunge über die Zähne, aber sie erkannte keinen Unterschied.

Wie lange sie dort stand, konnte sie nicht einmal sagen. Menschen schlenderten an ihr vorbei, und wann immer sie den vagen Impuls verspürte, auf die Uhr zu schauen, war ihr Arm schlicht zu schwer, und so ließ sie es bleiben. Ihre Augen sahen nach draußen, doch ihr Blick war auf ihr Inneres gerichtet. Beobachtete, wie das Meer sich darin kräuselte, Wellen warf, die sich wie von Zauberhand wieder glätteten.

Jemand tippte ihr auf die Schulter.

Luca fuhr zusammen, wirbelte herum und erkannte ... Noahs Mutter.

»Stimmt etwas nicht?« Luca spürte, wie panisch ihr Herz in ihrer Brust pochte.

Doch Frau Mertens schüttelte den Kopf. »Es ist alles in Ordnung. Also den Umständen entsprechend, denke ich.«

Luca verschränkte die Arme über dem Trommeln in ihrer Brust, das sich viel zu langsam wieder beruhigte. »Was wollen Sie?« Innerlich verfluchte sie sich – hatte sie sich nicht versprochen, höflicher zu sein? *Aber ich bin so müde.* Sie rieb sich über die schweren Lider. *So müde.*

Als sie wieder aufsah, hatten sich Frau Mertens' Lippen zu einer schmalen Linie zusammengepresst. Was schluckte sie da gerade herunter? Wozu war sie sich jetzt zu höflich, obwohl sie bisher ihre Feindseligkeit nie zurückgehalten hatte?

Luca seufzte. »Es tut mir leid, wenn ich respektlos erscheine, aber ich habe die letzte Nacht kein Auge zugetan und meine Nerven liegen blank. Also spucken Sie's aus.«

Frau Mertens kniff die Augen zusammen und kurz sah sie aus, als würde sie auf dem Absatz kehrtmachen, doch zu Lucas großer Überraschung holte sie nur tief Luft. »Die Nächte davor auch, oder?«

Luca gefiel nicht, wohin dieses Gespräch lief. Sie leckte sich über die trockenen Lippen und stellte fest, dass ihr Blick sich zurück nach draußen verirrte. Hinaus in den Park, zu der frischen Luft. »Wie meinen Sie das?«

»Du schläfst seit Tagen kaum. Du bist immer bei uns, oder nicht?« Sie räusperte sich und trat neben Luca an die Scheibe. »Nein, eigentlich brauche ich nicht zu fragen. Ich habe ... dein Auto nachts vor unserer Haustür stehen sehen. In dem morgens um vier Licht brannte.«

»Das wäre aber schlecht für die Autobatterie«, gab Luca lahm zurück.

»Das ist das Einzige, was dir dazu einfällt?«

Luca seufzte. »Ich würde gerne etwas Anderes sagen, aber es wäre gelogen.«

Frau Mertens nickte, als wäre das all die Bestätigung, die sie brauchte. Stumm schauten sie nach draußen und warteten darauf, dass die Welt zurücksah.

»Frau Mertens …«

»Nenn mich Martina«, unterbrach Noahs Mutter sie, was ihr einen überraschten Seitenblick entlockte. Schnell schaute sie wieder geradeaus.

»Gut, Martina, ich …«

»Ich möchte mich entschuldigen.«

Lucas Herz begann wieder zu rumoren, aber … anders diesmal. Sie schluckte trocken. »Wie bitte?«

Martina schmunzelte. »Allein, dass du nicht fragst, ›Wofür‹, sagt mir, dass ich etwas falsch gemacht habe.« Sie seufzte so tief, dass ihre Schultern beim Ausatmen mit nach unten sackten. »Aber du musst zugeben, dass du manchmal echt schwierig bist.«

»Wenn das die Entschuldigung ist, brauche ich sie nicht«, antwortete Luca unumwunden.

Auf Martinas Stirn trat eine tiefe Falte und sie setzte an, etwas zu sagen, doch dieses Mal war Luca schneller. Sie richtete sich auf und wandte sich Martina zu. Dieser Mutter, Beschützerin, derjenigen, vor deren Urteil Noah sich fürchtete.

»Ich weiß, dass ich direkt bin. Empathie- und verständnislos. Oftmals wohl beleidigend, und mich hat es lange nicht gekümmert. Auch nicht, was andere von mir denken. Wenn du mir also verdeutlichen willst, dass ich nicht perfekt bin – wenn das deine Art von Entschuldigung ist –, dann brauche ich sie nicht. Das weiß ich längst.« Ihre Lippen prickelten davon, dass sie in der Lage war, das so offen auszusprechen.

Dass sie sich gut genug verstand, um die Wahrheit überhaupt zu erkennen.

Unwillkürlich musste Luca grinsen. »Außerdem«, fügte sie hinzu, »ist das dann keine Entschuldigung mehr.«

»Du machst mich echt sprachlos.« Martina schüttelte den Kopf und musterte sie – ihre ausgeblichene Jeans, die blanken Arme und das blaue, schlichte Shirt. Es war bestimmt voller Flecken und roch nach Angstschweiß.

»Langsam verstehe ich, warum mein Sohn sich so verändert hat in letzter Zeit.«

Etwas in Luca meldete sich, aber es war zu leise, um es zu verstehen. »Hat er?«

»Ihr kennt euch noch nicht lange, aber … ich hätte echt gedacht, dass es dir auffällt.«

Luca zuckte mit den Schultern. »Empathielos.«

»Ah.« Sie schwiegen einen Moment, bis Martina sich leise räusperte. »Es tut mir leid, wie ich dich bloßgestellt habe beim Abendessen. Selbst wenn du das getan hast an den Gleisen, hätte ich anders reagieren müssen. Ich war eine schlechte Mutter. Das tut mir leid.«

Luca runzelte die Stirn und versuchte, sich zu erinnern. An den Abend, an dem sie zum Essen eingeladen worden war. Nach dem sie sich geschworen hatte, sich nie wieder mit ihren Klienten zum Essen hinzusetzen.

Weil sie danach von ihren Emotionen überrollt worden war.

»Danke«, antwortete sie schließlich, weil sie nicht wusste, was sie sonst erwidern sollte.

Martina schaute wieder aus dem Fenster und nickte langsam. »Gerne.« Als wüsste sie nicht, was sie mit ihren eigenen Worten anfangen sollte, seufzte sie leise. »Du bist Noah wichtig.«

Bebend öffneten sich Lucas Lippen, als müsste ihr Kiefer gegen einen unsichtbaren Widerstand arbeiten. »Er ist mir auch wichtig.« Mit den Worten floss so viel Kraft aus ihr heraus, dass sie sich schwer auf die Fensterbank lehnte. Ihre Beine schienen sie nicht mehr tragen zu wollen. Wieder eine Wahrheit.

Martina musterte sie von der Seite, das spürte Luca, aber sie konnte nicht erkennen, was für einen Gesichtsausdruck sie dabei trug. Nachdenklich? War das ein kleines Lächeln, das da in den Mundwinkeln lauerte? *Mach dir keine falschen Hoffnungen.*

»Das sehe ich«, sagte sie schließlich. Ihre Stimme war warm, doch der Unterton kündigte Kälte an. Wie die letzten Sommertage, bevor der Herbst hereinbrach.

»Aber?«, schlug Luca vor.

»Aber sollte ich mitbekommen, dass du ihm schadest – ob wissentlich oder nicht –, dann ... ich weiß nicht, was dann, aber es wird bestimmt hässlich.«

Luca schaute nun doch zu ihr auf. Wie sie dastand mit durchgestrecktem Rücken und sich alle Mühe gab, einschüchternd zu wirken.

»Eine Drohung?«

»Eine Ankündigung.«

Luca nickte, als würde sie den Unterschied verstehen.

»Verletz ihn einfach nicht«, verlangte Martina. »Du tust ihm gut, glaube ich. Und ich ... bin nicht nur vernünftig genug, um das zu sehen, sondern auch, um mich dem nicht in den Weg zu stellen. Ihr habt meinen Segen, falls der irgendwie gefragt sein sollte.«

Ist er nicht. »Wofür? Den Segen, meine ich.«

Martina deutete vage den Gang hinab, dann ging sie ohne ein weiteres Wort wieder in Richtung Noahs Zimmer.

Luca folgte ihr ein paar Herzschläge später.

16

Luca zog die Luft über die Lippen ein und blies sie wieder aus, während ihre Füße über den Asphalt trommelten. Obwohl sie die Strecke noch nie entlanggejoggt war, erkannte sie mittlerweile die meisten Gebäude von Spaziergängen oder Autofahrten in der Umgebung wieder. Die hohen Mehrfamilienhäuser hinter den wenigen Grünflächen. Die Einbahnstraße links, der Bäcker an der Ecke. Ihre Laufschuhe knarzten leise auf dem Asphalt und die wenigen Vögel um sie herum zwitscherten tapfer an gegen das konstante Dröhnen des Straßenverkehrs.

Sie ließ ihren Blick schweifen und genoss, wie leer ihr Kopf war. Die letzten Tage hatten an ihr gezehrt, doch jetzt, hier, konnte sie alles ruhen lassen. Einfach atmen. Laufen. Für sich sein.

Ihre Aufmerksamkeit verfing sich an einem Andreaskreuz, dessen Ampel rot aufblinkte. Ruckelnd senkte sich die Schranke, die Gleise dahinter blieben ruhig, aber der nahende Zug würde nicht lange auf sich warten lassen.

Fünfzig Meter, dreißig, zehn … Die letzten Schritte trottete Luca nur noch. Ihre Beine kribbelten, wollten weiterlaufen – und doch stoppten sie, als Luca den Bahnübergang erreichte. Heute wollte sie sich nicht herausfordern. Dazu hing zu viel von ihr ab.

Also wartete sie und lauschte. Erst den Vögeln, dem kaum hörbaren Vibrieren der Schienen, dem Schnattern des Pärchens auf der anderen Seite, dann in sich selbst hinein. Ihre Muskeln sangen und ihre Beine sehnten sich nach den letzten Metern, aber das Bedürfnis, über die Gleise zu fliegen, blieb aus.

Unwillkürlich musste Luca lächeln. Ein schönes Gefühl, wenn der Morgen noch frisch war, aber die anbahnende Hitze sich bereits anschmiegte. Wenn die Welt scheinbar schlief, obwohl die meisten Menschen sicherlich längst in ihren Büros saßen.

Ein schönes Gefühl zu lächeln.

Luca strich sich über die Wange und fuhr ihre Lippen mit den Fingern nach, während der Luftzug der vorbeirauschenden Waggons mit ihren Haaren spielte.

Ein Radfahrer hielt neben ihr, gerade als die Schranke kurz ruckte und sich dann zielstrebig nach oben bewegte. Zuerst blickte er höflich an ihr vorbei, doch als er sie lächeln sah, fiel sein Blick zurück auf sie.

Und er lächelte auch.

Luca hatte keine Ahnung, wie das Aufglühen in ihrer Brust hieß, aber sie mochte das Gefühl.

Dann zog es sie weiter. Erst über die Schienen, dann auf Asphalt und Bürgersteige. Zwischendurch musste sie Fußgängern ausweichen und obwohl sie nicht mehr lächelte, hatte sie das Gefühl, dass es ihr irgendwie weiter anhaftete.

Es war merkwürdig, zu einem Haus zurückzulaufen. Seit einiger Zeit lebte sie von einem Hotel zum nächsten. Ihre Wohnung hatte sie aufgegeben, als klar wurde, dass es für sie ein Ort wie jeder andere war. Wenn sie abends alleine dort saß und sich umsah, ihr Blick an den kühlen Wänden entlangschrammte, weil sie nicht die Kraft fand, etwas aufzuhängen. Warum auch? Wer sollte sich schon darüber freuen?

Jetzt dagegen lief sie nicht nur auf eine Wohnung zu, sondern auf ein Haus. Ein »Zuhause«.

Mit streikender Lunge schleppte sie sich durch das Gartentor, hin zum Hauseingang. Freute sich darauf, dass ihr jemand die Tür öffnete.

Ich sollte den Auftrag wirklich abgeben. Der Gedanke kam plötzlich, fuhr durch sie hindurch wie ein Blitz – doch dann stand Martina in der Tür, lächelte sogar, und statt etwas zu sagen, nickte Luca ihr zu und stieg unter die Dusche. Noahs Vater war längst zur Arbeit verschwunden, Vanessa dagegen hatte sich entschieden, die nächsten Tage bei ihnen zu verbringen. Ein gefährlich schwankender Stapel Dokumente, ihr Laptop und Frühstücksutensilien lagen vor ihr auf dem Tisch ausgebreitet, während sie irgendeinen Text studierte.

»Morgen«, versuchte es Luca mit einer Begrüßung, worauf sie sich ein kurzes, aber warmes Lächeln einfing, bevor Vanessa wieder in ihren Notizen verschwand.

Es war der erste Morgen, seitdem Noah aus dem Krankenhaus entlassen worden war, und noch schien er sich nicht aus dem Bett gequält zu haben. Für den Moment war sie alleine mit dieser seltsamen jungen Frau. Luca trommelte ein, zwei Mal auf der Stuhllehne, doch dann setzte sie sich einfach.

Entlassen worden war Noah mit einem Arm in der Schlinge und so vielen »Gute Besserung«-Geschenken, dass sowohl Martina als auch Luca tragen helfen mussten. Stück für Stück hatten sie sein ganzes Zimmer geflutet – kunterbunte Blumensträuße und selbstgebastelte Karten. Schlechte Mathematiker-Witze, Schokolade im Überfluss. Noah aber … schien das alles kaum wahrzunehmen. Er freute sich über die Geschenke, aber sobald sie aus seinem Sichtfeld verschwanden, war es, als hätte er sie einfach vergessen. Als würde sein Verstand wegwandern, wenn man ihn nicht mit sanften Berührungen zurück in die Realität holte.

»War Noah schon unten?« Martina hatte kaum den Raum betreten, da sprang ihr die Frage über die Lippen. Sie trug noch ihre Schlafanzughose, aber das Oberteil hatte sie gegen eine Bluse getauscht. Ob sie heute arbeiten gehen würde? Luca wusste, dass sie in Teilzeit in einer Bibliothek in der Nähe Geld dazu verdiente.

»Nein, noch nicht«, antwortete Vanessa im gleichen Moment, in dem es von oben »Ich komme ja schon!« dröhnte. Ein paar hastige Schritte auf der Treppe – und da war er.

Lucas Hand ballte sich unter dem Tisch zusammen, während ihr Herz einen viel zu nervösen Satz tat. *Zufall,* versprach sie sich. *Ich komme vom Joggen, daher kommt das.*

Umständlich strich sie sich eine Haarsträhne aus dem Gesicht und legte ihre Hände danach so ruhig wie möglich auf den Tisch. Sie wollte Noah nicht das Gefühl geben, ihn anzustarren, obwohl er immer noch bleich war und seine Augenringe aussahen wie mit Kohle nachgezeichnet.

»Du siehst scheiße aus«, empfing Vanessa ihn mit einem Grinsen. Sie hatte es tatsächlich geschafft, sich einen Moment von ihren Texten zu lösen.

Noah hielt mitten in der Tür inne. Luca fürchtete kurz, dass er gleich wieder umdrehen würde – doch zu ihrer großen Überraschung hüpfte tatsächlich etwas wie ein Grinsen auf seine Lippen. »Du auch. Mit der neuen Brille siehst du aus wie eine Eule.«

»Pah!« Demonstrativ zog Vanessa das Nasenfahrrad mit dem Zeigefinger ein Stück nach vorne, was die Ähnlichkeit nur noch mehr betonte, dann nahm sie die Brille grummelnd ganz ab. »Das nimmst du zurück!«

Noahs Grinsen wurde breiter – und das war der Moment, in dem sich ihre Blicke kreuzten. Etwas in ihr klirrte, wie zwei Gläser, die zu schwungvoll gegeneinanderstießen. Luca versuchte wegsehen, spürte, wie es ihr unangenehm wurde. Sah, wie das Lächeln von Noahs Lippen bröckelte, und doch …

Und doch *wollte* sie nicht wegsehen. Sie spürte, wie ihr warm wurde, wie …

»Komm, Schatz. Setz dich.« Martina legte eine Hand auf Noahs Unterarm, als müsse er gestützt werden. Die Tage der Aufregung hatten ihn ausgezehrt, ja, und er bewegte sich noch ungeschickter als sonst. Und doch zog er seinen Arm mit einer Geste aus dem Griff seiner Mutter, die auf eine neue Kraft hindeutete, die in ihm wuchs.

Stumm trat er zum Tisch, wieder trafen sich ihre Blicke, doch bevor sie sich ineinander verhaken konnten, ging er an ihr vorbei und ließ sich auf den Stuhl neben ihr fallen. Luca räusperte sich leise, unsicher, womit sie die Stille füllen sollte, doch Martina war schneller. Schob ihm sein Essen hin, rückte es so zurecht, dass er mit dem unverletzten Arm herankam.

Lucas Finger kribbelten, während sie mit der einen Hand ihr Messer umklammerte und mit der anderen den Tellerrand.

»Ich bin kurz im Schlafzimmer«, erklärte Martina, erhob sich und verschwand.

Als oben eine Tür geschlossen wurde, stieß Vanessa ein Seufzen aus. »Wenn du willst, dass ich sie irgendwie unauffällig aus dem Haus schaffe ...?«

Luca erinnerte sich, dass sie dabei gewesen war, sich ein Brötchen zu schmieren, und zwang sich, wieder auf ihren Teller zu schauen.

»Ehrlicherweise ... hätte ich wirklich nichts dagegen.« Noah lachte, aber es klang dumpf. Luca traute sich nicht mehr, zu ihm aufzusehen. »Ich meine, ich verstehe, warum sie sich Sorgen macht.«

»Du siehst halt wirklich scheiße aus.«

Statt locker zu kontern, seufzte er dieses Mal nur. »Ich weiß, okay?«

»Sorry, so war das nicht gemeint. Also ... wir machen uns nur Sorgen um dich.«

»Sonst wärst du nicht hier, meinst du?«

Luca schaute auf. Sah das Feixen in seinen Augen. Sah auch, wie bemüht es wirkte.

»Ich hab dir schon so oft gesagt, dass ...«

»Dass ich nur etwas sagen muss und du kommst vorbei.« Er lächelte. Diesmal schien er es ehrlich zu meinen. »Ich weiß ... danke.«

Luca spürte, wie sich etwas in ihr zusammenballte. Akribisch verteilte sie weiter die Butter auf ihrem Brötchen, auch wenn sie sie mittlerweile nur noch hin und her schob. Warum konnte Noah nicht auch mit ihr so locker umgehen?

Muss ich ihm auch sagen, dass ich vorbeikomme, wenn er mich braucht? Ich dachte, das wäre ... klar.

»Aber du hast schon recht. Ich ...«

Es klingelte. Martina wirbelte die Stufen hinunter, warf Noah durch den Flur einen prüfenden Blick zu, als müsse sie erst seine Kondition abschätzen, dann eilte sie weiter zur Tür.

»Oh, ich weiß, wer das ist«, gurrte Vanessa und setzte sich theatralisch die Brille wieder auf, während sie ihren Laptop zu sich zog.

»Der Weihnachtsmann wird's wohl nicht sein, was?« Noah seufzte und brachte Luca damit dazu, doch zu ihm aufzusehen. Sein blasses Gesicht war umrissen von der Morgensonne, die es noch kantiger wirken ließ. Ergeben schaute er Richtung Flur.

Ein paar schnelle Schritte im Flur, dann rauschte Noahs Tante herein. Im Schlepptau wie immer die Zwillinge, die aufgedreht durchs Wohnzimmer rannten. Noahs Tante reichte Luca die Hand und herzte Noah so überschwänglich, dass er aufkeuchte. Martina trieb ihre Schwester mahnend auf Abstand, doch aufhören zu reden taten sie beide nicht, immer lauter, um die Zwillinge zu übertönen.

All das spülte über Luca hinweg. Sie war es gewohnt, auf Veranstaltungen zu sein, wo Stimmen in der Luft flirrten und Themen umherflatterten wie Vögel. Es war leicht, seine Wahrnehmung dagegen zu verschließen und sich irgendeine Beschäftigung zu suchen – oder einfach aus dem Fenster zu sehen. Alles passieren zu lassen und in dem weißen Rauschen unterzugehen.

Noahs Blick dagegen pendelte immer wieder hilfesuchend zu seiner Schwester, die sich demonstrativ in ihre Arbeit vertiefte. Sein Gesicht war noch bleicher als vorhin, und seine rechte Hand verkrampfte sich zunehmend um das Brotmesser, an dem ein wenig gefrorene Butter hing. Er merkte es nicht einmal.

»Noah?«, fragte sie leise. Sie verstand nicht, was in ihm vorging, aber sie sah, dass er litt und immer tiefer in sich selbst versank. »Hey«, flüsterte sie und lehnte sich im allgemeinen Stimmengewirr näher zu ihm.

Noah fuhr zusammen, und mit dem Knarzen seines Stuhls wurde es schlagartig still im Raum.

»Ach, Schatz, haben wir dich erschreckt? Vielleicht hätte ich die Zwillinge heute doch nicht mitbringen sollen«, flötete Noahs Tante und trat zu ihm. Schwungvoll ließ sie eine Hand auf seine Schulter fallen, und auch wenn es die gesunde Seite war, fuhr er dabei erneut zusammen.

»Mensch, du bist aber schreckhaft!« Sie lachte, und ihre Brüste vibrierten. »Himmel, gut, dass du hier bist. Ich habe es kaum *ausgehalten*, als du im Krankenhaus lagst.«

Noah murmelte etwas, doch schließlich schüttelte er nur den Kopf. Luca war sich beinahe sicher, »Weil es ja auch nur um dich geht« gehört zu haben.

Erst da spürte sie, dass sie selbst die Hände geballt hatte. Hitze flutete bis in ihre Füße, während die beiden Frauen ihr Gespräch unbekümmert wieder aufnahmen. Die Zwillinge spielten inzwischen laut heulend Fangen, und Martina und ihre Schwester wurden immer lauter, als müssten sie sich gegenseitig die Luft nehmen, um zu Wort zu kommen …

Und Noah schwieg. Schwieg so eisern, dass es ihr so viel lauter vorkam als alles um sie herum.

Luca rang mit sich, ob sie den Hausfrieden wirklich stören wollte. *Es ist sein erster Tag daheim. Der* erste *Tag!*

Zu ihrer großen Überraschung war Noah schneller. Schwungvoll legte er sein Messer auf den Teller, und bei dem dissonanten Klirren verstummten sie schlagartig. Obwohl er weiter eisern schwieg, funkelte er die beiden Frauen bedeutsam an. Selbst die Zwillinge hielten kurz inne.

»Ich hatte eine verdammt harte Woche«, stellte er schließlich klar, und als wäre damit alles gesagt, fiel er erschöpft in seinem Sitz zurück.

Martina blinzelte ihren Sohn an, seine Tante starrte nur. Selbst Vanessa hatte den Blick von ihren Texten gelöst.

»Claudia, also, ich glaube, wir sollten uns ... ich komme nachher mal rüber, ja? Aber ich bin schon spät dran für die Arbeit«, sagte Martina nach einigem Zögern und schob ihre Schwester hastig zur Tür. Die Kleinen liefen ungewöhnlich brav hinterher.

Luca hatte das Bedürfnis, ihnen zu folgen, um sicherzustellen, dass sie wirklich verschwanden und nicht wie kleine Springteufel im nächsten Moment wieder im Türrahmen erschienen.

Stattdessen blieb sie sitzen und lauschte nur aufmerksam darauf, dass die Tür sich schloss. Lauschte Martina, die sich ungewöhnlich kleinlaut entschuldigte und dann nach oben zurückzog. Ihre Finger begannen zu kribbeln, ballten sich zusammen, bis ihre Muskeln schrien. Sie atmete tief ein, dann schob sie ihre Hand, ganz vorsichtig, erst auf Noahs Oberschenkel, dann um seine steifgefrorenen Finger.

Noah richtete sich gerader auf und sie spürte, wie er sie ansah, doch sie schaffte es nicht, zu ihm aufzusehen. Es war schwer genug, die Hand nicht zurückzuziehen.

Doch dann drückte Noah leicht zu und sie spürte, wie sie lächelte.

»Sehr cool«, flüsterte Vanessa und grinste Noah über ihren Laptop hinweg an, bevor sie sich wieder in ihre Arbeit vertiefte.

Doch er sah unverwandt zu Luca, und als sie aufschaute, schlug etwas geräuschlos in ihrem Inneren auf. Sein Blick blieb unergründlich. Und doch fürchtete Luca sich davor, dass sein Ausdruck sich ändern würde, wenn sie zu lange hinsah. Statt voller Emotionen, wie sie ihn kennengelernt hatte, leer und stumpf. Wie ihrer.

Sanft strich sie mit dem Finger über seinen Handrücken. Ließ die Eiskristalle darauf verschwinden. »Echt toll, dass du was gesagt hast«, murmelte sie, viel zu spät, und diesmal lächelte Noah tatsächlich.

Wenn er ehrlich mit sich selbst war, hatte er das Semester abgeschrieben. Ob er die Verlängerung seiner Studienzeit beim BAföG-Amt irgendwie geltend machen könnte? *Ich werde nebenbei ein Zauberer – wo muss ich da ankreuzen?*

Stumm schüttelte er den Kopf, während er auf seinem Bett lag und blicklos an die Decke starrte. Tränen stiegen in ihm auf, so widersinnig wie nutzlos. *Die Prüfungen kann ich vergessen. In der Zeit mit Luca konnte ich kaum was machen, die Tage im Krankenhaus, alles weg. Jetzt noch die Reha. Wie soll ich das hinkriegen?*

Wütend rieb er sich über die Augen, spürte, wie die Feuchtigkeit unmittelbar an seinen Fingern gefror. *Ich habe mich so angestrengt, meine Kräfte zu kontrollieren. Nur damit sie gleich wieder verschwinden? Wozu dann das Ganze?*

Seine Hände ballten sich zu Fäusten, mühsam setzte er sich auf. Er hatte gelernt, die Magie zu akzeptieren, sie schließlich sogar als Teil von sich willkommen zu heißen. Jetzt dagegen erschien sie ihm nur noch wie etwas Fremdes, geliehen, wie ein Blick in ein Universum, das ihm bis dahin vollkommen verschlossen gewesen war. Nun lag alles offen vor ihm, und es war, als hätte man ihm auf eine verdrehte Weise all seine Wünsche erfüllt. Er fror nicht mehr alles ein, was er berührte. Er konnte ganz normal zur Uni gehen.

Aber vor seinem Haus stand ein Streifenwagen. Als Zeuge eines Mordes, der anschließend von einem Unbekannten angegriffen worden war, hatte er einen Personenschutz gestellt bekommen. Er hatte eine immer noch schmerzende OP-Naht auf der Brust, wegen der er nicht richtig duschen konnte. Seine Freunde kamen jetzt zu ihm, aber ihm fehlte weiterhin die Kraft, sie zu besuchen.

Aber Luca ist da.

Ja, Luca. Sein Herz machte ein paar kräftige Stöße und er spürte, wie etwas in seinem Bauch zu kribbeln begann. Sie war geblieben, im Krankenhaus und jetzt hier. Sie hatte erkannt, was er brauchte – und sie hatte seine Hand gehalten.

Ein heller Ton von unten ließ ihn innehalten. Ein tieferer folgte. Eine spielerische Folge, ein zarter Akkord, dann ein zweiter und dritter, bevor eine langsame Melodie sich darüberlegte. Fast zögerlich, als würde sie sich nicht trauen, die Geschichte zu erzählen, die ihr innewohnte.

Langsam hob sich Noahs Blick, während die Klaviertöne durchs Haus schallten. So ruhig, so beständig. *Ich habe Vanessa seit Jahren nicht mehr Klavier spielen gehört.*

Er lauschte einige Momente, aus der widersinnigen Angst heraus, sie könnte aufhören, wenn er sich bewegte. Eine sanfte Pause setzte ein, aber gerade, als er befürchtete, es wäre zu Ende, ging das Stück weiter.

So etwas hat sie noch nie gespielt. Wie von selbst drückten sich seine Beine durch und trugen ihn zur Tür, in den Flur. Die Klänge waren hier viel klarer, hallten durch das gewundene Treppenhaus.

Auf Zehenspitzen trat er über das Laminat, damit es nicht knarzte, und schlich die Treppe hinunter. Die Melodie stockte und kurz hatte er das Bedürfnis zu rufen, dass sie noch nicht fertig sein konnte – aber dann setzte sie zwei Akkorde vorher wieder ein und lief flüssig über die Stolperstelle hinweg.

Wenn irgendetwas falsch gespielt worden war, dann hatte er es nicht gehört. Er spürte nur, wie etwas in ihm dazu mitschwang, als hätte er Saiten in seinem Inneren, die ihre eigenen Töne von sich gaben.

Und schließlich sah er sie.

Nicht Vanessa.

Luca.

Sie hatte ihre Lederjacke über die Seite des Klaviers gehängt. Die Sonne stand so tief, dass sie darin gebadet wurde. Staub tanzte im Licht, schien sie zu umschmeicheln, während ihre Finger in schnellen Bewegungen über die Tasten tanzten. Dann wurden die Töne lauter. Lucas Schultern spannten sich an, ihre Ellenbogen hoben sich. Ihr ganzer Körper schien Teil des Instruments zu sein.

Wenn sie wusste, dass er hinter ihr stand, dann ließ sie sich nichts anmerken. Sie spielte einfach, tief versunken in das Stück, dessen Noten auf der Halterung lagen. Ihre offenen Haare zuckten hin und her, wenn sie den Kopf im Rhythmus wandte. Manchmal brach die Melodie kurz ab, wenn sie nachlesen musste, aber Noah konnte nichts Anderes tun, als ihr fasziniert zuzusehen.

Irgendwann setzte er sich. Lauschte dem nächsten Stück. Dann dem nächsten. Und noch einem.

Schließlich verstummten die letzten Töne. Lucas Finger lagen in einem dramatischen Schlussakkord auf den Tasten, die Muskeln an ihren Schultern zuckten, dort, wo die Flügeltattoos sich bewegten, als wären sie zum Leben erwacht. Als würde sie gleich anfangen zu fliegen.

Sie drückte mit ihrem Fuß eins der Pedale herunter und nahm die Hände von den Tasten. Die Töne bebten noch einen Moment im Raum, dann verstummten sie endgültig.

»Kannst du das Erste noch mal spielen?«, murmelte Noah. Eine Gänsehaut zog sich über seine Arme.

Langsam drehte Luca sich zu ihm um. Die Sonne war verschwunden, doch der Himmel färbte das Wohnzimmer in kräftigen Rottönen.

Vielleicht war es das, was Lucas Gesicht so sehr veränderte.

»Hat es dir gefallen?«

»Das Erste war das Beste.«

Luca nickte versonnen. »Fand ich auch.«

Noah strich über den Rand des Sofas, ohne die raue Oberfläche unter seinen Fingerspitzen zu spüren. Er wollte Luca in den Arm nehmen. Ihr einfach nah sein. Und sie küssen.

Der Drang überkam ihn so plötzlich und so heftig, dass er sich schnell wegdrehte. Eine verschwommene Kopie seiner Selbst blinzelte von der Mattscheibe des Fernsehers zurück.

Knarzend drehte Luca sich auf ihrem Stuhl und hob die Hände über die Tasten, doch als sie sie senkte, blieb der Ton aus. »Euer Klavier ist ganz schön verstimmt, weißt du?«

»Es wurde seit Jahren nicht mehr benutzt.« Er fuhr sich über die Lippen, um das Kribbeln zu besänftigen, während er ihren tätowierten Rücken betrachtete. Er räusperte sich. »Vanessa war die, die gespielt hat.«

»Du nicht?«

»Nur ein paar Jahre. Sie war immer besser als ich.«

Luca lachte leise und schüttelte den Kopf, während ein sanfter Schauer durch ihn hindurchrann.

»Warum redest du dich klein?«

»Also so gut wie du sind wir beide nicht.« Noah schnaubte und hätte die Arme verschränkt, wenn seine Wunde es zugelassen hätte. Stattdessen strich er sich fahrig über die Stelle, wo einst das Messer gesteckt hatte – er wusste, dass es nicht mehr dort war, aber die Geste beruhigte ihn trotzdem.

»Vielleicht solltest du es mal wieder versuchen?«, schlug Luca vor und stieß den ersten Akkord des Liedes an – dann nahm sie die Finger von den Tasten.

Noah fühlte sich auf der Strecke gelassen. »Was? Klavierspielen?«

»Ja, genau.« Der zweite Akkord. Noch einer, dann käme die Melodie.

Er räusperte sich wieder, konnte den Blick aber nicht von ihren Händen nehmen. »Ich hab seit Jahren nicht mehr gespielt.«

»Ich auch nicht«, erwiderte Luca leichtfertig und spielte die ersten Töne der Melodie. Sie wandte ihm das Gesicht so weit zu, dass er ihr Grinsen sehen konnte. »Aber mein motorisches Gedächtnis lässt mich nicht im Stich.«

Noah überlegte, was er darauf antworten sollte, aber da begann sie, die Melodie zu spielen. Langsamer als zuvor, aber kontinuierlich Tempo aufbauend. Sie spielte, bis es dunkel wurde, und Noah war so gefangen, dass er für den Moment vergaß, wie sehr er seit dem Angriff die Nacht fürchtete.

Erst als die letzten Töne verklangen, wurde ihm bewusst, dass er nach draußen starrte.

»Das war Bach«, erklärte Luca ruhig und brauchte einen Moment, um sich von den Tasten zu lösen. »Ich habe wirklich lange nicht mehr gespielt, aber Bach mochte ich immer.«

Noah nickte, während er mit Blicken die Dunkelheit vor dem Fenster durchstreifte. *Ist er jetzt dort?* Er fuhr zusammen und blinzelte. Hastig erhob er sich. Hatte er dort eine Bewegung gesehen?

»Noah?«

Ohne sich umzudrehen, bedeutete Noah ihr, leise zu sein. *Was, wenn er uns sieht?* Seine Beine drohten, unter ihm nachzugeben, die Naht brannte. Er fuhr sich über die Stelle, doch egal wie warm sich seine Haut anfühlte, er wurde das Gefühl nicht los, dass da ein Fremdkörper steckte. Kalt und metallisch. Wieder strich er darüber.

Da ist etwas. Da muss …

»Noah.« Lucas Ton klang, als hätte sie seinen Namen bereits ein paarmal wiederholt. Sie hatte sich vor ihm aufgebaut, doch so sehr sie auch versuchte, seinen Blick nach draußen zu verdecken – er konnte einfach über sie hinwegschauen.

Kraftvoll versuchte er, sie beiseitezuschieben. Sie rührte sich keinen Millimeter – also trat er mit ein, zwei schnellen Schritten um sie herum, bis er so nah am Fenster stand, wie er es sich traute. Interessierte es sie gar nicht, dass jemand in ihrem Garten war?

Doch sie schob sich nur wortlos vor ihn.

»Noah«, wiederholte Luca bestimmt und legte die Hände auf seine Schultern. Zuerst zuckte sein Blick nur über ihr Gesicht, bevor er wieder nach draußen starrte, doch als er den Ausdruck in ihren Augen las, sah er sie an.

Sah sie *richtig* an.

»Siehst du ihn nicht?«, flüsterte er. Seine Stimme brach und er spürte, wie Tränen ihm den Hals zuschnürten. *Bilde ich mir das alles nur ein?* Die Angst, den Verstand zu verlieren, war beinahe größer als die vor der Bedrohung draußen. Wieder zuckte seine Aufmerksamkeit in die Dunkelheit, doch sein Blick blieb tränenverhangen – er erkannte gar nichts mehr.

»Deine Mutter und ich haben uns etwas überlegt«, antwortete sie sanft und deutete mit dem Kinn in Richtung der Terrassentür. Ihre Hände glitten an seinen bloßen Armen herunter und verfingen sich in seinen Fingern.

»Aber …«

»Vertrau mir «, verlangte sie, dann zog sie ihn am Fenster entlang zur Terrassentür. Seine Hand fühlte sich ungewöhnlich kalt an, als ihre sich für einen Moment löste, um die Sommernacht hereinzulassen. Seine Haut prickelte unter der sanften Wärme, die ihre Berührung zurückgelassen hatte, selbst unter den Eiskristallen.

»In den Garten?!«, keuchte er, als sie dabei war, die Schwelle zu übertreten.

Luca beobachtete ihn einen Moment, dann drehte sie sich langsam um. »Du warst heute Nachmittag auch im Garten.«

»Da konnte ich auch alles sehen«, presste er hervor. Jetzt dagegen glitten seine Augen über Schemen, Silhouetten, die alles sein konnten. War es der Wind, der die Bäume bewegte? Oder eine Gestalt, die dort auf eine zweite Chance lauerte?

Er schluckte schwer und trat entschlossen einen Schritt zurück. Seine Beine bebten unter seinem Gewicht – am liebsten wäre er weggerannt.

Luca nickte, als würde sie verstehen. »Warte kurz hier, ja?«

Und damit war sie weg. Am liebsten hätte er geschrien. Instinktiv folgte er ihr ein paar Schritte, doch als sie nach draußen auf die Terrasse trat, hielt er ruckartig inne. Seine Knochen schienen sich ineinander zu verkeilen, egal wie sehr seine Muskeln auch daran rissen. »Luca!«, keuchte er. Er traute sich nicht zu rufen, sie bloßzustellen. Was, wenn der Fremde sie erkannte und ...

Dann ging das Licht an. Luca fingerte an etwas am Boden herum, dann ging sie ein paar Schritte weiter und nahm wieder etwas in die Hand. Und noch mal. Lichterketten, eine nach der nächsten, blühten auf. Wie Glühwürmchen hingen sie in der Sommerbrise, ein Schutzwall gegen die Dunkelheit, gegen böse Gedanken, gegen Angreifer.

Solange sie auf der Terrasse blieben.

Der Garten dahinter blieb dunkel, er war zu groß, um ihn vollständig auszuleuchten. Während es hier aussah wie auf einer kleinen Bühne, lagen die Zuschauer im Dunkeln. Er fühlte sich wie in einer anderen Welt.

»Wow«, hauchte er und spürte, wie seine Hand sich um den Rahmen der Terrassentür schloss. »Wann habt ihr das gemacht?«

»Es war die Idee deiner Mutter«, betonte Luca und schaltete eine letzte Lichterkette an, bevor sie sich zu ihm umdrehte. Sie hielt die Arme verschränkt, ihre Augen verloren sich in Schatten. »Als du dich hingelegt hast, hat sie damit angefangen. Sie meinte, ich könnte sie anmachen, wenn das Haus heute Abend zu leer ist.«

Weil niemand hier ist. Einer dieser Abende, an denen ihnen der Zufall einen Streich gespielt hatte. Sein Vater hatte Spätschicht, seine Mutter musste zu ihrer eigenen Mutter, weil eine Erkältung die ans Bett fesselte, Vanessa hatte einen Termin mit ihrem Doktorvater. Und so blieben nur noch er – und Luca.

»Ich habe mir Folgendes überlegt«, begann sie und trat einen Schritt auf ihn zu, hielt aber gerade so viel Abstand, dass er ihm irgendwie merkwürdig vorkam. Wollte sie ihn zu sich auf die Terrasse locken? Sein Blick glitt über die Lichter, und so sehr sich etwas in seinem Bauch zusammenballte, so sehr faszinierte ihn, in was für eine Atmosphäre sie den Garten tauchten.

»Ich werde versuchen zu kochen, du kannst mir helfen. Dann setzen wir uns nach draußen und essen.«

»Ich habe keinen Hunger«, erwiderte er trocken. Eigentlich schon, aber er glaubte nicht, dass er jetzt etwas herunterbekäme. Die Angst drückte ihm den Hals zu und seine Finger gruben sich fester in das Plastik der Terrassentür.

»Sehr gut. Ich kann nämlich nicht kochen.« Herausfordernd sah sie ihn an.

»Also muss ich kochen?«

»Nicht, wenn du sowieso nichts essen willst.«

Noah schnaubte und stellte fest, wie damit auch etwas von seiner Anspannung verschwand. »Wir könnten auch etwas bestellen.«

»Ich dachte, du willst nichts essen.«

Wollen und können sind zwei ganz verschiedene Dinge. Sein Magen war leer und grummelte. Vielleicht würde es ihm guttun, etwas zu essen.

»Ein paar Frühlingsrollen sollten gehen.«

»Das klingt schmerzhaft.« Luca hob die Brauen, doch Noah zuckte nur mit den Schultern.

»Normalerweise lachen die Leute darüber.«

»Wie du dir den Arm gebrochen hast?«

Er öffnete den Mund, schloss ihn aber wortlos wieder. »Gut, schmerzhaft trifft es, aber die Geschichte ist wirklich absurd.«

Aus irgendeinem Grund schmunzelte Luca, dann schob sie demonstrativ die Nudeln von sich weg. »Das Essen war gut.«

»Besser, als wenn du gekocht hättest?«

Luca kniff die Augen zusammen. »Natürlich.«

Und da ist sie wieder, die alte Luca. Sanft schüttelte er den Kopf, nur um gleich darauf zu nicken. »Ja, hast recht.«

Stumm musterte er sie. Ihre harten Züge wirkten in dem Licht, das die Terrasse einhüllte, weicher, als hätte man sie mit einem Pinsel nachgezogen, um ihnen die Schärfe zu nehmen. Einige Haarsträhnen hingen in leichten Wellen um ihr Gesicht und erst jetzt merkte er, wie viel sanfter die offenen Haare ihr Gesicht machten. Hatte er sie vor heute schon mal so gesehen?

»Tut deine Schulter noch weh?«, fragte er, während sein Blick an ihrer Stirn hängen blieb. Dort, wo die Beule gewesen war.

»Wegen des Unfalls bei unserem ersten Training meinst du?«

Statt zu antworten, nickte er nur.

Sie zuckte mit den Schultern. »Nein, nicht wirklich. Es war noch eine Zeit lang ein blauer Fleck zu sehen, das war's aber auch.«

Er schluckte schwer. »Warst du damit beim Arzt?«

Sie zögerte, nicht lange, aber gerade lange genug, dass sie Luft holen musste, um neu anzufangen. »Ja, war ich. Allerdings nicht am nächsten Tag. Mein Vater hat irgendwann darauf bestanden.«

»Sonst wärst du nicht gegangen?«

»Für die Bescheinigung schon. Falls es Folgeerscheinungen gegeben hätte. Wegen der Versicherung.«

Folgeerscheinungen. Die Frühlingsrolle in seinem Magen machte sich grummelnd bemerkbar. »Klingt vernünftig.«

Luca nickte, als sähe sie es genauso. Schweigen legte sich über sie. Wie eine Decke, die immer schwerer wurde. Aber was sollte er sagen?

»Wie geht es dir?«

Sein Blick war in den dunklen Garten geschweift und hatte sich an einer Silhouette festgehakt. Ein Baum? Erst bei Lucas Frage merkte er, dass er die Augen zusammengekniffen hatte, um besser sehen zu können.

»Mir geht es ...«, begann er und setzte an, das übliche »gut« oder »schon in Ordnung« anzuhängen, aber dann erinnerte er sich, mit wem er redete. Der brechend ehrlichsten Person, die er kannte und wahrscheinlich jemals kennenlernen würde.

»Ganz ehrlich? Mir geht es scheiße.« Er seufzte, und damit brach eine solche Schwere von ihm, dass er in der Bank zurücksackte. »Ich habe das Gefühl, meinem Verstand nicht mehr trauen zu können, weil ich überall Bewegungen sehe. Mein Brustkorb tut weh, ich kann kaum etwas essen, ohne dass mir schlecht wird.«

»Jetzt auch?«

»Ja.«

Luca nickte, beinahe wie eine Ärztin, die eine Bestandsaufnahme machte. Dann leckte sie sich über die Lippen, als suchte sie dort nach Worten.

»Du brauchst nichts zu sagen. Ich ... will gar kein Mitleid.« Er rieb sich über die Stirn. »Oder vielleicht doch«, murmelte er. »Es fühlt sich einfach viel zu gut an, in Selbstmitleid zu baden. Kennst du das Gefühl?«

»Du bist immer so kritisch dir selbst gegenüber. Bei anderen auch?« Ernst schaute sie ihn an. Keine Beleidigung, eine ehrliche Frage.

Unwillkürlich musste er lachen. »Ich weiß nicht. Bist du immer so direkt oder nur bei mir?«

Ein wölfisches Grinsen stahl sich auf ihre Züge. »Immer.«

»Die letzten Tage habe ich mir oft gewünscht, dass ...« Er musste tief Luft holen und ließ sie langsam wieder entweichen. *Jetzt oder nie.* »Dass mir das nie passiert wäre. Mit der Magie, mit allem. Dass es jemand anderen getroffen hätte. Ist das sehr egoistisch von mir?«

Luca musterte ihn. Lange. Es hatte ihn Tage gekostet, um zu verstehen, dass das bei ihr nicht automatisch hieß, dass sie ihm widersprach und nicht wusste, wie sie es ausdrücken sollte. Sie dachte einfach gründlich nach – und doch fragte Noah sich, warum ihre Schultern dabei so tief hingen. Hatte ihr Blick sonst auch so etwas Trauriges an sich?

»Ich glaube nicht, dass das egoistisch ist«, erwiderte sie. »Ich bin eher ... überrascht.«

»Wovon?«

»Ich war froh, dass es dich getroffen hat.« Als wäre es nichts Wichtiges, das sie da sagte, zuckte sie mit den Schultern. »Nicht, dass du es verdient hättest. Und damit meine ich auch nicht, dass die Arbeit mit dir so leicht gewesen wäre. Oder dass es gut für mich war, dass du viel mächtiger bist als ich. Aber du ... tust mir gut.«

Verblüfft schaute Noah sie an. »Du mir auch.« Die Worte waren über seine Lippen geschlüpft, bevor er sie zurückhalten konnte.

Langsam hob Luca den Blick. Erst über den Tisch, dann zu seinen Händen und schließlich hoch, in sein Gesicht. Es war, als hätte sie ihre Maske wieder aufgesetzt. »Sagst du das nur, weil deine Mutter das gesagt hat?«

Warum flüsterte sie?

»Meine Mutter hat was gesagt?«

»Jetzt tu nicht so!«

Irritiert schüttelte er den Kopf, verwirrt von ihrer lauter werdenden Stimme. »Ich hab keine Ahnung, wovon du redest.«

Luca seufzte und ließ sich gegen die Bank fallen, bis ihr Kopf nach hinten über die Lehne hing. In der Position verharrte sie so lange, dass Noah sich schließlich vorsichtig nach oben drückte, um ihr ins Gesicht zu sehen.

Es war bleich und leer, doch in ihren Augen funkelte etwas, das beinahe aussah wie ... Tränen?

»Luca?«

Ihre Lider schlossen sich und sie hob die Hände, um sich über das Gesicht zu reiben. »Was?«, nuschelte sie.

»Geht es *dir* denn gut?«

Sie hielt ruckhaft in der Bewegung inne, als wäre sie zu perplex, um die Frage zu begreifen. Langsam, ganz langsam ließ sie die Hände sinken. »Ich bin deine Lehrerin.«

»Du bist meine Freundin.«

Sie stieß ein bitteres Lachen aus. »Genau das ist das Problem.«

»Warum?« Er stellte die Frage, obwohl er die Antwort kannte. Als Lehrerin durfte sie sich nicht mit ihm einlassen, egal ob platonisch oder ... anders. Allein bei dem Gedanken färbten sich seine Wangen, doch er bemühte sich, sie weiter anzusehen.

Luca wiegte den Kopf hin und her, ohne die Hände von den Augen zu nehmen. Schließlich seufzte sie und ließ die Arme fallen. »Weil es mir schwerfällt, okay? Weil ich *Nähe* und *Vertrauen* und ... und *Liebe* nicht mehr kenne! Weil ich wieder lernen muss, wie das funktioniert, und obwohl man meinen sollte, dass das irgendwie geht – ich konnte es ja schließlich mal, richtig? –, tue ich mich damit schwerer, als ich es für möglich gehalten hätte. Ich hätte den Auftrag längst abgeben sollen, das hier ist schon viel zu weit gegangen. Ich habe die Formulare längst ausgefüllt, ich habe so oft meinen Vater *beinahe* angerufen, nur um es schließlich doch nicht zu tun.« Ihre Hände krallten sich in ihr T-Shirt, ihre Augen waren zu schmalen Schlitzen zusammengekniffen. Minuten, so schien es, verharrte sie so, bevor mit einem einzigen Atemzug alle Spannung aus ihr wich. »Weil ich nicht wollte«, flüsterte sie. »Ich will nicht gehen.«

Noah schluckte schwer, während er ihren sich hebenden und senkenden Brustkorb beobachtete. Die roten Flecken in ihrem Dekolleté, ihr feines Schlüsselbein. Nur langsam hob sich sein Blick wieder, während sich eine unumstößliche Wahrheit in seinem Kopf zusammensetzte.

Er spürte, wie seine Beine unter ihm nachzugeben drohten, sein freier Arm fing sich gerade rechtzeitig an der Bank. Langsam, ganz langsam, setzte er sich neben Luca und starrte auf die leeren Stühle, die Lichterkette, die Reste ihres bestellten Essens.

Ein Räuspern saß in seiner Kehle, aber er schluckte es herunter. Atmete tief durch, bis sich sein Kopf wieder etwas leerte. »Aber ich bin darin doch genauso schlecht«, murmelte er und sah von den Stühlen auf.

Sie sah ihn verständnislos an.

»In Liebe, meine ich.«

Luca nickte langsam, als würde das Sinn ergeben, doch dann schüttelte sie so energisch den Kopf, dass Noah einen Stich im Herzen spürte. »Natürlich weißt du, wie das geht.«

Sein Puls klopfte aufgeregt. »Das hier ist kein Wettbewerb, weißt du? Es ist eine Tatsache. Was glaubst du, woran meine letzte Beziehung gescheitert ist?«

Luca hob irritiert die Brauen. »Aber es gibt nicht nur romantische Liebe, Noah. Das wäre doch furchtbar.«

Das wäre doch furchtbar. Ein Tropfen im unendlichen Ozean, ein Hallen gegen seine inneren Wände. Wie so oft stellte Luca in nur einem Satz sein Leben auf den Kopf – ohne es zu wollen. Ohne es überhaupt zu merken.

»Meine Familie meinst du.«

»Unter anderem.«

»Unter anderem?«

Luca seufzte, als würde er das Offensichtlichste nicht begreifen. »Deine Freunde? Hast du nicht gesehen, wie sie mit dir umgehen? Klar, deine Familie auch. Das ist nicht selbstverständlich, wie sie sich um dich sorgen. Allein deine Mutter ...« Luca lachte leise. »Sie kann mich nicht leiden, weißt du? Aber wir haben einen Waffenstillstand geschlossen. Wegen dir. Für dich. Sie meint, ich würde dir guttun.«

»Tust du auch. Hab ich ja gesagt«, schoss er, bevor er es sich anders überlegen konnte.

Luca erstarrte zu einer Statue, nur um dann langsam, ruckend, ihren Kopf zu ihm zu drehen. »Wirklich?«

»Ja.«

Sie sah aus, als erwartete sie eine Erklärung oder eine Begründung, aber wenn er ehrlich mit sich war, fielen ihm nur solche ein, die falsch klangen. Die dem nicht gerecht wurden, was sich in seinem Inneren aufgestaut hatte.

Stattdessen zuckte er mit den Schultern und lächelte sie vorsichtig an, bevor er sich wieder dem Garten zuwandte.

Schweigend saßen sie nebeneinander. *Hätte ich etwas anderes sagen sollen?* Er fischte nach Worten, aber stattdessen begannen seine Hände zu schwitzen. Eis überzog seine Fingerspitzen. *Aber was? »Luca, ich mag dich mehr, als dir klar ist«?*

»Ich will nicht zu meinem Vater fahren«, flüsterte Luca plötzlich, und als er zu ihr sah, hatte sie über die Erkenntnis irritiert die Augenbrauen zusammengeschoben. »Es ist der beste Ort, an dem wir sein könnten – ich habe es viel zu lange aufgeschoben. Wir haben dort ganz anderen Zugang zu Informationen, außerdem bist du da ... sicher.« Ihr Blick zuckte in den dunklen Garten und über seine Arme zog sich eine Gänsehaut.

Schnell rieb er sich darüber und versuchte, die Enge in seiner Brust wieder auszuatmen. »Dann sollten wir bald fahren, was?«

Sie nickte und schwieg einige Sekunden, während sie weiter in den Garten schaute. »Ich werde mich wohl auf den Weg machen, wenn du in die Reha fährst. Der Personenschutz begleitet dich ja. Dann habe ich etwas Vorsprung und du kannst dich in Ruhe erholen«, murmelte sie, dann rieb sie sich über die Augen. Als wäre das alles zu viel für sie.

Er schluckte schwer. Die Vorstellung, das Haus zu verlassen, kam ihm gleichzeitig beängstigend und befreiend vor. Raus aus diesen Ängsten und den Ideen, in die er sich verrannt hatte. Dafür verschwand die Sicherheit, seine eigene, persönliche, die sich in Form von Routine durch seinen Alltag zog.

»Dann danach.«

Luca blinzelte und starrte ihn überrascht an, als hätte sie vergessen, dass er hier war. Ihr Gesicht war seinem durch die plötzliche Bewegung unnatürlich nah – so nah, dass er ihren Atem auf seiner Haut spürte.

Noah räusperte sich und versuchte krampfhaft, nicht zu ihren Lippen zu sehen.

Vergebens.

Er spürte, wie seine Wangen sich rot färbten, doch wegsehen wurde unmöglich. »Irgendwie verstehe ich dich nicht«, wisperte er und hätte sich am liebsten selbst geschlagen. *Was war das denn?* Er holte tief Luft und spürte, wie das Eis an seinen Händen sich in feinen Linien festsetzte.

Plötzlich legte sich Wärme um seine Hände – Lucas Finger, die sich um seine schlossen und sie tauten. Feine Rinnsale flossen durch seine Finger.

»Findest du es ... schlecht, wenn wir nicht sofort fahren?«

Ist sie verunsichert? Ich bin es. Ich bin es wirklich. Er spürte, wie sein Kehlkopf einige Hüpfer machte, als er versuchte, die Worte zu artikulieren, die dort feststeckten. »Nein. Ich möchte … Ich glaube, nach der Reha ist eine gute Idee. Und davor ein paar Tage Pause. Hier. Zusammen.«

Lucas Lächeln war so zart, so sanft und unendlich, dass er nicht mehr wegsehen konnte. Ihm wurde warm, im Bauch, in der Brust, so sehr, dass ihm die Hitze in seinen Wangen kühl dagegen erschien.

»Das fände ich schön.«

Warum echoten ihre Worte in ihm nach? Warum hatte sie so eine Wirkung auf ihn? Egal was Luca sagte, es brachte etwas in ihm zum Schwingen, wie ihr Klavierspiel. Er war nur hier, um zu lauschen, wie sie den nächsten Akkord anschlug.

Ich will dich verstehen. Erst da spürte er, dass auch er lächelte. All die Angst war vergessen, die Dunkelheit getauscht gegen Lucas blaue Augen, die im sanften Schein der Lichterketten aufzublühen schienen.

»Luca, ich würde dich gerne küssen.« Wieder einer dieser Sätze. Einer, der ihm entflohen war. Und das Schlimmste? Er war wahr. Nie hatte er etwas so ernst gemeint. »Darf ich?«

Ihr Lächeln verschwand, Herzschlag um Herzschlag, und innerlich wappnete er sich gegen die Abfuhr, die unweigerlich folgen würde. Aber ein eindeutiges Nein war ihm lieber als weiteres Rätselraten. Ein klares, einfaches Ende.

Bis er merkte, dass sie sich auf ihn zubewegte. Langsam, ganz langsam. In so ruckelnden Bewegungen, als würde jeder Zentimeter ihr alles abverlangen. Als fochten in diesem Moment zwei Seiten in ihr einen erbitterten Kampf – und vielleicht war dem auch so.

Noahs Kopf wurde schlagartig leer, als ihre Nase seine streifte. Als ihr Atem über seine Lippen fuhr. Ihre Augen huschten hin und her, und die Sekunden verstrichen viel zu langsam. Etwas zog seinen Kopf zu ihr, drückte ihm gegen den Rücken, doch er ballte die Hände und hielt absolut still.

Bis sie die letzte Distanz schloss.

Haut auf Haut. Ihre Lippen strichen über seine, und obwohl er es hatte kommen sehen, raubte ihm das heftige Kribbeln jegliches Gefühl für Zeit und Raum.

Mit einem lautlosen Seufzen ließ er zu, was auch immer passieren sollte. Ließ das Kribbeln in ihm aufbegehren, während seine Finger sich in ihre Haare flochten, um sie noch näher bei sich zu wissen. Um sich zu vergewissern, dass das echt war.

Dass sie ihn küsste.

Er wollte schreien, er wollte jubeln, doch alles, was er tat, war, den sanften Kuss so lange wie möglich auszukosten. So lange, bis sie sich zurücklehnte und ihn fassungslos anschaute.

Bevor ein leises Lächeln auf ihrem Gesicht erblühte.

Es war das Schönste, was er je gesehen hatte.

17

Darf ich dich küssen?

Ein Teil von ihr wollte Ja schreien. Ein anderer zurückweichen. Luca hätte sich einreden können, dass es ihr um die Pflicht ging – sie hatte eine Verantwortung Noah gegenüber. Ihn einfach so zu *küssen* überstieg ihre Zuständigkeit.

Definitiv.

Ihre Hände schnürten sich fester um das Lenkrad, während sie einen Blick zu ihm riskierte. Als müsste sie sich erst im Hier und Jetzt festhalten, bevor sie sich zurück in die Welt ihrer Gedanken wagen konnte.

Locker saß er neben ihr. Das Vormittagslicht spielte mit seinen Haaren und sein Fuß tippelte unruhig, während er sich in sein Buch vertiefte. Wenn sie den Kopf leicht schieflegte, konnte sie auch den Titel lesen.

Otto Forster – Analysis II.

Obwohl Noah ihr vor seiner Reha anvertraut hatte, dass er keinerlei Hoffnung mehr hatte, das Semester zu schaffen, übte er weiter. Hatte er das die letzten Wochen auch getan? Gelernt, während er im Krankenhaus lag? Bei sich zuhause? In der Reha? Der Polizeischutz war abgezogen worden, nachdem sich keine weiteren Anzeichen einer Bedrohung gezeigt hatten. Dennoch hatte Luca ihn überredet, die »paar Tage Pause« zu verschieben und danach direkt mit ihm nach Frankfurt zu fahren. Sie traute dem Ganzen nicht und auch, wenn die Kollegen bei der Polizei gute Arbeit leisteten … letztendlich blieb Noah ein magischer Fall.

Ihre Finger trommelten auf dem Lenkrad. Was würde ihr Vater von Noah halten?

Wieder huschte ihr Blick zu ihm, bevor sie versuchte, sich auf die Straße zu konzentrieren. Der Verkehr tröpfelte noch, aber der Stau hatte sich bereits aufgelöst, und so fuhren ihre Gedanken einfach davon. *Zu dem Kuss.* Sie spürte, wie ihre Lippen kribbelten. Seit dreieinhalb Wochen schon. Seit dem Moment im Garten. War es dieses Gefühl, das sie ständig zum Lächeln brachte? Das Kribbeln? Oder Noahs Grinsen? Seine schlichte Anwesenheit?

Ich will mehr. Ein Unding bis vor ein paar Wochen, so etwas überhaupt zu denken. Sich solche Gedanken zu erlauben. Doch jetzt? Wie einfach wäre es, das Auto auf den Seitenstreifen zu lenken, sich zu Noah hinüberzulehnen und ihn zu sich herüberzuziehen? Ihn zu küssen, einfach so. Ganz egal, was die Leute von ihnen dachten.

Es würde ohnehin niemanden kümmern. Warum ...

»Luca, Blitzer!«, rief Noah.

Ihr Blick schnellte auf den Tacho und gerade rechtzeitig stieg sie auf die Bremse. *Ich muss mich wirklich besser konzentrieren.*

Noah wandte sich zu ihr und aus den Augenwinkeln sah sie, wie er grinste. Ihr wurde warm. »Nicht aufgepasst?«, mutmaßte er verschmitzt.

»Nein, ich fahre mit Absicht zwanzig km/h zu viel. So bin ich eben.«

Noah schwieg einen Moment. »War das sarkastisch?«

»Ja.«

Er nickte, doch während er sich wieder seinem Buch zuwandte, grinste er noch breiter.

Genug davon. Sie presste den rechten Ellenbogen in die Seite, dort, wo ihre Jacke etwas steifer war durch das knisternde Papier darin. Das Antwortschreiben ihres Vaters.

Eine Bestätigung für Noahs Ausbildungsabschluss. Er brauchte ihre Hilfe nicht mehr, sie war nicht mehr seine

Lehrerin. Eigentlich eine gute Nachricht ... auch wenn das bedeutete, dass sie einander vielleicht aus den Augen verloren. *Dass er verschwindet.*

Sie schluckte schwer. Es war das einzig Richtige, sie hatte es viel zu lange vor sich hergeschoben. Wie hatte sie so lange die Augen davor verschließen können, wie viel er ihr bedeutete?

Denn eins war ihr inzwischen absolut klar: Sie wollte bei ihm bleiben. Sie wollte Noah richtig kennenlernen – nicht als Schüler, sondern als Freund.

Noah gab sich die größte Mühe, sich seine Kopfschmerzen nicht anmerken zu lassen. Die Narbe zog vom langen Sitzen im Auto, den stundenlangen Befragungen und Tests. Es kam ihm vor, als wären sie bereits seit Tagen hier in der Abteilung, dabei waren er und Luca erst heute Vormittag angekommen.

»Bundesbehörde für Sondervorkommnisse« hatte auf dem Klingelschild gestanden, zusammen mit einigen Namen und Zuständigkeiten, die Noah nur kurz überflogen hatte. Er war nervös wie immer gewesen – Luca irritierenderweise auch. Unruhig hatte sie sich mehrfach die Kleidung glattgestrichen, war sich durch das Gesicht gefahren. Es ließ sie ... jünger wirken. Als sie ihn vor einigen Stunden zu Hause abgeholt hatte, war Noah zwar aufgefallen, dass sie irgendwie anders aussah, aber er hatte sich nicht recht erklären können, woran das lag. Erst als dann die Fahrstuhltür aufging und er sich einer höflich-distanzierten Empfangsdame gegenübersah, hatte es Klick gemacht: die formelle Kleidung und die ordentlich zurückgebundenen Haare.

Beinahe wie eine echte Sachbearbeiterin.

Bei der Erinnerung musste er unwillkürlich schmunzeln, während er den Aufzug zum fünften Stock nahm, in dem Luca in einem der zahlreichen Büros saß und über Aktenbergen brütete. Für heute war er fertig – nach einer schier endlosen Reihe von Fragen zu seinem Zustand, seiner Physis und Psyche, gefolgt von Tests aller Art, einem ausführlichen Persönlichkeitsfragebogen. Morgen würden weitere Fragebögen folgen, aber auch die ersten Experimente zu seinen magischen Fähigkeiten. Immerhin waren die Untersuchenden bisher freundliche Wissenschaftler in einfacher Alltagskleidung gewesen, die einfach versuchten zu verstehen, was mit ihm passiert war.

Und obwohl Noah über alles informiert wurde, was sie mit ihm anzustellen gedachten, und dem auch zugestimmt hatte, war er sich immer noch nicht sicher, ob er es wirklich wissen wollte – woher seine Magie kam.

Der Flur im fünften Stock, durch den er nun stiefelte, war länger, als er ihn von seiner ersten Tour heute Mittag in Erinnerung hatte. Das Licht fiel fade von außen herein und mischte sich mit dem kalten Licht der Neonröhren. Der Boden kleidete sich in einen ausgetretenen grauen Teppich, die Wände waren klinisch weiß, die Türen aus Milchglas.

Modern.

Aber letztlich ein stinknormales Bürogebäude.

Er schluckte schwer und atmete schnell aus. Er hatte gar nicht gemerkt, dass er die Luft angehalten hatte.

Kurz wurden seine Schritte langsamer. Hier an der Ecke waren sie vor ein paar Stunden Herrn Wittek begegnet – Lucas Vater. Und Noah wusste nicht, was genau ihn störte, aber irgendwie hatte er ihn sich … anders vorgestellt. Der Mann, der sie erwartete, hätte im Endeffekt jeder sein können. Durchschnittliche Größe, durchschnittliches Gesicht, die kurzen braunen Haare zur Seite gekämmt, die Hände hinter dem Rücken verschränkt.

Doch dann war Noahs Blick auf seine Augen gefallen. Dieses durchdringende Blau. Die Art, wie einer seiner Mundwinkel hochzuckte, während er auf sie zukam.

Noah hatte gar nicht gemerkt, wie signifikant manche von Lucas Gesten waren, bis er sie bei ihrem Vater wiedererkannte.

Herr Wittek hatte freundlich gelächelt. »Und? Habt ihr alles gut gefunden?«

»Ich bin schon seit zwei Wochen hier. Alles super«, antwortete Luca, bevor Noah eine Chance hatte. Sie verschränkte die Arme, doch anders als ihr Vater nicht hinter dem Rücken, sondern demonstrativ vor der Brust. »Das Hotel ist wie immer, wir haben die Taschen auf mein Zimmer gebracht, in Noahs kamen wir noch nicht rein.«

»Wollt ihr nachher noch mal dorthin?«

»Nein. Erst mal bleiben wir hier.«

Noahs Aufmerksamkeit pendelte zwischen den beiden hin und her. Herr Wittek, der sich nicht einmal offiziell bei ihm vorgestellt hatte, ihn praktisch ignorierte, während er mit Luca ... eine Art Wortgefecht austrug? Noah spürte, wie er die Stirn runzelte.

»Noah Mertens«, ging er dazwischen, als das Frage-Antwort-Spiel drohte, in eine nächste Runde zu gehen. So gelassen wie möglich hielt er Herrn Wittek die Hand hin.

Wenn der spürte, wie feucht Noahs Finger waren – oder die vereinzelten Eiskristalle daran bemerkte –, ließ er es sich nicht anmerken.

Die Führung durch die Büroräume war kurz und obwohl Noah sich gerne noch etwas länger umgesehen hätte, war ihm bewusst, dass ihn das Ganze nur so faszinierte, weil er noch nie in einem Bürogebäude gewesen war. Also generell.

Denn wenn es hier etwas Ungewöhnliches gab, dann erkannte er es nicht. Vollgestellte Schreibtische, einige besetzt, andere verwaist. Zimmer voller Aktenschränke und überarbeitet aussehende Angestellte. Genauso gut hätte er sich beim BAföG-Amt befinden können.

»Wir haben den Luxus, dass wir keine Großraumbüros haben. Maximal zwei Mitarbeiter pro Raum«, erklärte Herr

Wittek im Gehen. Zwischendurch nannte er ein paar Namen und Titel dazu. Darunter einige »Zuständige«, wie diejenigen für »Verwaltung« oder »IT«. Die, die nicht gerade zu sehr in ihre Arbeit vertieft waren oder telefonierten, grüßten zerstreut.

Ob die Abteilung eine Hotline hatte, bei der man anrufen konnte? *»Bundesbehörde für Sondervorkommnisse – ihr Freund und Helfer für Magie und Absurdität jeder Form. Müller am Apparat, wie kann ich Ihnen helfen?«* Der Gedanke faszinierte Noah irgendwie.

Nach zwei Abbiegungen und achtzehn Büros wurde Herr Wittek langsamer. Der letzte Raum auf der Etage war, anders als die anderen, verschlossen. Die Tür war aus Milchglas, eine Jalousie verdeckte den Blick nach drinnen.

»Und, Herr Mertens? Was halten Sie von unserem Hauptquartier?«, fragte Noahs Vater und lächelte. Es war ein trauriges Lächeln in einem traurigen Gesicht.

»Es ist ein Bürogebäude«, warf Luca ein, und aus den Augenwinkeln sah Noah, wie steif sie dastand. »Die Führung war nett, aber wir sollten jetzt wirklich anfangen.«

Herr Wittek sah von seiner Tochter zu Noah und wieder zurück. Als Noah begriff, dass er offensichtlich auf eine Bestätigung von ihm wartete, zuckte er vage mit den Schultern.

Dann wurde ihm bewusst, dass Herr Wittek tatsächlich um seine Meinung gebeten hatte. Und er hatte nur mit den Schultern gezuckt. Am liebsten hätte Noah laut geseufzt.

»Gut. Also.« Herr Wittek räusperte sich. »Nur zur Erklärung: Heute Morgen sind einige Akten dazugekommen. Die letzte Fuhre. Du hattest vorher ja schon einige, und natürlich die im System, aber ... nun ja.«

Luca nickte ungeduldig.

Wieder räusperte sich Herr Wittek. »Also, es sind einige mehr geworden.«

»Ja, und?«, hielt Luca dagegen und bedeutete ihm ungeduldig, die Tür zu öffnen. »Vorher waren es auch einige. Und wir haben ja auch Zeit. Die Tests mit Noah werden einige Tage in Anspruch nehmen, oder nicht? Außerdem muss er auch Sachen für die Uni machen, da kann ich mich gut nebenher durch die Akten graben.«

Wir haben Zeit. Warum klang das wie eine Lüge? Warum fühlte Noah sich, als müsse er plötzlich dringend auf die Uhr schauen, um sicherzugehen, dass der Tag noch Stunden übrig hatte? Verstohlen strich er sich über die Narbe und schluckte erleichtert, weil kein Messer darin steckte.

»Luca, wir haben so viele Sachbearbeiterinnen und Sachbearbeiter hier. Sie arbeiten zwar an ihren eigenen Sachen, aber wenn du Hilfe brauchst ... Ich will nur nicht ... du bist dreiundzwanzig und machst das zum ersten Mal. Du solltest ... das etwas ruhiger angehen. Ein paar Pausen einlegen.«

»Ruhiger?«, echote sie und begann, schonungslos die Ereignisse der letzten Wochen vor ihm auszubreiten. Wie man es da denn bitte *ruhiger* angehen könne?

Noahs Blick dagegen war an ihr hängen geblieben. *Dreiundzwanzig.* Es ... überraschte ihn, ohne sagen zu können, weshalb. Die Kleidung, die sie heute trug, machte sie jünger, ja, aber ihr Gesicht wirkte genauso streng wie sonst. *Dabei ist sie kaum älter als ich. Ein Jahr, höchstens.*

»Könntest du jetzt bitte endlich die Tür aufmachen?«, verlangte Luca schließlich und gestikulierte sichtlich genervt, während Noah mühsam die Aufmerksamkeit von ihr löste.

Und merkte, dass Herr Wittek ihn abwartend ansah. »Wenn es dir nicht gut geht, könnt ihr ruhig eine Pause einlegen. Ich weiß, du kommst aus der Reha, aber nach der langen Fahrt ...«

»Noah mag zwar nicht viel reden, aber er ist selbstbewusst genug zu sagen, wenn er eine Pause braucht.« Lucas

Blick schoss zu Noah, auch wenn ihre Haltung sich kaum veränderte. »Richtig?«

Er nickte schnell, weil der kaum verhohlene Befehl in ihrer Stimme nichts anderes zuließ. Ironisch, oder? Hatte sie nicht gerade behauptet, dass er sich trauen würde zu widersprechen?

Andererseits ... ging es ihm wirklich gut. Auch wenn sein Magen das schlagartig anders sah, als die Tür aufschwang und sie in das Büro traten, in dem ein einsamer PC wartete.

Und Unmengen an Kartons. Die sich bis zur Decke türmten.

Kurz war es still, während Luca, scheinbar genauso fassungslos, in den Raum starrte.

»Das sind ... mehr als vorher«, gestand sie leise und trat zögernd einen Schritt vor. Noah konnte ihr Gesicht nicht sehen, aber er vermutete, dass ihr Blick genauso umherschweifte wie seiner und versuchte, das schiere Ausmaß zu erfassen.

»Wir haben sie grob sortiert«, erklärte Herr Wittek leise, aber wenn das Chaos in dem Raum irgendeiner Ordnung folgte, dann war es keine, die Noah erkennen konnte.

»Wonach?«, fragte Luca, während sie um den Schreibtisch in der Mitte trat und die Etiketten auf den Kartons überflog.

»Nach Monaten.«

Sie öffnete den Mund zu einem stummen »Ah«-Laut und hielt an der gegenüberliegenden Wand inne. Ihr Blick verharrte weiter geradeaus, ihre Haltung war aufrecht, und dennoch ...

»Luca?«

Sie winkte ab, ohne sich umzudrehen. »Alles gut.« Ihre Schultern hoben und senkten sich mühsam. *Nein, gar nichts ist gut.*

Noah schob sich an den Aktenbergen vorbei tiefer in den Raum hinein, bis er hinter ihr stand. Plötzlich wurde ihm bewusst, wie klein sie eigentlich war. Dass er sie beinahe um einen Kopf überragte. Dass sie sich auf die Zehenspitzen stellen musste, um die Aufschriften auf den obersten Kartons lesen zu können.

Er schluckte und setzte an, etwas zu sagen, ohne wirklich zu wissen, was. Was konnte er vor ihrem Vater tun, ohne dass es ihr peinlich wäre?

»Lässt du uns kurz alleine? Ich bringe Noah gleich rüber«, sagte sie gegen die Wand aus Kartons. Noah drehte sich neugierig zu ihrem Vater um.

Der nickte langsam, als wäre das nur logisch, und verschwand mit ein paar gemurmelten Worten durch die Tür, die er hinter sich zuzog.

Jetzt, Stunden später, war Noah also wieder hier – auf dem Weg zurück zu ihr. In der Mittagspause hatten sie sich zwar gesehen, aber Luca war so schweigsam gewesen, dass das Gespräch bald versiegte. Curry mit Reis, dann wieder getrennte Wege.

Als er jetzt an die Bürotür klopfte und eintrat, saß Luca am Computer und starrte unbewegt auf den Bildschirm. Dafür hatte sich die Anordnung der Kartons verändert. Einige standen offen neben ihr auf dem Boden, zahlreiche Akten waren über Tisch, Stühle und auf andere Kartons verteilt.

»Hi«, begrüßte er sie vorsichtig.

Nur langsam sah sie auf, strich sich dabei unbewusst über die Wangen. Als würde sie die Tränen immer noch spüren, die sie vergossen hatte, während sie ihrem Vater eisern den Rücken zugewandt hatte.

»Hi«, echote sie.

Noah musterte sie, dann trat er vor und ließ die Tür ins Schloss fallen. »Ich bin fertig für heute.«

Sie nickte langsam und schaute zurück zum Bildschirm. Das künstliche Licht ließ sie ausgezehrt aussehen. Müde. Erschöpft.

Umständlich lehnte er sich gegen eine freie Fläche am Schreibtisch. »Kann ich dich etwas fragen?«

Luca blinzelte, als würde sie zum ersten Mal richtig aus ihren Gedanken auftauchen. Ihr Blick wanderte über das Meer an Akten, dann sah sie zu ihm. Wortlos hob sie die Augenbrauen.

Noah rieb die feuchten Hände an seinen Oberschenkeln. »Was ist das mit dir und deinem Vater?«

Luca zuckte mit den Schultern und starrte auf einen Punkt knapp über seiner Schulter, bevor sie sich wieder zum Computer umdrehte.

Nicht unterkriegen lassen. Er holte tief Luft. Erinnerte sich an alles, was er in seiner Ausbildung darüber gelernt hatte, wie man mit schwierigen Kindern umging.

Nicht, dass Luca ein Kind wäre.

Nein, sie war eine Erwachsene, durch und durch. Und das schon weit länger als die Meisten in ihrem Alter. *Sie ist erst dreiundzwanzig.* Da war er wieder. Dieser Gedanke, der mit der Erkenntnis einherging, wie viel Luca in ihrem Alter bereits schulterte. Was sie alles erlebt hatte.

»Ich frage nur, weil ich merke, dass ... etwas Unausgesprochenes zwischen euch steht. Ich will, dass du weißt, dass ich dir zuhöre.«

Luca biss sich auf die Lippen und starrte weiter auf den Bildschirm. Stumm sah Noah sie einen Moment länger an, dann nickte er und schaute auf seine Hände, an denen sich kleine Eiskristalle aufwarfen.

Stille hing im Raum, doch es war an Luca, sie zu brechen. Zu beschließen, es für heute gut sein zu lassen, weiterzuarbeiten – oder zu erzählen. Wenn sie wollte.

»*Er* würde mir *nicht* zuhören.«

»Warum?«

»Keine Ahnung.«

Okay, falscher Ansatz. Er bemühte sich, nicht aufzusehen, damit sie sich nicht beobachtet fühlte. *Nicht unter Druck setzen.* »Woher weißt du, dass er dir nicht zuhören würde?«

Luca schüttelte den Kopf. Als wäre das Antwort genug. Vorsichtig schaute er zu ihr auf, und da waren sie wieder – die feinen, silbernen Bahnen unter ihren Augen.

»Ich will mit ihm reden«, flüsterte sie, und damit trafen sich ihre Blicke. Sein Instinkt schrie ihm zu wegzuschauen, doch er biss die Zähne zusammen und hielt ihrem Blick stand. Ruhig, oder so ruhig er konnte im Angesicht des Orkans in ihren Augen.

»Aber?«

»Wir reden seit Jahren nicht miteinander. Ich meine richtig *reden.* Ich bin mir nicht sicher, ob wir es *je* getan haben. Immer, wenn etwas war, haben wir ... mit meiner Mutter gesprochen.« Ihre Stimme kleidete sich immer dunkler, als würde sie versuchen zu verstecken, wie brüchig sie war. »Ich will mit ihm reden, glaube ich. Aber ich kann nicht.«

»Willst du, dass ich vermittle?«

Ihre Augen wurden groß. »Wie bitte?!« Panisch schüttelte sie den Kopf. »Nein, nein, nein. Das ... nein.«

»War das ein ›Nein‹? Ich hab dich nicht ganz verstanden«, scherzte er, worauf sich ihre Augen zu schmalen Schlitzen verengten.

Abwehrend hob er die Hände. »Schon gut. Unangemessen.« Er fuhr sich durch die widerspenstigen Locken. Das hier war nichts, was Spaß machen würde – genau genommen eher etwas, das richtig nach hinten losgehen konnte. In jedem Fall nichts, womit man Scherze trieb.

»Aber du würdest gerne mit ihm sprechen?«

»Worüber?«

Als hätte das Universum gewürfelt und das Schicksal würde sich ins Fäustchen lachen, erklang die Stimme von der Tür aus. Noah wäre am liebsten hinter einem Berg Akten verschwunden. Er traute sich gar nicht, zu Luca zu sehen.

Herrn Witteks Augen waren wachsam, und sein Mund stand leicht offen, als wollte er eigentlich etwas Anderes sagen.

Noah seufzte, doch Luca war schneller. »Es ist …«, begann sie, doch dann spannten sich ihre Muskeln an und ihre Kiefer zermalmten die restlichen Worte, bevor sie den Mund verlassen konnten.

Und dann fiel ihr Blick auf ihn. Hilfesuchend.

Was hatte sich in den letzten Tagen und Wochen so verändert? Was hatte sie zu diesem Punkt hier geführt?

Noah schluckte schwer. Sie hatte so viel für ihn getan – jetzt würde er sich revanchieren.

Er drückte sich in die Höhe und zog den nächstbesten Stuhl heran. »Möchten Sie sich vielleicht setzen?« Sein Herz pochte in seiner Brust, während er beobachtete, wie die Augenbrauen von Lucas Vater beinahe bis zum Scheitel hinaufwanderten.

Atmen. Einfach atmen. Vor einigen Tagen wäre er an dieser Stelle eingefroren. Vor einigen Wochen wäre die Situation völlig abstrus gewesen. Dann säße er gerade in einer Vorlesung und würde sich danach mit seinen Freunden den Kopf über die Übungsaufgaben zerbrechen. Und selbst wenn es ihn in eine ähnliche Situation verschlagen hätte, niemals hätte er sich getraut, so was zu sagen.

Doch jetzt? Jetzt war alles anders. Luca hatte ihn verändert.

»Ich glaube, ich werde mal eine Runde spazieren gehen«, erklärte er bestimmt.

Herr Wittek, der gerade dabei war, Platz zu nehmen, warf ihm einen verblüfften Blick zu, dann seiner Tochter.

Doch alles, was Noah sah, waren Lucas Augen. Wie groß sie waren. Die Emotionen, die sich darin spiegelten, so deutlich, als hätte er sie schon immer lesen können. Angst, Panik vielleicht – aber das leise Lächeln verriet ihm alles, was er wissen musste.

Also nickte er beiden kurz zu, öffnete die Tür und verließ das Büro.

Das Schweigen »unangenehm« zu nennen, wäre eine maßlose Untertreibung. Es fühlte sich an wie ein Reißen an der Haut, an den Lippen und den Zähnen, die sich nur klappernd öffnen wollten – wenn überhaupt. Luca starrte ihren Vater an, und der starrte wortlos zurück.

Fühlte es sich für ihn genauso falsch an, hier zu sitzen?

Und gleichzeitig so richtig?

Sie schluckte, doch alles, was sie über die Lippen brachte, war ein hörbares Ausatmen. Wo sollte sie anfangen? Was sollte sie sagen?

Ihr Blick fiel auf ihre Hände. Auf die Hornhaut an ihrem Daumen. Wie dünn ihre Finger über die Jahre geworden waren. *Pianistenhände.* Das hatte ihre Mutter immer gesagt, sie sanft in ihre genommen und zärtlich darübergestrichen.

Jetzt fuhr nur ihr eigener Daumen über ihren Handrücken. Ihre eigene Stärke hielt sie aufrecht, nicht die eines anderen.

»Wir haben nie wirklich geredet.« Es überraschte Luca, wie sicher ihre Stimme klang. Sie spürte jeden Muskel in ihrem Körper viel zu deutlich. Ihr Rücken fühlte sich unnatürlich steif an und sie war sich fast sicher, dass sie Eis knacken hören würde, wenn sie den Kopf drehte. Aber sie würde nie wieder so einfrieren. Nicht von innen.

Ihr Vater hob den Blick. »Wir haben es versucht.«

Lucas Augen wurden groß. »Wann?«

Seine Stille schlug ihr entgegen, während die Uhr an der Wand ein paar Schläge zum Besten gab. Fast wie in einem schlechten Witz. »Es ist lange her. Ich habe es versucht.«

»Wann?«, wiederholte Luca, doch als sie sah, wie sich die Stirn ihres Vaters furchte, hob sie die Hand, um ihn am Weitersprechen zu hindern.

Ich will reden. Für mich. Weil ich es brauche.

»Ich weiß, dass du versucht hast, mit mir zu sprechen. Und ich weiß auch, dass ich … dich abgewehrt habe.«

Er legte den Kopf leicht schief. »Warum fragst du dann?«

»Weil du so schnell aufgegeben hast«, flüsterte Luca und spürte, wie ihr die Tränen kamen. Die anderthalb Meter zwischen ihnen trennten sie viel zu deutlich – als würden sie für all die Distanz stehen, die sie über die Jahre aufgebaut hatten. Am liebsten würde sie darüber hinweggreifen und sich von ihm in den Arm nehmen lassen.

Wann war das letzte Mal gewesen?

Doch stattdessen verschränkte er die Arme vor der Brust. »Und was hätte ich tun sollen? Wie lange hätte ich gegen deine Gegenwehr anreden sollen?«

»Länger.«

»Luca, ich habe tagelang versucht, mit dir zu sprechen. Du hast nicht reagiert, kein einziges Mal. Du hast dein Zimmer nie verlassen, ich stand kurz davor …« Seine Stimme brach und er schüttelte den Kopf. Doch das Schlimmste? Sein Blick wanderte zur Tür. *Zur Uhr.*

Er will hier weg. Er muss weg. Wie immer.

»Weißt du, wie du mit mir geredet hast? Kannst du dich daran erinnern?« Luca lehnte sich vor, klopfte einmal, zweimal, bekräftigend mit den Fingerknöcheln gegen das Holz des Tisches. »Du hast mich gefragt, ob ich essen kommen will – aber du hattest nichts gekocht. Als hättest du von mir erwartet, es selbst zu tun.«

»Das war ein Mal!«

»Ja, weil ich ab da für uns gekocht habe. Und mich den Rest der Zeit in meinem Zimmer eingeschlossen habe. Weil ich nicht mehr konnte. Weil ich nicht mehr wusste, wohin mit mir. Wo warst du, als es mir so schlecht ging? Wo warst du, als ich nicht mehr aufhören konnte zu weinen, immer und immer wieder auf den Friedhof gegangen bin und mich doch nicht getraut habe, ihr Grab zu besuchen? Wo warst du, als ich mein Studium geschmissen hab, weil ich nicht mehr lernen konnte? Weil mein Kopf nicht mehr funktioniert hat?!«

Er schwieg, und Luca merkte, dass sie aufgestanden war. Ihr ganzer Körper zitterte, und obwohl sie unter Strom stand, spürte sie gleichzeitig, wie frei sie sich fühlte. Als wäre eine riesige Last endlich von ihren Schultern gefallen, und jeden Moment würde sie davonfliegen. Ja, sie war stark geworden über die letzten Jahre.

Aber all das Kämpfen, all das Ringen mit sich selbst wäre nicht nötig gewesen. Nicht, wenn ihr Vater ihr geholfen hätte.

»Du warst auf der Arbeit«, schloss sie, trat einen Schritt zurück und schaute auf ihren Vater herab. »Du warst auf Dienstreisen. Immer warst du unterwegs. Und mittlerweile verstehe ich auch, warum. Sie war so schnell verschwunden, wir beide konnten uns kaum verabschieden.«

Seine Lippen kräuselten sich. »Wenn du meinst, dass ich geflohen bin ...«

»Ja, meine ich. Und du kannst davon halten, was du willst, das ist mir egal. Weißt du, der springende Punkt ist der«, sie lehnte sich nach vorne, »sie war nicht nur deine *Frau*, sondern auch meine *Mutter.*«

Ihr Vater schnellte abrupt in die Höhe und in seinen Augen stand so viel, dass Luca beinahe zurückgewichen wäre.

»Also was? Du bist perfekt und ich nicht?«

»Das habe ich nie gesagt.«

»Was willst du von mir hören? Dass es mir leidtut? Dass ich nicht gut genug bin?« Er schlug sich hart gegen die Brust, und als hätte das einen Schalter umgelegt, wurde seine Stimme lauter. »Ich weiß, dass ich ein schlechter Vater war! Ich weiß, dass ich viel falsch gemacht habe! Aber sie ...

sie war meine *Frau.* Sie war die Liebe meines Lebens, und ich wünsche mir jeden Tag so sehr, dass sie bei uns ist. Dass ich sie um Rat bitten kann. Ich weiß nicht, wie man tröstet. Sie konnte das. Ich nicht.«

»Sie hat uns verstanden«, flüsterte Luca und rieb sich über die Augen. Sie brannten, aber sie hatte keine Tränen mehr. Die Leere in ihr gähnte, doch statt sich erdrückend auf sie zu legen, beruhigte sie, was sich in ihr aufwühlte.

»Das hat sie.« Ihr Vater nickte, und sein Blick traf ihren.

Und da tat Luca, was sie von Noah gelernt hatte. Was immer funktionierte, egal, was das Problem war.

Statt darauf zu warten, dass sie in die Arme genommen wurde, breitete sie ihre eigenen aus und zog ihren Vater zu sich. Ihr Ohr traf auf sein Schlüsselbein, ihre Arme schlossen sich immer enger um seinen Körper und sie zog ihn so fest an sich, als wolle sie in seiner Kleidung ertrinken.

»Ich hätte dich gebraucht. Die ganze Zeit über, auch wenn ich Nein gesagt habe.«

Warme Arme legten sich um sie und drückten sie fester an sich. »Es tut mir leid.«

Luca nickte an seiner Schulter und spürte, dass sie doch noch Tränen übrig hatte. Es war nicht das Gleiche, wie bei Noah zu weinen – bei ihm fühlte es sich an, als würde er sie tragen. Als würde er die ganze Welt bewegen, wenn es nur dazu führte, dass es ihr besser ging.

Jetzt, hier, betrauerte sie die letzten Jahre, lauschte der Melodie über ihre Angst, ihren Frust, der kein Ventil fand, und den Sorgen, die sie nachts wachhielten. Es war ein notwendiger Schritt, um abschließen zu können.

»Wir können versuchen, es in Zukunft besser zu machen«, murmelte ihr Vater, während er begann, langsam über ihren Rücken zu streichen.

Das schaffen wir nie, dachte sie und sagte: »Wir können es versuchen.«

Die Aufzugtüren öffneten sich viel zu langsam, obwohl sie sonst so schnell auseinanderglitten. Das Smartphone in ihrer Hand vibrierte, der Bildschirm zeigte gleich mehrere verpasste Nachrichten an, doch das war Luca egal. Ihr Herz trommelte, ihre Füße führten sie beinah im Laufschritt aus dem Gebäude.

Sie hatte das Gefühl, dass die Passanten sie beobachteten. Dass sie sich nach ihr umdrehten und sich fragten, wer dieses Mädchen war. Diese junge Frau in ihrer Bluse und dem Business-Sakko, deren Schritte plötzlich gar nicht schnell genug sein konnten, als sie den Jungen auf der Parkbank entdeckte.

Noah hatte sich über ein Buch gebeugt, den rechten Ellenbogen aufs Knie gestützt und die Hand in die Haare geschoben, so wie immer, wenn er nicht wollte, dass ihm die Locken die Sicht verhängten.

So wie immer. Der Gedanke trieb durch sie hindurch, elektrisierte sie und sorgte dafür, dass etwas in ihrem Bauch lautlos und warm explodierte.

Ohne ein Wort zu sagen, eilte Luca auf Noah zu. Ihre Schuhe waren zu leicht, sie vermisste ihre Stiefel und die Stärke, die sie ihr verliehen.

Erst wenige Meter, bevor sie bei ihm ankam, schaute er auf.

Er lächelte vorsichtig in der Art, die nur einen Mundwinkel hob, und sie musste sich zusammenreißen, um die letzten Meter nicht zu rennen.

Als er ihren Gesichtsausdruck sah, verblasste das Lächeln jedoch. »Ist alles ...«

Sie ließ ihm keine Zeit zu fragen. Sie wollte nicht reden und analysieren, sie wollte nur ihn.

Beinahe fiel ihr das Handy aus der Hosentasche, als sie sich auf seinen Schoß warf, ihn am T-Shirt packte und ihn zu sich heranzog. Sie presste ihre Lippen auf seine, viel fester als beabsichtigt. Ihre Zähne schlugen gegen seine, doch da war keine Angst, keine Zweifel, kein Zurückhalten mehr.

Noah.

Ein Buch fiel zu Boden, dann legten sich Hände auf ihre Hüften und zogen sie näher zu sich heran. Ihre andere Hand schob sich in seinen Nacken, packte seine Locken, während ihre Lippen seine teilten.

Es fühlte sich an, als würde sie fallen. Tiefer und tiefer, immer weiter, bis sie jeden Bezug zur Realität verlor. Ihre Lippen taumelten über Noahs, bis sie ihn leise stöhnen hörte. Seine Hände strichen über ihre Hüften und eine Gänsehaut folgte seiner Berührung. Drei Wochen hatte sie ihn nicht gesehen, eine Ewigkeit, in der sie sich immer wieder vorgestellt hatte, wie es wäre, ihn zu küssen.

Die Realität verschlug ihr den Atem, und als sie spürte, dass Noah sich zurücklehnen wollte, hätte sie beinahe aufgeschrien. Er schob sie leicht von sich weg, fort von dieser Wärme.

Dann begriff sie, dass er aufstand.

Eng schlang er die Arme um sie und zog sie fester an sich. Der sanfte Kuss im Garten war alles gewesen, was sie bisher geteilt hatten – das hier war etwas ganz Anderes.

Dort hatte sie sich nicht getraut, sich wirklich fallen zu lassen. Jetzt schlang sie die Arme um ihn und drückte ihren ganzen Körper gegen seinen, bis der Kuss etwas Wildes bekam. Sie legte all ihre Wut hinein, all ihre Unsicherheit, all ihren Kampfeswillen. All die Gefühle, von denen so viel mehr in ihr wüteten, als sie je für möglich gehalten hätte.

Sanft fuhr Noah ihr mit der Hand durchs Haar. Über ihren Hals – nicht, als würde er sich nicht trauen, sondern, als wäre sie etwas Kostbares. Etwas, das es zu beschützen galt.

Dann wanderte seine Hand über ihre Kopfhaut. Die Spitzen seiner Finger verfingen sich in den Strähnen ihrer aufgelösten Frisur.

Der wütende, tiefe, umfassende Kuss schmolz zu einem Versprechen. Zu einem Flüstern auf ihren Lippen.

Langsam trennte sie sich von ihm. Wenn Passanten sie beobachtet hatten, dann waren sie jetzt verschwunden. Eine anonyme Ecke irgendwo in Frankfurt, die sie für den Moment ganz für sich hatten.

Noah schien alles um ihn herum egal zu sein. Seine Hand ruhte auf ihrem Hinterkopf, seine Fingerspitzen spielten mit ihren Haaren, sodass sie an gar nichts anderes denken konnte als an seine Nähe.

»Also lief das Gespräch … gut?«, fragte er und lächelte vorsichtig.

Ihr Blick verfing sich an seinen Lippen. Beinahe hätte sie sich wieder auf die Zehenspitzen gestellt und ihn zu sich heruntergezogen.

Stattdessen versuchte sie, das Ziehen zu ignorieren und ihren Blick zu seinen Augen zu heben. Doch was auch immer er in ihrem Gesicht las, in seinem stand es auch.

»Wir haben geredet«, murmelte sie, weil sie nicht wusste, was sie sonst sagen sollte. »Nicht sehr lange.«

Noah nickte.

Verdammt, fiel es ihm auch so schwer, sich zu konzentrieren?

»Wir werden noch mehr reden müssen.«

Wieder nickte er. »Heute?«

»Nein.«

»Warum nicht?«

»Weil«, begann sie und trat dabei einen Schritt auf ihn zu, bis sich ihre Lippen fast wieder berührten. Bis sich ihr Atem mit seinem vermischte. »Weil wir wegen *dir* hier sind.«

»Aber …«, begann er und sie war sich sicher, dass er etwas Großartiges gesagt hätte, aber es verschwand in dem, was zwischen ihnen hing.

»Genau«, wisperte sie und beobachtete fasziniert, wie Noah die letzten Zentimeter überwand.

Seine Hand griff fester in ihr Haar und zog ihren Kopf näher zu sich. Die andere schloss sich um ihre Hüfte, ganz von alleine.

Luca wusste nicht, ob sie jemals so sein konnte wie die anderen. Ob sie je die Nähe anderer Menschen einfach genießen konnte, statt sie nur zu ertragen. Ob das hier nur ein Lichtblitz war in einem Gewitter oder tatsächlich die ersten Sonnenstrahlen.

Aber für den Moment reichte es ihr. Es war genug.

Das war das Hoch, nach dem sie die ganze Zeit gesucht hatte. Nicht die Gefahr, nicht, dem Tod ins Auge zu blicken.

Alles, was es brauchte, war ein zweites Herz, das genauso schnell schlug wie das eigene.

18

»Ich könnte das nicht. Echt.«

Luca hob den Blick von ihrem Bildschirm und sah zu Noah hinüber, der in der Tür stand. Während er einen Schritt vortrat, ließ er die Hand auf dem Knauf liegen und zog sie sanft hinter sich ins Schloss.

»Was?«

»Den ganzen Tag nur in Akten zu graben. Ich war nach dem Persönlichkeitstest schon durch mit den Nerven.«

Luca schmunzelte und wandte sich ihm zu, die Arme auf den Oberschenkeln abgestützt. »Normalerweise bist du auch den ganzen Tag mit Uni beschäftigt.«

»Das ist etwas anderes.«

»Inwiefern?«

Noah hob die Brauen, doch als sie nichts hinzufügte, winkte er ab. »Egal. Bist du denn weitergekommen?«, fragte er, als würde es ihn nur um ihretwillen interessieren. Doch die Anspannung in seinen Schultern war kaum zu übersehen.

Luca öffnete den Mund, ohne zu wissen, was sie sagen sollte.

Hatte sie bisher etwas erfahren? Nicht wirklich. War sie frustriert? Ihr Blick glitt zurück zum Bildschirm, auf dem sie die Liste aller Fälle zusammengestellt hatte, die potenziell relevant waren.

Ja, bin ich.

»Es ist nicht so, als würde man *mal eben* etwas finden.« Sie legte leicht den Kopf schief, doch zu ihrer Enttäuschung schaute Noah an ihr vorbei auf den Bildschirm. Ihr Herz klopfte jedes Mal, wenn sich ihre Blicke kreuzten oder sie auch nur an seine Lippen dachte. An den Kuss bei der Bank.

Oder den danach, im Aufzug.

Oder den am Abend, im Hotel.

Am nächsten Morgen, kurz bevor sie ihn für seine psychologischen Tests verabschiedet hatte.

Besonders seit dem letzten konnte sie sich kaum aufs Lesen konzentrieren.

Sie räusperte sich, als ihr bewusst wurde, dass das Schweigen schon zu lange anhielt, und wandte sich selbst wieder ihrem Bildschirm zu. »Ich will die Liste nur noch mal durchgehen, dann können wir Schluss machen. Wenn du Lust hast, kannst du mir ja über die Schulter schauen.«

»Ich dachte, ich darf meinen eigenen Fall nicht bearbeiten?«

Luca zuckte mit den Schultern. »Wie du meinst.«

Sie spürte Noahs Blick und tat so, als wäre sie auf die Liste konzentriert. Seit Tagen wühlte sie sich durch die Verzeichnisse, rannte aber immer wieder ins Leere. Nach was genau sollte sie suchen? *Eis, Magier, Morde, Tötungsdelikte.* Etwas wie *Magieübertragung, Magieerweckung* oder *ruhende Blutlinie* war nur ein einziges Mal in der Datenbank verzeichnet – mit einem Fragezeichen und einem Link zu einem Verschwörungstheoretiker.

Zu wenig digitalisiert. Zu wenig einsehbar. Viel zu wenige Eismagier offiziell registriert.

Schließlich hatte sie aus purer Verzweiflung angefangen, alle Fälle zusammenzusuchen und aufzulisten, die in irgendeiner Weise mit Noahs zu tun haben könnten. Damit leistete sie zwar tagelang kräftezehrende Handarbeit, aber es war deutlich weniger frustrierend, als eine schier endlose Liste von Fällen einen nach dem anderen mühsam auszuschließen.

Ohnehin stocherte sie mehr oder weniger blind im Heuhaufen herum. Woher sollten sie wissen, ob es überhaupt noch weitere Morde wie den gab, den Noah beobachtet hatte?

Sie rieb sich über die Stirn und schloss für einen Moment die Augen. Da war es wieder, das Gesicht unter der Kapuze. Die hektische Stimme, der rasselnde Atem. Das Blut. Noah, bleich, ausgemergelt, im Krankenhaus, wie ...

Sie spürte den Schmerz erst, als sie ihre Hand wieder öffnete. Ihre Fingernägel hatten sich in ihre Handballen geschlagen und zornige rote Sicheln darin hinterlassen.

Plötzlich legte sich eine warme Hand auf ihre Schulter. Ein Kribbeln rann ihren Arm hinab, während sie zu Noah aufschaute.

Er lächelte.

»Was ist?«, fragte sie, während ihr Gesicht automatisch seine Mimik imitierte. Auch lächelte. Irritierend.

»Nicht so wichtig. Lass uns die Liste durchsehen. Vielleicht ist etwas dabei.«

Hoffen wir's. Luca nickte, brauchte aber viel zu lange, um sich von seinem Blick zu lösen. Alles in ihr prickelte. Sie konnte sich kaum auf die Schrift vor sich konzentrieren.

»Das sind die Fälle, die ich gefunden habe. Die Akten dazu liegen dort drüben.« Sie deutete zu einem Stapel von vielleicht dreißig Fällen. Dabei achtete sie darauf, nicht von ihrem Monitor wegzusehen, aus Angst, ihr Blick könne sich wieder an Noah verfangen.

Das änderte nichts daran, dass ihre Nackenhaare sich aufstellten, als sie hörte, wie ein Stuhl herangeschoben wurde. Und kurz darauf seine Wärme gegen ihre schlug.

Konzentrier dich. Obwohl ihre Augen sich bewegten, verstand sie nicht, was sie dort las. Und als sich plötzlich eine Hand sanft in ihren Nacken legte, Haut auf Haut, war es um sie geschehen. Sie sah auf und wollte etwas sagen – oder vielmehr etwas tun –, da stellte sie fest, dass er sie gar nicht ansah, sondern mit zusammengekniffenen Augen auf den Bildschirm schaute.

»Ich dachte, du wolltest dir Vermisstenfälle ansehen«, kommentierte er.

»Am Anfang, ja. Aber inzwischen habe ich die Suche ausgeweitet. Wir wissen ja nicht, ob die Opfer wieder auftauchen oder nicht. Ob es noch weitere Fälle gibt. Die meisten konnte ich direkt weglegen, aber manche klangen … vielversprechend.« Das letzte Wort drehte sich in ihrem Mund, bis es bitter schmeckte. *Vielversprechend.*

Noah nickte und überflog die Liste.

»Wir können in jeden einmal reinlesen«, schlug Luca vor, »und alles, was wir nicht direkt ausschließen können, telefoniere ich morgen ab.«

Wieder blieb Noah stumm. Als sie zu ihm sah, war sein Kiefer angespannt. Vielleicht hätte sie es doch nicht tun sollen. Ihm die Liste zu zeigen. Ihn helfen zu lassen. *Ich würde helfen wollen.* Und deshalb beließ sie es dabei.

Also suchten sie. Schlossen immerhin fünf Akten aus und legten einige weitere beiseite, damit Luca sie am nächsten Tag genauer recherchieren konnte. Nicht, weil sie vielversprechend klangen, sondern, weil jeder Hauch einer Spur inzwischen besser war als das, was sie hatten. Nämlich gar nichts.

»Aber das Opfer hier wurde gar nicht entführt. Es ist zu Hause angekommen«, murmelte Noah irgendwann, und als sie aufsah, flogen seine Augen in einer ungeheuren Geschwindigkeit über den Artikel. »Darf ich?«, fragte er und griff nach der Computermaus, bevor sie etwas erwidern konnte.

Das kleine Rädchen klickte leise, als er über die Seite scrollte, als suche er nach etwas Bestimmtem.

Lucas Herz begann schneller zu schlagen, als sie versuchte mitzulesen. »Jetzt mach nicht so schnell!«

Sie schlug seine Hand beiseite und klickte sich zum Bericht des Opfers durch. Die Befragung von Herrn M. wurde zitiert, eine wirre Zusammensetzung von Wörtern, die sich die größte Mühe gaben, Ereignisse zusammenzufassen, die noch wirrer erschienen.

Ein Überfall bei Nacht, mit einer Waffe bedroht – vermutlich einem Messer – und dann verirrt. Der Täter hatte nicht damit gerechnet, dass sein Opfer einen schwarzen Gürtel in Ju-Jutsu hatte, und so hatte es, wenngleich geschwächt, fliehen können.

Warum es dieser Fall auf ihre Liste geschafft hatte? Vermutlich aus dem gleichen Grund, aus dem er Noahs Aufmerksamkeit geweckt hatte.

»Er ist Eismagier«, hauchte Noah und deutete auf eine Zeile im Text, die Luca nicht lesen konnte, weil seine Hand davor war. »Und er hat wie ich diese Erinnerungslücke. Luca, das muss etwas sein. Hier. Das!«

Luca griff so sanft wie möglich nach seinem Arm und zwang ihn, sich zu ihr umzudrehen. »Das ist nicht das erste Mal, dass ich eine Akte mit ähnlicher Geschichte gesehen habe. Bisher haben sie uns alle nicht weitergebracht.«

Noah blinzelte sie irritiert an. »Was? Warum? Der Fall ist kein Jahr alt, die Stadt ist bei uns in der Nähe, es passt alles zusammen.« Ein Schütteln durchlief ihn und er fiel im Stuhl zurück, als hätte eine Erinnerung an ihm gerissen.

Luca holte tief Luft und versuchte, sich ihre Unsicherheit nicht anmerken zu lassen. *Ich hätte ihn nicht in die Akten schauen lassen dürfen.* »Es gibt keinen Grund anzunehmen, dass der Täter nur bei dir in der Nähe aktiv war. Oder nur in letzter Zeit. Ich habe deshalb die Suchparameter auf ganz Deutschland und auf die letzten zehn Jahre erweitert. Aber die meisten Fälle wurden irgendwann aufgeklärt, bei einigen weiteren gibt es starke Indizien, die auf ein ganz banales Motiv hinweisen. Eifersucht. Eine Rangelei unter Alkoholeinfluss. Dass zufällig ein Eismagier beteiligt war, heißt noch gar nichts.« Sie seufzte. »Es war eine dumme Idee, dir das zu zeigen, entschuldige. Ich habe nicht daran gedacht, wie sehr …« Ja, was? Ihn die Erlebnisse dieser Nacht traumatisiert hatten? Dass sie sie damit wieder wachrufen würde?

Umständlich richtete sie sich auf und setzte an, den Computer herunterzufahren. »Es ist eine lange Suche, für heute sollten wir …«

»Er hat es ein Ritual genannt.«

Die Härchen auf Lucas Armen richteten sich auf. »Was?«

»Der Mann, in dem Bericht. Er hat es ein Ritual genannt, das an ihm vollführt wurde. Er ist ganz sicher, dass er seit der Begegnung schwächere Fähigkeiten hat, als würde etwas von ihm … fehlen.«

»Woher weißt du das?«

Noah legte den Kopf schief, als habe sie eine Fangfrage gestellt. »Es stand in dem Bericht.«

»So weit bin ich nicht gekommen«, gab sie gedankenverloren zurück. Die Ereignisse auf dem Bildschirm schienen plötzlich in den Raum hineinzuleuchten. Der Himmel draußen war hell, doch hier drin war es dunkel geworden.

So viel war gestern und heute passiert. Sie hatte sich mit ihrem Vater ausgesprochen, hatte sich so leicht gefühlt wie seit Jahren nicht mehr, bevor die schiere Unmöglichkeit ihrer Aufgabe sie wieder niedergedrückt hatte. Und jetzt das hier.

Sollten sie wirklich auf etwas gestoßen sein …?

Luca wandte sich dem Computer zu, während Noah zu reden begann. Aber sie hörte gar nicht zu. Stattdessen las sie den Bericht, Wort für Wort. Ganz unten, am Ende der Seite, stieß sie auf einen Verweis.

Sie klickte darauf und eine weitere Akte öffnete sich.

Ihr blieb der Mund offen stehen.

»Was ist?« Noahs Stuhl schabte über den Boden. Er beugte sich näher zum Bildschirm, und sie fühlte seinen warmen Atem am Ohr, spürte, dass sein Herzschlag ein Echo ihres eigenen war.

»Mord«, wisperte er. Eigentlich brauchten sie die Tatortfotos nicht zu sehen, brauchten sich diesem Grauen nicht auszusetzen, doch schon nahm Noah die Maus in die Hand und klickte darauf.

Eine Leiche, verdreht, blutig. Nur Noahs Anwesenheit hielt sie auf dem Stuhl, brachte sie dazu, nicht wegzusehen.

Vorsichtig hob sie den Blick. Sie erwartete, den Horror, der ihr selbst das Herz zusammenzog, in diesen unglaublich tiefen Augen gespiegelt zu sehen, doch sie waren glasig und leer. Vorsichtig legte sie ihre Hand auf seine. Seine Finger waren viel wärmer als ihre.

»Was ist?«, flüsterte sie, doch er schüttelte nur stumm den Kopf und schloss die Fotos wieder.

»Das habe ich auch gesehen.«

Luca blinzelte. »Was? Das ist in Köln passiert, wie ...«

Er schüttelte energisch den Kopf und ließ ihn dann in seine Hände fallen, als könne er ihn mit einem Mal nicht mehr tragen. »Nicht genau das, aber in meinem ... Flashback ...«, er räusperte sich mühsam, »... sah es so ähnlich aus ... Ach, keine Ahnung. Ein Mord, ja. Aber es könnte auch ... ein Ritual gewesen sein. «

»Es *könnte.* Wir wissen nicht, ob es das wirklich ist«, hielt Luca sofort dagegen, doch Noah hob die Brauen, als wollte er sagen: »Ernsthaft?«

Verständnislos furchte sie die Stirn, ließ sich aber nicht vom Hauptthema abbringen. *Wir haben eine Spur.* »Rituale zum ... Magieabsaugen oder so was gibt es nicht.« Energisch tippte sie im Takt ihrer Worte auf den Bildschirm, der daraufhin gefährlich zu wackeln begann.

»Aber in dem Bericht klingt es nach einem. Seine Aussage ...«

»Es klingt danach, als hätte es jemand auf den Mann abgesehen gehabt. Warum, wissen wir nicht.«

»Weil er ein Eismagier war. Und er wurde so umgebracht, wie ich es gesehen habe.«

Luca seufzte und rieb sich die Stirn. »So weit ich mich erinnere, hast du erzählt, es wäre viel zu dunkel gewesen, um Einzelheiten zu erkennen. Das Ganze könnte auch einfach ein Zuf…«

»Es ist *etwas!*« Noah deutete so energisch auf den Bildschirm, als wolle er etwas danach werfen. Erst dann schien er zu merken, dass seine Schulter die Geste nicht gut vertrug, und zog den Arm vorsichtig zurück.

Es tat Luca beinahe physisch weh, ihn so zu sehen. Sie holte tief Luft und atmete langsam wieder aus. *Ganz ruhig.* »Ich will nur nicht, dass du dir zu große Hoffnungen machst. Ich werde die Ermittler kontaktieren und so viel wie möglich über die beiden Fälle in Erfahrung bringen.«

Noah schwieg. Seine Augen huschten über den Boden, über die Berge an Akten, dann hoch zur Decke. »Ich habe … eine Theorie«, gestand er. »Schließlich hatte ich viel Zeit nachzudenken.«

Im Krankenhaus. In der Reha. »Und die wäre?« Etwas in ihr begann zu zittern, doch äußerlich blieb sie ruhig.

»Angenommen, ich habe die Magie durch irgendetwas von außen bekommen«, begann Noah und strich sich nervös über die Narbe. »Das würde erklären, warum sie weniger wird. Sie … gehört nicht zu mir. Sie ist eine Art Fremdkörper, der sich eine Zeit lang bei mir eingenistet hat und nun Stück für Stück wieder von mir löst. Aber dann wäre die Frage, woher sie ursprünglich kam. Woher nimmt man Magie, wenn man sie nicht erschaffen kann?«

Luca spürte, dass das Zittern deutlicher wurde. Beinahe schmerzhaft.

Noah nickte, als hätte sie verstanden. »Ich glaube, jemand sammelt Magie ein und überträgt sie – auf sich selbst. Ich war nur ein Versehen, ich hätte gar nicht dort sein sollen. Die Erinnerungslücke war einfach ein Nebeneffekt.«

Luca schwieg. Es war so schlicht, so einfach. »Also schleicht jemand herum, macht Eismagier ausfindig, saugt ihnen ihre Magie ab und tötet sie dann.«

»Oder andersherum.«

Sie hob die Brauen. »Wie meinst du das?«

»Ich glaube nicht, dass das Ziel ist, Eismagier zu töten. Ich glaube, es geht nur darum, ihnen ihre Magie zu nehmen, und der Tod ist ein ... Nebeneffekt. Als er ... also im Garten ...« Er hustete und wandte sich ab. Die rechte Hand hob sich wie von selbst und rieb über die Narbe.

Etwas ballte sich in ihr zusammen, und wieder hörte sie im Geiste, wie er damals im Garten panisch nach Luft gerungen hatte.

Sie streckte die Hand nach ihm aus, doch er zog sich zurück. Sie schluckte schwer. »Du musst nicht ...«

»Er hat etwas neben mich gehalten. Glaube ich. Im Garten. Keine Ahnung.« Seine Augen waren groß und gerötet, als sie ihre trafen. Als hätte er geweint. Seine Atmung ging schneller. »Ich weiß nicht mehr viel. Aber irgendetwas hat er gemacht. Ich habe dir doch erzählt, dass ich die Magie wie Stimmen höre. Stimmen, die singen und reden, alle durcheinander ... und am Anfang haben sie geschrien. Alle, die ganze Zeit.« Hilflos schüttelte er den Kopf. Wie gerne Luca diese Last mit ihm getragen hätte ... aber seine Erinnerungen konnte sie nicht teilen.

Sie konnte nur dasitzen, ihm zuhören und ihm ihre Hilfe anbieten, so, wie er es für sie getan hatte.

»Und jetzt?«, fragte sie leise.

Noah ließ den Kopf hängen. »Ein Flüstern. Nicht mehr als das. Ein paar vereinzelte Stimmen sind noch übrig.«

Seine Magie war gestohlen. Durch ein Versehen an ihn übertragen. Wie? Keine Ahnung. Wann? Auf dem Campus, als er den Mord sah. Warum? Ein Versehen.

Wer?

Sie streckte erneut die Hände nach ihm aus. Schlug seine in ihre ein und küsste ihn sanft auf den Scheitel. »Wir werden ihn finden.«

… bist du dir sicher? Die Worte brannten in Noahs Rachen, seit er sie nicht ausgesprochen hatte.

»Wir werden ihn finden.«

Wie konnte Luca sich dabei so sicher sein?

Seine Lippen wurden zu einer schmalen Linie, während er weiter an die Decke des Hotelzimmers starrte. Bereits die zweite Nacht hier, die erste Spur – und doch hatte er das Gefühl, keinen Schritt voranzukommen.

Müde legte er sich eine Hand auf die Augen und genoss die Dunkelheit, die sie für ihn bereithielt. Oh, wie gerne würde er jetzt einfach schlafen.

Wenn nur die Albträume endlich aufhören würden.

Letzte Nacht hatte er kein Auge zugetan. Zu viel war an dem einen Tag passiert. Die Fahrt von der Reha direkt hierher. Die Organisation. Lucas Vater. Der Kuss.

Aber wir schlafen in getrennten Zimmern. Er presste die Lippen aufeinander. Das war richtig, weil sie seine Lehrerin war, oder? Seine Augen öffneten sich einen Spalt breit. Dürfte sie überhaupt mit ihm in einem Zimmer schlafen? Rein hypothetisch natürlich?

Gefährdeten sie mit ihrem … Verhalten eigentlich ihre Karriere?

Er merkte, dass das Prasseln der Dusche in dem Badezimmer, das ihre beiden Hotelzimmer sich teilten, verstummt war. Dumpf hörte er Schritte, und nur zu leicht konnte er sich vorstellen, wie sie gerade nach einem Handtuch griff und …

Nein.

Entschlossen schüttelte er den Kopf. *Nein.* Das ist Luca. Das ist falsch. Das ist …

Wieder glitt sein Blick zur Tür, und er setzte sich langsam auf. Wenn er sich genügend Zeit ließ, war sie bestimmt längst angezogen.

Vielleicht würde sie ihn begrüßen. Mit einem Kuss.

Sein Magen begann zu kribbeln und er fuhr sich über die Lippen, während er aufstand und in Richtung der Tür trat. Da vibrierte sein Handy.

Normalerweise hätte er das einfach ignoriert, aber als er hörte, wie der Föhn ansprang, drehte er sich seufzend um. Warf einen letzten, sehnsüchtigen Blick zur Tür, dann sammelte er das Handy auf.

Eine E-Mail.

Guten Abend Herr Mertens,

ich hoffe, diese E-Mail erreicht Sie trotz der späten Uhrzeit. Ich melde mich wegen …

Noah keuchte. Er musste die Nachricht dreimal lesen, viermal, um sicherzugehen, dass er sich nicht verlesen hatte.

»Noah?«

Er hatte gar nicht mitbekommen, wie die Tür des Badezimmers aufgegangen war. Dass Luca aufgehört hatte, sich die Haare zu föhnen, die in feuchten Strähnen ihren Rücken hinabrieselten. Irgendwie sah sie so anders aus als sonst – weniger kritisch.

Langsam pendelte sein Blick vom Display seines Smartphones zu ihr und wieder zurück. »Wir müssen zurück«, wisperte er, und damit kam die Erkenntnis: *Ich habe eine Chance.*

»Was?«, fragte sie und trat von den Badfliesen auf den blauen Teppich.

»Mein – mein Professor hat sich gemeldet. Professor Eckart. Physik, weißt du noch? Du saßt mal mit mir in einer seiner Vorlesungen. Über … verdammt, ich weiß nicht mehr, worüber. Aber du warst da, oder? Du warst da!« Mit großen Augen sah er sie an, doch Luca erwiderte seinen Blick ruhig.

Zu ruhig.

»Erinnerst du dich nicht? Doch, das müssen wir zusammen gemacht haben. Wirklich!«

Sie räusperte sich. »Doch, ich weiß noch.«

Er hielt ihr so schwungvoll das Handy entgegen, dass sie hastig einen Schritt zurückwich. Schnell zog er es zurück, reichte es ihr und stellte sich dann so neben sie, dass sie beide gleichzeitig lesen konnten. Oh, wie gut sich ihre Nähe anfühlte! Noah stand kurz davor, sie in die Arme zu schließen und fest an sich zu drücken. Einfach so.

»Er hat nett geschrieben«, kommentierte Luca halbherzig, während sie ihm das Smartphone zurückreichte. »Dass er sich kurzfristig für dich Zeit nehmen will, damit ihr die Prüfungszulassung besprechen könnt, ist sehr entgegenkommend.«

Noah spürte, wie seine Euphorie zu bröckeln begann, aber er ließ sich nicht beirren. Schnell begann er, eine Antwort zu verfassen.

»Noah, wirklich. Lass uns erst darüber reden.«

Senden.

»Was meinst du?«

Lucas Blick traf ihn völlig unvorbereitet. Etwas Schweres lag darin, als hätte sie eine Entscheidung zu verkünden, die keinem von ihnen gefallen würde. Sie räusperte sich. »Er will sich mit dir treffen.«

Noah nickte. »Morgen.«

»Morgen«, wiederholte sie. Warum klang das bei ihr nach einem Seufzen?

»Ist daran etwas Schlimmes?«

»Und ihr könnt das nicht per E-Mail besprechen? Oder per Telefon?«

Noah runzelte die Stirn. »Ich weiß, die Strecke ist lang, aber *bitte*, Luca, du musst mich fahren! Ich habe eine Uhrzeit so spät wie möglich vorgeschlagen, wir können den Vormittag hier verbringen und sollten es trotzdem schaffen. Wirklich!«

Sie schwieg. Warum schwieg sie? Sie schaute ihn so ruhig an, als müsse sie ihm erklären, dass er eine tödliche Krankheit habe.

»Ich glaube nicht, dass wir das tun sollen«, erwiderte sie schließlich. »Ich verstehe, dass dir das Studium wichtig ist, aber dich nur für ein Gespräch so in Gefahr zu begeben? Du kannst das Semester leicht wiederholen.«

Wiederholen. Er schluckte. »Bei den Matheklausuren habe ich keine Chance, sie zu schreiben. Aber das ist Physik, das Begleitfach. Dafür hab ich so viel getan dieses Semester, das alles noch mal ... Es ist mir wichtig«, hängte er an, auch wenn er wusste, dass es zwecklos war.

Traurig schaute er auf sein Handy. Eine neue E-Mail war eingetrudelt – Professor Eckart schlug ihm 18 Uhr vor. »Eine Ausnahme« hieß es dort. *Das ist meine Chance. Wenn ich die nicht nutze, kann ich die Prüfung vergessen. Dann kann ich das ganze Semester vergessen.*

Es war eine Sache des Stolzes, ja. Aber es ging auch um seine Träume.

Luca hob vorsichtig die Arme, als wolle sie ihn umarmen, aber er konnte nicht mehr stehen. Es war, als hätte sie ihm den Boden unter den Füßen weggezogen. Kraftlos ließ er sich aufs Bett fallen. Die Matratze knarzte leise und er konnte nicht anders, als darin ein Seufzen zu hören.

Sie trat zu ihm und strich ihm sanft über die Schulter. Er fühlte sich so hilflos.

»Es tut mir leid.«

Er nickte wortlos.

»Ich wünschte, ich könnte dich hinfahren, aber es ist einfach nicht sicher. Dort kann ich nicht die ganze Zeit auf dich aufpassen. Hier weiß ich, dass du immer in guten Händen bist.«

Alleine bin ich hier zwischendurch trotzdem. Während du mit deinem Vater gesprochen hast, zum Beispiel. Aber das sagte er nicht. Er wusste selbst, dass er in Frankfurt sicherer war als daheim. Dass er sich hier viel freier bewegen konnte, weil niemand wusste, wo er war. Selbst seiner Familie hatte er sich nicht vor nächster Woche angekündigt.

Er sollte hier bleiben. Weil es wichtig war, mehr über *ihn* herauszufinden.

Einfacher machte es die Entscheidung nicht.

»Ich verstehe«, murmelte er.

Luca strich ihm wieder über die Schulter, doch als er nicht reagierte, setzte sie sich neben ihn und starrte mit ihm geradeaus. Die Sonne schickte ihre letzten, rötlichen Strahlen durch das Zimmer und gewandete den farblosen Teppich in ein verwirrendes Muster aus Hell und Dunkel.

Noah fuhr mit den Augen die Konturen nach und versuchte, einen der Gedanken zu fangen, die durch seinen Kopf irrten. Die E-Mail, seine Sorgen, die Akten, die Sache mit dem Ritual. Das leise Gemurmel der Stimmen in seinem Kopf, das Eis an seinen Fingern, *seine letzte Chance …*

»Weißt du was? Nein.« Energisch drückte er sich hoch. Ein stechender Schmerz zucke durch seine Narbe, doch er konnte sich davon abhalten, automatisch mit der Hand darüberzustreichen. Entschlossen ballte er sie stattdessen zur Faust und sammelte das bisschen Eismagie darin, das ihm geblieben war, bis er es Knacken hörte.

Dann drehte er sich zu Luca um, die auf der Bettkante saß und ihn mit gehobenen Brauen musterte. »Nein?«, schien sie zu fragen.

Er richtete sich auf, so gerade, wie seine Wunde es zuließ. »Ich will fahren. Es ist meine letzte Chance.«

Luca legte den Kopf schief. »Aber ich kann nicht …«

Mit einer Geste schnitt er ihr das Wort ab – und zu seiner Überraschung, vielleicht auch zu ihrer, verstummte sie tatsächlich. Beinahe vergaß er darüber, was er sagen wollte, doch dann holte er tief Luft: »Ich bin mir des Risikos bewusst, aber ich habe so viel verloren dieses Semester … Dieses Studium ist meine Leidenschaft, die anstehenden Prüfungen sind mir wichtig und ich will zumindest versuchen, sie zu bestehen. Und wenn ich einen Professor habe, dem ich beweisen kann, dass ich dazu in der Lage bin, dann will ich das auch tun.«

Er ließ die Worte auf sich wirken, dann nickte er. »Ich will das für mich machen. Es ist mir wichtig.«

Mit dieser Erkenntnis war es plötzlich, als würde er im freien Fall direkt auf den Boden zustürzen – aber mit der Gewissheit, einen Fallschirm zu tragen. *Luca ist mein Fallschirm.* Der Gedanke jagte mit dem Adrenalin durch seinen Körper, und er starrte sie fasziniert an.

Alles mit ihr war ein Kampf, eine Konfrontation mit sich selbst und mit anderen, und trotzdem konnte er sich bei ihr, nur bei ihr, einfach fallen lassen. Die Zeit genießen und sich gleichzeitig selbst fordern. *Ich liebe sie.* Sein Herz machte ein paar stolze Schläge, doch er schluckte die Worte herunter, bevor sie ihm über die Lippen springen konnten.

Nein, jetzt ging es um etwas anderes. Darum, ihr zu erklären, dass er gehen *musste.* Dass dieser eine Termin sein musste. Damit er wenigstens diese Prüfung schreiben konnte.

»Es ist *mir* wichtig«, wiederholte er und trat einen Schritt auf sie zu.

Unendlich sanft schob Luca ihre Hände in seine und blickte zu ihm auf. »Ich bin nicht mehr deine Lehrerin«, sagte sie unvermittelt.

Noah blinzelte sie verwirrt an. »Was?«

Ein vorsichtiges Lächeln hob ihre Mundwinkel, doch die Erleichterung, die sie damit wohl zeigen wollte, erreichte ihn nicht. »Ich habe deine Ausbildung für abgeschlossen erklärt, das entsprechende Formular habe ich bei meinem Vater abgegeben. Jetzt fehlt nur noch ein Abschlussbericht. Ich wollte es dir heute beim Abendessen sagen. Es ein bisschen … feierlich machen.«

»Aber …« Noahs Mund fühlte sich trocken an. Er versuchte zu schlucken, doch es wollte ihm nicht recht gelingen. »Ich dachte …«

Luca runzelte die Stirn. »Was ist los?«

Noah zog seine Hände aus ihren. »Also … du willst … nun … nichts mehr …«

Verwirrt musterte sie sein Gesicht, dann hoben sich erst ihre Mundwinkel, bevor sie anfing zu lachen. Nur kurz, aber es brachte Noahs Herz zum Pochen.

Was will sie mir denn jetzt damit *sagen?*

»Ich habe mir Urlaub genommen. Ich hatte seit bald drei Jahren keinen«, erklärte sie ruhig, stand auf und trat zu ihm. »Seitdem ich hier angekommen bin, bin ich nicht als deine Lehrerin hier. Sondern als deine Freundin. Endgültig. Es steht …«, sie musste sich räuspern, »es steht nichts mehr zwischen uns. Ich habe alles geklärt.«

Es steht nichts mehr zwischen uns. Er blinzelte. Und dann noch einmal, nur um sicherzugehen. Er fühlte sich plötzlich wie ein Fisch, der die Welt durch Glas betrachtete – alles wirkte irgendwie schief.

»Was ich sagen will, ist, dass ich nicht als deine Aufseherin spreche. Sondern als jemand, der sich Sorgen macht und die Situation aus Erfahrung besser einschätzen kann. Vertrau mir, es wäre wirklich besser, wenn wir hierbleiben.« Ihre Hände schoben sich erneut in seine und, was ihn noch mehr aus der Fassung brachte, verschränkten sich mit ihnen. »Ich verstehe, dass dir das wichtig ist, aber für den Moment ist es … zu viel.«

»Natürlich ist es viel«, erwiderte er und spürte, wie es seinen Blick unwillkürlich zu ihren miteinander verflochtenen Fingern zog. Seine, die sich beinahe krampfhaft um ihre schlossen, die ruhig und selbstverständlich darin lagen. »Aber das ist etwas, das ich machen muss. Und wenn du …

also, wenn du nicht mitkommen willst, dann fahre ich alleine.«

Auf ihren überraschten Blick streckte er stolz das Kinn vor. *Ich lasse mich nicht kleinkriegen.*

»Das ist bescheuert«, erklärte Luca und klang dabei so sachlich, dass er beinahe angefangen hätte zu lachen.

»Ich bin auch bescheuert. Genau wie du.« Woher die Leichtigkeit kam, konnte er beim besten Willen nicht sagen.

»Du würdest ohne mich fahren?«, fragte sie mit schiefgelegtem Kopf.

Würde er alleine fahren? Stundenlang in der Bahn sitzen, in der jeder Vorbeigehende ihn angreifen und jede dunkle Ecke einen Panikanfall auslösen konnte? Er holte tief Luft. »Ich weiß es nicht. Ich weiß nur, dass ich es machen muss. Und dass ich dich gerne dabei hätte. Wir übernachten daheim und fahren am nächsten Morgen zurück. Wie ein kurzer Zwischenstopp.«

Stumm musterte sie ihn. Lange. Mit jeder verstreichenden Sekunde wurde er nervöser. Ihre Bewegungslosigkeit verunsicherte ihn und brachte gleichzeitig nahezu jeden Muskel in seinem eigenen Körper zum Zucken. *Ja oder nein? Lässt sie mich gehen? Kommt sie mit?*

Schließlich seufzte Luca und nickte langsam. »Gut, dann bleibt mir wohl nichts anderes übrig.«

Noah starrte sie irritiert an. Seine Gedanken schienen irgendetwas übersprungen zu haben. »Du sagst Ja?«

»Wenn du sonst alleine fahren würdest? Versteh mich richtig, ich bin nicht begeistert. Ich werde es nicht schönreden: Es ist und bleibt bescheuert.«

»Aber ich habe mich durchgesetzt«, murmelte er, während ein Grinsen sich auf seinem Gesicht ausbreitete. »Danke«, stieß er hervor und konnte plötzlich nicht anders, als Lucas Gesicht mit beiden Händen zu umfassen und ihr einen heftigen Kuss auf die Lippen zu drücken. Als er merkte, was er da tat, richtete er sich abrupt auf und trat einen Schritt von ihr weg, während er spürte, wie seine Wangen warm wurden.

Luca sah genauso verblüfft aus wie er, doch dann begann sie ebenfalls zu grinsen. Sie stellte sich auf die Zehenspitzen und küsste ihn. Richtig. Ein Stromstoß schoss ihm bis in die Zehen und brachte ihn zum Schwanken. Seine Hände wagten sich vor, auf ihre Wangen und an ihre Hüfte. Luca war warm vom Duschen, ihre nassen Haare ein kalter Kontrast dazu.

»Du bleibst bescheuert«, murmelte Luca gegen seine Lippen, bevor sie zu einem neuen Kuss ansetzte. »Aber ich mag das. Ich mag es, wenn du selbstbewusst bist.«

Worte im Taumel, dann begannen sie beide zu stürzen. Er zog sie ruckartig näher zu sich heran, schob seine Hände unter ihre Kleidung und seufzte, als sie auf bloße Haut trafen.

19

Das ist bescheuert. Luca hatte es inzwischen so oft gesagt, dass sie ernsthaft überlegte, ob sie die Worte richtig zusammensetzte. Ob Noah sie einfach ignorierte oder sie tatsächlich nicht verstand.

Sie hätte es darauf ankommen lassen sollen, als sie die Chance hatte. Ihn einfach einen Zug nehmen lassen. Vielleicht hätte das Noah diese absolut *wahnsinnige* Idee ausgetrieben. Obwohl sie ...

»Können wir ... jetzt reingehen?« Noahs Stimme klang zaghaft, seine Aufmerksamkeit pendelte zwischen ihr und dem Gartentor hin und her. Seit zwanzig Minuten standen sie nun schon in der brennenden Hitze, ohne sich bewegt zu haben. Das Innere des Smarts hatte sich über die stundenlange Autofahrt in einen Backofen verwandelt, trotz des Wassers, das Luca in regelmäßigen Abständen an den Seitenscheiben gefrieren ließ.

»Immerhin könnte er dein Auto erkennen«, fügte Noah hinzu und setzte sich im gleichen Zug seine Brille auf. Er war dazu übergegangen, alle paar Minuten seine Stirn einzufrieren, um sich wenigstens etwas Linderung zu verschaffen.

Luca schwieg und schaute weiter aus dem Fenster. Auf die Straße, die vor Hitze bebte und niemanden zeigte. Immer wieder hatte sie den spröden Asphalt mit den Augen abgesucht, hatte der vorbeirauschenden S-Bahn gelauscht und die Menschen beobachtet, die nur tröpfelnd und meist mit vom Schwimmen nassen Haaren vorbeischlenderten.

Doch gerade war niemand zu sehen.

Noah seufzte, aber bevor er wieder ansetzen konnte, stieß Luca die Tür auf. Sie konnte jetzt auch nichts mehr ändern, so sehr sie es sich wünschte – also blieb ihnen nur, die Übungszettel zu holen, die Professor Eckart zum Termin sehen wollte, und anschließend direkt zur Uni zu fahren.

Die Hitze außerhalb des Autos war brutaler, als Luca erwartet hatte. Sie brachte die kümmerlichen Pflanzen am Wegesrand zum Seufzen, und der Asphalt glomm wie Lava unter ihren Schritten. Ihre Füße fühlten sich an, als würden sie in den Stiefeln gegrillt werden. Das Industriegebiet breitete vor ihnen seine Arme aus, die nahe Kirmes dudelte über die sommerliche Stille wie ein verstelltes Radio. Aber Menschen? Fehlanzeige.

»Wir erledigen das so schnell wie möglich, verstanden?«

Noah antwortete nicht, sondern durchquerte bereits den Garten. Der Schlüssel klimperte irritierend laut in seinen Fingern und die Sonne schnitt Schatten in sein Gesicht. Er hatte ihr versichert, dass seine Familie heute Nachmittag nicht zu Hause sein würde – reine Vorsichtsmaßnahme.

Warum fühlte Luca sich dann trotzdem, als tappten sie in eine Falle? In diese Stadt zurückzukehren, in dieses Haus, später zur Universität – war es das Risiko wirklich wert? Während Noah mit dem Schloss kämpfte, schaute Luca über die Schulter zurück zur Straße. Ihre nackten Arme brannten in der Sonne, der erhoffte Wind blieb aus. Das Schnappen des Riegels erschien ihr gleichermaßen wie Erlösung und Fluch.

Sie schluckte ein Seufzen herunter – nur um es aus gänzlich anderen Gründen auszustoßen, als die Kühle des Hauses sie umfing. Noah grinste sie an. »Besser als im Smart, was?«

Sie quittierte die Bemerkung mit einer gehobenen Braue und schloss die Tür. Sie hatten keine Zeit für Albernheiten.

»Geh deine Notizen holen, und dann lass uns verschwinden.«

Noah nickte und setzte an, die Schuhe auszuziehen, doch Luca trieb ihn ungeduldig an. Er hatte recht, ihr Auto war leicht wiederzuerkennen, und sie hatten viel zu lange draußen auf dem Präsentierteller gehockt.

»Okay, ich glaube ...« Als Luca in Noahs Zimmer trat, zog er gerade einen großen Stapel Papiere aus einem Fach seines Schreibtischs. Obwohl sonst beinahe jeder Stift in diesem Zimmer seine Position hatte, schienen die zerfledderten Blätter überraschend ... normal. Ein paar wirre Gedanken, in einer nachlässigen Handschrift hastig zu Papier gebracht.

In schneller Abfolge tanzten seine Finger durch die Notizen, von denen einige zusammengetackert waren. Ihr Blick verfing sich an den geübten Bewegungen, an der Leichtigkeit darin. Wie normal Noahs Leben hätte sein können, mit was für banalen Gedanken er sich rumgeschlagen hätte, wenn ... ja, wenn.

Noah schaute auf, und ertappt blinzelte sie aus dem Fenster. Was mit ihm geschehen war, war nicht ihre Schuld gewesen, aber dennoch war sie Teil der Gleichung.

»Ich gehe noch schnell auf Toilette, dann können wir uns auf den Weg machen«, meinte Noah, nickte ihr zu und verließ den Raum. Im Gang drehte er sich um, schien etwas sagen zu wollen – doch dann verbiss er es sich und verschwand wortlos.

Als hätte es darauf gewartet, vibrierte in dem Moment ihr Smartphone. Umständlich zog sie es aus der Hosentasche und während sie hörte, wie die Badezimmertür ins Schloss fiel, rief sie die neue Nachricht auf. Von ihrem Vater.

Sie schüttelte knapp den Kopf. Bestimmt eine weitere Anweisung zur Vorsicht. Als wären ihre Nerven nicht gespannt ...

Papa (Mobil) | 16:57 Uhr
Haut ab, sofort.

Etwas in ihr stürzte ruckhaft ins Leere. Ihre Finger wurden so taub, dass sie Mühe hatte, das Smartphone festzuhalten, während ihr Verstand versuchte, die Worte zusammenzusetzen. »Noah!« Der Boden unter ihren Füßen begann zu kippen, ihre Beine kribbelten. Die Welt verlangsamte sich.

»Noah!«

Die Spülung tönte durch die geschlossene Badezimmertür, während ihr Handy wieder vibrierte.

Papa (Mobil) | 16:58 Uhr
Neue Infos. Spuren verfolgt, die ihr entdeckt habt. Zusammenhang zu Forschungsstudie der Behörde. Weitere Teilnehmer der Studie (Eismagier) betroffen (ermordet/vermisst). Täter bezieht seine Opfer offensichtlich aus unserem Fundus. Auf der Liste der Verdächtigen auch Reimund Eckart, Noahs Professor für den Termin heute.

Da war es wieder. Das Gefühl, nicht richtig hier zu sein, während sie die Worte las. Als beobachtete sie sich selbst durch eine Glasscheibe – und spürte gleichzeitig die Gefahr schmerzhaft in ihren Gliedern. Etwas riss an ihren Muskeln, trommelte in ihrem Kopf, während sie wie wild auf die Tür einzuhämmern begann. *»Noah!«* Ihre Stimme wurde schrill, übersprang zwei Oktaven. Sie wusste gar nicht, wann sie das Handy weggesteckt hatte, nur, dass sie Noahs Arm packte, sobald die Badezimmertür sich öffnete, und ihn hinter sich herzerrte.

Weg hier, weg hier, weg hier!

Noahs Füße taumelten die Treppe hinab, während sie zwei Stufen auf einmal nahm und ihn mit sich nach unten riss.

»Was ist eine Falle?«, keuchte Noah, während sie um die Ecke hetzten. Sie musste ihre Panik laut ausgesprochen haben.

Luca warf einen Blick über die Schulter, doch das Wohnzimmer war leer. Das ganze Haus war totenstill. Vor der

Terrassentür da hinten hatte sie ihn geküsst. Am Esstisch dort drüben hatte sie mit Martina gestritten. Am Klavier hatte sie zum ersten Mal seit Jahren gespielt.

Etwas ballte sich in ihrem Magen zusammen und sie merkte gerade rechtzeitig, dass sie Noahs Arm einfror. Schnell ließ sie ihn los und stieß ihn grob in die Jacken neben der Tür.

»Meine Unterlagen ...«, setzte Noah an, doch Luca schnitt ihm mit einer schnellen Geste das Wort ab und drückte die Klinke der Haustür.

Es knackte.

Ihre Finger fuhren zurück. *Festgefroren.*

Nein. Nein, nein, nein!

»Luca, was ...?« Noahs Satz ging ins Leere, während sie panisch versuchte, das Schloss aufzutauen, dann an der Klinke zerrte. Sich gegen die Tür warf. Nichts tat sich, nur Eis rieselte vom Rahmen, wie ein feiner Schneeschauer – im Juli.

»Nein«, keuchte sie und warf sich erneut dagegen. Versuchte abwechselnd, das Eis zu schmelzen und die Tür aufzubrechen. Nichts tat sich. »Scheiße, scheiße, nein!«

»Luca?« Noahs Stimme war kaum mehr als ein Flüstern. Erinnerte sie daran, dass sie *nicht panisch werden durfte.*

»Professor Eckart ist einer der Verdächtigen in dem Fall des ermordeten Eismagiers, den wir gefunden haben. Und in einigen weiteren, in denen Eismagier verschwunden sind oder ermordet wurden. Mein Vater hat geschrieben. Er schickt sicherlich Verstärkung, aber das dauert zu lange. Wir müssen hier weg«, presste sie hervor und warf sich wieder gegen die Tür. Es knackte geräuschvoll, aber das Holz rührte sich kein Stück. Noch einmal warf sie sich dagegen. Die heiße Luft in ihren Lungen fühlte sich widersinnig an. Wo kam die Kälte her, die sie in Wellen auf sich zustürzen spürte?

Sie konnte Noah nicht ansehen. Fürchtete sich vor der Angst in seinen Augen – denn sie zitterte selbst. Ihre Finger begannen zu beben und von dort aus brandete ein heftiges Schütteln durch ihren ganzen Körper.

»Luca?« Kaum mehr als ein Flüstern. Während sie dieses Gefühl der alles überrollenden Panik erfasste. Der Moment, wenn einem bewusst wird, dass man nichts mehr tun konnte. Dass man in der Falle saß.

Ihr Blick traf seinen. Die braunen Augen riesig, die Brille mit Eiskristallen überzogen.

»Wir schaffen das«, versprach sie, drückte ihm einen schnellen Kuss auf die Lippen, dann wandte sie sich wieder der Tür zu. Sie war nicht hier, um zu kämpfen, aber wenn es nötig war – sie würde es tun.

Atmen. Mit den Händen packte sie den Türgriff und schloss die Augen. Die Magie hatte sich tief in das Holz gefressen – zu tief, als dass er weit weg sein konnte. *Eckart ist hier.*

Langsam ließ sie die Finger am Türrahmen entlanggleiten. *Ganz ruhig. Einfach atmen.* Wo Noahs Magie ungerichtet gewesen war, war diese hier pures Chaos. Alles hatte sich ineinander gedrängt, war zerrissen, hektisch aneinandergeknotet und zusammengeballt worden.

Da krachte etwas mit Wucht gegen sie.

Es knirschte. Knackte, brach. Holz? Knochen? Ihr Magen machte einen Satz, alles drehte sich – bis sie begriff, dass ihr Körper es war, der sich drehte. Sie prallte heftig gegen Noah, bevor sie auf dem Fliesenboden aufschlug.

Eis und Holzsplitter regneten auf sie herab. Mitten in der Sommerhitze.

Noahs Welt geriet aus den Fugen. Das war die einzige Erklärung, die er finden konnte. *Hier, schau her: Du bist nicht verrückt. Es ist die Welt, die durchdreht, nicht du.*

Er stürzte und schlug auf. Etwas in ihm knackte, seine Verletzung schrie auf, doch er schaffte es, den Kopf rechtzeitig hochzureißen. Der Boden strich über seinen Hinterkopf, die Welt neigte sich ihm zu.

Das kann alles nicht wahr sein.

Er rutschte bis ins Wohnzimmer, bevor er trudelnd zum Stillstand kam. Und begriff, dass Eis seinen Arm umfasste. Ganze Brocken davon, die sich schmerzhaft in seine Haut gruben. Sie waren so kalt, dass ihre Berührung förmlich brannte. *Frostbrand.* Er biss die Zähne zusammen und sah sich hastig nach Luca um.

Sie lag halb begraben unter der Tischplatte und blinzelte benommen. Einer der Stühle hatte sich in ihrem Rücken verkeilt, und sie brauchte ein paar Anläufe, bevor sie die Kraft fand, schwankend aufzustehen.

»Entschuldigt «, verkündete eine viel zu vertraute Stimme, gefolgt von einer Silhouette, die im Türrahmen erschien. *Und hier an dieser Stelle sehen Sie ...*

Professor Eckart trat in den Raum, die Hände neben dem Kopf erhoben, als wolle er sich ergeben. Eine Gänsehaut rann über Noahs Arme.

»Noah, steh auf«, verlangte Luca, ohne zu ihm zu sehen. Seine Muskeln zogen umständlich an seinen Knochen, richteten ihn auf, während sein Verstand weiter haltlos torkelte. Luca dagegen stand gerade. All die Unsicherheit vergessen, als wäre sie nie da gewesen.

»Ich will euch nicht verletzen«, versicherte der Professor plötzlich. Er sah ruhig abwechselnd ihn und Luca an – Noah blinzelte nur verstört zurück.

Professor Eckart. Sein *Professor Eckart.* Der Dozent, über den alle schmunzelten, weil er ständig seine Brille vergaß. Lachfalten um die Augen, schütter werdendes Haar, Altmännerhände.

Was ist nur mit ihm passiert? Aus dem unscheinbaren, großväterlichen Mann war ein Magier geworden – nein, ein

Gefäß für Magie. Sie tropfte aus ihm heraus, floss über den Boden und die Wände, durchsetzte alles um ihn herum.

Das war der Punkt, an dem Noahs Welt nicht mehr zusammenpasste. Wie in einem schlechten Film zerriss vor seinem inneren Auge die Raumzeit und schuf eine Realität, in der Noahs Studium und die Morde an Eismagiern sich in ein- und derselben Person begründeten.

Seine Lippen lösten sich von den Zähnen. Etwas begann in ihm zu brodeln, während das Eis von seinem Arm taute und in nassen Brocken auf den Boden klatschte. »Sie wollen uns *nicht verletzen*?«

Der Professor hob bedauernd die mit Schneekristallen überzogenen Brauen, als würde er einem Kind nicht gerne einen Gefallen abschlagen. Als müsste er *ausnahmsweise* streng sein. »Es war nie meine Absicht.« So ruhig. Als würde er eine Lektion an der Uni geben, statt mit ihnen über Leben und Tod zu verhandeln.

Das war er also. *Er.*

Der Mann, vor dem er seit Wochen wegrannte, vor dem er sich fürchtete, wenn er das Licht ausschaltete. Der Mann, der unzählige Menschen auf dem Gewissen hatte, ihnen in perversen Ritualen ihre Magie geraubt hatte, die sie schließlich das Leben gekostet hatten.

»Sie haben mir ein Messer in die Brust gerammt«, wisperte Noah, obwohl er eigentlich schreien wollte. »Sie haben die Frau beim Campus ...«

»Sie war eine Prostituierte.« Der Professor hob hilflos die Schultern und ließ sie schwer wieder fallen, während er seufzte. Als wäre er der Leidtragende. *Er.* »Sie brauchte schnelles Geld, also ... ja. Ich habe versucht, es so schmerzlos wie möglich zu machen.«

Noah zitterte, und so sehr er auch versuchte, seine Wut wieder einzufangen ...

... eine Stimme in ihm, die so lange geschwiegen, die alles stillschweigend ertragen hatte, übertönte in einem wilden

Aufschrei alles andere: *»Soll das etwa Ihre Entschuldigung sein?!«*

Der Professor presste die Kiefer zusammen. Ein Muskel an seiner Wange zuckte. Die Sonne beschien ihn wie einen Heiligen. »Ich rette damit Leben.«

Ein bitteres Lachen kämpfte sich aus Noahs Kehle. »Als ob«, keuchte er. Wieder spürte er den Schmerz in der Brust, spürte, wie es riss und stach; erinnerte sich an all die Nächte, in denen er panisch wach geworden war und hinter jedem Schatten einen Angreifer vermutet hatte. Dabei hatte sich ihm das echte Monster die ganze Zeit im hellen Tageslicht gezeigt.

»Ich wusste, ihr würdet es nicht verstehen. Keiner von euch.« Die Stimme des Professors klang ruhig, doch sein Oberkörper bebte. Ohne Vorwarnung riss er den Arm hoch.

Noah fuhr zusammen; aus den Augenwinkeln sah er, wie Luca das Gleiche tat.

Doch der Stoß blieb aus. Keine Welle, die ihn von den Füßen riss, nur knackendes Eis zu seinen Füßen, das das Laminat zersplitterte. Als würde es aus Eckart herauslaufen wie aus einem leckgeschlagenen Eimer.

Mit großen Augen schaute Noah zu dem Ding in Eckarts mit Eis überzogener Hand. Ein kleines, metallisches Gebilde, das ihn an die Schmuckschatulle seiner Schwester erinnerte, und über das der Frost bereits wucherte.

»Nimm das. Wenn alles klappt, dann gehe ich und lasse dich in Ruhe. Euch beide. Alles, was ich getan habe, sind notwendige Opfer gewesen. Ich wollte niemals jemandem schaden.«

Noahs Brauen wanderten bis zu seinem Haaransatz, doch Luca kam ihm zuvor. Sie schob das Kinn vor, ihre Muskeln zuckten. »Wir lehnen ab.«

Der Professor hob nun seinerseits die Brauen. Seine Finger schlossen sich fester um den Gegenstand, doch statt seine Hand sinken zu lassen, streckte er sie weiter aus. *»Bitte.«*

Lucas trockene Lippen trennten sich mit einem hörbaren Reißen, in der Stille ein viel zu lautes Geräusch. »Wenn Sie niemandem schaden wollen, lassen Sie das Ding fallen, ergeben Sie sich und lassen Sie sich von mir festnehmen.«

Noah sah aus den Augenwinkeln, wie die Brauen des Professors noch ein Stückchen höher wanderten, aber er schaffte es nicht mehr, hinzusehen. Seinen Dozenten hier zu sehen war wie eine optische Täuschung, die einem Kopfschmerzen bereitete, wenn man sie zu lange betrachtete.

Luca tat so, als würde sie selbstbewusst die Arme verschränken, doch in Wahrheit legte sie nur den rechten über den linken, um sie schnell wieder trennen zu können. Ihr Rücken war gespannt bis in die letzte Faser.

Sie hat Angst. Noah zwang seine Augen wieder zum Professor, während die Erkenntnis durch ihn hindurchrieselte.

»Ich fürchte, ich habe keine Zeit für Bürokratie.«

»Warum? Müssen Sie irgendwohin? Eine Vorlesung halten?«

Noah fuhr zusammen, als der Blick des Professors ihn traf. Die dunklen Augen wirkten alt. Viel älter, als sie jemals im Licht der Neonröhren im Vorlesungssaal ausgesehen hatten.

Sanft schüttelte er den Kopf. »Nein, diesen Teil meines Lebens habe ich abgeschrieben. Ich habe mich um alles gekümmert, bevor ich Herrn Mertens geschrieben habe.«

Wir sind seine letzten Opfer. Noah presste die Lippen aufeinander. *Er ... hat nichts mehr zu verlieren.*

Noch einmal hielt der Professor ihnen die Schatulle hin. »Wirklich nicht?«

Luca ruckte den Kopf zur Seite. Ein knappes Nein.

Die Augen des Professors wurden schmaler. Trauriger.

Dann riss er den anderen Arm in die Höhe.

Luca schaffte es gerade noch, sich beiseitezuwerfen. Sie spürte die Magie, die wie ein heftiger Atemzug alle Feuchtigkeit aus der Luft einsammelte, bis ihre Zunge so trocken wurde wie Papier. Sie rollte sich ab und sprang auf die Füße. Ihre Sicht trudelte. Sie sah nur Eis. An der Decke glitzerte es, an den Wänden, am Boden, auf den Möbelstücken – alles war in kalter Schönheit erstarrt.

Um Eckart selbst sammelte sich eine Wolke aus Eisnebel, wirbelte um seine Gestalt, verdichtete sich. Seine Wangen waren gerötet, seine Augen hinter der Brille zusammengekniffen – warum wirkte er plötzlich so hilflos, obwohl er kurz davor stand, sie anzugreifen?

Seine Magie ist … unheimlich groß. Und was hatte sie? Ein paar läppische Tricks und ein wenig Geschicklichkeit. *Ich muss schneller sein als er. Und schlauer.*

Denn so stark die Magie des Professors auch sein mochte – sie schien ein eigenes Leben zu haben, er bekam sie kaum unter Kontrolle. Sie wuchs über seinen Körper, bedeckte ihn mit einer dampfenden Schicht aus Kälte und machte seine Bewegungen schwerfällig. *Tut ihm das nicht weh? Spürt er den Schmerz überhaupt?*

Mit einer unauffälligen Bewegung schuf sie sich eine Eisfläche, auf der sie laufen konnte. Kurz erinnerte sie sich an Noahs Training am See. Etwas, das jeder Eismagier lernte. Dann konzentrierte sie sich, sammelte einige Eisstücke vom Boden auf und stieß sie dem Professor gezielt in die Seite.

Er taumelte und schlidderte wie damals, als sie ihn zu seinem Auto verfolgt hatte, konnte sich kaum aufrecht halten, während die Magie weiter aus ihm herausbrach. An den Wänden des Flurs kletterten in rasendem Tempo Eisblumen empor, fraßen sich in den Stein und verwandelten das Innere des Hauses in Sekundenschnelle in einen Gletscher.

Seine Magie war überall, und doch konnte er sie kein bisschen kontrollieren. Luca hätte beinahe gelacht. Es war so einfach! Mit ein paar forschen Schritten trat sie auf ihn zu und warf ihn mit einem Eisstrahl gegen die Wand. Nur mühsam richtete er sich wieder auf. *Du bist hier in meinem Element, Freundchen.*

Sein wilder Blick verkeilte sich an ihr. Die Kommode, an der er sich aufrechthielt, knackte, als sie einfror.

»Verschwinden Sie«, forderte Luca und reckte das Kinn. Festnehmen konnte sie ihn nicht, dazu war er zu stark – sie musste Noah schützen. Nur das zählte.

Hinter ihrem Rücken hob sie zwei Finger in die Höhe. Sie konnte Noah nicht sehen, wusste nicht, ob er verletzt war oder wie schlimm, aber sie konnte das Eis dazu bringen, sich unter ihm aufzubäumen. Nur ein Stück, nur weit genug, um ihn zum Aufstehen zu bewegen. *Er muss von hier verschwinden. Ich muss nur so lange durchhalten, bis ...*

»Hey, Junge! Stehen bleiben!«

Sie wollte herumfahren, aber in dem Moment holte Eckart aus und traf sie mit der vollen Wucht seiner Magie.

Mit einem Keuchen riss es sie von den Füßen. Beim Aufprall knackte es hörbar in ihrem Rücken und ihr Hinterkopf schlug so heftig gegen die Terrassentür, dass ihre Beine haltlos unter ihr wegbrachen.

Der Schmerz aber blieb aus, pochte nur dumpf in ihr. Ihr Atem rasselte, ihre Finger griffen ins Nichts.

Ist Noah weg? Die Frage kreiste haltlos in ihr. *Konnte er fliehen?* Sie blinzelte angestrengt ... und sah plötzlich Eckart direkt in die Augen. Sie fuhr zusammen, brauchte einen Moment, bis sie begriff, dass er am anderen Ende des Raums lauerte. Während sie schon jetzt am Boden lag.

»Verdammt! Du hättest mich ihm einfach das Vakuum geben lassen müssen! Dann wäre ich schon weg! *Ich hätte niemanden verletzen brauchen.*«

Vakuum? Luca drückte sich nach oben, ließ dem Eis die Chance, ihr zu helfen. Sie zu stabilisieren. Ihr Hinterkopf fühlte sich viel zu warm an, aber es blieb bei einem dumpfen Pochen. Statt Schmerzen spürte sie nur Leere. *Noah ist weg. Mehr brauche ich nicht. Noah ist entkommen.*

»Noch können Sie aufhören«, sagte sie, ohne Eckart aus den Augen zu lassen. Seine Haare standen wirr in alle Richtungen ab und sein Gesicht war unnatürlich bleich, als stünde er unter Schock.

»Nein, das kann ich nicht.«

Sein Blick verankerte sich einen Moment im Garten, bevor er zerbrach und sich mit ihrem kreuzte. Keiner von ihnen war bereit, den nächsten Schritt zu tun.

»Ich will nicht mit ihnen kämpfen«, flüsterte sie eindringlich. Und sie meinte es. Nie hatte sie etwas so sehr gemeint.

Doch die Eismagie floss weiter aus Eckart heraus. Legte sich wie Nebel um ihre Füße. Feine Wolken, die einen Sturm ankündigten.

Hinter ihr der Garten, in dem sie so viele Stunden mit Noah verbracht hatte. In dem sie sich kennengelernt hatten. In dem er sie in seiner allerersten Trainingsstunde aufs Kreuz gelegt hatte.

In dem sie sich in ihn verliebt hatte, irgendwann.

Und vor ihr das Wohnzimmer – oder eine verdrehte Version davon. Holzboden, weiße Wände, Fotos. Eine Sofaecke, Fernseher, Esstisch, Tür zur Küche.

Jetzt überzogen mit Frost, die Stühle umgestürzt, eins der Fenster zum Garten gesprungen.

Wie ein Prisma. Ein Kaleidoskop. Als Kind hatte sie so eins gehabt. Hatte hindurchgesehen, das Farbenspiel bewundert, und es dann minimal gedreht.

Und nichts mehr wiedererkannt.

Luca schluckte schwer. *Jetzt oder nie.* Mit einem schnellen Ruck ließ sie den gefrorenen Boden unter Eckarts Füßen hochschnellen. Er grunzte, während er hinfiel. Das Eis unter ihm knackte leise. In der allgemeinen Stille war es schockierend laut.

Eckart versuchte sich aufzurichten, doch sie ließ den Boden unter ihm Wellen schlagen. Seine Arme brachen weg wie Zahnstocher. *Hinhalten. Ich muss ihn nur noch ein wenig hinhalten.*

Trotz der Kälte traten ihr bereits Schweißtropfen auf die Stirn. *Die Verstärkung ist bestimmt bald da.*

Doch dann wischte er noch im Liegen mit der Hand grob durch die Luft, und obwohl sie nicht erwartet hatte, dass aus einer so formlosen Bewegung irgendetwas Zielgerichtetes folgen konnte, traf sie ein heftiger Stoß, der Fragmente aus Schnee und Eis auf sie niederprasseln ließ.

Schnell riss sie den Arm in die Höhe, taumelte, als ihr plötzlich schwindlig wurde, und stürzte halb hinter einen Stuhl, halb hinter den Tisch. Ihr Herz pochte, und eine Gänsehaut schoss über ihre Arme.

Vorsichtig drückte sie sich auf die Knie, duckte sich aber hastig wieder, als eine neue Welle über sie hinwegspülte. *Ein Fass ohne Boden.* Sie spürte, ohne zu sehen, wie er sich auf dem Eis nach oben drückte. Alles in ihr wollte aufschreien, wollte das verhindern, aber ohne zu *sehen* ...

Sie schluckte. »Wenn Sie ihm nicht schaden wollen, wozu dann das alles? Warum haben Sie ihn angegriffen?« Ihr Kopf pochte. Ihr Nacken zerrte. Was blieb ihr? Reden. Hoffen, dass ihn das lange genug ablenkte.

»Das letztens im Garten war ... ein Fehler«, erwiderte er prompt, während das Geräusch von Schuhen auf Schnee zu hören war – ein kaltes Knirschen, das sich unbarmherzig näherte.

Ein Schauer rann ihr über den Rücken.

»Ich wünschte, ich könnte es anders machen, aber es gibt keine andere Möglichkeit.«

Niemanden interessieren Ihre Rechtfertigungen. Das hätte sie gerne gesagt. Ihn damit wütend gemacht, so wütend, wie sie nach Noahs Verletzung gewesen war. Sie wollte, dass er die gleiche Verzweiflung spürte wie sie, als Noah im Krankenwagen davongefahren wurde. Wollte ihn nach Strohhalmen greifen sehen, weil das eine Zeit lang alles gewesen war, was sie hatte tun können.

Stattdessen spürte sie, wie eine eiskalte Welle erneut über sie hinwegschwappte. Die Magie floss aus dem Professor wie Tränen.

»Ich wollte nie jemandem schaden. Ich hätte nie für möglich gehalten, dass ich das tun könnte.« Seine Stimme brach. In der kurzen Pause kam Lucas eigener Atem ihr dröhnend laut vor. Das zusammengekauerte Hocken machte den Schwindel schlimmer. Ihre Oberschenkel brannten. Aber sie traute sich nicht, sich aufzurichten.

»Ich werde nicht um Verzeihung bitten. Niemand kann mir die Schuld abnehmen, die ich auf mich geladen habe, aber es war notwendig.«

Sie biss die Zähne zusammen. Es interessierte sie nicht. Nichts von seinen Erklärungen. Morde rechtfertigen? Womit? Luca war schon an dem einen Tod in ihrem Leben beinahe zerbrochen. Und hier war es nicht nur ein Schicksal, sondern so viele, die zerstört worden waren – durch diesen Wahnsinnigen.

Doch da spürte sie, wie seine Magie sich wieder verdichtete. Schnell fragte sie: »Warum?«

Er stoppte. Zögerte, als hätte er sich verhört. Räusperte sich umständlich. »Es ist gefährlich.«

»Was?«

Wieder schwieg er und kurz hatte Luca das Gefühl, dass er direkt neben ihr stand. Dass er sich neben ihr aufgebaut hatte und gleich über die Tischkante lugen würde. »Wie haben Sie es gemacht?«, schoss sie hinterher. Hinein in die Stille.

»Wie? Naja, ich …« Und da schien er zu brechen. Als würde die Gewalt all seiner Geheimnisse ihn zerdrücken. »Die Namen habe ich aus den Dateien der … der Behörde. Für Sondervorkommnisse. Ich …« Kurz verklang seine Stimme, dann atmete er tief durch. »Das war damals der erste Schritt. Sie haben mich angeworben für eine Studie zur Wirkung von Magie, wie lange sie anhält und so weiter. Niemand weiß wirklich etwas, habe ich das Gefühl, weil bisher nie Forschungsgelder investiert wurden. Die BfS wollte das ändern. Ausgerechnet mit mir und ein paar Anderen. Anreize im Überfluss.«

Sie hörte, wie er tief Luft holte. Sich über die trockenen Lippen leckte. Es klang beinahe animalisch. Sie musste sich am Tischbein festhalten, um nicht umzufallen. *Lass ihn einfach reden.*

»Ich dachte mir, dass es ohnehin nicht möglich wäre, an die Daten zu kommen. Dass sie mich in das Projekt aufgenommen haben, war absurd genug. Die Namen und Adressen von Teilnehmern werden normalerweise direkt anonymisiert, ich weiß nicht, welcher Zufall mir da in die Hände gespielt hat, aber ...«

Luca riskierte einen Blick über die Tischkante. Obwohl er scheinbar zu ihr sah, ging sein Blick ins Leere. Seine Hände arbeiteten, verschränkten sich knirschend ineinander, beinahe wie Zahnräder.

»Die Experimente haben gut geklappt, keine Frage. Es hat gedauert, die Studie, die Veröffentlichung. Und dann habe ich gewartet. Jahrelang. Mit den Daten in den Händen. Kennen Sie das? Konstante Versuchung, die ganze Zeit. Man will eigentlich nicht, aber irgendwie schon. Es war, als hätte die Aufgabe mich gerufen. Ich wusste, ich würde mein bisheriges Leben wegwerfen, wenn ich diesen Weg einschlug – aber ich könnte so vielen Menschen helfen ...« Das Eis an seinen Fingern knackte. »Ich habe meinen Rang als Professor missbraucht. Um an die Daten zu kommen, um das Vakuum zu entwickeln, um die Magier zu finden.«

Aber warum? Nichts davon beantwortete ihre Frage. Warum tat er all das? Warum erzählte er es ihr? Wollte er einfach nur sein Gewissen erleichtern? Sie dazu bringen, ihn zu verstehen – ihn vielleicht sogar zu unterstützen?

Luca fühlte sich dreckig. Widerlich. Dass sie nichts erwiderte, dass sie stumm lauschte, wie er von seinen Grausamkeiten berichtete.

Aber für Noah würde sie schweigen – dieses eine Mal würde sie den Mund halten.

Die Luft wurde immer kälter, je länger die Stille andauerte. Sie grub sich immer tiefer in ihre Lunge. *Atmen. Einfach atmen.*

Luca hob den rechten Arm an ihre Seite und beobachtete, wie sich das Eis am Boden erst verdichtete und dann zu einem abstrakten Gebilde emporwuchs. »Sie haben recht«, erwiderte sie, und bevor sie wusste, was sie tat, drückte sie sich in den Stand. »Ich verstehe Sie nicht.« Damit schickte sie das improvisierte Geschoss auf den Professor.

Sie wartete nicht, um zu sehen, ob es ihn traf. Stattdessen stieß sie sich nach hinten, blinzelte den Schwindel und die schwarzen Punkte in ihrem Blickfeld weg. *Nicht umfallen. Wo ist die Tür? Wo ist die verdammte Tür?!*

Sie sah es nicht einmal kommen, als seine Magie sie erneut traf. Sie von den Füßen riss, über das Sofa und mit Wucht gegen das Klavier schleuderte. Die Töne schief und schrill, ein verstimmtes Orchester.

Dann Stille.

20

Noahs Herz trommelte lauter als seine Füße. Und die krachten geradezu auf den Rasen, trieben ihn vorwärts, weiter, weiter, immer weiter! Die Panik, die ihn eigentlich schneller machen sollte, schien ihn zu bremsen. Zog jeden Schritt ins Unendliche.

Bis plötzlich der Zaun vor ihm stand. Hüfthoch ragte dieser auf, dahinter das Industriegebiet. In Noahs Ohren toste die Kirmes, eine überdrehte Melodie. Warum bekam er keine Luft?

Er zerrte an seinem Shirt, weil es auf einmal viel zu eng war. Dann krallten sich seine Hände in den Zaun. Die Maschen klapperten so laut in seinen Ohren, dass er sofort wieder innehielt.

Sie hatte ihn nach draußen geschickt und er war verschwunden – mehr oder weniger. Sie hatte ihn hochgedrückt mit ihrem Eis, und er war kopflos aus der Tür gestürzt, kurz bevor Luca dagegengeflogen war.

Er war weggerannt, einfach weg, irgendwohin – und doch stand er jetzt hier. Rührte sich keinen Schritt. *Beweg dich!* Sein Verstand schrie seinen Körper an, doch der blieb wie erstarrt.

Noah presste die Lippen aufeinander und schloss die Lider, dann drehte er sich langsam um. Die Sonne stand tief, brannte ihm im Nacken.

Sie beleuchtete das Wohnzimmer beinahe wie eine Bühne. Wie in einem Theaterstück sah er Luca hinter dem Tisch kauern.

Sie wollte, dass ich gehe. Sie wollte, dass ich gehe! Immer wieder drehte der Satz sich in seinem Kopf, vorwärts und rückwärts und im Kreis.

Ich hab darauf bestanden, dass wir zurückkommen. Es ist meine Schuld.

Der Impuls kam, bevor Noah eine bewusste Entscheidung getroffen hatte. Sein Körper duckte sich, obwohl er sicher war, dass keiner der beiden zu ihm sah, und schob sich tiefer in die Büsche. Blätter und Zweige strichen über seine schweißnasse Haut, ließen ihn zittern, obwohl ihm gleichzeitig viel zu heiß war. In diesem Teil des Gartens standen die Pflanzen dicht genug zusammen, dass er sich dahinter verstecken konnte. Vielleicht nicht für lange, aber lange genug, damit der Professor ihn nicht bemerkte und er … ja, was eigentlich?

Was für einen Unterschied könnte ich schon machen?

Sein Atem ging schwerer und seine Finger wanderten zu der Narbe, während er in die Hocke ging. Die Erde war trocken und voller Rindenstücke.

Wenn etwas schiefläuft, werde ich versuchen, ihn abzulenken, bis Verstärkung kommt. Luca hat gesagt, dass welche unterwegs ist.

Er zwang sich, tief einzuatmen, obwohl es ihm vorkam, als würde er dabei ersticken. Als er versuchte, seine Finger von seinem T-Shirt zu lösen, rührten sie sich kein bisschen. Sie hatten sich tief in den Stoff gegraben.

Warte einfach. Luca schafft das schon. Sie ist stark. Sie ist der stärkste Mensch, den ich kenne. Seine Muskeln sirrten. Mit jeder Sekunde bereute er die Entscheidung, nicht einfach über den Zaun gesprungen zu sein. Es wäre so einfach gewesen.

Blätter hingen in seiner Sicht, und doch konnte er die Szene im Wohnzimmer mit einer schockierenden Klarheit beobachten. Nie war ihm aufgefallen, wie groß ihre Fenster waren, wie massiv die Wände dazwischen. Nicht, bis Luca herumgewirbelt und über die gesamte Fensterbreite geworfen wurde – und hinter der Wand verschwand.

Ihm wurde schlecht. *Komm schon, steh auf.* Er wartete. Sein Herz schlug mit jeder verstreichenden Sekunde hohler in seiner Brust.

Doch Luca und Professor Eckart blieben unsichtbar. Eis kletterte langsam über die Scheiben. Er spürte die gewaltige Magie, die es ausstrahlte – erinnerte sich, wie es sich anfühlte, sie selbst zu nutzen.

Vielleicht sollte ich einfach mit ihm reden? Ihn irgendwie hinhalten? Noahs Kiefer pressten sich fester zusammen, während er Luca vor seinem inneren Auge immer und immer wieder über die volle Wohnzimmerlänge fliegen sah. *Komm schon, Luca. Steh auf!*

Doch sie blieb verschwunden. Sein Magen zog sich zusammen. *Verdammt.*

Da trat der Professor vor die gesplitterte Terrassentür. Seine Haare waren noch wirrer als sonst und durchwoben von Eis, die Augen groß und die Lippen so merkwürdig verzogen, dass Schatten tief in seine Falten schnitten.

Kurz blieb er im Rahmen stehen und ließ seinen Blick durch den Garten wandern. Über den Rasen, als versuche er, Noahs Fußabdrücke darauf zu erkennen, über das Industriegebiet dahinter – dann unmittelbar zu ihm.

Noahs Herz blieb stehen, vor Schreck verlor er beinahe das Gleichgewicht. *Nicht bewegen. Nicht atmen.* Sein Herz schlug so laut, dass es ihm in den Ohren hämmerte. Konnte der Professor das hören?

Doch dann wanderte der Blick weiter, hin zu der Gruppe von Bäumen, unter denen er ihm das letzte Mal begegnet war.

Noah ließ den angehaltenen Atem langsam entweichen. Er warf einen Blick zum Wohnzimmer – doch die Fenster blieben leer.

Was, wenn ...? Alles in ihm ballte sich krampfhaft zusammen.

»Komm schon«, mimten seine Lippen lautlos.

Doch statt Luca schien der Professor auf seine stumme Bitte zu reagieren. Beinahe hektisch trat er auf die Terrasse hinaus. Seine Finger zitterten. Frost schoss über den Rahmen und fror beinahe seine Hand daran fest.

Wie kann ich es nicht bemerkt haben? Ich hatte die ganze Zeit über Vorlesungen bei ihm. Ich hätte es sehen müssen. Doch während das Gras sich unter den Füßen seines Professors krümmte und gefror, wurde Noah klar, dass das keine Rolle mehr spielte. Dass die Angst und die *Hätte ich nur*-Gedanken ihn hier festhielten – ihn hilflos machten.

Er war kein Kämpfer. Nicht so wie Luca.

Aber er kannte Eckart. Er war sein Lieblingsprofessor, verdammt! Noah konnte mit ihm reden.

Während Eckart an ihm vorbeitrat, auf den Zaun zu, um die Straße hinabzusehen, zwang Noah sich, die Sekunden zu zählen. Jede von ihnen war ein Moment mehr, den die Verstärkung Zeit hatte, um einzutreffen. Ewigkeiten, und doch nur ein paar Herzschläge.

Als Eckart sich umdrehte, um die andere Richtung abzusuchen, tat Noah das Einzige, was ihm übrigblieb. Das Industriegebiet war groß, bot aber wenig Versteckmöglichkeiten. Früher oder später musste Eckart darauf kommen, dass er nicht geflohen war.

Also atmete Noah tief durch und trat aus seinem Versteck.

Den Kopf erhoben, die Schultern gestrafft und die Arme hinter dem Rücken verschränkt. Er würde sich nicht klein machen. *Nie wieder.*

Der Professor fuhr so schnell zu ihm herum, dass eine Eiswelle über das Gras auf Noah zurauschte. Sie kratzte an seinen Sneakern und er spürte die Kälte zu ihm aufwallen, rührte sich aber kein Stück.

»Sie sind in meinem Garten«, begann Noah, nicht, weil er wusste, was er damit sagen wollte, sondern, weil er das Gefühl hatte, dass Luca mit so etwas begonnen hätte. Kurz blitzte ein Bild vor seinem inneren Auge auf – ihre hängende Schulter, die aufgeplatzte Lippe. Seit dem ersten Tag, den er sie kannte, war sie immer wieder aufgestanden, egal, was sich ihr in den Weg gestellt hatte.

»Ich möchte nur reden«, betonte Professor Eckart und öffnete den Mund zu weiteren Beteuerungen, doch Noah kam ihm zuvor.

So nonchalant wie möglich breitete er die Arme aus. »Dann bitte.« Seine Hände bebten verräterisch, weshalb er sie schnell in den Taschen seiner Jeans verstaute.

Verblüfft blinzelte der Professor ihn an. Seine Lippen teilten sich, doch dann nickte er. »Danke«, sagte er leise, während das Eis zu seinen Füßen zuckte.

Der Professor zog das kleine Kästchen aus seiner Tasche. Dunkel wie angelaufenes Metall. Und edel. Je länger Noah es ansah, desto merkwürdiger erschien es ihm.

»Ich nenne es Vakuum, weil es genau so funktioniert«, erklärte Eckart ruhig – und mit einem Mal klang er so sehr wie der Professor aus dem Hörsaal, dass Noah übel wurde. Sein Gegenüber wog das Kästchen nachdenklich in der Hand. »Alles, was ich will, ist, dass du es hältst.«

Noahs Blick sprang zu den Augen des Professors. Dunkel, selbst im Sonnenlicht. »Warum?«

»Es speichert Magie, und ich will deine haben. Die, die versehentlich auf dich übertragen wurde.«

»Und dafür haben Sie Luca zusammengeschlagen?«, presste er hervor und spürte, wie etwas in ihm zu lodern begann. *Zeit. Ich muss einfach nur Zeit gewinnen. Nicht ausrasten.* Er atmete durch, versuchte, die Hitze zu bändigen.

»Ich habe versucht, es ihr zu erklären.« Eckart seufzte und hob die freie Hand, um sich damit über die Stirn zu fahren, doch dann schien er die Eiskristalle daran zu bemerken. Beinahe irritiert musterte er seine Finger, dann ließ er sie wieder sinken. Noah kannte das Gefühl. »Ich wollte mit ihr reden, wirklich.«

»Sie …«

»Nimm es einfach, dann lasse ich euch beide in Ruhe. Ich brauche nur deine Magie, dann bin ich weg. Du hättest sie nie bekommen sollen. *Bitte.*«

Noah starrte ihn an. Versuchte zu verstehen, was einen Mann so weit treiben konnte. Dass er zum Mörder wurde. »Was …«

Der Professor drückte mit dem Zeigefinger auf eine kleine Einbuchtung in dem Kästchen – und warf es Noah zu. Das metallische Klicken hallte ihm in den Ohren, während er reflexartig zugriff und das … *Ding* in seinen Fingern einschloss.

Und es *riss* an ihm.

Als würde etwas in sein Innerstes eindringen, gierig darin herumtasten, dann seine Klauen hineinschlagen und einfach reißen. Immer und immer wieder, bis er spürte, wie etwas in ihm nachgab.

Wie Splitter eines Ganzen löste sich etwas von ihm, floss über seine Arme, seine Hände, zu diesem … *Ding* hin. Noahs Blick wurde spröde, Farben und Formen verloren jegliche Tiefe. Irgendetwas in ihm verkrampfte sich verzweifelt, aber er konnte es nicht verorten. Da war nur dieses dumpfe Dröhnen, wie ein zweiter Herzschlag.

Gleichzeitig begannen die Stimmen in seinem Inneren zu schreien. Lauter als jemals zuvor. So viel *lauter.* Kein Chor mehr, keine Harmonie – entsetzte, panische Schreie.

So viel Schmerz.

Und da erkannte er sie – all die Eismagier, die gestorben waren. Übrig geblieben waren nur Fragmente, ihre Magie, die als Stimmen in ihm flüsterten und sangen und schrien und brüllten und versuchten, sich an ihm festzukrallen, bis …

Bis die erste erstarb. Wie der abrupt abreißende Hilfeschrei eines Ertrinkenden, fortgespült mit dem Rauschen des Flusses.

Und so sehr Noah sich wünschte, die Arme nach der Stimme auszustrecken, sie zu ergreifen und ans Ufer zu ziehen – sie verstummte. Und mit ihr wurde der Widerstand gegen seine Brust etwas leichter, konnte er etwas tiefer atmen.

Dann spülte es die zweite fort. Sie klang schriller als die erste, wie eine Tonfrequenz, die man nicht mehr hören, nur noch spüren konnte.

Noahs Lunge brannte. Das Atmen, bis eben nicht viel mehr als eine Metapher, wurde wieder Teil seines Körpers. Seine Knie ruhten im trockenen Gras, während seine Finger sich so fest um die Box verkrampften, dass es schmerzte.

In dem kleinen Kästchen wohnte eine solche Kälte, dass seine Finger blau anliefen.

Er riss an seinen Armen, versuchte mit aller Kraft, sie davon zu lösen, doch sie rührten sich nicht.

In seinem Kopf wimmerte es. Die letzte Stimme. Sie war leise, kein Vergleich zum Gebrüll der anderen.

Aber er hörte sie ganz klar.

Und sie war verzweifelt.

Noah spürte, wie die Hilflosigkeit in ihm wucherte. Er spannte die Arme an, die Beine, doch nichts rührte sich. Sein Körper war an dieses Kästchen gefesselt.

Ich lasse dich nicht gehen. Er versuchte, es ihr zuzuflüstern, versuchte, die kleine Stimme zu beruhigen, doch sie schrie nur weiter. Die Qualen, die sie litt, machten die Töne brüchig. Im Geiste packte er sie, schloss sie in die Arme und zog sie näher zu sich heran. Kämpfte gegen den Strom, der an seinem Innersten zerrte.

Er schwamm mit ihr gegen die Strömung, warf sich in die Wellen und ließ nicht locker, bis sie in seinem Kern anlangten. Dem, was ihn ausmachte. Der Unsicherheit, die ihn zerfraß. Der Rastlosigkeit. Seiner Leidenschaft für Mathematik, der Liebe für seine Familie. Der für Luca.

Seinem Selbstbewusstsein.

Hier bist du sicher, versprach er der Stimme – und spürte, wie sie verstummte. Weil sie ihm glaubte. Weil sie glücklich war, hier, an ihrem neuen Platz.

In seinem Herzen.

Und als hätte das den Bann gebrochen, fielen Noahs Hände so plötzlich von dem Kästchen, dass er nach vorne stürzte.

Keuchend schaute er von dem Vakuum auf, hoch zu seinem Professor, der genauso bewegungslos dastand wie zuvor.

Als hätte die Zeit stillgestanden, während ein Teil von Noah einfach weggerissen worden war.

»Es funktioniert nicht«, presste Noah hervor – und meinte es so. Auch auf die Gefahr hin, dass der Professor ihn angreifen würde, es war ihm egal.

Dieser ... Mann.

Monate seines Lebens hatte er ihm gestohlen, nächtelang den Schlaf, hatte ihm Albträume beschert, seine Eltern waren um Jahre gealtert. Und ja, Noah hatte dadurch herausgefunden, dass es Magie auf der Welt gab und wie sie sich anfühlte, hatte sie zu schätzen gelernt. War an ihr gewachsen. Und doch verstand er auf einmal, dass er sie nicht brauchte. Es war nie wirklich um sie gegangen. Doch durch sie hatte er Luca kennengelernt. Sich in sie verliebt.

Aber all das machte den Schmerz nicht wett. Nicht seinen, und erst recht nicht den der anderen Opfer.

Einen Moment glaubte Noah, dass seine Worte seinen Gegenüber gar nicht erreicht hatten. Dann sah er das feine Zucken der linken Braue, das Malmen des Kiefers. Sah es hinter der Stirn seines Gegenübers arbeiten, während Eckart versuchte, seine Überlegungen in Worte zu fassen.

Langsam richtete Noah sich auf. Der Boden schwankte, doch er hielt sich aufrecht. Der Professor sollte nicht sehen, wie schwer es ihm fiel, geradezustehen.

Eckart lehnte den Kopf von einer Seite zur anderen, ohne den Blick von Noah zu lösen – vielmehr schien er einfach durch ihn hindurchzusehen. Ein Schleier hatte sich vor seine Augen gelegt.

Doch dann blinzelte sein ehemaliger Physik-Professor und die Welt ruderte weiter.

»Ich war so sicher, dass es klappt.« Er seufzte und rieb sich mit dem Handballen über die Stirn. Während er vortrat und das Vakuum vom Boden auflas, sah er unendlich müde aus. In dem Moment, in dem er es berührte, verzog sich sein Gesicht schmerzhaft. Seine Bewegungen wurden steif, die Muskeln an seinen Armen zuckten, hoch bis zum Hals, dann begannen seine Beine zu beben. Mit einem Mal wurde die Luft spürbar wärmer.

Das Vakuum zog Eckarts Energie in sich ein. Das Klicken vorher – er hatte es aktivieren müssen, einen verdrehten Mechanismus lostreten, bevor es Noahs Magie aufsaugen konnte.

Fasziniert beobachtete Noah, wie Eckart sich aufrichtete. Als hätte er sich entschieden, es einfach geschehen zu lassen – weil sein Plan nicht funktionierte.

Nachdem er zahllose Menschen ermordet hatte, um an sein Ziel zu gelangen.

Etwas schlug in Noahs Magen auf, ein kalter, gefrorener Klumpen, und er spürte, wie das Blut ihm in den Schläfen pochte. *Atmen. Nichts anmerken lassen.*

Eckarts Blick traf ihn so unvorbereitet, dass Noah zurückgetaumelt wäre, wenn sein Körper ihm noch gehorcht hätte.

»Ich muss der Welt zeigen, wie gefährlich Magie ist, weißt du?«, knurrte Eckart leise und legte den Kopf schief, was die Sehnen an seinem Hals hervortreten ließ. Er presste er die Kiefer aufeinander, als müsse er einen Schrei unterdrücken.

»Die Magie ist so gefährlich – und niemand weiß es! Niemand. So viele sind schon deswegen gestorben, und immer wieder wird es vertuscht. ›Mit Magie kann man eh nur Taschenspielertricks‹ – *pah*!« Er zitterte am ganzen Körper, seine Hand schloss sich noch fester um das Kästchen. »Ein Unfall. Ein Steinschlag. Mehr braucht es nicht. Ein Steinschlag und sie sind *tot* und niemand sagt etwas, weil niemand weiß, was *wirklich* passiert ist. Weil er zu *feige* war und einfach geschwiegen hat! Sie waren auf der Rückfahrt von einer Schulaufführung. Sophie hat den Piraten gespielt. Und ich? Ich war *arbeiten*. Konnte nicht *weg*. Ich habe meiner kleinen Tochter gesagt, ich könne nicht kommen – wegen eines lächerlichen Projekts und ach so wichtigen Forschungsgeldern. Jetzt stehe ich hier. Alleine. Ohne sie. Weil ein einzelner Magier sich nicht im Griff hatte. *Einer.*«

Noah stolperte nach hinten, wollte sich umdrehen, wollte rennen, doch dann ließ Eckart das Vakuum fallen.

Und die Zeit gefror. Nur für einen Moment. Für einen Herzschlag.

Bis es unter Eckarts Schuh hässlich knirschte, als er das Kästchen schwungvoll zertrat.

Auch wenn Noah sie nicht sehen konnte, die Ströme von Magie – er spürte sie. In Wellen jagten sie durch ihn hindurch, bevor sie wieder aus ihm herausflossen.

Und zu Eckart zurückbrandeten. Die volle Wucht der Magie fuhr in ihn hinein und schien selbst die Luft um ihn herum zu gefrieren.

Noahs angehaltener Atem entwich als Wolke. Es schüttelte ihn, während eine Eisschicht sich um seine Füße schloss. Angst verwandelte sich in blanke Panik. Reflexartig riss er an seinen Füßen, der blinde Impuls zu rennen ließ ihn stolpern – doch das Eis kroch in Windeseile an ihm hoch. Hielt ihn fest, wuchs immer weiter.

Noah fühlte sich so hilflos wie nie zuvor.

»Ich kann die Magie erst an mich binden, wenn ich alles davon habe, verstehst du? Sie ist … ein Ganzes, wenn man so will. Eine Einheit. Einen Teil davon zu verlieren – vertrau mir, ich habe es versucht, aber es klappt nicht. *Es klappt nicht.*«

Noah fuhr zurück, doch das Eis knackte nur, schluckte seine Verwirrung.

»Ich brauche diesen letzten Teil in dir. Es ist nur ein Funke, aber ich brauche ihn. Und wenn ich ihn nicht haben kann, dann muss ich ihn vernichten. Es gibt keinen anderen Weg, ich kann nicht zulassen, dass sie einfach in jemand anderem weiterlebt.«

»Bitte«, keuchte Noah, bevor er es verhindern konnte. *Ich will nicht sterben.* Nicht hier. Nicht zu Hause. Nirgendwo. Sein Blick irrte durch den Garten. Seine Lungen brannten vor Kälte, während Eckart ein Messer aus seiner Tasche zog.

Ein Taschenmesser.

Dieses Taschenmesser.

Noah spürte, wie ihm Tränen in den Augen brannten – widersinnige, absurde Tränen, die ihm die Luft zum Atmen abschnürten. Ein Widerstand lehnte sich um seine Brust, so fest, dass er keuchte.

»Sie müssen das nicht tun. Ich … ich helfe Ihnen. Irgendwie. Das Vakuum kann man bestimmt reparieren. Die Abteilung kann Ihnen helfen.« Er redete wirres Zeug, immer weiter, konnte nicht aufhören, doch Eckart kam unaufhaltsam auf ihn zu. Und mit ihm biss das Eis in seine Haut. Es fraß sich in ihn hinein, kletterte an ihm nach oben, und es *brannte.*

»Bitte«, flehte er ein letztes Mal und suchte Eckarts Blick.

Der plötzlich zuckte.

Ein Riss, ein Keuchen, ein bebender Atemzug.

Noahs Blick schälte sich von der Gestalt, die eben noch drohend und unnachgiebig über ihm aufgeragt war, nun aber wie in Zeitlupe zu Boden stürzte – und sprang zur Terrassentür. In der Luca stand, übersät mit Schrammen, voller Blut.

Wortlos ballte sie die Magie um sich herum zusammen und trat auf Eckart zu.

Lucas Welt dröhnte. Es war, als hätte man sie in Watte gepackt. Sie ihr in die Ohren gestopft. Ihr Herzschlag war viel zu laut, und sie spürte den Atem in der Lunge rasseln.

Mühsam reckte sie das Kinn. Ihr war schwindelig, und alles, was sie im Magen gehabt hatte, hatte sich gerade schwungvoll einen Weg nach draußen gebahnt. Der Geschmack von Galle und Blut hing ihr im Mund.

All die Erklärungen. All die leeren Beteuerungen. Und dann das. Mit einem Schrei zerrte sie den Arm nach oben, alles in ihr brüllte auf. Die Feuchtigkeit in der schwülen Abendluft gefror für einen Herzschlag zu einer fließenden Säule aus atemberaubend schönen Kristallen.

Dann ließ sie sie mit Wucht auf Eckart niederrauschen. *Gefährliche Körperverletzung,* flüsterte ihr rationaler Verstand, doch das war ihr egal. Alles, was zählte, war, ihn von Noah fernzuhalten.

Eckart ruderte mit den Armen, sie hörte ihn keuchen unter dem Ansturm, der auf sein Gesicht niederprasselte. Doch sie gab nicht nach. Er war so viel stärker als sie. In einem fairen Kampf konnte sie ihn niemals besiegen.

Zumal er selbst von Anfang an nicht fair gekämpft hatte.

Sie zwang sich, hinzusehen. Zuzusehen, wie das Eis sich um sein Gesicht schloss, wie er sich hin und her warf, während er nach Atem rang. Das Schlimmste war, dass sie *wollte*, dass er keine Luft bekam. Dass er sich nicht mehr bewegte.

Luca biss die Zähne zusammen. Noah bewegte sich, doch er war nicht mehr als ein Schatten in ihrem Augenwinkel. *Wenn Eckart auf die Beine kommt, ist es vorbei.*

Bis der Professor plötzlich innehielt. Das Eis ruhte einen Moment auf seinem Gesicht – und begann dann zu beben.

In reinem Impuls warf sie sich vor Noah, gerade rechtzeitig, bevor Eckart seine Fesseln sprengte. Sie explodierten förmlich, und scharfe Splitter prasselten auf sie ein.

Luca riss die Arme hoch und formte das Eis am Boden zu einer hüfthohen Wand, hinter die sie sich wegduckte. Stille umfing sie, nur ihr schwerer Atem blieb, ihr eigener Herzschlag.

Frost betäubte ihre Haut, während Schneeflocken vom wolkenlosen Himmel auf sie herabrieselten. Sie fühlte sich federleicht, und gleichzeitig war jeder Teil ihres Körpers so unglaublich schwer, dass sie das vage Gefühl hatte, als sänken ihre Hände in den Boden ein.

Eckart prustete, bevor er in ein abgehacktes Husten überging. Luca blinzelte dem Himmel entgegen, diesem absurden Blau, bevor sie mühsam den Kopf hob und versuchte, das Bild vor ihren Augen zusammenzusetzen.

Eckart hatte sich gut drei Meter von ihr entfernt auf Hände und Knie aufgerichtet. Schnee und Eis hatten sein Hemd durchnässt und es dunkel gefärbt. Er hustete noch immer, als hätte er Wasser geschluckt, und seine Brille lag zersplittert vor ihm im Schnee.

Eine Bewegung an ihrer Seite ließ Luca herumfahren. *Noah.* Sein Bein schien verletzt zu sein, aber immerhin bewegte er sich. Mühsam schleifte er sich auf sie zu.

Luca verbiss sich ein Wimmern und sah zu Eckart. Der hatte bereits wieder die Hände gehoben. *Unerschöpflich.*

In diesem Moment hätte sie beinahe aufgegeben. *Ich kann nicht mehr.* Die Magie brannte in ihr, grub sich durch ihre Organe und fraß sich durch ihre Adern wie Feuer. Ihre Muskeln zitterten von der schieren Anstrengung, sie aufrechtzuhalten.

Und von der Verstärkung war nichts zu sehen. Wie lange hielt sie Eckart nun schon hin? Minuten? Stunden? Es kam ihr vor, als hätte sie Jahre im Wohnzimmer gelegen, eingehüllt in Schwärze und Vergessen, bevor ihre eigenen Schmerzen sie geweckt hatten.

Die Dunkelheit flüsterte ihr auch jetzt ins Ohr. Leckte an ihrem Blickfeld, verengte es zu einem schmalen Tunnel. Sie spürte, wie ihre Atmung flacher wurde, während die Kälte weiter in ihre Haut biss. Doch der Schmerz erschien ihr zunehmend weiter weg.

Schritte kamen auf sie zu, und sie fröstelte. *Nein.* Für Noah musste sie wach bleiben. *Nur noch ein bisschen.*

Ihr Verstand dichtete ihr eine Sirene unter die Melodie ihrer Muskeln, während sie mühsam den Arm hob und durch die Luft wischte. Keine Kraft mehr für Form und Anstand.

Eckart ächzte.

Sie spürte, ohne es zu sehen, wie ein Eiszapfen aus dem Boden fuhr – und ihn tatsächlich traf. Sie blinzelte, hatte nicht damit gerechnet, dass er davon in die Knie gehen würde. Wieder hob sie den Arm, ließ eine Welle durch das Eis zu seinen Füßen laufen. Ein wirres Gebilde, das Werk einer Kraftlosen. Einer Verzweifelten. Und doch stolperte er wieder.

Ich bin schwach, aber er auch. Ihre Beine zitterten, als sie sich mit einem Ächzen nach oben drückte. Ihr Atem rasselte in ihrer Brust und sie wollte husten, aber sie hatte Angst, dass sie sich dann nicht mehr auf den Beinen halten konnte. *Durchhalten. Nicht mehr lange.* Sie riss den Arm erneut nach oben – und traf wieder.

Wenn er angreifen sollte, wäre Luca zu schwach, um auszuweichen, aber sie konnte ihn zumindest am Vorankommen hindern. Sie schluckte und stellte sich breiter hin. Dann hob sie erst den einen Arm, dann den anderen, immer wieder. Ließ Eis aus dem Boden schießen wie dünne Speere, die nicht mehr tun konnten, als Eckart auszubremsen, der inzwischen seine eigenen Barrieren hochriss, wann immer sie ihn angriff.

Und es kostete sie. Ihre Kraftreserven schwanden rapide. Wie damals am See spürte sie, wie ihre Verbindung zur Realität zu brennen begann. Ihr Innerstes kochte. Sie atmete die Magie ein, die aus Eckart tropfte, und schickte sie zu ihm zurück. Wieder und wieder.

Sie trat ein paar Schritte von der Terrasse weg, um Eckart tiefer in den Garten zu treiben. Weg von ... *wo ist Noah?!*

Ein wütender Schrei ließ ihren Kopf herumfahren.

»Lass sie in Ruhe«, knurrte eine tiefe Stimme. *Noah.* Seine zu dünnen Arme hatten sich um Eckarts Oberkörper geschlungen, während er keuchend versuchte, ihn aus dem Gleichgewicht zu bringen. Luca nutzte die Chance.

Der Angriff hätte ihn von den Füßen reißen und von Noah wegstoßen sollen.

Stattdessen fing sein eigenes Eis ihn auf, während Noah hilflos zurücktaumelte.

Und dann geschah alles viel zu schnell.

Eine brüllende Welle rollte auf Noah zu und schleuderte ihn mühelos quer durch den Garten.

Hilflos musste Luca mitansehen, wie er hart gegen einen Eisstumpf am Boden knallte. Hörte ein Knacken, bei dem ihr das Blut in den Adern gefror. Sah verdrehte Arme, verdrehte Beine, eine rote Blume, die auf dem Eis erblühte.

Etwas begann in Lucas Brust zu pendeln. Hin und her, taumelte, direkt über dem Abgrund. Sie hörte ein Knacken, ein Bersten, und spürte, wie etwas in ihr zerbrach. Wie all die Fesseln, all die jahrelang auferlegten Bürden einfach von ihr abfielen.

Eis begann aus dem Boden zu reißen. Gras, Erde, Luft, alles schien zu vibrieren und ballte sich um sie zusammen.

Jemand schrie – ein animalischer Laut von so unermesslicher Tiefe, erfüllt von so viel Schmerz und Wut, Angst und Hass, dass Luca gar nicht erkannte, dass es ihre eigene Stimme war.

21

Es war, als hätte sie etwas Schwieriges verstanden. Eine Gleichung vielleicht, ein Problem endlich gelöst, eine Erkenntnis erlangt, die ihr Vater ihr seit Jahren hatte mitgeben wollen.

Luca spürte, wie ihre Kehle eng wurde, und statt wie sonst alles herunterzuschlucken, statt die Enge noch erdrückender zu machen, ließ sie die Emotionen das sein, was sie waren: brechend und unkontrollierbar.

Ihre Magie suhlte sich darin. Als hätte sie die ganze Zeit versucht, mit den Händen Wasser aus einem See zu schöpfen – das Meiste war ihr längst durch die Finger geronnen, bevor sie auch nur einen Schluck nehmen konnte.

Jetzt dagegen ...

Lucas eigener Schrei brannte in ihrer Kehle, brachte sie zum Zittern, während ihr Inneres so laut brüllte, dass sie es gar nicht mehr hörte. Eis gefror ihre Wunden. Schnellte aus dem Boden. Brachte die Luft zum Klirren.

Noah. Wegen ihm stand sie hier, für ihn hatte sie das alles auf sich genommen, alles gegeben, so viel gelernt. Sich selbst neu erfunden.

Aber nicht nur für ihn – das wurde ihr jetzt klar. Auch für sich selbst. Weil sie mehr sein wollte. Weil sie *leben* wollte.

Und Eckart hat ihn auf dem Gewissen. Sie spürte, wie ihre Magie unter dem Gras entlangschoss, unmittelbar auf Eckart zu. Er stolperte nach hinten, riss hastig einen Arm empor, und ihr Angriff bröckelte nutzlos an seiner Barriere ab.

Während Luca Atem schöpfte, wurde es still.

»Ich wollte nicht, dass das passiert«, durchbrach Eckart die Pause und deutete auf Noah. Mit einem heftigen Rucken schlug ein Stück Eis nach seiner Hand – er hatte nicht das Recht, Noah darzustellen, als wäre er nicht mehr als ein Kollateralschaden.

»Ich weiß, ich bin zu weit gegangen. Ich …«

Doch Luca ließ ihn nicht ausreden. Was ihre Magie dem Professor entgegenschleuderte, war in seiner Form nicht größer, nicht dichter oder härter als bisher. Aber es kam schneller, gezielter. Sie rief es aus einem Impuls heraus, folgte reinem Instinkt, keinem klaren Gedanken – so wie früher. Als sie noch klein gewesen war. Ihr Vater hatte Recht gehabt: Es war wie atmen.

Aus Eckart brach weiter Kälte heraus. Beherrschte sie den Bach, so gehorchte ihm ein Ozean. Aber sie spürte all seine Manöver in der Luft wie Regen – seine Angriffe waren vage, ungerichtet. Er reagierte aus purer Panik heraus, hatte seine Kräfte nicht unter Kontrolle. Und so konnte sie sehen, was er vorhatte, bevor es passierte. Und noch wichtiger: ausweichen.

Mit jedem Gegenangriff bewegte sie sich ein Stück auf Noahs reglosen, verdrehten Körper zu. Sobald sie sich nah genug glaubte, riss sie einen Wall zwischen ihnen und dem Professor in die Höhe. Während Frost wie eiskalter Regen auf sie herabrieselte, zwang sie sich, die Augen zu schließen. Sich zu beruhigen.

Es war keine Sache des Sehens, des rationalen Verstandes, was sie hier tat. Es war ein Fühlen, ein Ahnen. Sie musste ihrer Magie vertrauen, wie sie lange nichts mehr vertraut hatte.

Sie ruckte mit dem Kopf, spürte, wie der Boden zu Eckarts Füßen sich zusammenballte und hochzuckte – hörte ein Ächzen. Es brauchte keine großen Angriffe, um einen Mann wie ihn zu Fall zu bringen. Er war unerfahren im Nahkampf, unkreativ in den Möglichkeiten, die sich einem Eismagier boten. Ein fester Stoß in die Kniekehle reichte aus, damit er zu Boden ging.

Ihr Kopf ruckte in die andere Richtung. Dieses Mal war der Aufprall dumpfer, und das Eis unter seinen Händen knackte. Feine Risse breiteten sich in Windeseile bis zu Luca aus.

Schnell schlug sie die Augen auf und drehte sich um. Durch ihre Barriere sah sie nur die verschwommenen Konturen ihres Gegners, spürte aber, wie er sich wieder hochdrückte. Ihre Lippen kribbelten, die Haare an ihrem Nacken stellten sich auf.

»Bereuen Sie es? Irgendetwas davon?«, rief sie. Ihre Stimme bebte. Luca spürte einen Orkan in sich toben, der die Wellen ihres Seins immer höher warf.

Eckart stockte. Atmete aus. »Nein.«

Sie spürte, wie sich ihre Lippen aneinander rieben. »Warum nicht?«

»Weil ein paar Leben nicht das aufwiegen können, was passiert ist. Was noch passieren wird, wenn weiter niemand hinsieht.« Er holte tief Luft und sagte: »Magier sind gefährlich.«

Beinahe hätte sie bitter aufgelacht, die Absurdität dieser Worte vibrierte in ihrer Brust. »*Menschen* sind gefährlich.«

»Und Magie soll nur die sprichwörtliche Waffe sein, die darauf wartet, benutzt zu werden?«

»Sie haben bereits mehr Menschen umgebracht als alle Magier, die ich kenne, zusammen.«

»Und Ihre Zahlen sind ja so repräsentativ. Viele Beamte wissen nicht einmal, dass es euch gibt!«, spottete er. Luca spürte, dass hinter seinen Worten eine tiefere Geschichte lag. Ein Schicksal, das darauf wartete, ans Licht zu kommen. Das so lange im Dunkeln verborgen geblieben war, dass es angefangen hatte, zu verfaulen.

Sie legte eine Hand auf Noahs Arm, tastete nach seinem Puls. Spürte ihn fest und regelmäßig gegen ihre Finger pochen. Ein leises Schluchzen entschlüpfte ihr. »Ich verstehe Ihren Schmerz.« Sie musterte den schemenhaften Eckart. Er stand tatsächlich da und wartete darauf, dass sie ihm zustimmen würde.

»Ich habe meine Mutter verloren – aber nicht an Magie, sondern an eine Krankheit. An ihren eigenen Körper, wenn Sie so wollen. Das, was Sie sich einbilden zu jagen, ist ein Sündenbock, nichts weiter. Sie wollen wütend sein, finden aber kein Ziel.« Hitze ballte sich in Luca zusammen. Das Eis zu ihren Füßen bäumte sich auf. »Sie sind ein armer, kümmerlicher Mann, der Menschen *ermordet*, weil er meint, er wäre anders als sie. *Besser* als sie.«

Sie sah seinen Schatten zusammenzucken und spürte, wie das Eis unter ihm erbebte. Langsam fuhr sie sich von innen über die Zähne und schmeckte Blut.

»Es interessiert mich nicht, was für eine Geschichte Sie haben. Was Sie zu dem gemacht hat, der Sie heute sind. Nichts kann den Schmerz rechtfertigen, den Sie selbst in die Welt gebracht haben. *Sie* sind das Monster, und wenn Sie das immer noch nicht erkannt haben, sind Sie wirklich bemitleidenswert.«

Ihr Blick fiel auf Noah. Sein Gesicht lag von ihr weggedreht, aber seine Brust hob und senkte sich gleichmäßig. *So viele Schicksale ...*

In der Ferne hörte sie die ersten Sirenen über die Kirmesmusik hinwegschreien. Diesmal waren sie echt.

Bald ist es vorbei. Halte noch ein bisschen durch.

Als hätte er ihren Gedanken gehört, öffnete er blinzelnd die Augen. Das Braun darin war so hell, dass es Luca den Atem verschlug.

»Pass auf«, wisperte Noah. »Er ... pass auf!« Dann hustete er heftig.

Was ...? Luca hatte gerade noch Zeit, ihren Schutzwall zu verstärken und sich schützend über Noahs Körper zu werfen, bevor der Angriff mit solcher Wucht dagegenschlug, dass sie die Druckwelle in allen Knochen spürte.

Eine endlose Flutwelle brandete dröhnend gegen ihren Schutzwall, während sie sich schwer atmend an Noah klammerte. Ihr Herz bebte, und sie spürte, wie ihr Schild knirschte. *Eis, so viel Eis!* Alles in ihr brannte.

Und Eckart hörte nicht auf.

Er warf mit Magie um sich wie ein Wahnsinniger. Schwarze Punkte tanzten vor ihren Augen, ein wilder Reigen, der sich immer schneller drehte. Sie spürte die Kälte über ihre Haut hinwegfegen, und doch war ihr brennend heiß, ihr Hemd von Schweiß getränkt. *Ich krieg keine Luft!*

Sie biss die Zähne so fest zusammen, dass die Muskeln an ihrem Hals zu zittern begannen, während sie um sich herum nur noch beißende Kälte spürte. Die schiere Wucht, mit der Eckarts Magie gegen ihren schmalen Schild schlug, war mehr, als sie ertragen konnte.

Blind hob sie die Hand. Riss Splitter aus dem Boden, schleuderte sie ihm entgegen. Nichts. Er machte einfach immer weiter, als würde er den Schmerz gar nicht wahrnehmen.

Ich krieg keine Luft mehr. Ich krieg keine Luft mehr! Keuchend atmete sie ein, doch ihre brennenden Lungen wollten sich nicht füllen. Einen Moment lang war sie wieder unter Wasser, ertrank.

Noch mal. Noch mal. *Noch mal!*

Und schließlich traf sie.

Eckart schrie auf und stürzte. Der unaufhörliche, unnachgiebige Orkan ebbte endlich, endlich, *endlich* ab.

Dieser Mann war nie ein Kämpfer gewesen. Nur ein ganz normales Monster.

Die Welt schwankte wie auf hoher See. Ihm war speiübel, und es rauschte laut in seinen Ohren.

Und es war so *kalt*. Schnee rieselte auf ihn nieder, während Eis über ihm gen Himmel wuchs, das letzte Blau des Tages verschluckte.

Seine Wahrnehmung trudelte, das Außen verlor jede Bedeutung, während die Welt um ihn herum dunkler wurde.

Dann spürte er eine Berührung an seiner Schulter, und es durchzuckte ihn wie ein elektrischer Schlag. *Luca*. Sie beugte sich über ihn, schirmte ihn gegen die Kälte ab.

Er spürte den Würgereiz in seiner Kehle sitzen. Also versuchte er, durch die Nase Luft zu holen. Versuchte, sich vorzustellen, wie der Atem an seiner Nasenspitze entlangglitt. Suchte in all dem Chaos einen Ruhepol, versuchte, zurückfinden zu der leisen Stimme in seinem Inneren.

Doch er war so müde.

Schwärze überfiel ihn, kroch durch seine Knochen, legte sich über seine Glieder und ließ sie schwer werden wie Blei. Luca bewegte sich, kaum mehr als ein undeutlicher Schemen, und plötzlich legte sich ein Schatten über ihn. Kalte Tropfen stürzten auf sein Gesicht, doch er hatte keine Kraft mehr, um sie fortzuwischen.

Luca lauschte in sich hinein. Spürte ihre Atmung, ihren Herzschlag, und nach und nach streckte sie ihre Wahrnehmung zu ihren Gliedmaßen aus. Sie kniete neben Noah, so nah, dass ihr Oberschenkel seine Seite berührte. Über ihnen hatte sich eine Decke aus Eis aufgespannt, durchsichtig und wunderschön im letzten Sonnenlicht.

Vage hörte sie Stimmen aus dem Haus, Schritte, und beinahe hätte sie vor Erleichterung aufgeschluchzt.

»Im Garten! Achtung, er ist sehr gefährlich!« Ihre eigene Stimme kam ihr viel zu schrill vor.

Vorsichtig schielte sie um ihren Eispanzer herum und versuchte, einen Blick auf Eckart zu erhaschen. Er lag am Boden, schien sich gar nicht mehr zu rühren. Nur sein Oberkörper zitterte, als würde er weinen. »Wäre ich nur mitgefahren … Hätte ich auf den Studenten damals gehört, als er …« Der Professor murmelte wirr, und Luca begann zu ahnen, dass es ihm ein wenig wie ihr ging – die Schuld des Überlebenden.

Vielleicht.

Er wimmerte weiter und sie hörte seinen Schmerz, doch sie *wollte* ihn nicht verstehen. Egal, was ihm passiert war – das hier war mit *nichts* zu rechtfertigen.

Langsam kroch sie aus ihrem Versteck hervor. Noahs Fuß war im Eis eingeschlossen worden, das wie eine abstrakte Skulptur wirkte.

Abwesend strich sie mit der Hand darüber, während sie sich Eckart näherte. Ihre Muskeln schrien und ihre Sicht trudelte, aber ihre Füße glitten sicher über den spiegelglatten, gefrorenen Boden.

»Keine Bewegung!« Eine Stimme von der Terrassentür aus.

Das Geräusch einer Waffe, die entsichert wurde, hatte ihr schon immer eine Gänsehaut über den Rücken gejagt.

Doch in diesem Moment wäre sie vor Erleichterung beinahe in sich zusammengefallen. Tränen der Dankbarkeit stiegen in ihr auf, als sie den jungen Polizisten im Türrahmen stehen sah, sein Partner direkt hinter ihm.

Denn eins war für sie klar: Menschen schlugen Magie. Kein Magier war schnell genug, um eine Kugel aufzuhalten.

Keuchend sank sie auf die Knie und grub die Hände in den Schnee, der den Boden bedeckte. All die Magie, die sie an sich gerissen hatte, ließ sie mit einem Schlag los – und damit brach das verbliebene Eis um sie herum mit lautem Krachen in große Brocken entzwei.

Eine Hand legte sich auf ihre Schulter. Sie war zu müde, um sie wegzuschlagen. Ihre Knie zitterten, als sie versuchte, sich aufzurichten, doch die Frau – eine Sanitäterin, nach der Uniform zu schließen – drückte sie sanft wieder zu Boden.

»Frau Wittek, richtig? Mein Name ist Megan Carter. Können Sie mich hören?«, fragte sie mit einem schweren, britischen Akzent. Ihre Rs rollten weich über sie hinweg, während die restlichen Konsonanten ihr wie Splitter unter die Haut fuhren.

Luca gestikulierte mit der Hand vage hinter sich. »Sie müssen sich um Noah kümmern. Ich bin okay. Nur ein kleiner Schock«, murmelte sie und merkte im gleichen Moment, wie ihre Perspektive zur Seite kippte – dann spürte sie die nasse Kälte im Rücken. Die Sanitäterin sprach weiter beruhigend auf sie ein, während sie ihre Wunden abtastete.

Luca hörte nicht zu. Ihr Blick hing an dem unförmigen Haufen aus Eis hinter ihr. An dem Sanitäter, der Stücke davon beiseiteschob, bis eine Hand darunter zum Vorschein kam.

Noah.

Der Sanitäter rief hastig einen zweiten herbei. Begann mit der Herzdruckmassage.

Kein Puls.

Mühsam versuchte sie, sich aufzurichten. Ein Schluchzer rann durch ihren Körper, brachte ihre Kehle zum Hüpfen. Obwohl sie gedacht hatte, längst alle Feuchtigkeit in ihrem Körper verbraucht zu haben, rannen ihr Tränen über die Wangen.

»Frau Wittek? *Frau Wittek?!*« Die Sanitäterin drückte sie vorsichtig, aber bestimmt zu Boden. »Wenn Sie sich bewegen, reißen Ihre Verletzungen wieder auf, Sie dürfen nicht …«

»Meine Magie hält sie zusammen. Kein Problem«, keuchte Luca. Ihre Lippen waren taub, und sie spürte, wie etwas in ihr zu verdorren begann. Wie heftig sie auf Noahs Brustkorb eindrückten, durfte das so sein? War das schnell genug? Erste Hilfe war Teil ihres Trainings gewesen, doch in ihrem Kopf sprangen die Gedanken wild durcheinander, nichts schien mehr richtig zu sein.

»Ich muss Sie wirklich bitten, ruhig zu bleiben.« Frau Carter half ihr in eine sitzende Position, machte aber deutlich, dass mehr nicht drin war. Sie positionierte sich zwischen ihr und Noah und lehnte sich bedeutsam in Lucas Gesichtsfeld.

Luca schluchzte und versuchte, die Sanitäterin beiseitezuschieben. Sie bemerkte kaum, dass ihre Hände voller Blut waren, die Knöchel aufgerissen. Wie die Adern durch ihre bleiche Haut schienen.

Aber nicht so bleich wie Noah. Hilflos verfingen sich ihre Hände in der Uniform der Sanitäterin, die ihre Finger sanft löste und sie vorsichtig drückte. »Frau Wittek, bitte. Meine Kollegen sind sehr gut in ihrem Job. Wir geben unser Bestes, damit es ihm wieder gut geht.«

Ich kann ihn nicht auch noch verlieren. Da lag sie wieder, ihre Mutter in ihrem Krankenbett am Fenster. Blass und erschöpft. Mit all den Schläuchen, all den Maschinen um sie herum, die sie am Leben hielten, aber letztlich doch nicht retten konnten.

Luca wimmerte, spürte, wie ein heftiges Schütteln sie durchfuhr – dann war die Welt nur noch ein wirres Chaos aus Sanitätern, Polizei und Feuerwehr. Entsetzten Rufen, Knacken und Knarzen, geflüsterten Worten und aufgeregten Rufen.

Irgendwann ruckte etwas in ihr. Ein Puzzleteil, das sich falsch anfühlte, weil es nicht das richtige Muster hatte, aber irgendwie trotzdem an die Stelle passte.

Und dann saß sie im Krankenwagen vor dem Haus der Mertens'. Noah auf einer Trage neben ihr. Die Sanitäter hatten versucht, Luca in einen zweiten Rettungswagen zu verfrachten, aber sie hatte sich mit Händen und Füßen gewehrt, bis sie schließlich nachgegeben hatten. Alles in ihr war taub und leer. Alles, was sie brauchte, war Noah. Nur ihn, dann würde alles wieder gut werden.

Noahs Liege klapperte wie Knochen, die gegeneinanderschlugen. Es hatte nicht lange gedauert, bis sie seinen Puls zurückgeholt hatten. Polizisten hatten versucht, Luca zu befragen, aber ihre Lippen zitterten tonlos, kein Wort kam darüber. »Er ist stabil« war alles, was zu ihr durchdrang.

»Es ist zu spät.«

Die Stimme brach durch ihren Verstand wie eine Flut, füllte sie bis zum Scheitel. Langsam, ganz langsam, schälte sich ihr Blick von Noah – und wanderte zu Eckart.

Ihre Lippen lösten sich von ihren Zähnen und das Eis in ihr begann wieder zu kochen. Sie hatte keine Magie mehr übrig, die sie ihm entgegenschleudern konnte – oh, aber sie wollte. Sie wollte ihm *wehtun.*

»Ich habe den ganzen Kampf mit meiner Bodycam aufgenommen. Das Video wurde in Echtzeit auf allen Nachrichtenplattformen hochgeladen, die Sie sich vorstellen können. Eine Kopie an alle meine Arbeitskollegen geschickt. Gleichgesinnte.« Eckart grinste triumphierend, als kümmere ihn die Waffe gar nicht, die ein Polizist weiter auf ihn richtete. Dann schaute er zu ihr auf – und das Lächeln verblasste. Er war nicht mehr als ein einzelner Mann, ein Verrückter, der in seinem persönlichen Verlust ertrunken war. »Die Welt wird erfahren, wozu Magie fähig ist«, flüsterte er heiser, doch seine Worte klangen hohl in ihren Ohren.

Luca erwartete beinahe, dass die Welt sich auf sie zubewegen, das Universum ihr Eckart ausliefern würde. Doch als nichts geschah, sprang sie aus dem Wagen und ging auf ihn zu. Die umstehenden Polizisten waren entweder zu perplex, um zu reagieren, oder sie spürten selbst jetzt, in ihrem erbärmlichen Zustand, die Autorität, die sie ausstrahlte.

Ganz egal.

Alles egal.

Sie holte Schwung und schlug Eckart mitten ins Gesicht. Ihre Knöchel rissen wieder auf und hinterließen blutige Spuren auf seiner Wange.

Ein Polizist griff nach ihr, und sie ließ es zu. Ließ zu, dass man sie wegzog von Eckart, sah, wie weitere Waffen gezogen wurden.

»Nehmen Sie das auch auf Video auf?«, knurrte sie und sah Eckart direkt in die Augen. »Sie haben es einfach nicht begriffen: Es ist niemals die Magie gewesen, die Grausames tut. *Wir* sind es. *Menschen* sind grausam.«

Sie sah nicht mehr, wie er abgeführt wurde. Die Sanitäter riefen, dass sie fahren mussten, und müde drehte sie sich um und ging zurück zum Rettungswagen.

Kurz hatte sie überlegt, ob sie bleiben sollte. Ihre Aussage direkt machen, damit sie es hinter sich hatte.

Aber als sie ihre Hand in Noahs schob und seine Wärme spürte, seufzte sie nur. »Ich bin im Urlaub.« Die Augen geschlossen, ließ sie den Kopf nach hinten fallen, und für einen Moment hatte sie den Eindruck, als hätten sich Noahs Finger fester um ihre geschlossen.

22

»Die Entlassung ist also amtlich?«

Luca nickte knapp. »Also offiziell habe ich ja gekündigt.« Sie verfolgte mit den Augen ein paar Vögel, die sich höher in die Lüfte schwangen. Etwas in ihr zuckte. Wollte sie lächeln? Sie horchte in sich hinein, doch das Gefühl blieb zu vage, um es zu verstehen.

Die Sonne tanzte auf ihrer Haut, durchwob sie mit der Hitze, die der Sommer zu bieten hatte. Seufzend lehnte Luca sich auf ihrer Bank zurück, auch wenn das Steinmonster unbequem war.

»Ich habe gekündigt«, murmelte sie, wie um es sich selbst zu bestätigen. Das, was nicht auf dem Papier stand, war die Begründung dahinter. Romantische Beziehung zu einem Klienten, fahrlässige Gefährdung ihres Klienten, Sachschaden in ... erheblicher Höhe, Anwendung von Gewalt gegen einen gestellten Straftäter. Die Abteilung hatte jedes Recht, sie gehen sehen zu wollen.

Außerdem war sie verpflichtet, sich in psychotherapeutische Beratung zu begeben, um die traumatischen Erfahrungen der letzten Wochen aufzuarbeiten und »ihre Aggressionen in den Griff zu kriegen«. Luca vermutete eine Formsache, damit die Abteilung Klagen von sich weisen konnte.

Und doch ... Da war das Kribbeln in ihrem Inneren, tief, tief drinnen. Unter all den Narben spürte sie es wie einen pochenden Herzschlag, den man zwar nicht sehen konnte, aber wenn man sich nah genug heranlehnte, dann wurde er hörbar. »Ja, ich habe gekündigt.«

»Ich bin stolz auf dich.« Eine Hand fand den Weg in ihre und drückte sie. Ihr Herz machte einen Sprung, und sie schloss die Augen.

Nur wenige Studenten irrten momentan über den Campus. Wie viele von ihnen wussten, was passiert war? Das Video war viral gegangen, trotz all ihrer Bemühungen hatten die Menschen sich auf die paar Minuten Kampf gestürzt wie wilde Tiere. Es wurde geklickt, analysiert, rumdiskutiert, und so sehr einige auch versuchten, es als Fake abzutun ...

Nun, was daraus erwuchs, würde sich zeigen.

Aber das ist nicht mehr mein Problem. Bei diesem Gedanken blühte ein Lächeln aus ihr heraus, drang unaufhaltsam an die Oberfläche und ließ ihr ganzes Gesicht erstrahlen.

»Was grinst du so?« Noahs Daumen strich über ihren Handrücken und sie blinzelte ihn gegen die Sonne an.

»Ich werde Ärztin«, stellte sie fest. Eine Tatsache, die sie sich in den letzten Tagen immer wieder vorgesagt und mittlerweile mit Studienplatzbewerbungen unterfüttert hatte.

Professor Eckart dagegen saß in Haft – nachdem er die gestohlene Magie in ein weiteres Vakuum aus seinem Labor eingeschlossen hatte. Freiwillig, beinahe zufrieden, so stand es im Bericht. *Er scheint seine Aufgabe tatsächlich ernst zu nehmen.*

Noah richtete die Krücken, die neben seinem verletzten Bein an der Bank lehnten, und grinste so breit, dass es die Schrammen in seinem Gesicht verzog.

Morgen würde er aufbrechen in die erneute Reha, all die Verletzungen kurieren. *Aber heute noch nicht.*

»Du wirst bestimmt eine tolle Ärztin«, stimmte er zu. »Und im Zweifelsfall kann ich dir gerne noch Nachhilfe geben. Du weißt schon – wie man mit Menschen umgeht.«

Wäre er nicht immer noch verletzt, hätte sie ihm gegen die Schulter geboxt, doch stattdessen drückte sie seine Hand nur etwas fester als nötig.

Noah lachte.

»Dir ist aber bewusst, dass ich Chirurgin werden will?«

Er zuckte mit den Schultern. »Da muss man auch Beratungsgespräche führen.«

Sie wollte gar nicht daran denken, wie alarmiert die Ärzte ausgesehen hatten – so ruhig und beherrscht die Sanitäter sich auf den Weg gemacht hatten, so ungewiss war Noahs Schicksal gewesen, während sie darauf wartete, dass er aus dem OP kam, und der viel zu vertraute Geruch nach Desinfektionsmittel sie umarmte.

»Ich bin froh, dass es dir gut geht«, flüsterte sie und spürte, wie die Tränen von innen gegen ihren Hals schlugen. Seitdem sie im Krankenwagen angefangen hatte zu weinen, fiel es ihr viel schwerer, sie zurückzuhalten.

Noah lächelte sanft und strich ihr eine Träne von der Wange. *Und genau dafür liebe ich ihn.* Der Gedanke hatte sie vor einigen Tagen getroffen, einfach so. Sie war joggen gewesen, hatte die Erinnerungen der vergangenen Wochen und Monate vor sich ausgebreitet, im Geiste ihre Kündigung als Schlusspunkt danebengelegt und darüber nachgedacht, wo es für sie von nun an hingehen sollte.

Und dann war Noahs Gesicht vor ihrem inneren Auge aufgetaucht – so klar und deutlich, als stünde er leibhaftig vor ihr. Und ihr Herz hatte einen Satz gemacht. Sie war beinahe gestolpert, als sie endlich verstand. Als sie endlich verstand, was ein Teil von ihr schon seit Langem wusste.

Sie blickte in diese Augen, die auf ihr ruhten wie ein Teich im warmen Sommerlicht. Wie viel Beständigkeit sie ihr schenkten, wie viel Ruhe. Frieden.

»Luca …«, hauchte er, und sein Blick rutschte hinab zu ihren Lippen.

Ihr Mund wurde trocken, während sie sich nach vorne lehnte und …

Die mit einem Zischen auseinandergleitenden Türen des Unigebäudes unterbrachen sie. Schnell schaute sie weg, drückte sich hoch und hielt Noah die Hand hin. »Wollen wir?«

Irgendetwas furchte seine Stirn – war es die Sonne, die ihn blendete? Luca drängte den Gedanken beiseite. Sie brauchte nicht jedes Gefühl zu verstehen, nicht immer.

Noah seufzte leise, dann ergriff er ihre Hand und zog sich umständlich in den Stand, bevor er sich mit einem Arm auf sie, mit dem anderen auf seine Krücke lehnte und zum Eingang zu humpeln begann.

Immer mehr Studierende strömten nach draußen, verfingen sich in einzelnen Grüppchen und begannen wild mutmaßend zu gestikulieren. Die Sonne brach sich in den Scheiben des Instituts, nervöse Seufzer wurden laut, durchbrochen von leisen Triumphrufen.

»Hast du auch nichts rausbekommen für Nummer drei?«

»Das war doch Wahnsinn, oder?«

»Ach, bei mir lief's ganz gut.«

Es war Simon, der sie als Erster entdeckte. Er lächelte, doch in seinen Augen ruhte eine vage Distanz, als stecke er mit seinem Kopf noch mitten in den mathematischen Formeln.

Um ehrlich zu sein, verstand Luca kein bisschen von dem, über das sie da ihre Prüfungen schrieben. Aber sie konnte sich noch gut an ihre eigenen durchgemachten Nächte erinnern, an die Verbissenheit, mit der sie über den Büchern gebrütet hatte. Zwischendurch hatte sie immer wieder ihr Trinkglas ein- und anschließend wieder entfroren, einfach, um sich abzulenken.

Sie erinnerte sich auch an das Gefühl, wenn die Prüfungen vorbei waren. An das befreiende Hoch, bei dem man sich nicht traute, nach unten zu sehen.

Auch wenn sie seitdem viel mehr erlebt, viel mehr gesehen, viel mehr verloren hatte als eine gute Note, wurden auch Prüfungen nie zu einer Nichtigkeit.

»Und? Wie ist es gelaufen?«, fragte Noah, noch während er umständlich auf die anderen zuhüpfte. Mia, Isabell und Felix standen bereits beisammen, ein paar andere gesellten sich dazu, deren Namen Luca vergessen hatte.

»Ganz gut eigentlich«, begann Simon, bevor jemand die »Aber Nummer drei war doch furchtbar, oder?«-Frage stellte.

Die Diskussion, die daraufhin entbrannte, rauschte einfach über Luca hinweg. Aber sie bemerkte, dass Noah heftig miteinstieg, vorsichtig mitlachte und wild gestikulierte. Dass er sich immer schwerer auf sie lehnte, verriet sie weder ihm noch den anderen. Es war seine Entscheidung gewesen, herzukommen – seine Verletzungen mochten frisch sein, aber er hatte sich einen Tag Normalität mehr als verdient.

Also lauschte sie mit halbem Ohr und beobachtete fasziniert diese begeisterten Gesichter. Wie sie gemeinsam lachten, sich gegenseitig ins Wort fielen, alle gleichzeitig aufstöhnten. Und sie stellte fest, dass sie sich daran gewöhnen könnte. Sie war nie ein Mensch mit vielen Freunden oder auch nur der vielen Worte gewesen. Aber so viel hatte sich in letzter Zeit geändert.

»So, aber jetzt rück mal raus«, unterbrach Franco die eifrige Diskussion und wies bedeutsam von Noahs Krücke auf Luca und wieder zurück.

Noah furchte die Stirn. »Was meinst du?«

Luca überlegt, ob diese direkte Frage sie nervös machte, und tatsächlich schepperte etwas in ihrem Inneren – doch dann lächelte sie bloß. Ein feines, zufriedenes Lächeln schlich sich auf ihre Züge.

»Naja, also das Video ... das haben wir ja alle gesehen ...«, begann Isabell, doch Felix unterbrach sie.

»Die *ganze Stadt* hat es gesehen.«

»Aber nicht, worum es da eigentlich ging«, schloss Isabell schnell. »Alle diskutieren, aber niemand versteht es. Was ist da eigentlich passiert?«

»Ja, genau. Wer ist Luca eigentlich?«

Während des fröhlichen Gelächters, das darauf folgte, grub sich Noahs Hand fester in ihre Schulter. Niemand veränderte sich über ein paar Wochen so sehr, dass er zu einem völlig anderen Menschen wurde.

Aber Noah war in dieser Zeit zu jemandem geworden, der mehr sein *wollte.*

»Also deine Mentorin ist sie definitiv nicht.«

»Nicht mehr zumindest«, antwortete Luca und lächelte wieder. Sofort wurde es still, und Felix blieb beinahe der Mund offen stehen.

»Du kannst Mathe?«

Luca lachte auf. »Nein, kein bisschen.«

»Was für eine Art Mentorin warst du dann?«

Ihr Blick zuckte zu Noah und sie überlegte, ihn sanft anzustoßen, doch dann begriff sie, dass es an ihr war, diesen Teil der Geschichte zu erzählen.

Das hier war nicht mehr nur Noahs Geschichte. Es war auch ihre. *Unsere.*

Also erzählte sie, was passiert war. Ergänzte in Gedanken all die Gefühle und Erinnerungen, die sie mit ihm geteilt hatte.

»Magie?!«, polterte einer los, während die meisten anderen Grüppchen um sie herum sich bereits langsam auflösten und sich als geschlossener Strom in Richtung Mensa schoben. Doch Noahs Gruppe blieb, wo sie war, gefesselt von der Erzählung. »Also du warst quasi seine ... Zauberlehrerin?«

Luca schmunzelte, ein paar lachten, doch statt etwas zu erwidern, ließ sie eine dünne Eisschicht unter die Füße der anderen fließen.

Und sie rutschten und schlidderten, schrien überrascht, kicherten begeistert – und Simon flog schwungvoll auf den Allerwertesten. Doch statt zu fluchen, lachte er nur und schüttelte den Kopf, als könne er es immer noch nicht glauben.

»Ich war seine Lehrerin, aber ich habe gekündigt«, erklärte sie ruhig und schloss ihre Hand fester um Noahs. Ihr Herz pochte wie wild. So viele Wahrheiten in so kurzer Zeit.

Auch Noah neben ihr war still geworden. Vorsichtig hob sie den Blick, traute sich kaum, ihm in die Augen zu schauen – doch darin fand sie nur Stolz.

Da waren sie wieder, die Tränen, doch schnell blinzelte sie sie weg und schaute zu den anderen.

»Warum? Ist Noah ein so schlechter Schüler?«, kicherte Isabell und blinzelte ihm verschmitzt zu.

»Meine Magie war nur geliehen – ein Unfall, der sich mit der Zeit selbst korrigiert hat. Dank Professor Eckart habe ich inzwischen praktisch keine magischen Fähigkeiten mehr.« Vielsagend hob er die Hand, die nicht Lucas hielt, und ließ ein paar vereinzelte Eisflocken zu Boden rieseln.

»Also du *warst* ein schlechter Schüler«, feixte Felix, während er Anlauf nahm und mit Schwung über die Eisfläche schlitterte.

»Nein, Luca ist einfach nicht mehr meine Lehrerin.«

»Und was ist sie dann?« Isabell musterte die beiden, als hätte sie die Antwort längst gefunden, könne sich aber die Frage einfach nicht verkneifen.

Noahs Augen huschten durch die Gruppe, fuhren über die Gesichter seiner Freunde. Dann straffte er die Schultern und lächelte breit. »Sie ist meine Freundin.«

Die plötzliche Stille hallte in Luca nach. *Meine Freundin.* Sie hatten nie darüber gesprochen, vielleicht, weil nie der richtige Moment gewesen war, vielleicht … vielleicht, weil sie Angst davor gehabt hatte.

Ohne ihr Zutun spürte sie, wie sich etwas in ihr zusammenzog.

»Sie scheint das nicht so zu sehen«, lachte Franco, wofür er gleich mehrere Ellenbogen abbekam.

Sie schaute zu Noah und stellte fest, dass seine Mundwinkel sich unsicher nach unten zogen. *Sehe ich es nicht so?* Sie lauschte in sich hinein und versuchte zu verstehen, was es war, das sie fühlte.

Doch alles, was ihr entgegenwehte, war Wärme. Dieses Grinsen, das sich unwiderstehlich auf ihre Lippen stahl, wenn sie daran dachte, wie pedantisch Noah letztens sein Zimmer aufgeräumt hatte. Das Gefühl, weinen zu müssen, wann immer sich seine Arme um sie legten und sie sich einfach nur *geborgen* fühlte.

Eine alberne Frage, stellte sie fest. Was sie beide hatten, brauchte keinen Namen – es war einfach da.

Sie blinzelte, und erst da begriff sie, dass sie ihnen die Antwort immer noch schuldig war. *Noah* die Antwort noch schuldig war. »Doch, sehe ich auch so«, murmelte sie und schenkte ihm ein vorsichtiges Lächeln.

»Wirklich überzeugend klingt das jetzt nicht.« Franco konnte es einfach nicht lassen.

»Ach ja?«, wandte sich Luca an ihn und begegnete den dunklen Augen unter dem knallroten Haarschopf mit einem durchdringenden Blick. »Dann pass mal auf.«

Und bevor jemand etwas sagen konnte, umschloss sie Noahs Gesicht sanft mit den Händen, zog ihn zu sich herab und drückte ihre Lippen auf seine. Nicht, um irgendwem etwas zu beweisen, öffnete sie seine Lippen mit ihren, schmiegte sich näher an ihn heran.

Sondern, weil sie es wollte. Weil sie es liebte, ihn zu küssen.

Weil ich ihn *liebe.*

Ihre Finger gruben sich in seine Haare, wie sie es sich seit Frankfurt nicht mehr getraut hatten. Er war so still gewesen die letzten Tage, so gedankenversunken. Und sie hatte danebengestanden und nicht gewusst, was sie tun sollte. Sie, die sich vor jeder Berührung fürchtete, vor jedem Herzschlag, der zu schnell ging. Die nur seine Umarmungen akzeptieren konnte.

Aber wovor habe ich mich eigentlich wirklich gefürchtet? Die Welt hielt den Atem an – und dann legte Noah die freie Hand um ihre Hüfte. Ließ sich von ihr stützen, aber das störte sie nicht. Er stützte sie auch.

Bei diesem Gedanken spürte sie, wie etwas Warmes in ihr aufschlug, aber bevor es zu sehr um sich greifen konnte, trennte sie sich von ihm. Was auch immer auf sie wartete, sie war noch nicht bereit, alles davon zu sehen. Auch wenn sie sich auf den Moment freute, in dem sie es zulassen konnte.

Sie gestattete sich einige geteilte Atemzüge, kostete die Spannung voll aus, und erst allmählich nahm sie das Gegröle der anderen wahr. Was sie riefen, hörte sie kaum. Es interessierte sie auch nicht.

Ich liebe dich, dachte sie und kurz fürchtete sie, es ginge unter im Strudel ihrer Gedanken.

Doch dann lächelte er, als hätte er verstanden.

»Zufrieden?«, feixte Luca, schaute dabei aber weiter Noah an, während seine Wangen sich zunehmend dunkelrot färbten. Den Jubel, der ihnen entgegenschlug, deutete sie als Ja.

Lucas Grinsen wurde breiter und sie drückte Noah – ihrem *Freund* – noch einen kurzen Kuss auf die Nase.

Ihr altes Ich sehnte sich danach, jetzt zu gehen. Darüber nachzudenken, was passiert war, den Kuss in Gedanken festzuhalten. Schlicht mysteriös zu sein. Keine Konsequenzen zu erwarten.

Stattdessen blieb sie stehen und drehte sich zu den anderen um, während ihre Hand sich sanft mit Noahs verwob.

Ihr Weg bis zu diesem Punkt war steinig und schwer gewesen, und sie gab sich nicht der Illusion hin, dass er hier zu Ende wäre. Nur weil sie eine Therapeutin besuchte, hieß das nicht, dass sie *heil* war. Sie weinte. Sie weinte so viel wie nie zuvor. Und es tat weh. Jeder Schluchzer brannte in ihrer Brust.

Ja, ihr Weg war steinig, und sie würde ihn selbst gehen müssen. Jeder einzelne Schritt war ihre Aufgabe, ihre Verantwortung. Sie traf die Entscheidungen, und sie musste mit den Konsequenzen leben.

Aber als Noah ihre Hand drückte und sanft mit dem Daumen über ihre Haut strich, spürte sie, wie so oft in letzter Zeit, die Gewissheit, dass sie diesen Weg nicht alleine gehen musste.

Noah lehnte sich an die Küchenarbeitsplatte. Seine gebrochenen Rippen ließen nicht zu, dass er lange ohne Stütze stand, aber die Zeit in der Reha und mit seinen Physiotherapeuten hatte ihm gutgetan. Ihn physisch wieder aufgebaut, in mancher Hinsicht sogar stärker gemacht als zuvor.

Seine Psyche dagegen … die Albträume waren geblieben. Panikattacken hatten sich hinzugesellt, als sein alter Professor ihm eine E-Mail mit Gute-Besserung-Wünschen aus der Haft geschickt hatte. Seine Mutter hatte ihn leise wimmernd in einer Ecke seines Zimmers gefunden und kurz davor gestanden, den Notarzt zu rufen, weil sie sich nicht zu helfen wusste. Doch dann war Luca vorbeigekommen und hatte ihn einfach in den Arm genommen.

Er schluckte schwer und drehte sein Glas in den Händen. Die Sonne ging abends inzwischen früher unter und stand tief genug, um in diesem Moment in die Küche zu fallen. Das goldene Licht legte sich wie eine Decke über die Fliesen, die dunkle Arbeitsplatte und funkelte, als es auf das Glas traf.

Er musste lächeln und spürte, wie ihm warm wurde. Denn so sehr die Dunkelheit auch manchmal nach ihm griff, so sehr hatte er gelernt, kleine Momente zu schätzen.

Solche mit seiner Familie. Wenn er sich traute, seiner Mutter zu widersprechen.

Solche mit seinen Freunden. Wenn er Nein sagte zu Treffen, auf die er absolut keine Lust hatte, und mit Nachdruck Ja zu solchen, zu denen er sich früher nicht getraut hätte.

Solche mit Luca. Wenn sie einfach nur zusammen auf der Couch saßen, gemütlich aneinandergeschmiegt, und einen Film anschauten.

Manchmal fühlte es sich an, als hätten zwei verlorene Seelen irgendwie den Weg zueinander gefunden. Als hätten sie gar nicht anders gekonnt. Als hätten sie ohnehin keine Wahl gehabt.

Der Herbst nahte, das nächste Semester rief. Obwohl er die Prüfungen nicht mitgeschrieben hatte, fühlte er sich nicht schlecht dabei. Am Anfang sehr, aber Luca und er waren mit dem Auto an so viele Orte gefahren, hatten zusammen so viele Eindrücke und schöne Momente gesammelt, für die er sich nie die Zeit genommen hätte, wäre er im Prüfungsstress gewesen. Komisch, wie die Dinge manchmal liefen.

Wieder drehte er sein Glas im Licht. Er furchte leicht die Stirn, dann schloss er die Augen und lauschte. Da war sie, die kleine Stimme. Das Stück Magie, das einst einem von Eckarts Opfern gehört hatte und jetzt unmittelbar über seinem Herzen saß. Sie wisperte noch immer zu ihm. Sang manchmal in hohen, manchmal in tiefen Tönen.

Wie auch jetzt.

Als er die Augen wieder öffnete, war die Oberfläche des Glases gefroren. Mit einem leisen Knacken riss die dünne Schicht in der Wärme der Nachmittagssonne ein, aber sie war da. Ein Funken Magie war ihm geblieben.

Manchmal vermisste er die Macht, die er für ein paar kurze Wochen besessen hatte. Manchmal war er einfach dankbar dafür, sie erfahren zu haben. Ein kleiner Einblick in ein fremdes Universum.

Noah nahm einen tiefen Schluck. Das Eis schlug ihm gegen die Zähne, doch wie Wellen gegen Klippen zerbrach es bei der Berührung.

Langsam ließ er das Glas sinken und beobachtete, wie die Sonne feine Staubkörnchen in der Luft tanzen ließ. Es war so ruhig hier. Ihm ging es wieder gut, seiner Familie ging es gut, Luca auch. Eckart war in Sicherungsverwahrung. Nun, die Presse lauerte ihnen immer noch gelegentlich auf, doch die meisten Reporter hatten sich inzwischen neueren Skandalen zugewandt.

Was jetzt mit Eckart, dem Vakuum oder dem Wissen, dass und wie Magie sich übertragen ließ, passierte, wusste Noah nicht. Er las nur hin und wieder ein paar leere Floskeln in den Zeitungen, immer dann, wenn seine Mutter sie nicht rechtzeitig verstecken konnte. Sie wollte, dass er endlich mit den Ereignissen abschließen konnte, und ehrlicherweise war er ihr dankbar dafür.

Irgendwann würde er bereit sein, sich all dem zu stellen. Vielleicht morgen, vielleicht in einer Woche, vielleicht erst in zehn Jahren – das Wann war nicht wichtig. Jetzt würde er sich erst einmal die Zeit nehmen zu heilen.

Wieder hob er das Glas, tauchte einen Finger in das Nass und beobachtete, wie es zum leisen Gesang in seinem Inneren daran festfror.

Es klingelte an der Tür.

Ein Lächeln erblühte auf seinem Gesicht. Weitete sich so plötzlich zu einem Grinsen aus, dass sein stolperndes Herz gar nicht hinterherkam.

Luca. Mit schnellen Schritten durchquerte er die Küche. Das Wasserglas blieb vergessen auf der Anrichte zurück, durchwoben mit feinen kristallenen Fäden, und brach den Sonnenschein in wundervollen Farben.

Danksagung

Seid ihr Menschen, die Danksagungen lesen? Ich habe in dem Moment angefangen, sie zu lesen, als ich angefangen habe, zu schreiben. Denn da ist mir bewusst geworden, wie *viele* Menschen eigentlich hinter einem Buch stehen.

Begonnen natürlich bei meinen wundervollen Lektorinnen: Susanne Döllner für das inhaltliche und stilistische Lektorat. Mit dir am Buch zu schleifen hat mich so viel gelehrt und »Frostbrand« zu so viel mehr gemacht.

Elke Hittinger als meine Ansprechpartnerin im Verlag. Danke, dass du alle meine doofen Fragen beantwortest und deine Antworten so klingen lässt, als wären sie gar nicht so doof. Ich kann gar nicht in Worte fassen, wie viel du mir mit den unzähligen E-Mails geholfen hast.

Dann natürlich ein herzliches Dankeschön an das ganze Team von Piper Digital. Dafür, dass ihr an Noah und Luca geglaubt, was ihr alles in Bewegung gesetzt habt – was alles hinter den Kulissen noch passiert. Ihr seid echt klasse. Ein großes Danke auch an Giessel Design für das wunderschöne Cover!

Aber auch bevor und nachdem das Buch an den Verlag gegangen ist, spicken beeindruckende, wundervolle Menschen meinen Weg, von denen ich gar nicht alle aufzählen kann. Coco dafür, dass sie die Idee zur Einsendung mitgebracht hat. Marie L. und Cara für die Lektorinnen-Krisensitzungen, Marketing-Ideen und uneingeschränkte Begeisterung. Marie

S., weil sie so viel meiner hysterischen Euphorie ertragen muss und trotzdem nicht müde davon wird. Und Tattoo und Moon natürlich und all die »inoffiziellen« WG-Mitglieder. Beste WG in 53!

Anna-Maria für ein geniales Sensitive Reading mit den besten Testleserinnen-Kommentaren.

Rita und Matthias: bevor überhaupt klar war, worum es ging, habt ihr euch mit mir gefreut und die Korken knallen lassen. Ihr habt mich damit echt zu Tränen gerührt.

Bernadette für das begeisterte Interesse am Buch und für den schönen Abend – für die Investition in mein Buchmarketing, obwohl du gar nicht mal wusstest, worum es ging.

Meine Eltern für ihre Begeisterung, das Buch-Brot und all ihre Liebe. Ihr seid die Besten. Meine kleinen Brüder, die langsam gar nicht mehr so klein sind, und die sich fast so sehr freuen wie ich. Und Nando natürlich!

Meinen Georg. Dafür, dass du zuhörst, auch wenn ich nicht reden will. Dass du für mich da bist und ich auch für dich. Ich mag unser Uns (ungeachtet der Kommentare zum ersten Kapitel, aber darüber reden wir jetzt nicht).

Kazu. Immer Kazu. Für die geteilten Gedanken, die gemeinsamen Worte, die liebevolle Stütze. Ich glaube, du bist dir gar nicht bewusst, wie sehr du nicht nur meine Texte, sondern mein Leben beeinflusst. Danke für alles.

Alicia für … ich glaube, du weißt wofür. Für alles. Für immer. Schwestern im Geiste. Ehrliche Frage: Was würde ich eigentlich ohne dich tun?

An all die Buchblogger:innen, die dort draußen jeden Tag (unbezahlt!) ihr Bestes geben. Danke, dass ihr jedem Buch so viel Leben schenkt.

Und zu allerletzt: an dich. Denn auch wenn hinter den Kulissen viel passiert, letztendlich bist du mit Noah und Luca auf Reisen gegangen. Ich fühle mich geehrt und bin überwältigt, dass du dich für »Frostbrand« entschieden hast. Danke. Ich bin so gespannt, wie ihre Geschichte dir gefallen hat.